आचार्य चतुरसेन शास्त्री

26 अगस्त 1891—2 फरवरी 1960

आचार्य चतुरसेन शास्त्री का जन्म 26 अगस्त 1891 में उत्तर प्रदेश के बुलंदशहर के पास चंदोख नामक गाँव में हुआ था। सिकंदराबाद में स्कूल की पढ़ाई खत्म करने के बाद उन्होंने संस्कृत कॉलेज, जयपुर में दाखिला लिया और वहीं उन्होंने 1915 में आयुर्वेद में 'आयुर्वेदाचार्य' और संस्कृत में 'शास्त्री' की उपाधि प्राप्त की। आयुर्वेदाचार्य की एक अन्य उपाधि उन्होंने आयुर्वेद विद्यापीठ से भी प्राप्त की। फिर 1917 में लाहौर के डी.ए.वी. कॉलेज में आयुर्वेद के वरिष्ठ प्रोफ़ेसर बने। उसके बाद वे दिल्ली में बस गए और आयुर्वेद चिकित्सा की अपनी डिस्पेंसरी खोली। 1918 में उनकी पहली पुस्तक *हृदय की परख* प्रकाशित हुई और उसके बाद पुस्तकें लिखने का सिलसिला बराबर चलता रहा। अपने जीवन में उन्होंने अनेक ऐतिहासिक और सामाजिक उपन्यास, कहानियों की रचना करने के साथ आयुर्वेद पर आधारित स्वास्थ्य और यौन संबंधी कई पुस्तकें लिखीं। 2 फरवरी 1960 में 68 वर्ष की उम्र में बहुविध प्रतिभा के धनी लेखक का देहांत हो गया। उनकी रचनाएँ आज भी पाठकों में बहुत लोकप्रिय हैं।

गोली

आचार्य चतुरसेन

राजपाल

स्थापित 1912
100 वर्षों की श्रेष्ठ प्रकाशन परम्परा
राजपाल

₹ 225
ISBN : 9789389373295
पहला संस्करण : 2020, तीसरा संस्करण : 2025

GOLI (Novel) by Acharya Chatursen
मुद्रक : जी.एस. ऑफसेट, दिल्ली

राजपाल एण्ड सन्ज़
1590, मदरसा रोड, कश्मीरी गेट, दिल्ली–110006
फोन : 011–23869812, 23865483, 23867791
website : www.rajpalpublishing.com
e-mail : sales@rajpalpublishing.com
www.facebook.com/rajpalandsons

टूटे हुए सिंहासन चीत्कार कर उठे

इस वर्ष मैंने 65वां वर्ष समाप्त कर 66वें में पदार्पण किया। यह पदार्पण शुभ है या अशुभ, यह बात अदृष्ट और भविष्य पर निर्भर है। स्वास्थ्य मेरा निरंतर गिरता जा रहा है और इस समय तो मैं अस्वस्थ हूँ। गत जून मास में मसूरी गया था, वहीं से घुटनों का दर्द शुरू हो गया। इसी सप्ताह एक्सरे कराया तो पता लगा, जोड़ बढ़ गए हैं। मूल-ग्रंथियों में भी विकार उत्पन्न हो गया है। इन कारणों से चलने-फिरने से लाचार और कमज़ोर भी हो गया हूँ। मानसिक व्याधि शरीर-व्याधि से भी ऊपर है। फिर भी मैं चलता-फिरता हूँ, काम भी करता हूँ। शरीर-व्याधि की अपेक्षा मानसिक व्याधि पर मैंने अधिक सफलता प्राप्त की है। गत वर्ष इसी अवसर पर मैंने कहा था, 'मेरे आनंद में सबका किस्सा है, केवल मेरा दर्द मेरे लिए है।' आज भी मैं अपने इस वचन को दुहराता हूँ। इन दिनों मैंने एक नई अनुभूति प्राप्त की है—दर्द का प्यार में विसर्जन। मेरी इसी नई अनुभूति ने मुझसे नया उपन्यास *गोली* लिखवा डाला है, जिसकी नायिका चंपा का मैंने 'दर्द का प्यार में विसर्जन' की मनोभूमि में शृंगार किया है। इस शृंगार का देवता है किसुन। मैं जानता हूँ, मेरी इस चंपा को और उसके शृंगार के देवता किसुन को आप कभी भूलेंगे नहीं। चंपा के दर्द की एक-एक टीस आप एक बहुमूल्य रत्न की भाँति अपने हृदय में संजोकर रखेंगे। किसुन के दर्द की परवाह करने की आपको आवश्यकता नहीं है, क्योंकि देवताओं को दर्द व्यापता नहीं है।

एक बात और है। अपनी शारीरिक और मानसिक-दोनों ही व्याधियों को मैंने अपने परिश्रम से थका डाला है। आप कदाचित् विश्वास न करें कि यह अस्वस्थ और भग्न पुरुष जीवन के समूचे भार को ढोता हुआ आज भी निरंतर 12 से 18 घंटे तक अपनी मेज़ पर झुका बैठा रहता है। बहुधा उसका खाना-पीना

और कभी-कभी सोना भी वहीं सम्पन्न हो जाता है। अपने मन को हल्का करने की मैंने अद्‌भुत विधि निकाली है। अपने आनंद और हास्य को तो मैं अपने मित्रों में बिखेरता रहता हूँ और दर्द को अपने पात्रों को बाँट देता हूँ। अपने पास कुछ नहीं रखता। इसके अतिरिक्त मुझे एक अकल्पित-अतर्कित दौलत तभी मिल गईं—मुन्नी। पैंसठ वर्ष की आयु में विधाता ने मुझे अचानक ही एक पुत्री का पिता बनाकर अच्छा मसखरापन किया। मुन्नी मुझे अब एक नया पाठ पढ़ा रही है, निर्द्वंद्व हँसते रहने का। अब तक मेरी जीवन-संगिनी अकेली मेरी कलम थी, जो आधी शताब्दी से अखंड चल रही है। अब दो जीवन-संगिनी हो गईं—दूसरी हमारी मुन्नी। दोनों की दो राहें हैं—कलम रुलाती है, मुन्नी हँसाती है। आनंद कहाँ अधिक पाता हूँ, सो नहीं जानता। आप मुझे मूढ़ कह सकते हैं, सो मूढ़ तो मैं हूँ ही।

जीवन से मोह मुझे सदा ही रहा है, आज भी है। मुन्नी ने उसमें और इज़ाफ़ा किया है। पर शरीर-धर्म तो अपनी राह चलेगा ही। मैं इन बातों पर ध्यान नहीं देता। पर इस जन्मदिन ने मेरा ध्यान इधर खींच लिया। सो शरीर अपनी राह पर जाए, मुझे चिंता नहीं है, मैं तो अपना काम ईमानदारी से कर रहा हूँ। जब तक संभव होगा, करता रहूँगा। इस वर्ष परिश्रम मैंने बहुत-बहुत किया, पर नाम लेने योग्य ग्रंथ तो एक ही दिया—*गोली*। परंतु इसके अतिरिक्त भी इस जन्मदिवस के क्षण में अपने चिर साध्य *भारतीय संस्कृति के इतिहास* की पांडुलिपि की समाप्ति पर भी हस्ताक्षर किए। जब से *गोली* का *साप्ताहिक हिन्दुस्तान* में धारावाही रूप में छपना आरंभ हुआ, मेरे पास इसके सम्बन्ध में पत्रों का तांता बँध गया। यह सिलसिला अब भी टूटा नहीं है। इनमें जो प्रशंसात्मक थे, उन्हें पढ़कर मैं खुश हुआ और चूमकर चुपचाप रख लिया, जवाब नहीं दिया। परंतु जिनमें शंकाएँ होती थीं, आलोचना होती थी या कुछ पूछा जाता था, उनका जवाब तो देना ही पड़ता था। फिर भी कुछ पत्र ऐसे आए हैं जिनका जवाब चुपचाप देना मैं उचित नहीं समझता। उन्हें मैं जवाब ऊँची आवाज़ में देना चाहता हूँ ताकि और बहरे कान भी उसे सुन लें। कुछ पत्र मेरे पास इस अभिप्राय के आए हैं जिनमें पूछा गया है कि इस उपन्यास को आपने क्यों लिखा है ? कहीं आप राजा-महाराजाओं की पेंशन तो बंद करना नहीं चाहते ? या इन गोली—गुलाम दारोगाओं—को भी पेंशन का

हकदार बनाना चाहते हैं ? कुछ पत्र इनसे भी दो कदम आगे हैं। उनका कहना है—कदाचित् आप ऐसा साहित्य लिखकर अपना मुँह बंद करने के एवज में राजा-महाराजाओं से लाख-पचास हज़ार रुपया घूस में ऐंठ लेना चाहते हैं।

अफ़सोस है कि मेरा इस प्रकार का कोई उद्देश्य नहीं है। मैंने तो राजस्थान के साठ हज़ार निरीह नर-नारियों की एक इकाई के रूप में चंपा और किसुन को आपके सामने उपस्थित किया है। चंपा एक ऐसी नारी है जिसकी समता की स्त्री आप संसार के पर्दे पर नहीं ढूँढ़ सकते। जिसका व्यक्तित्व निराला है, जीवन निराला है, आदर्श भी निराले हैं, धर्म निराला है, सुख-दुःख और संसार निराला है। जिसकी आप कल्पना भी नहीं कर सकते हैं। उसका और जिन साठ हज़ार नर-नारियों का वह प्रतिनिधित्व करती है, यह अद्भुत-अतर्कित जीवन राजस्थान के राजाओं-रईसों ने दिया है। दुनिया में भारतीय राजाओं के बड़े-बड़े ऐश्वर्य के किस्से सुने होंगे। पर इन साठ हज़ार नर-नारियों की दर्दनाक चीत्कार तो मैं ही विश्व के कानों में पहुँचा रहा हूँ। जिससे आप अनजाने थे, सभ्य संसार अनजाना था, और चंपा का मुँह न खुलता तो अनजान ही रह जाता। यह मत समझिए कि चंपा कोई कल्पित मूर्ति है। वह एक सजीव स्त्री है, जिसकी वाणी में साठ हज़ार नर-नारी बोल रहे हैं, जिनका मुँह शताब्दियों से सिया हुआ था। जिनके मुखों पर नहीं—आत्मा पर भी गुलामी के ताले जड़े हुए थे। आज उनका मुँह खुला है तो राजा-महाराजाओं के टूटे हुए सिंहासन भी चीत्कार कर उठे हैं। क्यों न करेंगे भला ? उन जड़े हुए जवाहरात के नीचे से सड़ी दुर्गंध जो उठ खड़ी हुई है। उनके मुँह इतिहास के पृष्ठों में सदा के लिए काले जो हो रहे हैं। संभव है, इन ऐसे पत्रों के लेखक कोई भूतपूर्व राजा ही हों, या राजकुमार, इस्तमरारदार, जागीरदार, माफ़ीदार तथा ऐसे पुरुष हों जिनकी गुज़र-बसर राजाओं की भाँति उनकी छत्रछाया में बिना परिश्रम किए होती हो, और अब उन्हें पसीना बहाने की नौबत आई हो। उनका घबराना स्वाभाविक है। मेरा उन्हें जवाब है कि यद्यपि इस उपन्यास की रचना का तो यह उद्देश्य नहीं जैसा भय उन्होंने प्रकट किया है, पर मैं बिना शक यह चाहता ज़रूर हूँ कि अविलम्ब इन भूतपूर्व राजा-महाराजाओं की पेंशनें ज़ब्त कर ली जाएँ और वह रकम इन सताई हुई साठ-हज़ार पवित्रात्माओं में बाँट ली जाएँ। पर अफ़सोस है कि मैं भारत का प्रधानमंत्री नहीं हूँ, निरीह

साहित्यकार हूँ। केवल एक आवाज़ दुनिया के मनुष्यों तक पहुँचाने की ही शक्ति रखता हूँ। सरकार हमारी अहिंसक है, समन्वयवादी है। पंचमेल मिठाई उसकी दुकान है। लाल रंग से वह भड़कती है। तिरंगा झंडा फहराती है, और तिरंगी चाल चलती है। उसके राज्य में भला राजाओं को क्या भय ?

मैं तो ज़रूर यह चाहता हूँ कि जैसा मैं मेहनतकश हूँ वैसे ही ये राजा लोग भी बनें। मुझे यदि एक बार प्रधानमंत्री बना दिया जाए तो पहली कलम इन सब राजाओं को भाखड़ा बाँध पर एक-एक टोकरी और एक-एक कुदाल देकर भेज दूँ। इससे उनका अपच भी दूर होगा और मरने से प्रथम कुछ दिन वे ईमानदारी से अपनी कमाई के टुकड़े खाएँगे। क्या आपने सुना नहीं, लाल क्रांति के दूत लेनिन ने जार और उसके बाल-बच्चों को एक कलम गोली से उड़ा दिया था। आज अब रूस के प्रतापी जार के खानदान वाले इंग्लैंड और अमेरिका के होटलों में प्लेटें धोते हैं, रूस की शाहज़ादियाँ दर्ज़ीखाने में बैठकर मशीनें चला रही हैं। या धोबी का धंधा कर रही हैं, तब क्या कारण है कि इन राजाओं को मुफ़्त का माल-मलीदा खाने को भारी-भारी पेंशनें अभी तक दी जा रही हैं ? मैं पूछता हूँ कि किस पुण्यकर्म के बदले में ? क्या आपकी आँखों ने देखा नहीं कि प्रतापी जर्मन सम्राट कैसर को भी हॉलैंड में जाकर पेट के लिए आरा मशीन चलानी पड़ी थी ? पर इन राजाओं के तो रंग ही निराले हैं। रस्सी जल गई और ऐंठ अभी कायम है। सिंहासन टूट चुके हैं मगर राजा-महाराजा तो अभी भी मौज-मज़ा करते ही हैं। अब भी उनकी करोड़ों रुपयों की संपत्ति विदेशी बैंकों में जमा है, जबकि पेंशनें भी मिलती हैं। मैं एक ऐसे राजा को जानता हूँ कि जिसके आज भी चौदह ट्रक ठोस सोने और जवाहरात से भरे तहखाने में न जाने कहाँ की तैयारी के प्रयास में लदे खड़े हैं—जबकि उनका स्वामी सुबह का चिराग हो रहा है।

आप जानते हैं, जूनागढ़ के नवाब के पास पाकिस्तान जाने से पूर्व 3000 कुत्ते थे, जिनमें 13 सौ विवाहित थे। पिछली बार निजाम हैदराबाद (विलय के बाद) जब राजप्रमुखों की मीटिंग में शरीक होने दिल्ली आए थे, तब पहले ही से उन्होंने 55 ताबेदार दिल्ली, रवाना कर दिए थे, ताकि वे निजाम पैलेस के 100 कमरों का उनके रहने योग्य आरास्ता कर दें। उनके साथ उनकी 70 बीवियों में से 15, 36 शाहज़ादियों में से 10 और 56 डॉक्टर-नर्स-हज्जाम

और अगलम-बगलम साथ थे। गए दिनों बड़ौदा के राजा ने एक घोड़ा कोई चार लाख में खरीदा था। एक बार एक महाराजा ने खामखाह फ्रंटियर मेल को एक स्टेशन पर महज़ अखबार पढ़ने के लिए 37 मिनट लेट करने में 37 हज़ार रुपये खर्च कर डाले थे। मुमकिन है कि इन बातों को सुनकर आपको हँसी आ जाए। क्योंकि आपके शरीर में लहू तो है नहीं, पानी है। लहू होता तो आज क्या राजा लोग आपके लोकराज्य में मुफ़्त की पेंशन खाते, जबकि आज आपकी फूल-सी बहू-बेटियाँ तक पेट के लिए मेहनत के मैदान में उतर चुकी हैं! और ये शर्मदार पत्र लेखक, जो पोतड़ों के रईस मालूम होते हैं, एक साहित्यकार को ऐसा खत लिखने का साहस करते? मैं लानत भेजता हूँ, पेंशन लेने और देने पर, परंतु मैं साहित्य का सृजन तुच्छ भावनाओं से नहीं करता। मैंने तो आपको यह दिखाया है कि मानव कहाँ आहत हुआ है। एक बार उसकी ओर देख तो लीजिए।

कुछ ऐसे भी पत्र हैं जिनके लेखक उनके भी अब्बाजान मालूम होते हैं। उन्हें शक ही नहीं, करीब-करीब निश्चय है कि यह उपन्यास लिखकर मैं डरा-धमकाकर राजाओं से लाख-पचास हज़ार रुपया फाँसना चाहता हूँ। जी हाँ, लाख की बात तो नहीं करता, पर 50-50 हज़ार की ढेरी पर तो मुझे लात मारने के अवसर आए हैं। मैं 40 साल चिकित्सक रहा हूँ। भारत का कोई ही नामांकित राजा रहा होगा, जिसकी सेवा करने की प्रतिष्ठा मुझे न मिली हो। गया चिकित्सक के नाते, पर इज़्ज़त (?), आबरू और सौतिया डाह ने मुझे ऐसे-ऐसे मामलों का माध्यम बना दिया कि उन बातों को तो मैं अभी ज़बान पर ला नहीं सकता। संभव ही नहीं कि आप उन बातों पर विचार कर सकें। विश्वास कैसे कर सकते हैं आप? आप ठहरे मेहनत-मज़दूरी करने वाले, बाल-बच्चों वाले सद्-गृहस्थ—सौ, दो सौ की आमदनी में जीवन चलाने वाले साधारण लोग। आप कैसे उन लोगों के जीवन की विचित्रता की कल्पना कर सकते हैं जो प्रति मास 50-50 लाख खर्च कर दिया करते थे। ये भयानक खर्च कहाँ होते थे, किस मद में। आज राजस्थान के रंगीन महलों की सूनी दीवारें उस जमा-खर्च की गवाह हैं? कुछ आँखें अनहोनी घटनाएँ देखने वाली अभी ज़िंदा हैं। अवसर हुआ तो किसी दिन यह पुराना पानदान भी खोल दूँगा।

अस्वस्थ होने पर भी आज मैं अपनी 65 वर्ष की अवस्था में 15-16 घंटे

कड़ी मेहनत करता हूँ। किसी रोज़ आधी रात को चुपके से आकर देख जाइए। फिर भी अच्छा और पुष्टिकर भोजन नहीं पा सकता। परिवार को ठीक-ठीक भोजन-वस्त्र भी नहीं जुटा सकता। बच्चों को स्कूल की फ़ीस भी ठीक समय पर नहीं दे पाता। अभी-अभी अपनी 66वीं वर्षगांठ के दिन मैंने अपने मित्रों को टूटे प्यालों में चाय पिलाई है। परंतु इससे क्या? आज भी आप आइए, लाख-दो लाख की थैली लेकर और देखिए कि मेरी लात में वही दम-खम है जो चालीस साल पहले था। मैं इच्छा-दरिद्र साहित्यकार हूँ—अपने में मस्त साहित्य-रचना करता हूँ अपने लिए, अपनी आत्मतुष्टि के लिए। उसमें न प्रचार-भावना है, न द्वेष-भावना। केवल मनुष्य को प्यार करने और उसे सुखी और भयहीन देखने की मेरी कामना रहती है। वही कामना मेरे साहित्य की प्रेरक शक्ति है। उसी के बल से मैंने चंपा जैसी स्त्री आपके सम्मुख ला खड़ी की है, ऐसी जैसी आज तक विश्व का कोई साहित्यकार नहीं पेश कर सका। आप खुशी से मेरी मगरूरी का तिरस्कार कर सकते हैं।

1956 **—आचार्य चतुरसेन**

गोली

जन्मजात कलंकिनी

मैं जन्मजात अभागिनी हूँ। स्त्री जाति का कलंक हूँ। स्त्रियों में अधम हूँ। परंतु मैं निर्दोष हूँ, निष्पाप हूँ। मेरा दुर्भाग्य मेरा अपना नहीं है, मेरी जाति का है, जाति-परंपरा का है। हम पैदा ही इसलिए होते हैं कि कलंकित जीवन व्यतीत करें। जैसे मैं हूँ ऐसी ही मेरी माँ थी, परदादी थी, उनकी दादियाँ-परदादियाँ थीं। मेरी सब बहिनें ऐसी ही हैं। मैंने जन्म से ही राजसुख भोगा, राजमहल में पलकर मैं बड़ी हुई, रानी की भाँति मैंने अपने यौवन का शृंगार किया। हीरे-मोती मेरे लिए कंकर-पत्थर के ढेर थे। मैं मुहरें लुटाती थी, सुनहरी छपरखट पर सोती थी, नित नये छप्पन भोग खाती थी। ज़री के पर्दों वाली सुखपाल पर बाहर निकलती थी या हाथी पर सुनहरे हौदे में बैठती थी। रंगमहल में मेरा ही अदब चलता था। दासियाँ और बांदियाँ हाथ बाँधे मेरी सेवा में रहती थीं। राजा मेरे चरण चूमता था, मेरी भौंहों पर तनिक-सा बल पड़ते ही वह बदहवास हो जाता था। उसका प्रेम समुद्र की भाँति अथाह था। प्रजा उसके आतंक से काँपती थी। वह अपने हाथों मेरा शृंगार करता, मेहंदी लगाता, जूड़े में फूल गूँथता, इत्र और सुगंधों की देशी-विलायती शीशियाँ मेरे अंग पर बिखेरता रहता। दिन में पाँच बार मैं पोशाक बदलती थी, नित्य उबटना करती थी, पान मेरे लिए महोबे से आते थे और साड़ियाँ बनारस से। दर्ज़ी मेरे पौर में बैठकर मेरे लिए नित नयी पोशाकें सीता था। मेरा रसोड़ा अलग था। राजा मेरे ही साथ कांसा आरोगता था। मेरे जूठे टुकड़े उसे बहुत प्रिय थे, दिन में, रात में वह मुझे निहारता। कभी चंदा कहता, कभी चाँदनी। कभी चंपा कहता, कभी चमेली। कभी गुलाब कहता, कभी मालती। उसकी उपमाएँ कभी-कभी फूहड़ हो जाती थीं। पर इसकी उसे चिंता न थी। कलमुँहे विधाता ने मुझे जो यह जला रूप दिया, वह उस रूप का दीवाना था, प्रेमी पतंगा था। एक ओर उसका इतना बड़ा राज-पाट और दूसरी ओर वह स्वयं भी मेरे चरण की इस कनी अंगुली के नाखून पर न्यौछावर था।

उससे मुझे पाँच संतानें हुईं—तीन लड़कियाँ और दो लड़के। लड़कियाँ सब मेरी जैसी उजागरी थीं और लड़के उसके अनुरूप। मेरी ये पाँचों संतानें राजा ही के औरस से हुईं, पर वह उनका पिता न था; पिता था मेरा पति, जिसका कर-स्पर्श मैंने केवल एक बार, जब मैं बीस वर्ष की थी, विवाह-मंडप में किया था; उसके बाद वह मेरी चाकिरी में हाज़िर

रहा। पूरे इक्कीस वर्ष जब तक मैं रंगमहल में रही, मेरा अंगस्पर्श करना उसके लिए अवैध था, मेरे पलंग और मेरी पोशाकों की सार-सँभाल करने की उसकी नौकरी थी। वह नित्य ही मेरी सुख-सेज को ताज़े फूलों से सजाता था। हर बार मेरी नई पोशाक मेरी खिदमत में हाज़िर करता और उतारी हुई को सहेजकर रखता। पर मेरी सेज पर वह अपनी अंगुली का भी स्पर्श नहीं कर सकता था। उस पर आरोहण करने का एकमात्र अधिकार था राजा का। राजा और मैं एक थाल में भोजन करते, उसमें बहुत-सी जूठन बच रहती। जब तक हम खाते रहते, विविध भोज्य पदार्थ अटाले के लोग परसते रहते। परोसगारी कुछ खाने न खाने पर निर्भर न थी, यह रिवाज ही था। हमारा जूठन से भरा थाल मेरे पति का हिस्सा था। वह उसे ही मिलता था, जिसकी वह सदैव अटाले की बाहरी पौर पर आतुरता से प्रतीक्षा करता रहता था। हमारे शयन-मन्दिर के बाहर वह रातभर हाज़िर रहकर पहरा देता था। अत्यंत विश्वसनीय यह काम उसे विश्वासपात्र समझकर ही सौंपा गया था। रात को दस पलंग-सेविकाएँ हमारे शयन-मन्दिर में हाज़िर रहती थीं। हमारी आवश्यकताओं की सूचनाएँ वे उसे देतीं। कभी दारू की आवश्यकता होती, कभी झारी का पानी चुक जाता, कभी पानों की ज़रूरत पड़ती। ये सब सेवाएँ वही करता था।

वह एक सुंदर, तरुण, भावुक और प्रेमी पुरुष था। उसकी आँखें मेरे लिए प्यासी थीं, शरीर मेरे लिए भूखा था। उसकी भूख और प्यास मेरी आँखों से ओझल न थीं। राजा के जर्ज़र और रोगी तथा घावों से भरे हुए शरीर की अपेक्षा उसकी जवानी का भरा-पूरा गठीला परिश्रमी शरीर मेरे लिए कम लोभ की वस्तु न थी। फिर वह मेरा परिणीत पति था, मैं उसकी विवाहिता स्त्री थी। परंतु मेरा धर्म मेरे साथ था। मैं उसे छू भी न सकती थी। उसकी प्यासी आँखें और भूखा शरीर देखकर बहुधा मुझे एक नशा जैसा हो जाता था, पर इससे क्या? मेरी सेज का स्वामी तो राजा था! उसके साथ तो मैं एक चाकर से अधिक व्यवहार नहीं कर सकती थी। बहुत बार उसने मेरे पैर दबाने की चाकरी करने की चिरौरी की। वह इसी बहाने मेरे शरीर को छूने का सुख लूटना चाह रहा था, पर मैंने स्वीकार न किया। कुछ अपने धर्म के भय से और कुछ इस भय से कि मेरा मन कहीं डिग न जाए। पर, मैं उस पर कृपा बहुत करती। हमारा जूठा थाल तो उसे नित्य मिलता ही था। राजा के सब उतारे हुए वस्त्र भी मैं उसे दे देती। रंगमहल की रद्दी और फ़ालतू चीज़ें भी। उन सबसे उसने अपना घर सजाना था और उस सजे हुए घर का उसे बहुत गर्व था। उसने बहुत बार चिरौरी की कि एक बार मैं उसके घर को अपने चरणों से पवित्र करूँ। पर इक्कीस वर्ष तक भी उसकी यह इच्छा मैं पूर्ण न कर सकी, अलबत्ता बच्चे सब उसी के पास रहते थे। उनकी पूरी सार-सँभाल उसी पर थी। वह उनका पिता था। वे उसकी औरत से उत्पन्न नहीं हुए थे, वे उसकी पत्नी से उत्पन्न हुए थे। मैं उसकी पत्नी थी, पर मुझसे उन बच्चों का कोई सरोकार न था। पाठक-पाठिकाओं को मेरी यह कहानी निराली-सी लगेगी, अटपटी-सी लगेगी। अटपटी मुझे भी लगती है। स्त्री हूँ, स्त्री-हृदय रखती हूँ, कुछ बुद्धि भी है। इसी से तो कहती हूँ कि जन्मजात अभागिन हूँ, स्त्री जाति का कलंक हूँ। स्त्रियों में अधम हूँ,

परंतु मैं निर्दोष हूँ, निष्पाप हूँ। मेरा दुर्भाग्य मेरा अपना है, मेरी जाति का है, जाति-परंपरा का है, क्योंकि मैं गोली हूँ।

नाम नहीं बताऊँगी

देखिए, मैं अपनी समूची कहानी आपको बताने पर आमादा हूँ। निस्संदेह आपको वह अद्‌भुत और अनहोनी-सी लगेगी। कभी न सुनी हुईं बातें और न कभी देखे हुए तथ्य आपके सामने आएँगे। मैं सब कुछ आपबीती आपको कह सुनाऊँगी। कुछ भी, छिपाकर न रखूँगी। परंतु न तो अपना असली नाम आपको बताऊँगी, न उस ठिकाने या ठाकुर का जिसकी पर्यंकशायिनी मेरी माँ थी। न ही उस राजा का जहाँ मैंने रानी समान इक्कीस वर्ष रंगमहल में बिताए। न मैं उस रियासत का नाम बताऊँगी जहाँ मैं थी। मेरे लड़के-बच्चे हैं। बहुत कुछ तो वे जानते हैं, परंतु अपनी माँ की कलंक-कहानी को जहाँ तक वे न जानें, न सुनें, यही अच्छा है। खासकर इसलिए भी कि अब न वे राजा रहे, न रियासतें। उन सबका गणराज्य में विलय हो गया। राजस्थान की शताब्दियों की गुलामी की बेड़ियाँ टूट गईं। वहाँ की प्रजा भी, जो कभी गूँगी, बहरी, असहाय और परमुखापेक्षी थी, अब वाचाल हो गई। अब तो राजस्थान में नया जीवन, नया रंग-ढंग, नया जोश लहरें मार रहा है। बुरी बातों की अब भी कमी नहीं है। पर सैकड़ों वर्षों की गुलामी की कलौंस मिटते-मिटते आखिर वक्त तो लगेगा ही। आज़ादी की इस हवा में हम गोलियाँ भी आज़ाद हो गई हैं और हमारे लड़के-बच्चे भी, जिनका खून राजाओं और ठाकुरों के यहाँ बंधक था, आज़ाद हो गए हैं। अब वे जितना चाहे पढ़-लिख सकते हैं, काम-धंधा कर सकते हैं, नौकरी कर सकते हैं, खुद दूसरों को नौकर रख सकते हैं। वे अब स्वतंत्र भारत के स्वतंत्र नागरिक हैं। मेरे लड़कों ने भी विश्वविद्यालय की उच्च उपाधियाँ प्राप्त की हैं। एक प्रसिद्ध एडवोकेट है, दूसरा अभी दिल्ली विश्वविद्यालय में पढ़ रहा है। लड़कियों में एक एम.बी.बी.एस. पास करके राजस्थान के एक नगर में प्रसिद्ध डॉक्टर है। उसने संभ्रांत कुल के एक दाक्षिणात्य ब्राह्मण से विवाह किया है। उसके दो फूल जैसे सुंदर बच्चे भी हैं। दूसरी लड़की एक भूतपूर्व राजा की पत्नी है। ऐसी हालत में यह भला कहाँ मुनासिब होगा कि मैं अपना सही परिचय आपको दूँ। और मेरे ये बच्चे, जो आज प्रतिष्ठित नागरिक हैं, यह जान जाएँ कि वे एक गोली की औलाद हैं, जिसका रक्त पीढ़ियों की परंपरा से उसके राजपूत ठिकानेदार के घराने में बंधक था, जिसकी माता ने विवाह की वेदी के बाद पति का स्पर्श नहीं किया और जो स्वयं अपने ठिकानेदार की लड़की के विवाह में दहेज़ में दी गई और उस लड़की के पति, राजा की भोग्य वस्तु रही, विवाहित पति का जिसे स्पर्श भी निषिद्ध था, जो इक्कीस वर्ष तक दहेज़ की दौलत की भाँति एक कामुक राजा की पर्यंकशायिनी रही और जिसने अपनी अवैध संतान को अपने उस पति पर डालकर निर्लज्जता की पराकाष्ठा कर दी, जिससे उसने इक्कीस वर्ष सेवक की भाँति व्यवहार किया।

नहीं-नहीं, ऐसी अधम औरत का सच्चा परिचय सभ्य पुरुष को नहीं दिया जा सकता

और उसकी प्रतिष्ठित सभ्य नागरिक संतान को तो कतई नहीं। इसलिए मैं अपने जीवन की अद्‌भुत और रोमांचकारी कहानी तो सच्ची-सच्ची सबको सुनाऊँगी पर नाम-ठिकाने सब झूठे और काल्पनिक बताऊँगी, आप चाहे पढ़ें या न पढ़ें।

विगत इतिहास

जी हाँ, बीते हुए युग की बात बीती हुईं बातों का इतिहास भी आप ज़रा सुन लीजिए। राजपूती जीवन के शौर्य, वीरत्व और तलवार की यशोगाथा तो आपने बहुत सुनी होगी, पर सामंतशाही की स्वेच्छाचारिता ने उनके घरेलू जीवन में भी भीषण कलंक उत्पन्न कर दिए थे, उनमें एक हमारी गोलियों की जाति थी। हम जन्मजात गुलाम थे। हमें न अपनी संतानों पर कोई अधिकार था और न हम कोई निजी संपत्ति रख सकते थे। न पति का पत्नी पर अधिकार था, न पत्नी का पति पर। हमें भेड़-बकरियों के रेवड़ की भाँति बेचा जा सकता था, दहेज़ में दान दिया जा सकता था। एक-एक राजपूत राजा और ठिकानेदार की लड़की के विवाह पर 10, 20, 50, 100 तक गोलियाँ दहेज़ में दी जाती थीं। गोले-गोलियों का महत्त्व दहेज़ के हाथी-घोड़ों तथा वस्त्र-रत्न सबसे अधिक था। दहेज़ में आकर सब गोलियों को उस राजपूत कन्या के पति की उपपत्नी या रखैल की भाँति रहना पड़ता था। उनका जूठा भोजन करना, उनके उतरे कपड़े पहनना, उनकी चरण-सेवा करना और उनकी उचित तथा अनुचित सभी आज्ञाओं का निर्विरोध पालन करना, हम सब गोले-गोलियों का धर्म था। यह नौकरी न थी, धर्म था, जिसका पालन न करने पर हमें नरक में जाने का भय था। तिस पर भी बीते हुए युग में, जब तक अंग्रेज़ों के बनाए हुए कानूनी अंकुश का प्रभाव राजस्थान पर न हुआ, तब तक बहुत-सी गोलियों को राजा के मरने पर सती भी होना पड़ता था। बहुत करके तो दहेज़ या दान में आई हुईं गोलियों का विवाह ही हमारी जाति के किसी गोले से कर दिया जाता था। पर वह विवाह केवल इसलिए होता था कि हमारी संतान का वह केवल वैधानिक पिता बन जाए। जिस गोले से गोली का विवाह होता था, वह बूढ़ा भी हो सकता था, नपुंसक भी हो सकता था। खासकर सुंदरी और तरुण गोलियों के लिए तो ऐसा ही दूल्हा तजवीज किया गया था। पति से पत्नी का, गोले से गोली का शरीर सम्बन्ध प्रायः नहीं हो पाता था। गोली ठाकुर की, राजा की पर्यंकशायिनी, चरण-सेविका या पलंग-दासी के रूप में रहती थी। राजा-रानी, ठाकुर-ठकुराइन जब परस्पर संभोगरत रहते थे, तब भी हम गोलियों को उपस्थित रहना पड़ता था और उन्हें शराब पिलाना या उनकी वासना को भड़काने वाली दूसरी सेवाएँ करनी पड़ती थीं। गरज, हमसे ठाकुर-राजा का कुछ भी गोपनीय न था। विवाह हमारा इसलिए किया जाता था कि जो संतान उत्पन्न हो, वह विवाहित पति की घोषित कर दी जाए और उसकी जाति गोला-गोली ही रहे, वह राजपूत न कहलाए। वह न गुज़ारा पाने की हकदार हो न रियासत की दावेदार। परंतु किसी-किसी गोली दासी पर राजा या ठिकानेदार विशेष कृपा करते थे। उन्हें वे पड़दायत बना लेते थे। ये पड़दायत बाकायदा अर्थात् घोषित उपपत्नियाँ कहलाती थीं। वे पर्दे में रहती थीं। अपने को साधारण गोली से

अधिक इज़्ज़तदार समझती थीं। और राजा या ठाकुर के मर जाने पर उसके साथ चिता में भी जलती थीं। ऐसे भी उदाहरण राजपूताने के इतिहास में हैं। जबकि एक-एक राजा के साथ 50-100 पड़दायतें सती हुई हैं। जहाँ राजा की रानियाँ सती होने पर सुप्रतिष्ठित होती थीं, वहाँ ये रखेलियाँ भी राजा के साथ जल मरना अपनी शान और अपना धर्म समझती थीं। इन पड़दायतों का विवाह नहीं होता था, न कोई गोली-गुलाम उनका पति होता था। न उनकी संतान गोला-गोली कहलाती थी परंतु वह संतान शुद्ध राजपूत भी नहीं कहला सकती थी। न वह राजा हो सकती थी, न राजा का उत्तराधिकार पा सकती थी। उसका दर्जा राव राजा का होता था। आपने राजस्थान के अनेक राव राजाओं के नाम सुने होंगे। इन्हें कुछ गुज़ारा राजा देता था, पर विवाह इनका भी गोलियों में ही होता था। राजपूत की बेटी से ये विवाह नहीं कर पाते थे। इनमें से अनेक राजसी ठाठ से रहते या राजा के बड़े ओहदेदार भी होते थे, परंतु न तो शिक्षा, न योग्यता ही उन्हें राजपूतों के बराबर बना सकती थी। राजपुत्र होने से ही उनके भाग्य का कलंक नहीं मिट सकता था। वे राजा और ठाकुर के विलास-व्यभिचार से दासियों और उपपत्नियों से उत्पन्न फ़ालतू संतान थे।

राजस्थान-विलय के समय हमारी जाति के 60 हज़ार से अधिक गोले-गोलियाँ राजाओं और ठाकुरों के रनवासों में उनकी स्वेच्छाचारिता और विलास-वासना का शिकार बने हुए थे। मैं यह भी कह सकती हूँ कि अब भी, स्वतंत्र भारत में भी इन गोलियों का नितांत अभाव नहीं हो गया है। रस्सी जल गई, पर उसके बल नहीं गए हैं। ये लोग अब राजा नहीं रहे, ठिकानेदार नहीं रहे। उनकी राजनीतिक स्वेच्छाचारितापूर्ण सत्ता खत्म हो गई। पर उनके घरों में अब भी गोले-गोलियाँ वही गुलामी का जीवन व्यतीत कर रहे हैं। अधिक नहीं तो कम ही। स्वतंत्र भारत में भी इन भूतपूर्व राजाओं की विवाह-शादियों में गोलियाँ दहेज़ में दी जाती हैं, जिनकी तरफ़ राजस्थान के समारोह-उद्घाटन-शूर मंत्रियों को ध्यान देने की फ़ुर्सत ही नहीं मिली।

यह दुराचार निस्संदेह राजपूतों के उस कठिन और अनिश्चित जीवन की प्रतिक्रियास्वरूप पैदा हुआ था जो उन्होंने मध्य युग में व्यतीत किया था। तब प्रत्येक राजपूत को नंगी तलवार रखकर सोना पड़ता था और किसी भी क्षण वह समर में जूझ सकता था। मरना और मारना ही उसका पेशा था, ध्रुव ध्येय था। इसी से राजपूत अपने बुद्धिवैभव को नहीं बढ़ने देते थे। अफ़ीम का घोल पीते थे, शराब में धुत रहते थे, जिससे वे मरने-जीने की बात सोच-समझ न सकें और जब चाहें कट मरें। अफ़ीम का नशा तीर और तलवारों की लड़ाई के लिए अधिक उपयुक्त था, क्योंकि इससे एक प्रकार की जड़ता शरीर में आती थी और तीर-तलवार के आघात की वेदना की अनुभूति कम होती थी। युद्ध से लौटने पर शिकार और स्त्री दो ही उनकी भोग-सामग्री होती थीं। मुसलमानों के हरमों में हज़ारों स्त्रियों की भीड़-भब्भड़ इन हिन्दू राजाओं की ही देखा-देखी बढ़ी और इनकी शुरुआत हुई दक्षिण से, जहाँ विजयनगरम के राजा के रंगमहल में 8 हज़ार स्त्रियाँ थीं। उनके अनुकरण पर बहमनी बादशाहों ने भी स्त्रियों के रेवड़ भरे। फिर इस हरम का परिष्कृत रूप मुग़लों

के ऐश्वर्य का प्रमुख चिह्न बन गया, जबकि उनका साम्राज्य सुदृढ़ पायों पर स्थापित हो गया था। मुगलों ने राजपूतों से मेल किया, रोटी-बेटी का व्यवहार किया, राजनीतिक और सांस्कृतिक सहयोग किया। तब यह स्वाभाविक ही था कि उन अशक्त और मुग़लों के दरबारी राजाओं पर मुग़ल ऐश्वर्य का भी सीधा सांस्कृतिक प्रभाव पड़ता और ऐसा ही हुआ भी। बहुपत्नीत्व तो था ही धार्मिक रूप में निर्बाध, मुसलमानों में भी और हिन्दुओं में भी। उधर मुग़लों के खिराज में भी सुंदर लड़कियों का एक अनुपात अनिवार्य हो गया था। देश-देश के सूबेदार अपने-अपने प्रांत से छांट-छांट कर सुंदर लड़कियाँ मुग़ल दरबार में वार्षिक खिराज के साथ भेजते थे, जो मुग़ल हरम की शोभा बढ़ाती थीं, बादशाहों और शाहज़ादों की अंकशायिनी और प्रिय साकी होती थीं। फिर गुलाम (लौंडी, खोजा) आदि भी थे। ऐसी हालत में, जबकि इन राजपूतों की लड़कियाँ मुग़लों की प्रधान बेग़म और बादशाहों की माँ बन गई थीं, क्यों न बुराइयों के बीज उनके रंगमहल में उगते? वे उगे, जिनके फलस्वरूप हमारी—गोलियों की, गोलों की—गुलाम जाति बनी। इनकी लड़कियाँ राजपूत, ठाकुरों और राजाओं की रखेलियाँ, उप-पत्नियाँ और भोग-दासियाँ थीं और लड़के टुकड़खोर गुलाम दास। राजपूतों की दासता और स्वेच्छाचारिता की पूर्ति ही इनका धर्म था।

अंग्रेज़ी शासन में कुछ दशा बदली थी, क्योंकि इस प्रथा को कायम रखना उन सिद्धान्तों के प्रतिकूल था, जिन पर ईस्ट इंडिया कंपनी की सरकार प्रतिष्ठित थी। व्यक्तिगत स्वाधीनता का अधिकार और अपने जीवन को अपनी इच्छा के अनुसार बनाए रखने का हक दूसरों को भी उसी प्रकार की स्वाधीनता देते हुए स्वीकार किया गया और व्यवहार में लाया जाने लगा। इसलिए ईस्ट इंडिया कंपनी ने चाकरों पर मालिकों का अधिकार मानने से इनकार कर दिया। उसमें इन स्वत्वों को अस्वीकृत ही नहीं किया, अपितु एक कानून बनाकर उन स्वत्वों का उपभोग करना एक जुर्म करार दे दिया। इस प्रकार ब्रिटिश राज्य की सब रियासतों में तो चाकरों और गोलों के ऊपर मालिकों का अधिकार का खात्मा हो गया और सब गोले चाकर फिर से स्वतंत्र हो गए, पर यह कानून उस भूभाग में प्रचलित नहीं हुआ जो देशी राज्यों के अधिकार में था। वहाँ यह प्रथा बराबर जारी रही। इन राज्यों की प्रजा शिक्षा की कमी के कारण अपने अधिकारों से बेखबर थी, इसलिए हमारे मालिक राजपूत अपने अधिकारों पर दृढ़ता के साथ जमे रहे और उनका उपभोग करते रहे। चाकरों ने, गोलों ने भी कभी इनका विरोध नहीं किया। गोलों को चाकर कहा जाता था, नौकर नहीं। नौकर स्वेच्छा से नौकरी कर और छोड़ सकता था पर चाकर ऐसा नहीं कर सकता था। मालिक गोलों को खाना-कपड़ा, विवाह आदि का खर्च देते थे। मौसर का खर्चा सिर्फ़ घरजा चाकरों को ही मिलता था। घरजा चाकर वह था जो घर ही में उत्पन्न हुआ हो। चाकर किसी भी हालत में न मालिक की आज्ञा का उल्लंघन कर सकते थे, न सेवा छोड़ सकते थे। चाकरों की संतान पर मालिक का स्वत्व होता था। उनकी जिन लड़कियों को मालिक अपनी लड़की के दहेज़ में देते थे, वे लड़कियाँ भी अन्य सामान के साथ दहेज़ की संपत्ति हो जाती थीं। कभी-कभी कुटुंब का कुटुंब दहेज़ में दे डाला जाता था।

मेरी माँ

मेरी माँ के अन्नदाता एक छोटे-से ठिकाने के ठाकुर थे। उनके ठिकाने की आय बहुत सीमित थी जिसकी पूर्ति वह डाके डलवाकर करते थे। उनके अमल-पानी और रनवास के खर्चे इसी से चलते थे। उनके अधीन जोरावर धाड़ेदार डाकुओं की टोलियाँ थीं। ये टोलियाँ ठिकाने में डाका नहीं डालती थीं, दूसरे राज्यों में ऊँटों पर चढ़कर लूट-मार करती थीं। लूट के माल में से एक तिहाई ठाकुर को मिलता था, शेष डाकू लोग बाँट लेते थे। इन डाकुओं की बदौलत ठिकाने में भी ठाकुर की भारी धाक थी। ठिकाने का कोई बनिया या दूसरी जाति की रैयत अपने बेटे-बेटी का विवाह उस समय तक नहीं कर सकता था, जब तक ठाकुर को 'लाग' न दे दे। लाग में एक छकड़ा-भर आटा, मैदा, घी, चीनी, चावल, कपड़ों के थान और कुछ नकद रुपये भी होते थे। रैयत की हैसियत के अनुसार इस लाग की मात्रा कम या अधिक होती थी। लाग लेकर लड़के या लड़की वाला ठाकुर की गढ़ी में हाज़िर होकर अरदास करता था कि उसके बेटे-बेटी का विवाह मंज़ूर होने का हुकुम फ़र्माया जाए। तब ठाकुर लाग की जिंसों की पड़ताल करते थे। संतोषजनक होने पर विवाह की स्वीकृति देते थे। जो कोई लाग नहीं देता था उसकी बरात लूट ली जाती थी या दुलहिन उड़ा दी जाती थी। विवाह होने के बाद दुलहिन को सबसे पहले ड्योढ़ियों में हाज़िर होना पड़ता था, पसंद आने पर कभी-कभी ठाकुर ही सर्वप्रथम दुलहिन का कौमार्य भंग करते थे। केवल ठाकुर के सजातीय, राजपूत और ब्राह्मण ही इस लाग-डाँट से मुक्त थे।

मेरी माँ सपरिवार माता-पिता के साथ यहाँ दहेज़ में आई थी। उस समय उसकी आयु केवल पंद्रह वर्ष की थी। मेरी माँ के माता-पिता, भाई-बहन सब मिलकर सात जने थे। मेरी माँ सबसे छोटी और सुंदर थी। ठाकुर की उस पर शुरू से ही नज़र थी। मेरी माँ के पिता एक वीर पुरुष थे। तलवार चलाने में उनके जोड़ का आदमी आस-पास न था। अपनी शूरता की विशेषता के कारण ही वह सपरिवार घोड़ा और तलवार सहित दहेज़ में दिए गए थे। विवाह के समय कुंवरी की आयु भी मेरी माँ के समान कच्ची थी। वह मेरी माँ को बहुत मानती भी थीं। ससुराल आकर मेरी माँ कुंवरी की खास खवासिन के रूप में रात-दिन चाकरी में हाज़िर रहती थी। आगे चलकर वह पलंग-सेविका बना दी गईं और फिर पैर में सोना देकर पड़दायत बना दी गईं। पड़दायत बना देने के कारण मेरी माँ का विवाह किसी गोले से नहीं हुआ। वह ठाकुर की रखैलियों में रही। यह गोले-गोलियों के लिए कम सम्मानजनक बात न थी। पड़दायत का मामला भी एक खास घटना के कारण हुआ। एक दिन ठाकुर एक युद्ध में गए। यह युद्ध वास्तव में एक धाड़ थी। किसी दूसरी रियासत के राजा की एक बारात ठिकाने की सीमा में होकर गुज़र रही थी। सूचना पाकर धाड़ेती लोग सांडनियों पर सवार होकर उसके पीछे लग गए। पर बारात के साथ काफ़ी सिपाही और लाव-लश्कर था, इसलिए ठाकुर स्वयं भी इस मुहिम पर डाकुओं के साथ गए। इस समय मेरी माँ के पिता घोड़े पर सवार ठाकुर की रकाब के साथ थे। बारात पर धाड़ पड़ी तो बारात के लोगों ने डटकर डाकुओं का मुकाबला किया। उसमें ठाकुर के

प्राय: सभी साथी डाकू मारे गए। ठाकुर भी घायल होकर घोड़े से नीचे गिर गए। मेरी माँ का पिता भी ठाकुर की रक्षा करने में वीरतापूर्वक लड़कर घायल हुआ। पर वह ठाकुर को रणक्षेत्र में गिरता देख, उन्हें मरा हुआ समझ, उनके घोड़े पर बैठ अपने प्राण लेकर घर लौट आया और उसने ठाकुर के मरने की खबर आ सुनाई। ठाकुर के मरने की खबर सुनकर गढ़ी में रोना-पीटना मच गया। ठकुराइन ने पीले वस्त्र पहने, हाथों में मेहंदी रचाई माँग में सिंदूर दिया और चिता सजवाकर वह उसमें बैठ गईं। सती रानी की जय-जयकार से दिशाएँ गूँज गईं। रानी जलकर खाक हो गईं। पर चिता ठंडी भी न हो पाई थी कि ठाकुर घायल अवस्था में गिरते-पड़ते आ पहुँचे। ठाकुर को जीता-जागता देखकर सब लोग सकते की हालत में रह गए। जब ठाकुर ने ठकुराइन के सती होने का समाचार सुना, तब उन्होंने अपने सिर के बाल नोंच डाले। बड़ी कठिनाई से ठाकुर के कोप से मेरी माता के पिता की रक्षा हुई और तभी से उन्होंने मेरी माँ को बाकायदा ठाकुर को भेंट कर दिया। मेरी माँ के अद्वितीय रूप और सौंदर्य पर ठाकुर तो पहले से ही लट्टू थे, उसने पैरों में सोना देकर पड़दायत बना लिया। किन्तु उन्होंने मेरी माँ के पिता की तलवार और घोड़ा छीन लिया और यह आन फेर दी कि अब से कोई गोला ठिकाने में कभी न घोड़े पर चढ़ने पाएगा, न तलवार बाँध सकेगा।

ठाकुर की तीन ठकुरानियाँ और थीं, पर वे सब निकम्मी थीं। एक तो बूढ़ी और कुरूप एवं मूर्खा थीं। ठाकुर का उनसे आमना-सामना कभी-कभी साल-छह महीने तक नहीं होता था। ठकुरानियों के अतिरिक्त दो पड़दायतें और भी थीं पर उम्र उनकी भी अधिक हो गई थी। इनके अतिरिक्त इक्कीस खवास गोलियाँ भी थीं। पर उन सबके विवाह हो चुके थे। वे सब बारी-बारी से रनवास में ठाकुर की सेवा करती थीं और फिर अपने घर चली जाती थीं। प्रतिदिन बारह खवासिनें रनवास में चाकरी करतीं—छ: दिन को छ: रात को। जिनकी चाकरी की बारी नहीं होती वे अपने घर अपने धनी के साथ रहतीं। उनके घर भी ड्योढ़ियों में ही थे। घर क्या थे, कोठरियाँ थीं। इन खवासिनों के जो बच्चे होते थे, उनके पिता उनके विवाहित पति ही होते थे। लड़कियाँ गोली तथा लड़के चाकद कहलाते थे।

दोनों पड़दायतों के कोई संतान न हुई थी, न तीनों ठकुरानियों से ही संतान हुई। ठिकाने के उत्तराधिकारी के लिए ही ठाकुर ने इस कुंवरी से ब्याह किया था। नयी ठकुराइन बड़ी भावुक और सुंदरी थी। ठाकुर उस पर रीझे थे। ब्याह के दूसरे ही साल नई ठकुराइन ने एक कन्या को जन्म दिया था। इतने दिन बाद कन्या के जन्म से ठाकुर ने बड़ी खुशी मनाई थी। परंतु ठाकुर के मरने की खबर सुन अकेली नयी ठकुराइन को अत्यंत क्लेश हुआ और वे कुछ ही घंटों बाद स्वर्गस्थ हुई। दूसरी स्त्रियों ने इसका दु:ख नहीं माना।

ठाकुर को नयी ठकुराइन के मरने का बड़ा रंज हुआ। पर मेरी माँ को पाकर वह शीघ्र ही सब कुछ भूल गए और तब मेरा जन्म हुआ। मेरी माँ पड़दायत के प्रतिष्ठित पद पर थी। इसलिए मेरे पिता के स्थान पर ठाकुर की मुहर लगी थी। मैं गोली तो थी पर चाकर

न थी, क्योंकि मेरा बाप गोला दारोगा नहीं, ठाकुर था। मेरी माँ को इसका गर्व था। माँ पर अब दो बच्चों के पालने का भार था। एक मेरा, दूसरी कुंवरी की लड़की का, जो अब तीन बरस की हो गई थी।

ठाकुर के घर में रसोड़ा सबका अलग-अलग था। खवास और चाकर तो अपने-अपने घर खाते ही थे। तीनों ठकुराइनों और दोनों पड़दायतों की भी रसोई अलग-अलग बनती थी। कोई किसी का शरीक न था। रसोड़ा मेरी माँ का भी अलग था। और अब अपने माता-पिता से उसका कोई सरोकार न था। ठाकुर का रसोड़ा भी अलग था। आपको यह सुनकर आश्चर्य होगा कि सबका भोजन पृथक्-पृथक् बनता था। परंतु आप यह जानकर भी आश्चर्य करेंगे कि सबको प्रतिदिन एक दिन का 'पेटिया', अटोले से मिलता था। पेटिया का अभिप्राय आटा, दाल, चावल, घी, ईंधन, तरकारी आदि है। ठाकुर की गृहस्थी पीढ़ी-दर-पीढ़ी से इसी तरह चलती आई थी। प्रतिदिन सबको केवल एक दिन का पेटिया मिलता और सब अपना-अपना भोजन अपने सेवकों-चाकरों से बनवाकर खाते-पीते।

भोजन ठाकुर का भी अलग होता। उनका शयनागार भी पृथक् था। खवास, गोली, चाकर और इधर-उधर के माल तो उनके अपने ही एकांत शयनागार में सेवा करते थे। जिस दिन वह किसी ठकुराइन या पड़दायत के यहाँ रात्रि व्यतीत करने को जाते थे, उस दिन तीसरे पहर एक लोटा भाँग उस स्त्री के यहाँ भेजी जाती थी। भाँग बहुत बढ़िया मेवा आदि डालकर बनती थी। यह इस बात का संकेत होता था कि आज रात ठाकुर की उसके शयनागार में अवाई है। बस, तत्क्षण सिंगार-पटार, सार-सँभाल की धूम मच जाती थी। शयनागार फूलों से सजाया जाता, इत्र से सुवासित किया जाता। दारू की बोतलें मँगाई जातीं। पान तैयार किए जाते, ग़ज़ल तैयार होती। पलंग की चादरें बदली जातीं। तकियों की तादाद बढ़ाई जाती। मसनदें करीने से लगतीं। ठाकुर काफ़ी रात तक बाहर अपने गोले खवासों की जी हुज़ूरियों में घिरे गढ़े किस्से और उल्टी-सीधी खबरें सुनते रहते। कभी-कभी डाकू साथियों के आ जाने पर वह देर तक माल-टाल का बँटवारा करते। चाभी-कूची सब गोले खवासों के पास रहतीं। रुपये-पैसे और उनका हिसाब भी वे ही रखते थे। उनकी ओर से तनिक भी दग़ाबाज़ी की संभावना न थी। बहुत रात बीते वह रनवास में आते ठकुराइन या पड़दायतें उनका स्वागत करतीं। मेरी माँ मुझे और कुंवरानी को खूब सजाकर गुड़िया-सी बना देती। ठाकुर आकर हमें प्यार करते, खिलाते। फिर मेरी माँ के संकेत पर खवासिन हमें दूसरे कमरे में ले जाकर सुला देतीं। इसके बाद शयनागार में पलंग-दासियाँ हाज़िर होतीं। किसी के हाथ में ठंडे पानी की झारी, किसी के हाथ में पंखा-मोरछल। किसी के हाथ में मद्य पात्र और प्याले। मद्य का प्रथम प्याला मेरी माँ डालकर ठाकुर को देती। ढाढिनें मांड गातीं—'दारूड़ों दाखारे पियो उमराव।' फिर खवास भर-भरकर जाम मेरी माँ को और ठाकुर को देतीं और वे दीन-दुनिया को भूल रस-रंग में डूब जाते। ऐसा ही राजपूती जीवन का ढर्रा उन दिनों राजस्थान में चला करता था।

चारणों का प्रभाव

कुंवरानी और मैं शीघ्र ही हिल-मिल गईं। कुंवरानी मुझसे ढाई-तीन साल बड़ी थी। सुंदरी मैं अधिक थी। मेरा रंग गोरा था। कुंवरानी साँवली थी, राजपूतों में बहुत कम गोरा रंग मिलता है। मैं ज़रा नाज़ुक भी थी। मेरे नाक-नक्श सब सुडौल थे। कुंवरानी ज़रा भारी शरीर की थी। नाक उसके ज़रा चपटी थी, पर आँखें बड़ी पानीदार थीं। माँ हम दोनों को समान भाव से रखती, पालती थी। मैं तो उसकी बेटी थी ही, कुंवरानी बिना माता की तथा माँ के स्वामी और स्वामिनी की बेटी थी। कुंवरानी की माँ के साथ मेरी माँ का भी लगभग यही रक्त-सम्बन्ध था, जो मेरा और कुंवरानी का था। इसी से माँ का कुंवरानी पर विशेष प्यार था, आदर भी मुझसे अधिक था। वह कपड़े भी मुझसे बढ़िया पहनती थी। खाना मुझे अभी भी बहुधा कुंवरानी के जूठे रूप में ही मिलता था। पर कुंवरानी मेरा जूठा न खा सकती थी। इस बात का पूरा ध्यान रखा जाता था। कुंवरानी के सभी पुराने वस्त्र मुझे मिलते थे। कुछ तो काट-छांटकर तभी मेरे लिए ठीक कर लिए जाते थे कि बड़ी होने पर काम आएँगे। ठाकुर मुझे भी बहुत प्यार करते थे। असल बात यह थी कि मेरी माँ ने उनका मन मोह लिया था। ठकुराइन के जीते जी वह उतना खुलकर मेरी माँ के साथ घनिष्ठता नहीं बरत सकते थे। उसके मरने पर उन्होंने माँ को पड़दायत बनाकर और पैरों में सोना देकर बहुत बड़ी इज़्ज़त दी थी। आप हँस सकते हैं, परन्तु हम गोलियों के लिए सचमुच यह बड़ी प्रतिष्ठा की चीज़ थी। आजकल प्रतिष्ठा का मापदण्ड बदल गया है। तब हम गोला गुलामों की प्रतिष्ठा का यही मापदण्ड था। किसी गोली का पड़दायत पद पर जाना और पैरों में सोना पहनना सचमुच ही गौरव और प्रतिष्ठा की चरम सीमा थी।

धीरे-धीरे हम दोनों ही बड़ी होने लगीं। हमारे पिता ठाकुर पहले ही काफ़ी उम्र के थे, अब वह वृद्ध होने लगे। राजपूतों का जीवन बड़ा असंयत और अस्त-व्यस्त होता है। एक प्रकार की रूक्षता, कर्कशता और कठोरता उनके जीवन में घुली-मिली रहती है। ठाकुर साहेब का जीवन भी ऐसा ही था। साधारणतः वह पढ़े-लिखे व्यक्ति थे। स्नान, पूजा-पाठ वे नित्य करते थे। मुझे बचपन के वे दिन याद आते हैं, जब हमारे घर के पुरोहित पोपले मुँहवाले बूढ़े ब्राह्मण नित्य प्रातःकाल गंगोदक और अक्षत लेकर ड्योढ़ियों में आते और 'जय पृथ्वीनाथ' कहकर ठाकुर साहेब का अभिनंदन करते थे। उनके सिर पर पवित्र गंगोदक और अक्षत का मार्जन करते थे। संस्कृत के श्लोक उच्च स्वर में पढ़कर रोली-चन्दन का तिलक करते थे। ब्राह्मण हमारे ऊपर भी अक्षत-पुष्प का मार्जन करते थे। उनका पोपला मुँह मुझे बहुत अच्छा लगता था। जब वह 'जय हो' का उच्चारण करके मेरे माथे पर और कुंवरानी के मस्तक पर अक्षत-पुष्प डालते थे, हम लोगों को हँसी आ जाती थी। ठाकुर साहेब शैव थे। नित्य शिवाले में जाकर लिंगार्चन करते थे। संस्कृत के बहुत-से श्लोक, भक्ति की कविता और दोहे उन्हें याद थे। डिंगल की कविता का उन्हें शौक भी था। कदाचित् वह डिंगल की कविता कभी-कदास करते थे। ठाकुर साहेब के घराने का चारण साल में एक-दो बार ठिकाने में आता। वह बहुत बूढ़ा चारण था। उसकी सफ़ेद दाढ़ी थी।

लाल आँखें थीं। पर वह बड़े डील-डौल का शानदार आदमी था। कवित्त पढ़ने का ढंग उसका बड़ा प्रभावशाली था। उसकी वाणी सतेज और चेष्टा उत्तेजक होती थी। जब वह वीररस की कविता-कवित्त, दोहे ऊँचे स्वर में पढ़ता, तब अपने भाई बंदों के साथ दरबार में बैठे ठाकुर झूम-झूम जाते। विदायगी में चारण को एक सौ एक रुपया, एक पाग और सिरोपाव मिलता था। प्रशस्ति में चारण जो उच्चारण करता था, उसका अभिप्राय यह होता था कि आपके बाप-दादों ने हमारे बाप-दादों को एक करोड़ पसाव बख्शाया था, आपका यह दान भी करोड़ पसाव से कम नहीं है। मुझे याद आता है कि कुंवरानी के विवाह में ठाकुर ने इस चारण को घोड़ी दी थी और उन महाराजा की ओर से जिन्होंने कुंवरानी को ब्याहा था, इसे एक हाथी और एक गाँव दिया गया था।

उन दिनों राजस्थान में चारणों का बड़ा मान था। कोई राजा-ठाकुर चारण का अपमान करने का साहस नहीं कर सकता था। यह भी एक विचित्र-सी बात है कि जैसे राजपूतों से हम गोलों-गोलियों, चाकरों और गुलामों की जाति उत्पन्न हुई, जो ठाकुरों की खरीदी संपत्ति के समान गुलाम की भाँति जीवन-यापन करते थे—वैसे ही, उन्हीं में से इन चाकरों की भी जाति का उदय हुआ था। ठाकुर-राजा जहाँ हम चाकरों से चरण-सेवा कराते थे, पर वह सत्कार, दान, मान तक ही सीमित था। चारणों का सत्कार दूसरे ही ढंग का होता था। बहुत बार तो चारणों की पालकी में राजा को कंधा लगाते सुना गया है। चारण केवल राजपूत ही का दान अंगीकार करता तथा उसी का अन्न ग्रहण कर सकता था, किसी अन्य जाति का नहीं।

यहाँ मैं चारणों की मर्यादा की एक कहानी सुनाऊँगी। दाता के पिता बड़े काँटे के ठाकुर थे। वह उस ज़माने के पुरुष थे, जिस ज़माने में राजपूतों की तलवार में ज़ंग नहीं लगता था। उनका ठिकाना तो आज से भी छोटा था, पर ठसक बहुत थी। एक बार ऐसा हुआ कि प्रसिद्ध चारण कवि करणीदास जी ठिकाने में आए। करणीदास जी बड़े भारी कविराज थे। बड़े-बड़े राजदरबारों में उनका मान था। अनेक राजाओं ने उन्हें करोड़ पसाव दान दिया। वह जिस राजा का यश बखानते थे, वह राजस्थान में विख्यात हो जाता था। वह हर ठिकाने जा-जाकर कीर्तिगान स्वयं करते थे। बड़े-बड़े छत्रपति उन्हें दान-मान से संतुष्ट करके उनसे अपना कीर्तिगान कराते थे। चारण की वाणी द्वारा ही राजाओं और ठाकुरों की कीर्ति अमर रहती थी।

ठाकुर ने जब चारण की अवाई की सूचना सुनी, तब वह वेश बदल-कर सोलह कोस चलकर गए और उन्होंने चारण की पालकी में कंधा लगाया। चारण को इस बात की कुछ भी खबर न हुई। जब गाँव का सिवाना निकट आ गया, तब चारण ने क्रुद्ध होकर कहा, ''अरे यह ठाकुर तो बड़ा घमंडी प्रतीत होता है। हम उसके सिवाने में आ पहुँचे और वह अभी तक हमारी खोज-खबर को नहीं आया। हमारी सवारी यहीं से लौटा दो, हम इस गाँव में नहीं जाएँगे।''

यह सुनते ही ठाकुर पालकी से हटकर कविराज के सामने आए और बोले, ''बाबाजी, मैं तो सोलह कोस से आपकी पालकी में कंधा दिए जा रहा हूँ।'' ठाकुर का परिचय पा और उनकी ऐसी सेवा देख चारण प्रसन्न हो गए। एक रात उन्होंने ठिकाने में वास किया।

जब चले तब बोले, "ठाकुर, मेरा एक नियम है। जब कोई राजपूत या तो युद्ध में जय प्राप्त करता है या वीरगति को प्राप्त होता है, तभी मैं उसका यशगान करता हूँ, नहीं तो नहीं। सो मैं तुम्हारी सेवा से प्रसन्न हूँ। परन्तु मेरी वाणी तुम्हारे यश में तभी फूटेगी, जब तुम या तो वीरता से युद्ध-जय करो या रणभूमि में काम आओ।"

इतना कहकर चारण चले गए और ठाकुर के मन में बात घर कर गई। उन दिनों लड़ाई-झगड़े तो होते ही रहते थे, पर अंग्रेज़ी राज के प्रताप से युद्ध नहीं होते थे। राजपूतों का प्राचीन जीवन अब खत्म हो रहा था। राजस्थान ज्यों-ज्यों अंग्रेज़ों की छत्रछाया में आता जाता था, राजपूत आलसी होते जाते थे। दिन-पर-दिन और वर्ष-पर-वर्ष बीत गए पर ठाकुर को युद्ध में जाने का प्रसंग हाथ न लगा। चारण से कीर्तिगान सुनने की उनकी तीव्र अभिलाषा थी, पर वह पूर्ण न हुई। मैं पहले ही बता चुकी हूँ कि डाका और धाड़ की वारदातें होती रहती थीं, पर ऐसे अभियान प्रशंसनीय नहीं होते थे, न चारण उन्हें वीरता में परिगणित करते थे।

इसी बीच चारण मर गए। पर मरते समय अपनी पत्नी से वसीयत कर गए कि ठाकुर की सेवा का ऋण मेरे ऊपर है, यदि तेरे जीवित रहते ठाकुर वीर कृत्य करे तो तू उसकी विरद बखानना। एक दिन ठाकुर को कुछ ऐसा ही सुयोग लग गया। उन्होंने सुना कि मराठों की सेना उनके सिवाने में होकर अभियान कर रही है। बस, वह अपने बारह भाई-बंदों को संग ले उस विपुल वाहिनी का मार्ग रोक खड़े हो गए। मराठा सरदार ने बहुत समझाया-बुझाया, लोभ-लालच दिया, पर ठाकुर ने एक न सुनी और युद्ध करके वह वीरगति को प्राप्त हुए। यह सूचना चारणी ने पाई तो उसने उनकी विरद बखानी, जो सारे राजस्थान में गाई जाने लगी। ऐसा ही उन दिनों चारणों का प्रताप और राजपूतों की सनक थी।

यौवन की देहरी पर

हम दोनों चंद्रकला की भाँति बढ़ती गईं। ज्यों-ज्यों हम बढ़ती गईं, हमारा रूप निखरता गया। खासकर मेरे रूप की ख्याति सारे ठिकाने में फैल गई। कुंवरानी तो ठिकानेदार की बेटी ही थी, पर मैं बेटी होने पर भी बेटी नहीं थी। रूप-गुण में श्रेष्ठ होने पर भी तथा एक ही पिता की संतान होने पर भी, मैं कुंवरी की बराबरी नहीं कर सकती थी। मैं उसकी जूठन खाती और उतरन पहनती थी। वह छपरखट पर सोती, मैं गुदड़ी पर। फिर भी कुंवरी के मन में छोटे-बड़े का कोई भाव न था। वह मुझे बहुत प्यार करती थी, एक पल भी मेरे बिना नहीं रह सकती थी। मैं भी कुंवरी को बहुत प्यार करती थी। ज्यों-ज्यों मैं समझदार होती गई, माँ तमीज़ और अदब की शिक्षा मुझे देती गईं। मैं यह समझ गई थी कि कुंवरी स्वामिनी है और मैं चाकर। इस मर्यादा का उल्लंघन मैं कभी नहीं कर सकती थी। छोटी ही उम्र में शील और विनय से रहना सीख गई। कुंवरी को मैं बाईजीराज कहकर पुकारती और कुंवरी मेरा नाम लेकर, चंपा कहकर। कभी एक बार भी मैंने उसे उसके नाम से चंद्रवदन

कुंवरी कहकर नहीं पुकारा। हम दोनों खूब हँसी-चुहल करतीं, बाग़ में झूला झूलतीं, गीत गातीं। सर्वत्र ही मैं कुंवरानी का एक अंग-सी बनी रहती थी। ठाकुर ने हमारे साथ के लिए आठ-दस लड़कियाँ और जुटाई थीं। सब गोलियाँ थीं, कुछ घरजा थीं, कुछ बाहर से आई थीं। कमजोलियों का जमाव वास्तव में बाईजीराज के दहेज़ के लिए किया जा रहा था। हम सब एक साथ ही खाती-पीती और सोती थीं। परंतु सभी अपने को बाई का चाकर समझतीं और विविध भाँति उसकी सेवा तथा मनोरंजन करतीं।

ज्यों-ज्यों हम बड़ी और समझदार होती गईं, हम समझती गईं कि हम दहेज़ की दौलत हैं। हमारा पृथक् कोई अस्तित्व नहीं है। हमारा अपना विवाह कभी न होगा। हमारा भाग्य बाईजीराज के भाग्य से बँधा है। उसका सुख-दुःख सुहाग-अभाग हमारा सुख-दुःख, सुहाग-अभाग है।

कुंवरी ठाकुर को बापू कहती थी। पर मैं बापू नहीं कह सकती थी। मैं उन्हें दाता कहती थी। यह मुझे सिखाया गया था। मेरी माँ मुँह पर उन्हें सरकार-अन्नदाता कहती और पीछे जब उनकी चर्चा होती तब धणी कहती थी। ठाकुर बहुधा गोद में बैठाकर मुझे प्यार करते थे। मेरी भोली-भाली बातों से वह बहुत खुश होते थे। कुंवरी से कभी लड़ाई होती तो रोते-रोते मेरी हिचकियाँ बँध जाती थीं। तब ठाकुर मुझे गोद में लेकर चुमकार-पुचकारकर हर तरह मेरा मान रखते थे।

इस तरह मैं बड़ी हुई। यों तो चाकर थी, गुलाम थी, गोली थी, पर खूब ठसक से, राजसी ठाठ से, मौज-मज़े से मेरा बचपन बीता। अभाव क्या होता है, मैंने नहीं जाना। मैं अपने में खुश थी। कभी मुझे अपनी स्थिति नहीं अखरी। अपनी गुलामी मुझे चुभी नहीं। यहाँ तक कि जब कुंवरी के ब्याह में सब गोलियों के साथ मुझे भी दहेज़ में दे दिया गया और समूचे जीवन पर गुलामी की मुहर लग गई, तब भी मुझे कुछ बुरा न लगा। डोली में बैठती बार कुंवरानी जैसी हौंस मुझे भी थी। मैंने कभी यह अनुभव नहीं किया था कि विवाह मेरा नहीं कुंवरानी का हुआ है, यद्यपि मैं अब यौवन की देहरी पर खड़ी थी।

नज़रबाग में

उनकी अवाई की गढ़ी में धूम मची थी। वह राजा थे, राज-राजेश्वर थे, उनकी सवारी के आगे धौंसा बजता था, ग्यारह तोपों की सलामी होती थी। आगे-पीछे फ़ौज चलती थी। भाट और चारण विरद बखारते थे। बाईजीराज के साथ उनके ब्याह की चर्चा थी। इसी चर्चा को क्रियात्मक रूप देने वे गढ़ी में पधारे थे। ठाकुर का ठिकाना उनकी ही रियासत में था। ठाकुर की भारी धूम मच गई। मैं सहमी-सी कुछ चाव में, कुछ भय में, कुछ उद्वेग में डूबी-सी न जाने मन में कैसी भीतरी उथल-पुथल अनुभव कर रही थी। मुझे कोई हुक्म न था, मुझे कोई काम न था, मेरे ऊपर किसी का ध्यान न था। गढ़ी में जैसे और सब थे वैसी ही मैं ही मैं

भी थी; फिर भी न जाने क्यों एक अजीब गुदगुदी मेरे मन में हो रही थी। अकारण ही मैं हँसने लगती, मन में ऐसा समझती जैसे बहुत व्यस्त हूँ। कभी-कभी दौड़-धम करने लगती। बिना काम काम में फँस जाती। बाईजीराज की अटारी गढ़ी में जनानी ड्योढ़ियों की सबसे ऊपरी मंज़िल पर थी। वहाँ बड़ी धूमधाम थी। कुंवरी कुछ खुश थीं या नहीं, मैं नहीं कह सकती। पर वह न मेरी तरह हँसती थीं न चुलबुलाहट से इधर-उधर दौड़ लगाती थीं, एक प्रकार से सुस्त-सी, कुम्हलाई-सी बहुधा बड़ी-बड़ी आँखें उठाकर जैसे होंठों-ही-होंठों में कुछ कहतीं। क्या कहतीं, यह मैं नहीं जानती थी, पर उनका इस तरह देखने पर मैं मुँह में आँचल ठूँसकर हँस देती और वहाँ से भाग खड़ी होती थी। हकीकत यह थी कि महाराज की अवाई की गढ़ी में जब से धूम मची थी, मेरा मन उन्हें देखने को मानो सबसे अधिक आतुर था। उसी भाँति कुंवरी का भी। सच पूछो तो उनका इस तरह मेरी ओर देखने का अर्थ था, उन्हें किसी तरह देखने-भर की इच्छा। जैसे वह आँखों-ही-आँखों में पूछ रही थीं, 'क्यों री, वह कैसे हैं जिनके आगे धौंसा बजता है, पीछे तोपें छूटती हैं। बरकंदाज़, सिपाही, प्यादे दौड़ते हैं, सरदार-हाकिम जी-हजूरी करते हैं, जिन पर मोर्छल ढरता है, चारण-भाट विरद बखानते हैं और सबसे अधिक यह कि बाबू-ठाकुर हमारे दाता उन्हें अन्नदाता कहकर पुकारते और उनकी चर्चा करते हैं।'

उनके साथ इतनी भीड़ गढ़ में घुस पड़ी कि तिल धरने को जगह न रही। चारों ओर जहाँ तक आँखें जातीं भीड़-ही-भीड़, आदमी-ही-आदमी, सिर-ही-सिर। कहीं हाथी मैदान में खड़े सूंड़ हिला रहे हैं, कहीं घोड़े हिनहिना रहे हैं पांत-की पांत। अवलक, सब्ज़ा, कुम्मैत, बछेरा, पचकल्यानी। जगह-जगह यही चर्चा। सईस घोड़ों की मलाई-दलाई कर रहे हैं। घोड़े घी और रातव खा रहे हैं। हाथियों के लिए सेट सेंके जा रहे हैं, भिश्ती बराबर मैदान में पानी छिड़क रहे हैं, पर धूल दबती नहीं है। गढ़ी का सारा मैदान राबटियों से भर गया। उनमें राजपूत हैं, सरदार हैं, गुमाश्ते हैं, कारभारी हैं, सिपाही हैं, बरकंदाज़ हैं। हे राम, एक आदमी के साथ इतने आदमी! हाथी, घोड़े, पियादे, सिपाही! पर वह आदमी कहाँ है? यही तो असल बात थी, जिसे मैं जानना चाहती थी, देखना चाहती थी। पर यह क्या मुझ गोली के लिए कुछ आसान बात थी?

कुंवरी का मन ठीक न था। कभी ठीक रहता भी न था। सदैव से ही वह मितभाषिणी थीं। काम की बात बोलती थीं, बहुत कम हँसती थीं और यह तो मैं कह ही चुकी हूँ कि रंग उनका सांवला था। मैं गोरी-चिट्टी थी। फिर भी वह रानी, मैं बांदी। कोई भी देखते ही यह पहचान जाता।

दाता बहुत व्यस्त थे। सभी मेहमानों की खातिर-तवाजह का भार उन पर था। वह अपने कामदार तनसुखराय के साथ सलाह-मशविरा करने में, बातचीत करने में व्यस्त थे। कभी-कभी चिंतित भी दीखते। अपने भोजन और वस्त्र का भी उन्हें ध्यान न था।

अटाले में रसोई की ज़बरदस्त तैयारी थी। कितने बकरे, मेंढ़े काटे गए थे। भाँति-भाँति के मांस-व्यंजन बन रहे थे। दिल्ली और जयपुर के मशहूर हलवाई पकवान और मिठाइयाँ बना रहे थे। मैं सब देख आती और जो देखती, कुंवरी को आ सुनाती। सुनकर कुंवरी कुछ

कहती नहीं। केवल उसी भाँति बड़ी-बड़ी आँखों से मुझे देखती। उस देखने का अर्थ था एक प्रश्न—क्या उन्हें देखा तूने? और मैं जैसे भी बने उन्हें देखने को फिर वहाँ से भाग जाती।

सांझ का झुटपुटा हो गया था। गढ़ी में दीपावली की तैयारियाँ हो रही थीं। खवास और नाई मसालों को जलाकर कुप्पियों से उन पर तेल गिरा रहे थे। बहुत लोग इधर से उधर, भीतर से बाहर और बाहर से भीतर आ-जा रहे थे। अन्नदाता इस समय कहाँ होंगे, यही मन में सोच-विचार करती हुई ड्योढ़ियों के पिछवाड़े मैं नज़रबाग़ में जा पहुँची। राजा ड्योढ़ियों के पिछवाड़े वाले बड़े कमरे में ठहरे थे, यह मुझे मालूम था। कई दिन से ड्योढ़ियों का वह हिस्सा सजाया जा रहा था। दो नये द्वार बनाए गए थे, नया रंग-रोगन किया गया था; नये पलंग, कुर्सी और पंखे लगाए गए थे। कई बार मैं स्वयं जाकर वहाँ की धूमधाम देख चुकी थी। इसलिए यह तो मैं जानती ही थी कि राजा का डेरा यहीं, इसी कमरे में है। कमरे की एक खिड़की इसी नज़रबाग में थी। उसी खिड़की की राह राजा को देखने के इरादे से मैं नज़रबाग़ में जा पहुँची थी। अभी अँधेरा नहीं हुआ था। पर सब कुछ धुंधला-सा लग रहा था। बारी में से होकर कमरे की तेज़ रोशनी छन रही थी। कमरे में विलायती झाड़ी की रोशनी का प्रबंध किया गया था। यह मैंने देखा था। यह बारी बहुत ऊँची थी। बारी से राजा को कैसे देखा जाए? कुछ क्षण मैं असमंजस में खड़ी रही। बारी के पास ही हरसिंगार का एक झाड़ था। झाड़ की घनी डालियाँ बारी तक पहुँच रही थीं। बहुत बार खेल-खेल में मैं इस हरसिंगार की डालियों पर चढ़कर ढेर-से फूल चुन लाई थी। इस बार भी मैं राजा को देखने के इरादे से झाड़ पर चढ़ गई। चढ़कर उस खिड़की की ओर बढ़ी हुई डाल पर आगे को झुककर मैं खिड़की के भीतर झाँकने लगी। राजा भीतर क्या कर रहा है, यह देखने की उत्सुकता में मैं भूल गई कि यह अकेली डाल मेरा भार सहन भी कर सकेगी या नहीं। आखिर बालबुद्धि ही तो ठहरी। अपने शरीर का सारा बोझ डाल पर डालकर मैं खिड़की पर झुक गई। पर वह डाल चरमराकर टूट गई और मैं औंधे मुँह धरती पर आ रही। मेरे मुँह, बाल और कपड़ों में धूल भर गई। चोट भी लगी। मैं उठ ही रही थी और खीझ तथा चोट के दर्द से रोना चाह रही थी कि किसी ने एक अंक में भर कर मुझे उठा लिया। मेरे कपड़ों की धूल झाड़ी और मुझे पकड़कर खड़ा कर दिया। और तभी मैंने सुना एक सर्वथा अपरिचित कंठ-स्वर। "चोट तो नहीं लगी?" रोना और चोट का दर्द मैं भूल गई और मैंने पलटकर देखा—उस अँधेरे में भी उनके कान के हीरे साफ़ चमक रहे थे। उज्ज्वल परिधान, कुसुमल पाग, कंठ में मोतियों की माला, यत्न से संवारी और कान की ओर चढ़ाई हुई मूँछें, बड़ी-बड़ी तेजपूर्ण आँखें, भव्य व्यक्तित्व।

मैं बालिका थी। अनाड़ी थी, मूर्खा थी। पर यह समझने में मुझे एक क्षण की भी देर न लगी कि स्वयं महाराजाधिराज ही सम्मुख विराजमान हैं। उन्होंने मेरी मूर्खतापूर्ण करतूत देख ली है, उन्होंने मुझ मूर्खा को दया करके उठाया है। उन्हीं का सुख-स्पर्श और उन्हीं का कृपा-वचन मुझे उपलब्ध हुआ है। मैंने राज-परिवार में अदब-कायदा-तमीज़ की शिक्षा पाई थी सो मैंने सिर झुकाकर, हाथ बाँधकर अरदास की, "घणी खम्मा अन्नदाता!"

राजा ने कोमल स्वर से कहा, "चोट तो नहीं लगी?"

"नहीं अन्नदाता!"

"कौन है तू?"

"चाकर अन्नदाता!"

"यहाँ क्या कर रही थी?"

"घणी खम्मा, तकसीर माफ़ हो अन्नदाता, मैं हुज़ूर के दर्शन करने के इरादे से बारी में झाँक रही थी।"

राजा ने आगे बढ़कर मेरा हाथ पकड़ लिया। अरे, वह हाथ तो मुझसे भी अधिक नर्म-गर्म था। वह मुझे खींचते हुए-से एक ओर ले चले। पतंग जैसे डोर से आप ही खिंची चली जाती है, मैं उनके साथ हो ली। नज़रबाग़ में एक मकराने की चौकी पड़ी थी। वहाँ बैठकर उन्होंने मुझे सिर से पैर तक देखा। एक स्मित रेखा उनके होंठों पर और आनंद की चमक उनकी आँखों में व्याप गई। कुछ देर वह मुझे देखते रहे—उस अर्ध अंधकार में जैसे कुछ निश्चित, कुछ अनिश्चित भाव से। फिर बोले, "तेरा नाम क्या है?"

"मैं चंपा हूँ, अन्नदाता!"

"किसकी चाकरी में है तू?"

"बाईजीराज की, अन्नदाता।"

राजा कुछ क्षण चुप रहे। फिर हँसकर बोले, "तेरी बाई ने मुझे यहाँ भेजा था?"

"नहीं अन्नदाता, यह तकसीर तो मैंने ही की, मुझसे ही चूक हुई।" मैंने हाथ बाँधकर कहा और सिर नीचा किए खड़ी रही।

बहुत देर तक राजा बोले नहीं। शायद मेरे रूप, मेरे नवयौवन, मेरे विनय को मन-ही-मन तोलते रहे। फिर जैसे भावावेश के स्वर में बोले, "चंपा, जा मेरे लिए दारू ले आ।"

और मैं 'घणी खम्मा अन्नदाता' कहकर एक बार अच्छी तरह उन्हें प्रणाम करके तेज़ी से चल दी।

गरम तवे पर

दारू मैंने कभी पी नहीं, हाथ से छुई भी नहीं। कुंवरी की अटारी में दारू का निषेध था। राजपुरोहित पंडित सोमनाथ ने कुंवरी को दारू के गुण-दोष बताए थे, वे मैंने भी समझे थे। कुंवरी बहुत कोमल, समझदार और एक प्रकार से भावुक स्त्री थीं। वह दारू

से घृणा करती थीं। कभी-कभी दारू के विरुद्ध मत भी प्रकट करती थीं। मेरा मत भी कुंवरी से मिलता था। पर माँ को मैंने दाता को दारू देते देखा था। दाता सदैव माँ के यहाँ आकर दारू नहीं पीते थे। नित्य वह माँ के कमरे में जाते भी नहीं थे। जब आते थे तब, बहुत देर बाद केवल सोने के लिए आते थे। उनका आरोगना, दारू पीना, खाना-पीना सब बाहर ही होता था। उनके गोल-चाकर उन्हें यह सब बाहर ही जुटाते थे; पर कभी-कभी ऐसा भी होता था कि दाता माँ के कमरे में ही दारू पीते, कांसा भी आरोगते और वहीं रात्रि को सोते भी थे। उस दिन माँ को बहुत-से नये प्रबंध करने पड़ते। माँ उबटना लगाकर आचूड़ स्नान करती थी। नई पोशाक धारण करती थी, इत्र-फुलेल लगाती थी। बढ़िया पान के बीड़े लगते थे, माली बहुत-सी फूलमालाएँ व गजरे लगाता था। रसोड़े में विविध पकवान और मांस पकते थे, हम सब उस दिन इन सब तैयारियों में जुटे रहते थे। दारू की बोतलें तीसरे ही पहर को निकलवाकर बर्फ़ में दबा दी जाती थीं। उस दिन दाता भी बड़े ठाठ से माँ के यहाँ आते थे। यह स्नान करके नई पोशाक धारण करते थे। उनके साथ दो-चार गोले-खवास भी आते थे। मिठाइयाँ, इत्र, फूलमालाएँ वह भी लाते थे। उस दिन सूर्यास्त से कुछ पहले ही दाता जनाने में पधार जाते थे। पधारने पर पहरे लग जाते थे, ऊपर चाँदनी में जाजिम बिछ जाती, मसनदें जग जातीं। और भुने हुए मांस प्लेटों में चुन लिए जाते। उस दिन माँ बहुत व्यस्त रहती थी। व्यस्त हमें भी रहना पड़ता था। पर जब दाता मसनद पर विराजमान हो जाते तब माँ हमें एक संकेत करती थी और हमें छुट्टी मिल जाती थी। दाता के गुलाम-चाकर भी छंट जाते थे। एकाध पहरे पर हाज़िर रहता। एकाध गोली भीतर। यों दाता माँ के साथ अकेले रहना पसंद करते थे। परंतु इन सब बातों से, इस प्रबंध से मुझे बड़ा कौतूहल था। दारू के विषय में बुराई तो बहुत सुननी थी, पर दारू की इतनी धूमधाम देख मन में होता था—दारू है कोई भारी चीज़। और वह कैसे पी जाती है, यह देखने-जानने की दुर्दमय लालसा बहुधा मैं मन में दबा नहीं पाती थी तथा बहुधा छिपकर बहुत रात तक माँ का और दाता का दारू पीना देखती रहती थी। बहुत-सी बातें मैं जान गई थी। बहुत-सी समझ गई थी। दाता आग्रह करके माँ को दारू पिलाते, उसकी जूठी आप पीते, एक-दो पैग पीने पर दोनों की चेष्टाएँ बदल जातीं। उनकी बातचीत, भाव-भंगी, व्यवहार सब छिपकर मैं देखती तो बिना पिए ही मुझे भी दारू का नशा हो जाता। और कलेजा धड़कने लगता। फिर मैं अपनी गुदड़ी में आ पड़ती और सोचा करती कि इसी प्रकार कभी-न-कभी दारू मुझे भी पिलानी पड़ेगी, किसी-न-किसी को पर किसको? मैं यह सोचने लगती थी, पर उत्तर न पाती थी। आज अचानक, अकस्मात् अन्नदाता ने जो मुझसे दारू माँगी और उन संक्षिप्त दो शब्दों की आज्ञा के साथ उनके नेत्रों से जो चमक निकली, उससे तो मेरा कलेजा बाँसों उछलने लगा और मैं पसीने में नहा गई। मेरा रोम-रोम धर्रा उठा। मैंने सोचा, 'हे राम, आज अभी अन्नदाता को दारू पिलानी होगी। मेरे शरीर के प्रत्येक रोमकूप नेत्र बन गए थे और उन सब चित्रों को विविध रंगों में देख रहे थे जो मैंने छिपकर माँ और दाता के दारू आरोगने के समय में देखे थे। इन सब चित्रों पर मेरा नवयौवन, मेरी चाह, मेरी लालसा और साथ ही भीति आशंका, घबराहट इन सबने मिलकर मुझे अधमरी कर डाला था।'

मैं भागी जा रही थी, जैसे सूखा पत्ता आँधी की झपेट में घूमता पेंच खाता उड़ता है। पर मैं जाऊँ कहाँ? दारू मुझे कहाँ मिलेगी। कुंवरी की अटारी में तो है नहीं। दाता से कहना संभव नहीं। वहाँ भीड़-भाड़ में मेरा पहुँचना संभव न था। फिर मुझे वह सब तैयारी भी तो करनी चाहिए, जो मैं छिपकर माँ को करते देख चुकी थी। मैंने सोचा, 'पहले मुझे नहा-धोकर पोशाक बदलनी चाहिए। मैं जल्दी-जल्दी नहाई, जो पोशाक बढ़िया से बढ़िया हो सकती थी वह पहनी, आँखों में काजल दिया, गालों पर विलायती पाउडर लगाया, माथे पर बिंदी। इत्र मेरे पास था, एक रेशमी बड़ा-सा रूमाल भी था। उसे मैंने इत्र से सरोबार कर दिया और बार-बार उसे मुँह पर फेरने लगी। पचासों बार मैं काँच के सामने खड़ी हुई। न जाने मुझे क्या हो गया था। मैं बौखला गई थी। मेरी मति मारी गई थी। मैं अपना मुँह देखते न अघाती थी; मुँह की ही क्या बात, मैं तो अपने अंग के एक-एक उभार को देख रही थी। अजी, देख नहीं रही थी, आँखों में ही नाप-तोल कर रही थी। आज तक मैंने न जाना था कि मैं यौवन की देहरी में कदम रख चुकी हूँ। जवानी की कितनी दौलत मेरे पास है आज पहली बार मैंने देखा। अब आप हँसिए। मैं अपनी उस समूची दौलत को वस्त्रों में लपेटे, अपने निपट अनाड़ीपने से उसे राह में बखेरती-गिराती अपनी कोठरी से चली। वहाँ मैंने कुछ भी न छोड़ा। सब कुछ लाद ले चली। और आई माँ के पास।

माँ अकेली पलंग पर लेटी थी। एक खवासिन उनके पैर दबा रही थी। मैंने आते ही घबराहट-भरे स्वर में कहा, "माँ, उन्होंने दारू माँगी है।"

"किन्होंने?"

"अन्नदाता ने।"

माँ ने समझकर कहा, "क्या दाता ने!"

"नहीं, अन्नदाता ने, दरबार ने।"

माँ एकदम चमककर पलंग पर उठकर बैठ गई। उसने उत्तेजित स्वर में कहा, "क्या कहा, दरबार ने दारू माँगी है, तुझसे?"

"हाँ माँ!" मेरा मुँह सूख रहा था। कलेजा धड़क रहा था।

माँ ने सिर से पैर तक घूरकर मुझे देखा। मैंने जो नया शृंगार किया था उस पर उसकी नज़र ठहर गई, फिर उसने खवासिन को वहाँ से चले जाने का संकेत किया। एकांत होने पर उसने धीरे से कहा, "तुझे दरबार के दर्शन कहाँ हुए?"

"नज़रबाग में।"

"वहाँ तू क्या करने गई थी?"

मैंने घबराकर कहा, "मैं...मैं...यों ही उधर चली गई थी।"

"अन्नदाता क्या वहाँ थे?"

"वह नज़रबाग में टहल रहे थे।"

"और कोई भी वहाँ था?"

"अकेले दरबार ही थे, और कोई वहाँ न था।"

"यह कितनी देर की बात है?"

"इस शाम की।"

माँ ने दीवार की घड़ी पर नज़र डाली। नौ बज रहे थे। उसने कहा, "अब तो नौ बज रहे हैं।" मैंने भी घड़ी की ओर देखा। इतना समय बीत गया, इसका मैंने ध्यान भी नहीं किया था। नहाने-धोने, सिंगार करने में तीन घंटे बर्बाद हो चुके थे। मैं भय से पीली पड़ गई। माँ ने कहा, "मूर्खा, तुझे तुरंत मुझसे कहना था।" वह झपटकर पलंग से उठ खड़ी हुईं। खवासिन को उसने आवाज़ देकर अपनी खास बांदी केसर को तुरंत भेज देने को कहा।

कुछ ही देर में केसर आ गई। कोई पच्चीस बरस की छरहरी युवती थी। माँ की पलंग-दासी। सुंदरी, चतुर और राजसेवा में दक्ष। केसर के आने से पहले माँ ने धीरे से मुझसे पूछा, "कुंवरी से तो नहीं कहा?"

मैंने कहा, "नहीं।"

"कहना नहीं। और होशियार रहना, दरबार को नाराज़ न कर देना, अकल से काम करना, मैं केसर को तेरे साथ भेजती हूँ। लेकिन वह बाहर ही रहेगी।" यह कहकर उसने बर्फ़ में दबी दो श्रेष्ठ मेवे की दारू की बोतलें निकालकर तौलिये में लपेटकर मुझे पकड़ा दीं और मैं उन्हें बगल में दबाकर बोली, "माँ इतनी देर जो हो गई, दरबार सो न गए होंगे?"

"यह सब पूछताछ केसर कर लेगी। पर तू क्या दारू देना जानती है?"

मैंने सिर हिला दिया। माँ ने क्षणभर मुझे नख से शिख तक देखा। फिर झटपट एक-दो गहने मेरे कंठ में डाल दिए। एक मोती की लड़ मेरे बालों में खोंस दी। आँख का फैला हुआ काजल आँचल से पोंछ दिया। गालों पर फिर पाउडर लगा दिया। और कहा, "जा, पर घोड़ी की तरह दौड़ न लगाना, जिससे पसीना-पसीना हो जाए। कायदे से जा।"

मैंने डरते हुए कहा, "माँ, अन्नदाता गुस्सा करेंगे तब?"

"केसर सब ठीक कर लेगी, जा।" माँ ने संकेत ही से केसर को सब कुछ कह-सुन दिया।

और मैं चल दी उन दोनों बोतलों को बगल में दबाए। कलेजा मेरा धड़क रहा था, रक्त की प्रत्येक बूँद उछल रही थी, यंत्रवत् मेरे पैर उड़े जा रहे थे। मेरे होश-हवास ठिकाने पर थे या नहीं, नहीं कह सकती। मैं जैसे हवा में उड़ी जा रही थी अथवा गरम तवे पर चल रही थी।

राजा के शयन-कक्ष में

ड्योढ़ियों पर पहुँचकर केसर ने ड्योढ़ीदार से बहुत आहिस्ता से कहा, "अन्नदाता से अर्ज कर दो कि चंपा खिदमत में हाज़िर है। ड्योढ़ीदार एक बूढ़ा राजपूत था। उसकी सफ़ेद दाढ़ी हवा में फहरा रही थी। वह सफ़ेद पायजामे पर सफ़ेद अंगा और उस पर उदयपुरी कोट पहने था। पाग भी उसकी सफ़ेद थी। बड़ी-बड़ी मूँछ कान में उलझी थीं। वह तलवार गोद में धरे अपनी विशाल ढाल के सहारे ऊँघ रहा था। केसर का स्वर सुनकर उसने सावधान होकर और मंद स्मित स्वर में नेत्रों से एक विशेष प्रकार का संकेत करते हुए कहा, "जाओ भीतर, हुक्म है तुम्हारे लिए, अन्नदाता जाग रहे हैं।"

द्वार पर मोटा रूईदार पर्दा लटक रहा था। उसने पर्दा उठाकर हमें राह दिखाई। पहले केसर और पीछे मैं उसकी परछाईं की भाँति—जैसे उसकी पीठ पर चिपकी हुई होऊँ—बिना पद-ध्वनि किए मैं भी भीतर कक्ष में जा पहुँची। राजा के वहाँ ठहरने से पहले मैं उस कमरे को देख आई थी। तब उसकी सजावट हो रही थी। पर इस समय तो उसके ठाठ ही कुछ और थे। अन्नदाता पलंग पर पौढ़े थे, एक हल्के पीले रंग की रेशमी रज़ाई उनके पैरों पर पड़ी थी और दो-चार तकियों के सहारे कुछ उठंगे हुए वह, किसी अंग्रेज़ी पत्रिका के चित्र देख रहे थे। गंगाजमुनी काम का आदमी के कद के बराबर पेचवान पास रखा था और उसमें से खमीरी तमाखू की मस्त सुगंध उठकर कमरे में महक रही थी। एक गोला युवक उनके पैर दबा रहा था और बूढ़ा चाकर हाथ बाँधे एक कोने में खड़ा था। अन्नदाता थोड़ी देर में पेचवान का कश लेकर छत की ओर धुएँ का बवंडर छोड़ देते थे। कमरे में सन्नाटा था और दीवार की घड़ी की खट-खट मुझे अपने हृदय की धड़कन-सी लग रही थी। पलंग के पायताने कुछ कंबल, कुछ धुस्से करीने से तह किए रखे थे। खिड़कियों पर गुलाबी छींट के पर्दे पड़े थे और उनके पास पुष्पघरों में ताज़े फूलों के गुलदस्ते सजे थे। पलंग के नीचे चाँदी की बड़ी चिलमची पर सुगंधित घास करीने में बिछी थी। कभी-कदास दरबार उसमें खांस-खंकार लेते थे।

केसर ने चुपचाप निकट जा अन्नदाता के चरणों में सिर नवाकर ढोक दी। मैंने भी काँपते-काँपते आगे बढ़कर उसका अनुकरण किया। फिर केसर ने संकेत से चाकर को बुला एक चौकी उठवाकर पलंग के निकट रखवाई, उस पर गज़क और भुने हुए गोश्त की चाँदी की रकाबियाँ सजा दीं। केसर के संकेत से मैंने दारू की दोनों बोतलें चौकी पर रख दीं और एक तरफ़ हटकर मैं जड़वत् खड़ी हो गई। केसर के संकेत से चाकर ने बर्फ़ और सोडे की बोतलें लाकर चौकी पर रख दीं। फिर केसर ने सुवासित पानों के बीड़ों से भरा हुआ चाँदी का पानदान बग़ल से निकालकर चौकी पर रख दिया। संकेत से मुझे समझा भी दिया कि

ये पान हैं। अब तरुण गोला चरण-सेवा छोड़ चुपचाप उठ खड़ा हुआ। केसर ने उसे संकेत से एक ओर बुलाकर पूछा, "सिगरेट कहाँ है ?" गोले ने बक्स से सिगरेट से भरा चाँदी का डिब्बा और दियासलाई लाकर चौकी पर रख दी। अब केसर ने आँख उठाकर चारों ओर देखा और बूढ़े चाकर से संकेत से पूछा, "सब ठीक है या कुछ ?" चाकर ने संकेत ही से कहा, "सब ठीक है।"

केसर ने पूछा, "पेचवान पर तेरी ही चाकरी है ?"

बूढ़े ने हामी भरी तो केसर ने कहा, "तो तू बाहर बैठ।" फिर उसने तरुण गोले से भी संकेत से चले जाने को कहा। गोला कक्ष से चला गया। इतना तूम-तड़ाम हुआ, परंतु अन्नदाता को जैसे कुछ मालूम ही न हुआ। वह उसी भाँति चुपचाप उस पत्रिका के पन्ने पलटते और पेचवान का कश खींचते रहे। हमारे कक्ष में आने के बाद एक बार भी उन्होंने आँख उठाकर हमारी ओर न देखा। मुझे यह देखकर भारी आश्चर्य हो रहा था कि केसर सब सामान इस प्रकार जुटा रही जैसे वर्षों से वह अन्नदाता की सेविका रही हो, उनकी आवश्यकताओं और आदतों को जानती हो।

अंत में उसने जल की झारी को अच्छी तरह जाँच कर देखा। चाँदी की झारी जल से भरी हुई थी। गिलास पास रखे थे। उसने दारू पीने के पैग और गिलासों की ओर देखा, संकेत से मुझे दिखाया। तीन-चार तौलिए भी उसने वहाँ रख दिए।

यह सब काम खत्म कर उसने एक बार फिर कमरे में चारों ओर देखा और संतोष की साँस ली। फिर उसने साभिप्राय मेरी ओर देखा। मैं तो भीता-चकिता हिरणी की भाँति उन साभिप्राय आँखों को ताकती ही रह गईं। रास्ते भर उसने बहुत-सी सीख दी थीं, उसमें से कुछ मैंने समझीं, कुछ नहीं समझीं। जब वे सब बातें और आगे-पीछे होने वाली घटनाएँ इतनी तेज़ी से मेरे मस्तिष्क में घूमने लगीं कि मेरा सिर चकरा उठा, तब मुझे ऐसा प्रतीत हुआ जैसे मैं अभी बेहोश होकर गिर जाऊँगी। परंतु इसी समय केसर ने आगे बढ़कर कहा, "अन्नदाता के चरणों में ड्यौढ़ियों पर हाज़िर हूँ।" और वह एकदम मुँह फेरकर चल दी और पर्दा उठाकर कमरे से बाहर हो गईं। कमरे में अब मैं ही अकेली राजा के साथ रह गईं। मैं पीपल के पत्ते की भाँति काँप रही थी। मेरा शरीर पसीने से भीग गया था। जीभ तालू से सट गईं थी और मैं किसी भी क्षण बेहोश हो सकती थी।

राजा ने अब पत्रिका एक ओर फेंक दी। वह तकिए के सहारे ज़रा उठकर बैठ गए।

पेचवान से कश लेते हुए एकटक मेरी ओर देखते रहे। फिर उन्होंने कहा, "तू किसकी चाकरी में है ?"

"बाईजीराज की, अन्नदाता!"

"यहाँ तू उनकी इजाज़त से आई है ?"

"मैं अन्नदाता के हुक्म से आई हूँ।"

"किससे पूछकर?"

"माँ से।"

"कुंवरानी से नहीं पूछा?"

"नहीं सरकार!"

राजा ने फिर कश पेचवान से लिया और धुएँ का बादल छत की ओर बनाया। फिर पूछा, "वह औरत कौन है?"

"माँ की पलंग-दासी है, अन्नदाता!"

"क्या नाम है?"

"केसर है, सरकार!"

"उसे तू साथ लाई?"

"माँ ने भेजा है, सरकार!"

राजा ने पेचवान छोड़ दिया। करवट बदली। तकिया उठाकर सीने पर रखा और बिना देखे ही कहा, "सिगरेट दे।"

मैंने आगे बढ़ बक्स से एक सिगरेट निकाली, उसे राजा के होंठों से लगाया, दियासलाई से सुलगाकर और दियासलाई ऐश-ट्रे में डाल दी। राजा चुपचाप सिगरेट के धुएँ के छल्ले बनाते और छत की ओर फेंकते रहे। इतनी बातचीत और पहली सेवा की सफलता से उत्साहित होकर मेरा मन ज़रा ठहर गया। दिल की धड़कन कम हो गईं, साहस लौट आया। मैंने केसर की सीख; अपने अनुभव और सहज ज्ञान का सहारा लिया। गिलास में बर्फ़ और सोडा डाला और एक पैग दारू उड़ेलकर गिलास ले, राजा के निकट आई और काँपते हाथों गिलास को मूक-मौन भाव से उनके आगे बढ़ा दिया। देखकर राजा मुस्कराए, उन्होंने मेरी ओर एक विचित्र दृष्टि से देखा। पैग लिया और एक-दो सिप लेकर गिलास मेरी ओर बढ़ा दिया। आगे बढ़कर मैंने पैग थाम लिया। राजा सिगरेट के धुएँ के बादल बनाते रहे। मैं पैग लिए खड़ी रही। जब इशारा पाती, गिलास बढ़ा देती, राजा एक सिप लेकर पैग मुझे थमा देते और सिगरेट पीते। सिगरेट खत्म हुई। मैंने दूसरी सुलगा दी। पैग खत्म हुआ, मैंने दूसरा भरा।

पैग हाथ में लेकर राजा तकिये पर कोहनी टेक एक ओर को ज़रा और उठंग गए। हुक्म दिया, "बैठ।" हुक्म के साथ उन्होंने पलंग पर जगह बनाते हुए आँख से संकेत

किया। मैं डरती-सी ज़रा टिककर बैठ गईं। इस बार राजा अपने ही हाथ में पैग लिए रहे। फिर उन्होंने पूछा, "तू पीती है?"

"नहीं सरकार।"

"क्यों नहीं?"

"बाईजीराज की अटारी में दारू नहीं आती।"

राजा ने हुँकारा भरा। पैग खाली हो गया। मैंने तीसरा भरकर बढ़ाया। राजा ने कहा, "तू पी।"

"अन्नदाता, मैंने कभी नहीं पी।"

"आज पी।"

"अन्नदाता..."

"हमारा हुक्म है," उन्होंने गिलास हाथ में लेकर मेरे मुँह से लगा दिया। मैंने एक घूँट पी। एक लकीर-सी कलेजे तक खिंच गईं। राजा ने गिलास उसी तरह से मेरी मुट्ठी में दबा हुआ, अपने मुँह की ओर बढ़ाया। मैंने अरदास की, "सरकार, मैं दूसरा पैग हुज़ूर की खिदमत में पेश करती हूँ।"

राजा ने मेरी मुट्ठी में दबे उस गिलास को जैसे और भी कसकर दबाते हुए कहा, "दूसरा क्यों? यही दे।" और उन्होंने एक ही साँस में पैग खाली करके कहा, "पान।"

मैंने चार बीड़े पान पानदान से निकालकर अपने ही हाथ से राजा के मुँह में रख दिए। राजा ने पेचवान की ओर नज़र की। मैं दौड़ी हुई द्वारा तक गईं, फुसफुसाकर केसर से बोली, "सरकार शायद पेचवान पीना चाहते हैं।" दूसरे ही क्षण केसर नई चिलम में खमीरी तमाखू डालकर रख गईं। मैं चौथा पैग तैयार करने लगी। राजा ने कहा, "ठहर, यहाँ बैठ।"

और मैं उनके सिरहाने तकिये के सहारे बैठ गईं। मेरे चारों ओर का वातावरण अम्बरी तमाखू के सौरभ से महक रहा था। घड़ी टिक्-टिक् करके एक-एक सैकिंड आगे बढ़ी जा रही थी, ढलती रात की ओर। साहस मेरा बढ़ रहा था। मैंने फिर पैग भरे और उन्होंने उसी भाँति पहले मुझे पिलाया अब दारू मेरे मस्तिष्क में एक नयी उत्तेजना उत्पन्न कर रही थी। सारे शरीर से एक नयी सिहरन उठ रही थी। मैं ढीठ और साहसी होती जाती थी। रात ढल रही थी और पैग खाली हो रहे थे। पान, सिगरेट और पेचवान अपनी-अपनी बारी से आते थे, जाते थे। उस एक ही रात के कुछ क्षणों में जैसे मैं जन्म-जन्म की पलंग-सेविका बन गईं थी। एक अवश आसक्ति मेरे हृदय में भरती जा रही थी। और जब...।

जब मैं लौटी

तारों की छाँह में ही केसर मुझे उठाकर वहाँ से ले चली। उसने एक रेशमी चादर पलंग पर से उठा ली थी, उसे अच्छी तरह मेरे शरीर पर लपेटकर एक प्रकार से मुझे अपने अंग पर भर वह चुपचाप नि:शब्द वहाँ से चल दी। उनसे उसने एक शब्द भी नहीं कहा। वह भी बोले नहीं। उसी भाँति सोते रहे अथवा जगते-अधजगते पड़े रहे। मेरा अंग-अंग काँप रहा था, चलने की शक्ति मुझमें नहीं थी। चल रही थी या सो रही थी, यह मैं नहीं जानती थी।

केसर ने अपनी कोठरी में ले जाकर मुझे अपने बिछौने पर सुला दिया। ठंडे पानी का एक गिलास दिया। मुँह में मेरे काँटे पड़े थे और वह सूख रहा था। पानी पीकर मैंने न जाने क्या कहा। केसर ने भी वह सुना नहीं। मेरे कान के पास मुँह लाकर उसने धीरे से कहा, "तू अब सो जा।" फिर अच्छी तरह वस्त्र से मुझे ढाँपकर वहाँ से चल दी। कोठरी को बाहर से बंद कर दिया।

न जाने वह कहाँ चली गईं और अब वह लौटकर आई, पहर दिन चढ़ गया था। सूरज की धूप छनकर कोठरी में आ रही थी। मैं जग गईं थी, पर मेरा एक-एक हाड़ दर्द कर रहा था।

केसर ने आकर कहा, "जा, अपनी कोठरी में जा, नहा ले और कपड़े बदल ले। फिर कुछ खा-पी। तब माँ के पास जाना।"

तीसरा पहर बीत रहा था। मैं केसर की कोठरी से निकलकर अपनी कोठरी की ओर चली। एक विचित्र और अभूतपूर्व आलस्य और अवसाद अब भी मेरे अंगों में था। अपनी कोठरी में आकर मैं फिर चारपाई पर पड़ गई। बहुत देर पड़ी रही। रात की ज्ञात-अज्ञात सुखद बातें स्वप्न की भाँति मेरी आँखों में घूम रही थीं, जैसे पृथ्वी से अधर हवा में लटक रही हूँ।

बहुत देर मैं आँख बंद किए पड़ी रही। फिर उठी। आवश्यक कृत्य किए, नहाई और कपड़े बदले। अब मुझे बड़ी भूख लग रही थी। परंतु रसोड़े से कुछ मिलना संभव न था। कोठरी में कुछ मिठाई रखी थी, वही मैंने खाई और उठकर ठंडा पानी पिया। फिर मैं बिछौने पर पड़ गई। बहुत देर तक पड़ी रही। संध्या का अंधकार फैल गया। मैं अकेली थी। अकेले पड़े-पड़े मैं बेचैन हो गई। रात हो गई थी, दीया-बत्ती जल गए थे, जब धीरे-धीरे संकोच से सिकुड़ी-सी माँ के कमरे की ओर जा रही थी।

मैं घबरा रही थी कि न जाने माँ क्या कहेगी। क्या पूछेगी। परंतु वे सब बातें उसे मैं कैसे बताऊँगी! कैसे कहूँगी! माँ ने मुझे देखकर कुछ नहीं कहा। न कुछ पूछा। उसने एक विचित्र दृष्टि से मेरी ओर देखा। उसके होंठों पर एक मीठी स्मित रेखा और नेत्रों में संतोष

की झलक थी। उसकी उस दृष्टि को देख मैं कुछ ऐसी लजाई कि दौड़कर मैंने उसकी गोद में अपना मुँह छिपा लिया। माँ ने मेरे सिर पर दोनों हाथ रखकर मुझे अपनी छाती से लगा लिया ऐसा प्यार और संरक्षण मैंने कभी आज से प्रथम माँ से नहीं पाया था। बड़ी देर तक मैं उसी तरह माँ के वक्ष में मुँह छिपाए खड़ी रही। जब मैंने मुँह उठाया तब देखा, माँ का मुँह आँसुओं से भीगा हुआ है। उसने आहिस्ता से मुझे अपने वक्ष से अलग किया और कहा, ''अन्नदाता ने पसाव भेजा है।'' सुनकर मैंने माँ के मुँह की ओर देखा। मैंने देखा उसकी दृष्टि सामने चौकी पर रखे, पीले कपड़े से ढाँपे हुए एक बड़े-से ढेर पर लगी है। मैंने भी उसी ओर नज़र उठाई। कौतूहल और उत्सुकता से मैंने जाकर उस ढेर का वस्त्र हटाया। देखकर मेरी आँखें चौंधिया गईं। एक भारी जोड़ा था, जैसा कुंवरी पहनती थीं। कुछ जड़ाऊ गहने थे। ढेर सोने की मुहरें थीं। मिठाई और मेवे के थाल थे। ये सब इतनी चीज़ें किसके लिए आई हैं ? मैंने माँ से आँखों ही आँखों में प्रश्न किया। माँ ने अभिप्राय समझकर मुस्कराकर कहा, ''यह महाराज श्री ने तेरे लिए पसाव भेजा है।''

''मेरे लिए ?'' मेरे मुँह से टूटे-फूटे शब्द निकले। आँखें फाड़-फाड़कर मैं उन सब चीज़ों को देखने लगी। अपने जीवन में मैंने इतनी चीज़ें कभी नहीं देखी थीं। वे सब क्या मेरे लिए हैं, मेरे लिए! मैं आनंद से विह्वल हो गई। मेरा कलेजा उछलने लगा और मैंने परेशान होकर माँ की ओर देखा। माँ ने कहा, ''वह जोड़ा पहन।''

मेरा मुँह सूख गया। क्या मैं ? काँपते हाथों से मैंने जोड़ा छुआ। इसी समय केसर आ गई। वह सीधी मेरे पास आई। अपने हाथों से उसने मुझे जोड़ा पहनाया, सब गहने सराह-सराहकर पहनाए। फिर मिठाई से भरा थाल मेरे सामने रखकर कहा ''खाओ, रानी जी!'' मैं लजा गई। मैंने केसर की गोद में मुँह छिपा लिया। मेरी आँखों में आँसू उमड़ आए। केसर ने हँसकर मेरे मुँह में मिठाई ठूँस दी। उसने न जाने क्या-क्या कहा, वह सब समझने-सुनने की परिस्थिति में उस समय मैं नहीं थी। मैं उसी भाँति केसर की गोद में पड़ी यही सोचती रही कि आज मुझे फिर उस शयन-कक्ष में ले जाया जाएगा या नहीं। भय, उल्लास, उद्वेग और लाज से मैं अभिभूत हो रही थी। माँ और केसर धीरे-धीरे मेरे ही सम्बन्ध में बातें कर रही थीं। इसी समय केसर ने कहा, ''अन्नदाता चले गए। जाते समय जुहार करने मैं गई थी। महाराज ने मुझे यह पंचलड़ी और पाँच अशर्फ़ियाँ इनाम में दीं।''

अन्नदाता चले गए। न जाने क्यों, मेरे कान में यह वाक्य बंदूक की गोली की भाँति लगा। मैंने मुँह उठाकर केसर की ओर देखा, केसर ने एक बार मुझे देखा। अपनी गोद में मुझे खींचकर वह उसी भाँति माँ से मेरे और अन्नदाता के नये सम्बन्ध और भावी परिस्थितियों के अनुसार तथा संभावित परिणामों की चर्चा करने लगी। उन सब बातों को मैं अपने दोनों कानों से नहीं, अपने संपूर्ण रोम-कूपों से सुनने लगी।

इसी समय माँ ने कहा, ''खड़ी हो देखूँ जोड़ा ठीक नाप में बैठा है या नहीं।'' मैं खड़ी हुई। माँ और केसर ने मेरे चारों ओर घूम-फिरकर देखा। संतोष प्रकट किया। फिर

केसर ने मुझे माँ के आदमकद शीशे के सामने ला खड़ा किया। उस जोड़े और जड़ाऊ गहनों में अपना नवल रूप देख मैं पागल हो गई। लज्जा और आनंद के भावातिरेक से बौखलाकर माँ के पलंग पर मुँह छिपाकर औंधी पड़ रही।

बात फैल गई

कुंवरी को किसी-न-किसी रूप में इस बात का पता चल गया। मुँह से उन्होंने मुझसे कुछ नहीं कहा, पर उनकी आँखों में एक भय और विरक्ति की रेखा मैंने देखी। यह रेखा मरते दम तक उनकी आँखों में रही। जैसा कि मैं कह चुकी हूँ, वह बहुत भावुक और मानिनी तथा मितभाषिणी थीं। मैं समझती हूँ कि उनके सामने वह घटना जब विकृत होकर पहुँची, तब उनके हृदय को चोट तो लगी ही होगी। यह स्वाभाविक भी था। पर मैं भी इस सम्बन्ध में क्या कर सकती थी। आरंभ में मैं कुछ अपराधिनी-सी लज्जित-सी उनके सामने जाती, पर पीछे एक ढीठ भाव मेरे मन में उत्पन्न हो गया। जैसे मैंने उनकी परवाह करनी ही छोड़ दी। मेरा यह भाव-परिवर्तन भी उन्होंने देखा—परंतु इस पर भी उन्होंने मुझसे कुछ नहीं कहा। हाँ, अब मैं उनसे हृदय से दूर अवश्य हो गई। वह मुझे देखकर दिल की बातें नहीं करती थीं, मेरे न आने पर कभी बुलाती नहीं थीं, हँसकर कभी बोलती नहीं थीं। पहले जैसे वह प्यार करती, सरल भाव से अपनी आवश्यकताएँ बतातीं, वह सब अब नहीं करती थीं। परंतु मैंने अपने अदब-कायदे और विनय में कुछ भी परिवर्तन नहीं आने दिया था। यद्यपि मैं अब उनकी ओर से बेपरवाह हो गई थी, फिर भी जब उनके सामने होती थी, तब पहली जैसी अधीनता से ही बातें करती थी।

दाता के कान में भी शायद यह बात पड़ चुकी थी। मैंने देखा कि मुझे देखकर उनका मुँह गंभीर हो जाता था और जैसे वह कुछ परेशान से हो जाते थे। मैंने यह भी देखा कि मेरे प्रति उनका पहले जैसा मोह और ममता का भाव अब न रह गया था। मुझे देखकर अब वह हँसकर मेरा हाल-चाल नहीं पूछते थे। हँसी-ठट्ठा नहीं करते थे। असल बात यह थी कि वह अपनी पुत्री को बहुत चाहते थे। पुत्री मैं भी उन्हीं की थी, पर बिना माता की अपनी उस पुत्री के प्रति उनके मन में बड़ी गाढ़ी प्रीति थी। वह उनकी एकमात्र संतान भी तो थी। मैं तो उनकी संतान होने पर भी संतान न थी। मातृहीन कुंवरानी स्वभाव से ही गंभीर, मितभाषिणी, एकांतप्रिय और नाजुक थीं। ठाकुर साहब उनका बड़ा ख़याल रखते थे और जब उन्हें इस अकल्पित घटना का पता लगा, तब तो उनका मन मातृहीना पुत्री के लिए द्रवित हो उठा। उन्हें कुछ ऐसा प्रतीत हुआ कि जैसे यहीं से, विवाह से पूर्व, सौभाग्योदय से पहले ही उनकी प्रिय पुत्री का दुर्भाग्य उदित हो गया। पर प्यार उनका मेरे प्रति भी कम न था। कुंवरानी के बाद मैं ही तो उनकी आत्मीय थी, जिनमें उनके रक्त का अंश था। फिर उनकी सेवा और आवश्यकताओं का मैं ही सबसे अधिक ख़याल रखती थी। कब, कहाँ, क्या वस्तु दाता को चाहिए यह मुझसे अधिक कौन जानता था? दाता भी यह बात जानते

थे। इसी से वह मुझे देखकर प्रसन्न रहते थे। उनकी उदासीनता देखकर भी मैंने अपना भाव बदला नहीं, उनकी सेवा-सुश्रूषा वैसे ही यत्न और तत्परता से करती रही। फलतः मेरे प्रति उनकी उदासीनता देर तक टिकी नहीं रही और वह फिर मुझसे उसी भाँति खुश रहने लगे। ऐसा प्रतीत हो रहा था, जैसे मेरे विषय में भी उन्होंने मन-ही-मन में कुछ वैसा ही निर्णय कर लिया था जैसा कुंवरानी के सम्बन्ध में।

धीरे-धीरे विवाह की चर्चा और तैयारियाँ सरगर्मी से होने लगीं। नये वस्त्र, नये आभूषण, नये सामान जुटाए जाने लगे। मुझसे यह छिपा न रहा कि वस्त्राभूषण आदि कुंवरानी के लिए ही नहीं, मेरे लिए भी तैयार हो रहे थे। मैं धड़कते हृदय से आने वाले दिनों की प्रतीक्षा कर रही थी। विवाह कुंवरानी का हो रहा था, पर उसकी उत्सुकता मुझे ही अधिक थी। बहुधा मैं उस रात की बातों को एक-एक कर याद करती, हँसती, रोती और छटपटाती। अब आगे क्या होगा? मुझे कभी कोई बात बताता नहीं था, कोई मुझसे सलाह करता नहीं था। माँ से अवश्य दाता की सलाह होती थी, पर मुझसे वह भी कुछ कहती न थी। हाँ, मेरी गतिविधि और रहन-सहन पर अवश्य कड़ी नज़र रखती थी। और, केसर तो जैसे मेरे ऊपर थानेदार नियत कर दी गई थी। वह मेरे साथ दासी की भाँति अधीनता से अवश्य व्यवहार करती थी, पर हर बात में उसकी सख्त नज़र थी। इसलिए दिन में अनेक बार मुझे उनके उलाहने और उसकी डाँट-डपट भी सहनी पड़ती थी। शुरू में मुझे ये सब बातें असहनीय-सी लगी थीं, पर अब मैं अनुशासनप्रिय हो गई थी। मैंने अपनी बहुत-सी आदतें बदल डाली थीं। इन्हीं पाँच-छः मासों में मेरी जैसे काया-पलट ही हो गई थी। एक अल्हड़ बछेड़ी, हवा में उड़ने वाली तितली जैसे भारी-भरकम गरिमामयी स्त्री बन चुकी थी। और अब यह मेरा नया जीवन मुझे भा गया था और मैं तन-मन से इस नये जीवन में रम गई थी।

हवेली में मेरी इज़्ज़त बहुत बढ़ गई थी। सभी दासियाँ-दास मेरी आवभगत करने लगे थे, यहाँ तक कि माँ भी अब मुझसे और ही ढंग से, कुछ दबकर बोलती थी, यद्यपि मेरी प्रत्येक चेष्टा, रहन-सहन, बातचीत सब पर उसकी कड़ी दृष्टि रहने लगी थी। मेरी तनिक-सी असावधानी पर वह मुझे सावधान करती। अब मैं मनमाने तरीके से, सटर-पटर कपड़े पहनकर इधर-उधर नहीं घूम सकती थी। कपड़े-लत्ते से, सब तरह मुझे चाक-चौबंद रहना पड़ता था। मेरे लिए कई नयी पोशाकें तैयार की गईं। एक बड़ा-सा बक्स खरीदकर मुझे दिया गया। उनमें मेरी सब अशर्फ़ियाँ और मेरे सब जेवर रखे रहते थे। जब मैं अकेली रहती, तब भीतर से अपनी कोठरी का द्वार बंद कर उन्हें देखती। अशर्फ़ियों को गिनती। भाँति-भाँति के मंसूबे बनाती। मैं नहीं जानती थी कि मेरा भविष्य क्या होगा। परंतु एक बहुत बड़ी बलवती आशा मेरे हृदय में जमकर बैठ गई थी। और भीतर-ही-भीतर मैं अपने को कुछ असाधारण-सा अनुभव करती थी। परंतु इस सम्बन्ध में किसी से मैं कुछ कहती-सुनती नहीं थी। केसर अब अधिकतर मेरे ही पास रहती थी। वह अब एक दासी की भाँति

मेरी सेवा करती, अधीनता और आदर से बातचीत करती थी। वह मुझे 'रानी जी' कहकर संबोधित करती थी। पहले उसका यह संबोधन मुझे व्यंग्य-सा प्रतीत होता था, किंतु अब जैसे मैंने अपना यह नया नाम स्वीकार कर लिया था और कभी-कभी सचमुच मैं रानी की ही भाँति व्यवहार करती और अपने को रानी ही समझती थी। माँ और केसर मेरी सभी हलचल और छोटी-छोटी चेष्टा का पूरा ध्यान रखती थीं और अब मैं भी जैसे अपना गौरव समझ गई थी और उसी के अनुसार रहने, व्यवहार करने लगी थी।

नये जीवन की राह पर

परंतु महाराजाधिराज ब्याहने नहीं आए। राजपुरोहित, चारण, भाट और राज्य के दीवान उनकी कटार और फेंटा लेकर आए हैं। राजपूताने का यह पुराना दरबारी कायदा था, जो कदाचित् उस ज़माने का था जबकि राजा लोग युद्धरत रहते थे, उन्हें बहुत कम फ़ुर्सत रहती थी, दूर देश के यातायात साधन सुलभ न थे और राजा को स्वयं अधिक समय न था, खासकर ब्याह जैसे फ़ालतू काम के लिए। देर तक युद्धस्थली या राजगद्दी को सूनी छोड़कर अनुपस्थित रहना उन्हें श्रेयस्कर न था, कदाचित् निरापद भी न था। जी हाँ, मैंने ब्याह को एक फ़ालतू काम कहा। राजाओं के ब्याह उनके जीवन की ऐसी महत्त्वपूर्ण घटनाएँ न थीं, जिनका उनके जीवन पर स्थायी प्रभाव पड़े। ये ब्याह तो होते ही रहते थे, कभी-कभी तो वर्ष में दो-चार। उनकी गिनती कौन करता था ? और परवाह किसे थी ? ठाकुर-ठिकानेदार अपनी लड़कियाँ रनवास में ठूँस देना लाभदायक समझते थे। इससे उन्हें दो लाभ थे, लड़की रानी बन जाती थी और ठिकानेदार को सदा बड़ी-बड़ी रियासती सुविधाएँ आसानी से राजा से दिलाती रहती थी। ये ठाकुर-ठिकानेदार भले ही एक गाँव के ठाकुर-ठिकानेदार क्यों न हों, उनका रुतबा बढ़ जाता था। वे राजा के ससुर बन जाते थे और अपने इस पद का अधिक-से-अधिक लाभ उठाते थे। यह तो रही छोटे ठाकुर-ठिकानेदारों की बात। बड़े-बड़े छत्रधारी राजा भी बड़े-बड़े महाराजाओं के रनवासों में अपनी बेटी जैसे-तैसे ठूँस देने में ही अपनी भलाई समझते थे। प्रथम लाभ तो इससे यह होता था कि वे दोनों राज्य आपस में सम्बन्धी और मित्र बन जाते थे। न केवल परस्पर लड़ने का खतरा हट जाता था, अपितु आवश्यकता होने पर शत्रु से लड़ने में एक-दूसरे का हाथ बँटाते थे। इसके अतिरिक्त राज्य के भीतरी-से-भीतरी भेद-समाचार उन्हें मिलते रहते थे। उनके लिए सब सुविधाएँ सुगमता से प्राप्त होती थीं। उनकी लड़कियाँ रनवास में आकर उनकी राजदूत बन जाती थीं और महत्त्वपूर्ण राजनीतिक सेवाएँ करती थीं। इन सब कारणों से, चाहे बड़ा छत्रधारी राजा हो, चाहे कोई छोटा ठाकुर-ठिकानेदार, वह इस बात की परवाह नहीं करता था कि राजा की आयु क्या है, वह बूढ़ा है या कुरूप, आदमी है या जानवर। और लड़की सौतों पर जाती है या सती होने के लिए। वे तो यत्न-विधि से अपनी लड़कियाँ छत्रपति राजाओं को देते ही थे। संक्षेप में उनकी लड़कियों की शादियाँ पतियों से नहीं, राजगद्दियों से होती थीं। वे पत्नी नहीं, रानी बनाई जाती थीं। उनमें से बहुतों को जीवन में कभी-कभी एक बार

ही पति-सहवास प्राप्त होता था। कभी वह भी न होता था। कभी ब्याह के तुरंत बाद ही चिता पर जीवित जलकर सती-धर्म निबाहना होता था। पर बहुधा तो वे एक अनावश्यक, उपेक्षणीय अदद की भाँति महलों में पड़ी दासियों, गोलियों और खवासों के साथ दिन काटतीं तथा राजा की गोलियों, पड़दायतों, सौतों और नित नये मालों के साथ रंगरेलियों के किस्से कहती, सुनती, कुढ़ती रहती थीं। पति पर उनका कोई अधिकार नहीं होता था। दूसरी स्त्रियों से संपर्क रोकने की उनमें भावना भी न थी, यह तो जैसे होता था, स्वाभाविक ही था। अन्नदाता कभी-कदास उनके महलों में भी पधार जाते थे। यही उनके लिए सबसे बड़े सौभाग्य की बात थी। ऐसे ही वे दिन थे और ऐसे ही रीति-रिवाज उन दिनों राजस्थान में थे। सतीत्व का उन्हें पूरा निर्वाह करना पड़ता था, यद्यपि राजा पक्का लंपट और शराबी होता था, वे पर-पुरुष को देख भी नहीं सकती थीं, छू भी न सकती थीं। राजा के मर जाने पर उन्हें सती होना पड़ता था। ऐसा भी उदाहरण है कि विवाह के बाद छत्तीस वर्ष वह पति-गृह में रही और इस बीच उसने एक बार भी पति का स्पर्श नहीं किया। फिर दूर देश में युद्ध में पति का देहांत हुआ, तो उसे उस पति की पाग गोद में रखकर चिता में जलकर सती होना पड़ा। अब आप इसी एक उदाहरण से राजस्थान के राजाओं और उनके रनवासों में रहने वाली रानियों के असाधारण जीवन को समझ सकते हैं।

यद्यपि महाराजाधिराज ब्याहने नहीं आए थे, तथापि राज-पुरोहित के साथ लवाजमा बहुत था। हाथी, घोड़े, प्यादे, सेवक, दास-दासी, पालकी, नाकली, रथ, बहली, ऊँट, सिपाही, सवार, चाकर और गोलों की गिनती न थी। गढ़ी के बाहर मैदान में दूर तक रावटियों की पांत पड़ गई थी।

गोरी पल्टन का बाजा खास तौर से मँगाया गया था। इसके अतिरिक्त गवैए, रंडियाँ, भांड, आतिशबाज़, कलावंत दूर-दूर से आए थे। कुछ बुलाए गए थे। कुछ खबर सुनकर अपने-आप ही इनाम-इकराम के लालच से चले आए थे। वे जत्थे बाँधकर इधर-उधर घूमते, जहाँ-तहाँ अपने करतब दिखाते, शोर मचाते, लंबे-चौड़े आशीर्वाद और शुभकामनाएँ ज़ोर-शोर से बकते-झकते फिर रहे थे। शोर, धूल, गर्द और भीड़-भाड़ का अंत न था। सैकड़ों मंगते, ब्राह्मण और भाट आप ही आ जुटे थे। जहाँ-तहाँ वे भी ज़ोर-शोर से विरद बखान रहे थे। कोई सुने या न सुने इस बात की उन्हें चिंता न थी। सैकड़ों भट्ठियों पर गुलाब, दाल और अन्य मेवों की दारू खींची जा रही थी। सैकड़ों बकरे, मेंढ़े काटे जा रहे थे। विविध मांस और पकवान बन रहे थे। उनकी गंध वातावरण में फैल रही थी। दिन-भर भिश्ती लोग छिड़काव करते, रात को सैकड़ों नाई-खवास मशालें जलाते। पर न धूल का बवंडर दबता था और न अंधकार दूर होता था। अव्यवस्था और भीड़-भाड़ ऐसी थी कि कोई किसी की नहीं सुन रहा था। विधि-नियम के अनुसार विवाह सांगोपांग सम्पन्न हुआ। सब रीति-रिवाज अपनाए गए। सब मंगल-विधान किए गए। यज्ञ-वेदी रची गई। अग्नि प्रदक्षिणा हुई। सप्तपदी हुई। ग्रंथि-बंधन हुआ। हथलेवा हुआ। दूल्हे के स्थान पर फेंटा और

कटार ने सब कार्यों और रस्मों की पूर्ति की। राजपुरोहित ने सारे अनुष्ठान किए। विशेष बात यह हुई कि कन्या-दान के समय मैं और नौ और, कुल दस गोलियाँ भी दहेज़ में दे दी गईं। हमें भी एक विशेष प्रकार के वस्त्र पहनाए गए। हमसे भी गृह देवताओं का पूजन, उपवास और षोडशोपचार कराया गया। एक प्रकार से हमारा भी उस फेंटे और कटार के साथ आधा विवाह सम्पन्न हो गया। पूरे दस दिन बारात की पहुनाई हुई। दाता ने कुंवरी को बहुत-सा धन, रत्न-मणि दहेज़ में दिए। हाथी, घोड़े, दास दिए। वरपक्ष की ओर से घर के सब सेवकों को सिरोपाव, सोने-चांदी के कड़े और नकदी भी इनाम में दी गई। राजपुरोहित को घोड़ा और चारण को हाथी दिया गया। इस प्रकार धूमधाम से कुंवरी का विवाह सम्पन्न हुआ। कारचोबी के काम की पालकी में कुंवरी की सवारी चली। उसके पीछे दहेज़ में दी गईं हम दस गोलियों की दस डोलियाँ चलीं। डोलियों के पीछे सुखपाल पर राजपुरोहित, हाथी पर दीवान और घोड़ों, बहली और रथों पर दूसरे सरदार, कर्मचारी और सैनिक चले। सबसे आगे ऊँटों पर धौंसा बजता चला। सबसे पीछे घुड़सवार और पैदल पल्टन। चार कोस दूर सीमा पर आकर दाता ने आँखों में आँसू भरकर कुंवरी को विदा किया। फिर वह मेरी डोली के पास आए। न जाने क्या सोचकर वह मुझसे लिपट गए। हिचकियाँ बाँधकर रो उठे। उन्होंने केवल इतना कहा, ''चंपा! कुंवरी की मर्यादा भंग न करना। यह न भूलना कि तू मेरी छोटी बेटी है और कुंवरी बड़ी।'' मैंने रोते-रोते दाता के पैरों में ढोक दी, पर मेरे मुँह से बोल न फूटा और मैं डोली में बैठ गई। हम लोग आगे बढ़ चले—अपने नये जीवन की राह पर।

राजमहल में

राजधानी की बात मैं क्या कहूँ? वहाँ के तो सब ठाठ ही निराले थे। कभी न देखी, कभी न सुनी बातें मेरे देखने-सुनने में आईं। मेरी छोटी-सी बुद्धि, मेरा नन्हा-सा दिल भला उन सबको अपने में कहाँ समेट सकता था! सारा नगर हमारी अवाई में सजाया गया था। वन्दनवार-तोरण, ध्वजा-पताका और रंग-बिरंगे द्वार, भाँति-भाँति के बाजे, ढोल, दमामे, शहनाई, नफीरी, नक्कारे, जिनके गर्जन-तर्जन से सारा नगर हिल रहा था। लंबे-लंबे बाज़ारों में दूर तक कतार बाँधे बंदूकधारी सेना की पंक्ति, जिनके पीछे खड़े हज़ारों आबाल-वृद्ध-नर-नारी, तुमुल हर्षनाद, गगनभेदी जय-ध्वनि। घरों की अटारियों पर से नगर-बधूटियां झाँक रही थीं। रंग-बिरंगी उनकी पोशाकें इंद्रधनुष-सी लग रही थीं। ठौर-ठौर पर मंगलगान हो रहे थे। बड़ा लंबा जुलूस था। आगे ऊँटों पर धौंसा बजता जाता था। उसके पीछे हाथी पर राज्य का झंडा था, झंडे के पीछे घुड़सवार टुकड़ी और उसके बाद कुंवरानी की कारचोबी की पालकी और हमारी डोलियाँ, जिन सब पर पीले पर्दे पड़े थे। और उनके पीछे हाथियों पर दहेज़ की सामग्री जिसका तांता दूर तक बंधा चला गया था। सोने-चांदी के असाबल्लम लिए सैकड़ों चाकर, खवास और प्यादे भड़कीली पोशाकें पहने आगे-पीछे चल रहे थे। अनेक सिपाही-बरकंदाज़ घोड़ा कुदाते आगे-पीछे दौड़कर इंतज़ाम कर रहे थे। हमारी सवारी बढ़ी चली जा रही थी। राजमहल की ड्योढ़ियों की ओर चारों

ओर नरमुंड ही नरमुंड नज़र आ रहे थे। मेरा कलेजा मुँह को आ रहा था। रह-रहकर मुझे ऐसा प्रतीत हो रहा था जैसे यह सब मेरे ही लिए हो रहा हो। क्षण-क्षण में मैं भूल जाती थी कि ब्याह मेरा नहीं, कुंवरी का हुआ है और मैं दहेज़ में दी हुई एक गोली हूँ, चाकर हूँ। सबके ऊपर एक बात मेरे मन पर जमकर आ बैठती थी, वह यह कि मैं तो ठाकुर की बेटी हूँ, गोले चाकर की बेटी नहीं। और मेरी माँ रानी न सही पड़दायत तो सरदार की है, अत: मेरी इज़्ज़त कुछ कम नहीं। हाय री इज़्ज़त!

ड्यौढ़ियों में सवारी घुसी। राज्य के सब बड़े-बड़े कारबारी, दीवान, अफ़सर और सरदार-दरबारी उन ड्यौढ़ियों पर हमारी अगवानी के लिए हाज़िर थे। हाथी-घोड़े और भीड़-भाड़ पीछे रहती गई और हमारी सवारी एक के बाद दूसरे द्वारों को पार करती हुई राजमहल में घुसती गई। ढोल-दमामे भी सब पीछे रह गए। अब एक बड़े महल के प्रशस्त आंगन में हमारी सवारियाँ उतारी गईं। चारों ओर कनातें खड़ी करके पर्दा किया गया था। सारा महल मकराने के संगमरमर का था। फ़र्श पर मक्खी के भी पाँव रपटते थे। जब मैंने सीढ़ियों पर डोली से निकलकर कदम रखा तब मैं आपे में न थी। मैं नहीं जानती थी कि कुंवरी कहाँ गईं और मेरी साथिन दूसरी गोलियाँ किधर गईं। एक बूढ़ी-सी औरत मुझे हाथ पकड़कर एक ओर ले चली। चारों ओर से मैं कपड़ों में लिपटी हुई, घूँघट से घिरी हुई उस औरत के पीछे चली। कानों में चारों ओर बहुत से लोगों के चलने की आहट आ रही थी। महल के प्रशस्त प्रांगण में शायद सलामी की बंदूकें दागी जा रही थीं। उनकी कड़कड़ाहट मुझे चौंका रही थी। कभी-कभी मेरे पैर लड़खड़ा जाते थे। कई बार तो मैं गिरते-गिरते बची। अंतत: एक खूब सजे-धजे कमरे में मैं पहुँची। सारा फ़र्श सफ़ेद-काले पत्थर का था। बड़े-बड़े दालान थे। उनमें फूलों के गुलदस्ते सजे थे। कद्दे-आदम दो शीशे लगे थे। दीवारों पर सुनहरी और रंगीन नगों की पच्चीकारी हो रही थी। सामने की बारहदरी में दो मोर पच्चीकारी में उभारदार बने थे। द्वार बहुत ऊँचे थे। उन पर लाल रूईदार पर्दे पड़े थे। भीतर फ़र्श पर साफ़ चाँदनी बिछी थी। एक ओर चाँदी का पलंग था, दूसरी ओर सुनहरी काम की कोच, कुर्सियाँ पड़ी थीं। एक बड़ी-सी संगमरमर की मेज़ पर बड़े-से काँच के पात्र में लाल मछलियाँ तैर रही थीं। भारी-भारी झाड़-फानूस हांडियाँ छत से लटक रहे थे। हे परमेश्वर, यह सब मेरे लिए था! केवल मेरे लिए? मेरा घर। मुझे अपनी वह अँधेरी तंग कोठरी याद आ रही थी, जहाँ मैंने अब तक की अपनी समूची ज़िन्दगी बिताई थी। बीते हुए दिन एक-एक करके आँखों में घूम रहे थे। दिल जैसे पसलियों से निकल पड़ता था। मैं पागल की भाँति कभी इधर-उधर, ऊपर-नीचे देखती; कभी सोचती, 'कुंवरानी कहाँ हैं, मेरी और साथी-संगिनें कहाँ हैं? अब आगे क्या होगा?' मेरे लिए सब कुछ नया था, सब कुछ अनहोना था, सब कुछ मेरी मूढ़ बुद्धि से बाहर था। सच तो यह है कि मैं बौखला गईं थी और मेरे होश-हवास ठिकाने न थे।

मुझे यहाँ छोड़कर वह औरत कहाँ चली गईं थी। दो-चार लौंडी-बांदियाँ इधर-उधर आती-जाती दीख रही थीं। वे इधर-उधर कुछ सामान ला रही थीं। कुछ आवश्यक चीज़ें

कमरे में रख रही थीं। पर मुझसे कोई न बोल रहा था। मैं अपने ही में सिमटी-सिकुड़ी-सी चुपचाप जैसी आई थी वैसी ही एक ओर बैठ गई थी। इसी समय केसर वहाँ आई। उसे देखते ही मेरे मन को ढांढ़स हुआ। वह वैसी ही शांत, तत्पर और सक्रिय थी जैसे यहाँ वह पहले भी रह गई हो। उसने कहा, "कपड़े बदल लो, हाथ-मुँह धो लो, कलेवा आ रहा है। कलेवा करके नहाना। तब श्रीजी के दर्शन को चलना होगा।" उसने मेरे उस बड़े संदूक का ताला खोला। कितना भद्दा लग रहा था मुझे, वहाँ वह मेरा संदूक। और उसमें रखी हुई वे सब चीज़ें, जो मैं कभी बड़े चाव और यत्न से देखती-रखती थी, आज मुझे कितनी तुच्छ और भद्दी लग रही थीं।

कपड़े बदलकर मैंने कुछ खाया, फिर स्नान करने गई। गुसलखाना मेरी उस कोठरी से भी बड़ा था। उसमें फव्वारा, शॉवर बाथ, टब, तौलिये, साबुन, शैम्पू, कंघी, ब्रुश, तेल-फुलेल, पाउडर और न जाने क्या-क्या सजा था। सफ़ेद दूध-सा टाइल का वहाँ फ़र्श था। मेरे बाप-दादाओं ने भी कभी ये सब चीज़ें न देखी थीं, न काम में ली थीं। चीनी के टब में पानी भरा था। बड़ी देर तक मैं मूढ़ बनी यह सब देखती रही, फिर मैं सब लाज-संकोच छोड़ कपड़े एक ओर फेंक टब में घुस गई। फव्वारा मैंने खोल दिया और निर्द्वन्द्व होकर हंसिनी की भाँति जल में किलोल करने लगी। उछाह से मैं भर गईं और आनंद के सागर में सराबोर हो गई। बड़ी देर तक मैं उस श्वेत विशाल टब में, स्वच्छ-शीतल जल में मछली की भाँति खेलती रही, फव्वारे की धार शत-सहस्र कणों में बिखरकर मेरे वक्ष पर, पीठ पर आघात कर रही थी। वह कितनी प्रिय और सुखद-सी प्रतीत हो रही थी! खुली हुई मेरी सघन केश-राशि जल में तैर रही थी। मेरी तीन दिन की यात्रा की थकान न जाने कहाँ, विलीन हो रही थी। कभी-कभी ध्यान आता था, क्या यह स्वप्न तो नहीं है? परन्तु नहीं। अब यह मेरे जीवन का नित्य का भोग उपस्थित था।

बहुत देर तक मैं जल-विहार करती रही। अंतत: मैंने साबुन से शरीर को और सिर को खूब धोया। उपस्थित वस्तुओं में से जिसका भी मैं इस्तेमाल कर सकती थी, इस्तेमाल किया। और जब मैं बाहर आई, केसर प्रतीक्षा कर रही थी। उसने संतोष की नज़र से मुझे देखा। मैंने चुपचाप पोशाक बदली। अन्नदाता ने जो जोड़ा मुझे बख्शा था, उसे ही आज मैंने धारण किया। केसर ने बिलकुल नये ढंग पर मेरे बाल बाँध दिए। फिर कहा, "चलो अब, श्रीजी के दर्शन करने। फिर कुंवरानी के महल में हाज़िर होना होगा।" और मैं यंत्र-चालित-सी केसर के पीछे चल दी। केसर ही उस भंवर में मेरी नाव की खिवैया थी।

महारानी के सामने

श्रीजी के दर्शन-पूजन के बाद हम रंगमहल की ओर चलीं—मैं और केसर कुंवरी को जुहार करने। आगे मैं और मेरे पीछे केसर छाया की भाँति। यह भी एक नई बात थी। अब तक तो सब कामों में आगे केसर ही थी, उसके पीछे छाया की भाँति मैं रहती थी। पर अब तो सभी बातें नई थीं। ज्यों-ज्यों मैं आगे बढ़ती जाती थी, मेरे दिल की धड़कन

बढ़ती जाती थी। पैर सौ-सौ मन के हो रहे थे, जैसे उनमें पारा भर दिया हो। मुझे ऐसा लग रहा था, जैसे मैं वध-स्थली पर जा रही हूँ। कुंवरानी को मैं प्राणों से बढ़कर प्यार करती थी। यहाँ वही मेरा सबसे बड़ा सहारा थीं। सदैव बचपन से ही हम एकदिल थीं। मन की गांठ वह मेरे सामने ही खोल पाती थीं। मैं भी दो घड़ी उन्हें न देख पाऊँ तो छटपटाने लगती थी। यद्यपि मैंने कभी अदब भंग नहीं किया था, फिर भी मैं कभी उनसे डरी नहीं। पर आज स्थिति ही कुछ और थी। मेरा मन चाहता था कि कुंवरानी के सम्मुख जाने से पूर्व ही मैं मर जाऊँ। कुएँ-पोखर में डूब मरूँ। केसर ने मुझे समझा दिया था कि उनसे सावधान रहकर बातें करना। वह जब से आई हैं, रो रही हैं। उनका जी अभी ठिकाने नहीं है। राह में उन्होंने कुछ भी खाया-पिया नहीं है। उसने यह भी बता दिया था कि अब उनकी मान-मर्यादा का भी ख़याल रखना होगा। अब वह कुंवरानी नहीं, महारानी हैं। सारी ही बातें मैं सुन रही थी, उन बातों का मतलब भी मैं समझ रही थी फिर भी केसर ने बता दिया था कि सारा रोना-धोना तेरे ही कारण है। महाराज ने तुझे पृथक् महल दिया है इसी से। तो मैं ही अपनी प्राणाधिक प्रिय कुंवरी के इस अंत:विवाद का कारण हूँ। मैं जन्मजात अभागिनी, चाकर-गुलाम गोली उनकी सौत बनकर यहाँ रंगमहल में धंसी हूँ। इतना ही नहीं, उनके नववधू के प्रथम सुहाग पर लात मारकर उन्हीं की सुहाग-सेज को, जो किसी भी हिन्दू कुमारी के जीवन का सबसे बड़ा सौभाग्य और स्त्री मात्र की सबसे बहुमूल्य भाग्य-संपदा है, अपने चरणों से दूषित कर चुकी हूँ। हाय राम, इसी सौभाग्य-सेज के अधिकार का मूल्य चुकाने को तो शत-सहस्त्र राजपूत बालाओं ने जौहर की ज्वाला में अपने को भस्म किया था! इसी सौभाग्य-सेज के अधिकार का गर्व प्रत्येक हिन्दू स्त्री को अपने प्राणों से भी अधिक है। वही मैंने कलुषित कर डाली है और अपनी इस कुत्सा पर मैं प्रसन्न हूँ, संतुष्ट हूँ, उद्ग्रीव हूँ, और अब उसी कुत्सा का यह पुरस्कार, यह साज-शृंगार, महल-अटारी! लाज और ग्लानि से मैं अधमरी हो गई। परंतु मैं इसमें क्या कर सकती थी, यह मेरी समझ में नहीं आ रहा था। मेरा इसमें अपराध क्या था, यह मैं नहीं जान पा रही थी। केसर की सारी बातें सुनकर भी मैं चुप ही रही। शंका-समाधान भी भला क्या हो सकता था? यों लाज से मैं धरती में गड़ी जा रही थी। धड़कते कलेजे से मैंने कुंवरानी के रंगमहल की ओर पैर रखा। पौर में पैर रखते मैं ठिठकी, केसर ने चुपके से मुझे आगे धकेल दिया। एक बार भयभीत दृष्टि से मैंने उसकी ओर देखा, उसने होंठों ही में कहा, "हौसला करो, चलो।"

मैं तो अपने ही महल को देखकर दंग थी। वहाँ जो कुछ था, वह मैंने अपने जीवन में कभी नहीं देखा था। रंगमहल के पौर में पैर धरते ही जैसे मेरा सिर घूमने लगा। वहाँ की शोभा, सुषमा, गरिमा, भव्यालोक-सी माधुरी देखकर मेरा सिर चकरा गया। समूचा फ़र्श दूध के समान धवल मर्मर का था। दीवारों पर रंगीन पच्चीकारी, ठौर-ठौर पर रंगीन फव्वारे, छतों पर सुनहरी काम, अनगिनत बिल्लौरी झाड़। सुंदर पिंजरों में देश-विदेश के दुर्लभ पक्षी। उनका कलरव। देश-देश के फूलों के झाड़, लता-गुल्म, एक से एक बढ़कर दालान, कमरे-कक्ष जहाँ लाल कनात और ईरानी कालीनों के ऐसे फ़र्श, जिन पर पैर रखते

ही हाथ-भर धँस जाता था। बड़े-बड़े कद्दे आदम शीशे-आईने, जिसमें प्रतिबिम्बित भव्य महल की छवि एक-दूसरे ही महल की झाँकी का भ्रम उत्पन्न करती थी। यह सब देखकर मैं बौखला गई। केसर मेरे पीछे छाया की भाँति चल रही थी। उसी से मुझे ढांढ़स बंधा था। दालानों, कमरों और गैलरियों तथा सीढ़ियों का अंत ही न था। हम बढ़े चले जा रहे थे। जगह-जगह सिपाही अरसावदार, चोबदार, लाल-रंगीन वर्दी पहने, ढाल-तलवार लगाए, अपने-अपने काम में मुस्तैद। चाकर, खवास, जी-हुजूरिये, लौंडे, बांदी, दीवान, मुत्सद्दी, मुफ्ती और न जाने कितने कारभारी सरकारी लोग भाँति-भाँति की पोशाकें पहने इधर से उधर आ-जा रहे थे। हम ज्यों-ज्यों रंगमहल की भीतरी पौर में घुसते गए, भीड़-भाड़ बढ़ती गई। अंत में हम शीशमहल में जा पहुँचे।

कारचोबी की मसनद पर कुंवरी सादा परिधान पहने अधोमुखी बैठी थी। दो-चार बांदियां हाथ बाँधे दीवार से चिपकी खड़ी थीं। बाहर की भीड़-भाड़ का शोर यहाँ बिलकुल न था। प्रशस्त गवाक्षों से दूर तक फैले हुए हरे-भरे लॉन और मोरपंखी के पौधों की कतारें एक अजीब दृश्य उपस्थित करती थीं। प्रांगण में जो बड़े-बड़े लाल और सफ़ेद गुलाब क्यारियों में फूले थे, उन्हें चारों ओर से घेरकर रंगीन फव्वारे इंद्रधनुष के भू-अवतरण का समां बाँध रहे थे। कक्ष में जो ताज़ा जूही, चंपा, चमेली और हरसिंगार के फूलों के तोरण और गुच्छे सजाए गए थे, उनकी महक चंदन, अगरू, केसर और कस्तूरी की धूप-गंध से मिलकर मनुष्य की चेतना को उन्मत्त कर रही थी। प्रभातकालीन मलय मारूत मंद-मंद बह रही थी। सामने ही सरोवर का भव्य दृश्य था, जिस पर सारस, चकोर, हंस कलरव कर रहे थे।

कुंवरी ने सादा केसरी साड़ी पर चांपानेरी चुनरी लपेट ली थी। उनके मेहंदी-चित्रित हाथों में लाख का नवीन चूड़ा और मस्तक पर सौभाग्य-बिंदु उनकी सुषमा को चार चाँद लगा रहा था। इस समय उनके शरीर पर दो-चार गहने थे और उनका मुँह विषाद से भरा हुआ था। पहले ही कह चुकी हूँ कि उनका रंग गोरा न था। पर इस समय जो गरिमा उनके मुखमंडल और अंग में थी, उससे वह महा-महिमामयी, महारानी-सी दीख रही थीं। मैं कलमुँही, जिसे रूप का बड़ा घमंड था, इस रूप पर भारी जोड़ा सजाकर ठसक से वहाँ पहुँची थी। कुंवरी का यह गरिमामय सादा स्वरूप देख मैं लाज में गढ़ गई। मैंने देख लिया, लाख रूप हो, लाख शृंगार हो, पर मैं गोली हूँ, दासी हूँ, चाकर हूँ, जन्मजात गुलाम हूँ। मेरा यह रूप मुलम्मे का रूप है। यह साज शृंगार किराये का है। ऊपर से लादा हुआ है। मुझे ऐसा प्रतीत हुआ कि जैसे कभी-कभी मेरा कलेजा फट जाएगा। मुझे जैसे अपनी सुधि नहीं रही। मैं अंधी की तरह दौड़कर कुंवरी के चरणों में 'घणी खम्मा अन्नदाता' कहती हुई भूमि पर गिर गई और दोनों हाथों से उनके चरण पकड़ लिए।

मैंने अपने हाथों पर उनके शीतल हाथों का स्पर्श अनुभव किया। मैंने यह भी जाना कि उनके हाथ काँप रहे हैं। केसर ने मुझे सहारा देकर उठाया। आँसुओं की धारा मेरे नेत्रों

से बह रही थी। जैसे मैं मर रही हूँ, ऐसा मुझे लग रहा था। सारी दुनिया मेरे चारों ओर लट्टू की भाँति घूम रही थी। हिचकियाँ लेते ही मेरे होंठों ही में टूटे-फूटे शब्दों में निकला, ''घणी खम्मा अन्नदाता...'' और मुझे ऐसा प्रतीत हुआ जैसे महाकाल रात्रि का अंधकार चारों ओर से घिरा चला आ रहा है। कुछ ही क्षणों में मेरे कान और नेत्र निकम्मे हो गए। मैं मूर्च्छित होकर गिर गई।

नहीं कह सकती, कब तक। परन्तु जब आँखें खुलीं तब मैंने देखा, मैं कुंवरानी के सुनहरे छपरखट पर मखमली गद्दे पर पड़ी हूँ और कुंवरानी मेरे ऊपर धीरे-धीरे अपने हाथों से चंदन के बीजने से हवा कर रही हैं। ज्योंही मैंने आँखें खोलीं, कुंवरानी के ये शब्द मेरे कानों में पड़े, ''चंपा, मेरी बहन! तुझे क्या हो गया है? कैसा जी है तेरा?''

अब मैंने उनके मुँह की ओर देखा। आँखें उनकी सूजकर फूल गई थीं और वे लाल गुड़हल का फूल हो रही थीं। आँसू उनमें न थे। सूनी दृष्टि थीं, सूखे होंठ और पीला मुख। तत्क्षण ही मेरी दृष्टि कक्ष में चारों ओर घूम गई। छोटा-सा ही कक्ष था, पर सबसे नीचे से ऊपर तक सुनहरी काम से सजा हुआ। फ़र्श पर मखमली गद्दा, द्वार पर पीली साटन के पर्दे और चाँदी का छपरखट। तत्क्षण ही मैंने समझ लिया कि मैं कुंवरी की राज-सेज पर पौढ़ी हूँ। मैं हड़बड़ाकर उठने लगी और कुंवरी ने मुझे दोनों हाथों से पकड़कर कहा, ''अभी सोती रह, तेरा जी ठिकाने नहीं है।''

पर मैं उछलकर फ़र्श पर आ गिरी। मैंने कहा, ''मैं अच्छी हूँ अन्नदाता! यह आपने क्या किया? अपनी राज-सेज पर...।'' मैं आँसुओं की बौछार छोड़ती हुई कुंवरी की लाल-लाल फूली और सूजी हुई आँखों की ओर देखने लगी, जिस प्रकार आँखों में करुणा भरकर जैसे वध-क्षण पर वध्यपशु देखता है। पर कुंवरी ने वहीं फ़र्श पर बैठकर मुझे अंक में भर लिया और शांत, स्थिर, मंद स्वर में कहा, ''चंपा बहन, तुझे तो विधाता ने मेरी सेज का भागीदार बना दिया है। अब इन बातों में क्या है? फिर तू मेरी बहन ही तो है, न दाता ने न माँ ने ही हम दोनों में कुछ अंतर समझा। और मुझे तू तो सदा से ही प्राणों से अधिक प्रिय रही है। अच्छा ही है कि अब जीवन-भर का गठजोड़ हो गया, बहन! पर मैं तुझ जैसी समझदार नहीं हूँ, मूर्खा हूँ, भीरु हूँ, फिर रोगी भी रहती हूँ। इसलिए अब मेरा सबसे बड़ा सहारा तू ही है। बचपन जैसे हिल-मिलकर बीता, वैसे ही जवानी की यह अंधी दुनिया भी बीत जाएगी, बहन! तूने जैसे बचपन में मुझे सहारा दिया है, अब भी देती चलना और समझना हम-तुम दो नहीं हैं, एक हैं। एक प्राण दो शरीर।''

इतना कहकर कुंवरी ने मुझे कसकर अंक में भर लिया और वह बार-बार मेरा आँसुओं से भीगा चेहरा चूमने लगीं। पर मैंने पागल की भाँति उनके चरण दोनों हाथों में कसकर पकड़ लिए और अपने होंठ उन पर रख दिए। मैंने सिर उनके चरणों में धुनते हुए कहा, ''नहीं, नहीं अन्नदाता, मैं आपके बराबर नहीं। आप श्री की चाकर-गोली-बाँदी हूँ महारानी! मैं आपके चरणों की इस कनी उँगली के नाखून की बराबरी भी नहीं कर सकती।

अन्नदाता, मेरी तकसीर माफ़ करना। माई-बाप, मेरा अपराध नहीं है, अपनी कृपा और सेवा से मुझे दूर न करना, दुहाई महारानीजी की।''

''तू पागल है, ऐसी बातें क्यों करती है भला? अरी पगली, मैं तो वही तेरी बहन कुंवरी हूँ। हमारी माँ दो हैं, पर पिता एक हैं। और अब तो इस सौभाग्य-सेज ने हम दोनों को ही एक बना दिया है।'' इतना कहकर कुंवरी भी अपनी आँखों से झर-झर गंगा-यमुना की धार बहाने लगीं। अब तक तो उनकी लाल-लाल गुल्लाला बनी, फूली-सूजी हुई आँखें सूनी, सूखी थीं। अब उनसे यों गंगा-यमुना की धार बहती देख मेरे प्राण व्याकुल हो उठे। मैं अधीर होकर रूदन करने लगी। बरसाती नदी की धारा की भाँति मेरे आँसू बह चले। हम दोनों की ही वाणी अब जड़ हो गई और हम परस्पर एक-दूसरे के आलिंगन में बद्ध चुपचाप रुदन करने लगीं। ऐसा रुदन, जिसका ओर-छोर न था, आदि-अंत न था। न जाने कितना विवाद, कितना कलुष, कितना मलिन मात्सर्य उन आँसुओं के साथ बह गया। मैं तो सचमुच ही अपने को भूल गई। प्यार की पीर ने जैसे मेरे प्रत्येक रक्त-बिंदु को आक्रांत कर लिया। और मैं कुंवरी को अपने अंग में समेटती हुई उन्हें खूब ज़ोर से आलिंगनपाश में बाँध बदहवास हो गई। प्यार का इतना आवेग, इतना ज्वार मैंने जीवन में पहले कभी नहीं देखा था। और कुंवरी भी जैसे अपने रोम-रोम को मुझे समर्पित कर अवसन्न हो गई।

न जाने कब तक हम दोनों भाग्य-विदग्धा नारियाँ यों युगबद्ध मूक-मौन पड़ी रहीं। अब तो हम दोनों अपने-आपको, एक-दूसरे को दे चुकी थीं। हम दोनों दो शरीर एक प्राण हो चुकी थीं। कभी काहे को इस प्रकार संसार में दो नारियाँ एक हुई होंगी।

केसर की शब्द-ध्वनि मेरे कान में पड़ी। ''उठिए अन्नदाता, उठ चंपा!'' वह कह रही थी। उसने हाथ का सहारा देकर मुझे उठाया, फिर हम दोनों ने कुंवरी को पलंग पर लिटाया। केसर ने झारी से पानी लेकर कुंवरी को पिलाया। आँख और मुँह धुलवाया। मेरा भी मुखमार्जन किया। फिर पान के दो बीड़े ज़बरदस्ती उसने कुंवरी के मुँह में भरकर कहा, ''आप तनिक आराम कर लें महारानी।'' वह चुपचाप पायताने बैठ उनके पाँव दबाने लगी और मैं भी उनका सिर गोद में लेकर बैठ गई और सिर सहलाने लगी। कुंवरी आँख बंद किए चुपचाप मेरे अंक में पड़ रहीं। धीरे-धीरे उन्हें नींद आ गई। वह सो गईं। उनके श्रांत-क्लांत शरीर को तनिक आराम मिला। केसर धीरे से उठी। संकेत से उसने मुझे भी उठाया। एक हल्का शॉल उनके अंग पर डाल, मेरा हाथ थाम वह कक्ष से बाहर निकली। जैसे चतुर नाव का खिवैया यत्नपूर्वक भंवर से नाव को निकालकर तीर पर ले जाता है, उसी प्रकार केसर मुझे मेरे डेरे पर ले चली। जैसे मैं उसी के पैरों पर चल रही थी। जैसे मेरा अपना शरीर था ही नहीं। मैं थी ही नहीं अब भी मैं ऐसा अनुभव कर रही थी, जैसे सशरीर कुंवरी में रम गई हूँ, उनसे पृथक् मैं अब कुछ रही ही नहीं हूँ। योगसिद्ध पुरुष जिस तादात्म्य का

वर्णन करते हैं वैसा ही तादात्म्य जैसे कुंवरी के साथ मेरा हो गया था।

जब मैं नहाकर निकली

महल में ले जाकर केसर ने मुझे छपरखट पर लिटा दिया था। चारों ओर तकिये लगाकर शॉल मेरे अंग पर लपेट, मेरे माथे का चुंबन करके धीरे से कहा, "अब तू ज़रा-सी झपकी ले ले चंपा, इससे तेरा जी हल्का हो जाएगा। कांसा आने में अभी देर है। मैं तब तक कुंवरी के पास और एक बार हो आती हूँ। मुझे वहाँ देर भी हो जाए तो तू चिंता न करना। आज कुंवरी की सुहागरात है, रंगमहल में जल्सा होगा, तब तुझे भी चलना होगा। देर तक जागना पड़ेगा। इससे अभी आराम कर लेना अच्छा होगा।" इतना कह और एक बार फिर मेरे मस्तक पर अपना प्रेम-चुंबन अंकित कर केसर मेरे शयन-कक्ष से बाहर चली गई। मैं अपनी उस सुख-सेज पर नर्म-नर्म गद्दे और तकियों के कोमल सुख-स्पर्श और खिड़कियों तथा पुष्पाधारों में रखे ताज़े फूलों के गुलदस्तों की भीनी महक में आनंद दर्शित-सी हो आँख बंद कर पड़ गई। कब मुझे गहरी निद्रा ने अपने अंक में समेट लिया, इसका कुछ पता ही न लगा।

जब मेरी आँख खुली तब मेरे महल की प्रधान दासी हाथ बाँधे आगे आई और हाथ बाँध उसने अर्ज़ किया, "अटाले के लोग कांसा लिए हाज़िर हैं। कांसा आरोगिए राज।" मेरा जी हल्का था और इस समय भूख भी मुझे लगी थी। मैं उठकर चुपचाप दासी के पीछे-पीछे चल दी। दासी ने झारी से पानी लेकर हाथ-मुँह धुलवाया। चौकी बिछाई। अटाले के ब्राह्मणों की लंबी पंक्ति नंगे बदन स्वच्छ जनेऊ पहने विविध खाद्य-भोज्यों को लिए आ उपस्थित हुई। उनके आगे-आगे एक लंबी चोटी वाला ब्राह्मण गंगा-पात्र से जल भूमि पर छिड़कता आ रहा था। मैं चुपचाप चौकी पर बैठ गई। विविध पक्वानों के भरे थालों में से परोसगारी आरंभ हुई। बहुत कुछ परोसा गया। पर मैंने खाया बहुत कम। जब मैंने खाने से हाथ खींचा, अटाले के प्रधान ने विनम्र स्वर में कहा, "भूल-चूक क्षमा हो, रसोई जैसी भली-बुरी बनी, हाज़िर की गई है।" मैंने मुस्करा कर कहा, "नहीं, बहुत अच्छी रसोई बनी है।" अटाले के लोग जब चले गए तब मैं फिर शयन-कक्ष में आकर सो गई! प्रधान दासी ने पानों का भरा डिब्बा और शीतल जल से भरी चाँदी की झारी पलंग के पास चौकी पर रखी। एक स्वच्छ तौलिया भी मेरे सिरहाने रख दिया और दो बीड़ा पान देते हुए विनम्र स्वर में कहा, "मैं आपके इस महल की दासी आपकी सेवा में नियुक्त हूँ। मेरी सहायता के लिए चार दासियाँ और दो सेवक आप श्री की सेवा में नियुक्त हैं। मेरा नाम कामिनी है, मेरे लिए जो आज्ञा हो वह बजा लाऊँ।" मैंने हँसकर उसके हाथों से बीड़ा लिया और कहा, "कामिनी बाई, अभी मैं आराम करूँगी। मेरे आराम में खलल न करना। केसर जब भी आए उसे यहाँ भेज देना। अब तुम लोग भी आराम कर सकती हो। अभी तो मुझे किसी वस्तु की आवश्यकता नहीं है।" कामिनी और एक बार कक्ष के चारों ओर देखकर चली गई। जाते

समय उसने द्वार के पर्दे को ठीक किया और मैं चुपचाप आँखें बंद किए अपने भाग्य पर विचार करने लगी। मैं नहीं जानती थी कि आगे कैसे दिन देखने पड़ेंगे। कितना सुख-दुःख सहन करना होगा। अब तो मेरी आशा की डोर केवल केसर थी, जो सदैव धीर, शांत, स्थिर और कर्त्तव्य-तत्पर रहती थी। मैं केसर, कुंवरी के सम्बन्ध में बहुत देर तक सोचती रही और फिर एकाएक मेरी विचारधारा अपने अतीत बाल-जीवन पर गई। अपनी माँ और दाता के प्यार की बहुत-बहुत बातें याद करती-करती अंत में मैं फिर सो गई।

नींद की खुमारी अभी मेरी आँख में भरी थी। जी मेरा हल्का था, परन्तु शरीर निढाल था। पलंग से उठने को मन नहीं होता था। मैं आँखें बंद किए नर्म-नर्म बिछौने पर तकियों को छाती के नीचे दबाए चुपचाप पड़ी थी। मैं सो नहीं रही थी, पर एक सुखद स्वप्न-सा नींद की खुमारी में जैसे मन को पराभूत किए हुए था। कमरे में ताज़ा फूलों की सुवास भरी थी और एक आनंद की मस्ती से मेरा मन प्रफुल्ल था। पर मैं उठना, हिलना-डोलना नहीं चाहती थी। चुपचाप आँखें बंद किए तकिये पर छाती का भार डाले पड़े रहने में मुझे बड़ा आराम मिल रहा था।

जब केसर ने आकर कहा, "उठ चंपा, दिन ढल गया," तब भी मैंने आँखें नहीं खोलीं। पर केसर ने उसकी प्रतीक्षा नहीं की। झारी से शीतल जल का गिलास भरकर तनिक मेरा सिर ऊपर उठा मुझे अपनी गोद में बिठाते हुए गिलास मेरे होंठों से लगा दिया। ओह, कैसी प्यारी थी मेरी केसर, वह मुझे कितना प्यार करती थी। उसने मुझे कितना सहारा दिया। जब याद करती हूँ, मेरा रोम-रोम केसर की स्मृति से पुलकित हो जाता है। उसके बिछुड़ने से मेरी दुनिया सूनी ही हो गई, और फिर तो सूनी होती ही चली गई। केसर मेरे जीवन का तरल भाग थी।

शीतल जल से जैसे मेरे प्राण शीतल हो गए। मैंने अपने दोनों हाथ उसके कंठ में डालकर आँखें खोल दीं। उसने मेरे कपोल चूमे। फिर स्निग्ध कंठ से कहा, "उठ, ज़रा उबटना लगा दूँ। फिर नहाते-पोशाक बदलते सांझ हो जाएगी।"

मैंने कहा, "आज अभी उबटना लगाने की क्या बात है। मैं तो अभी और सोना चाहती हूँ। आ, तू भी यहीं सो जा।" मैंने उसे अपनी ओर खींच लिया, परन्तु तनिक हँसकर उसने कहा, "बड़ी मौज में हो रानी जी, पर हमें रंगमहल चलना है, बाईजीराज की चाकरी में। वहाँ सुहागरात का जल्सा सज रहा है। उठो, अब देखो तो वहाँ का क्या रंग है! जल्द यहाँ भी रंग रचाना होगा।" उसने भेद-भरी नज़र से मेरी ओर देखा। मैं सिहर उठी। हाथ मेरे शिथिल हो गए। देर तक मैं केसर के मुँह की ओर देखती रही। फिर उठकर बैठ गई।

केसर ने अपने हाथों से मेरे अंग पर सुगंधित उबटना लगाया। दो दासियों ने झटपट गर्म पानी, साबुन, अंगोछा, शैम्पू और दूसरे आवश्यक सामान मेरे स्नानागार में सजा दिए। और मैं फिर उसी सुखद गुनगुने जल से भरे हौज में छपाक से जा पड़ी, जहाँ मज़ेदार शाही स्नान का आनंद मैं सुबह इस महल में आते ही ले चुकी थी। इस महल में मेरा यह पहला

ही दिन था और वह भी अभी पूरा बीता नहीं था, पर इसी बीच सुख और आनंद की जो अनुभूति मैं प्राप्त कर चुकी थी, कदाचित् दूसरी बहुत स्त्रियाँ उतने सुख और आनंद को जीवनभर भी नहीं प्राप्त कर सकती होंगी।

बहुत देर तक मैं मछली की भाँति जलक्रीड़ा करती रही। भूल गई मैं सारी गत-आगत बातों को। मैं खूब ठाठ से नहाई। हौज से निकलकर मैं कद्देआदम आईने के सामने खड़ी हो गई। तपाए सोने के रंग की मेरी अनावृत देह से मोतियों की लड़ी की भाँति झर-झरकर पानी की बूँदें संगमरमर के फ़र्श पर टपक रही थीं। मेरा संपूर्ण जाग्रत यौवन मुझे ही लुभा रहा था। लटकती मेरी केशराशि से टपकते जल-बिंदु ऐसे प्रतीत हो रहे थे, जैसे नागिन मोती उगल रही हो। देर तक मैं अपना उन्मुख अंग-सौष्ठव निहारती रही। मैं ही मेरी द्रष्टा थी। दूसरा कौन देखने-सराहने वाला था। मेरे नेत्र आनंद से खिल उठे, होंठ गर्व से फूल उठे, मैंने एक अंगड़ाई ली और एक बड़ा-सा नर्म तौलिया लापरवाही से अंग पर लपेट लिया। अलस भाव से मैं शृंगार-कक्ष में आई, जहाँ केसर दोनों दासियों के साथ मेरी प्रतीक्षा कर रही थी। एक और नया आदमी भी वहाँ हाज़िर था। उज्ज्वल श्यामल वर्ण, कोई उन्नीस वर्ष का उठान-भरा तरुण। भुजदंडों पर मछलियाँ उभरी हुईं, सुडौल नाक-नक्शा। पानीदार हरी काली आँखें, सिर पर केसरी पाग, अंग पर सादा मिरजई, विशाल वक्ष और केहरी-सी कमर। तनिक मोटे किन्तु सरस होंठ, जिसमें मोती की लड़ी के समान उज्ज्वल सम-दंतपंक्ति। उसने किंचित् मुस्कराकर दोनों हाथ जोड़ मुझे प्रणाम किया। यद्यपि बड़े तौलिए से मेरी देह लिपटी हुई थी तथापि वस्त्र-परिधान मैंने कुछ नहीं किया था, इसलिए इस नये पुरुष को देखकर मैं लजा गई। वैसे भी न जाने कहाँ मन के भीतरी पर्दे में वह अज्ञात तरुण उस प्रथम क्षण में ही घर कर बैठा। प्रणाम का उत्तर तब मुझसे देते न बना। मैंने कुछ लज्जा, कुछ अर्थ-भरी दृष्टि से केसर की ओर देखा। परंतु उस तरुण ने करबद्ध हो कहा, ''मैं किसुन हूँ सरकार! दरबार की मर्ज़ी हुई है, यह सिरोपा भेजा है और मैं भी आज से आपकी खिदमत में हाज़िर हूँ।'' अब मेरी दृष्टि चौकी पर रखे वस्त्र-आच्छादित थालों पर गई। उसने धीरे से आगे बढ़कर उस पर से वस्त्र उठाया। बहुमूल्य पोशाकें थीं। जड़ाऊ जेवर थे। इत्र की शीशियाँ थीं, और भी बहुत-से शृंगार-द्रव्य थे। दरबार से जोड़ा इनाम तो मैं पहले भी पा चुकी थी। मेरे जीवन में वे भी अद्वितीय थे। पर उसकी इस भारी जोड़े से कोई समता नहीं थी। ये पोशाकें तो बहुत मूल्यवान थीं। उन पर मोती टंक रहे थे और जरीकिनार कारचोबी का काम हो रहा था। सभी पोशाकें जरवक्त और कमखाब की थीं, जो सोने-चाँदी के तारों से बुनी हुई थीं। मखमली बक्सों में जड़ाऊ जेवर थे, जो सूर्य की अस्तंगत किरणों के मध्यम प्रकाश में जगमग-जगमग चमक रहे थे। किसुन ने एक-एक करके सब बक्स खोलकर करीने से सजा दिए। मुस्कराकर मेरी ओर देखा और कहा, ''मैं बाहर ड्योढ़ी पर हाजिर हूँ। सरकार पोशाक धारण करें। मेरी खिदमत की ज़रूरत हो तो बुला लें।'' इतना कहकर हाथ जोड़ प्रणाम कर वह मेरे शृंगार कक्ष से बाहर चला गया। मैं भौंचक-सी, ठगी-सी केसर को ताकती रह गई। अब सच ही कह दूँ, यह किसनु तो

अनजाने ही मेरा मन हर ले गया था। एक ऐसी पीर, ऐसी हूक दे गया था, जिसका अभी तक मुझे कुछ भी ज्ञान-भान न था। बौखलाई-सी मैं कुर्सी पर धम से बैठ गई। धड़कते हुए दिल को मैंने दोनों हाथों से दबा लिया।

पहली रात

क्यों जी कहीं रूप को भी सजाया जाता है? चाँद को भी नहलाया जाता है! तारों को भी चमकाया जाता है? आकाश को भी रंगा जाता है? पर केसर ने तो यही किया। यह जला रूप, जो विधाता ने दिया, देखने वालों को जलाने लगा। एक-एक कर केसर ने वही पोशाक मुझे धारण कराई। जलमुँही चोली तो ऐसे फ़िट बैठी जैसे मेरे अंग के साथ ही बनी हो। उसके आसमानी धरातल पर पड़े रत्न, किनारी और सल्मे के बांक बिजली के प्रकाश में ऐसे चमक रहे थे जैसे उज्ज्वल नीलाकाश में तारे। फिर उसने वह भारी जोड़ा मुझे पहनाया। आभूषण भी धारण कराए। उस पोशाक रत्नाभरण को धारण कर जब मैं कद्दे आदम आईने के सामने जाकर खड़ी हुई, तब अपनी चकाचौंध से भरी आँखें बंद हो गईं। अपने ही रूप को मैं न पहचान सकी। अपने ही रूप के सजाव में मैं आ गई। केसर ने हँसकर कहा, "यह क्या वीणाधारिणी सरस्वती माता की वाहन राजहंसिनी ने मानव-रूप धारण किया है? या साक्षात् वसंत ऋतु ने मोहिनी रूप बनाया है?" केसर की बात पर बाँदियाँ भी मुस्करा दीं। केसर स्प्रे से मेरे ऊपर तरल सुगंधों की बौछार कर रही थी और प्रधान बाँदी बड़ी बारीकी से यह देख रही थी कि शृंगार-परिधान में कहीं कोई कमी तो नहीं है। हठात् मेरे मन में एक अभिलाषा हुई। मेरा मन हुआ, वह अभी का आया हुआ तरुण किसुन भी ज़रा आकर इस रूप को देख ले, तो अच्छा हो। यह विचार मन में आते ही मेरे गाल लाल हो गए और मेरी हथेलियाँ गर्म हो उठीं। इसी समय, अबाध रूप से किसुन भीतर आया, क्षण-भर उसने मेरे रूप को निहारा, आँखें नीची कीं और कहा, "सवारी के लिए सुखपाल हाज़िर करूँ या तामजाम। जैसी मर्ज़ी सरकार की हो।" वह स्वर सुनते ही मेरा मन हुलस उठा। ऐसा लगा जैसे मेरा शृंगार सफल हो गया, पर मुझसे जवाब देते न बना! मैंने हड़बड़ाकर केसर की ओर देखा। केसर ने कहा, "सुखपाल ही मँगा लो।"

किसुन चला गया। 'और तनिक ठहरता तो क्या कुछ हरज था?' मैंने सोचा और तभी मुझे अचानक याद आया, वह मेरी ही खिदमत में है। जैसे मेरे दिल की कली खिल गई। मैंने केसर से कहा, "सुखपाल की क्या ज़रूरत थी? जैसे सुबह गए थे, वैसे ही पैदल न चले चलेंगे? सामने ही तो रंगमहल है।"

केसर ने जवाब नहीं दिया, केवल तनिक मुस्करा दी। परन्तु इसी क्षण किसुन फिर आ गया। उसके हाथ में दारू की बोतल थी। मेरी ओर उसने नहीं देखा। उसने दारू की वह बोतल केसर को थमाते हुए साभिप्राय दृष्टि से उसकी आँखों में देखा। वह तुरंत बाहर चला गया, केसर ने गिलास में डालते हुए कहा, "थोड़ी पी लो।"

मैं 'नहीं' न कह सकी, पर भय से काँप गई। आख़िर यह सब हो क्या रहा है? दारू मैंने पी ली। दासी ने दो बीड़ा पान मुझे दिए। पान खाकर मैंने कहा, "तो फिर अब चला जाए?"

किसुन ने आकर सूचना दी, "सुखपाल हाज़िर है।" और मैं सुखपाल पर बैठी। केसर मेरे सुखपाल के आगे, दोनों दासियाँ अगल-बगल और किसुन पीछे चला। चलती बेला केसर ने मेरी प्रधान दासी से मंद स्वर में कहा, "सब ठीक-ठीक रखना यहाँ।" दासी ने न जाने केसर के इस संकेत का क्या अर्थ समझा, उसने केवल हँसकर सिर झुका लिया।

रंगमहल की आज की शोभा की उपमा किस सुषमा से दी जाए? बिजली की सहस्त्रों बत्तियों से वह भव्य भवन जगमग-जगमग कर रहा था। बिजली के लट्टुओं के रंग-बिरंगे चक्र ऊँची अटारियों पर घूम रहे थे। नज़रबाग और बाहरी प्रांगण में जो वृक्ष और पौधे थे, वे सब रंग-बिरंगे बिजली के बल्बों से लदे थे, जो चमकते हुए सितारों या फलों जैसे लगते थे। फव्वारे रंगीन पानी उछाल रहे थे और नकली जलाशयों से निकली हुई कृत्रिम सहस्त्र धाराओं के भीतर छिपी हुई बिजली अनोखी छटा दिखा रही थी। सारा रंगमहल जैसे एक जादू का आलोकित भवन दीख रहा था। ठौर-ठौर पर देशी और विलायती बाजे अपनी-अपनी धुन में बज रहे थे। सिंहपौर पर नौबत झड़ रही थी। ऐसा तो मैंने कहीं कभी देखा ही नहीं था। हमारे दाता के गाँव में बिजली कहाँ थी? केवल हवेली में थोड़ी बैटरियाँ लगाकर बिजली की व्यवस्था की गई थी? परन्तु यहाँ तो इंद्रभवन का समा बँधा था। ठौर-ठौर पर नाचने-गाने की भी अनेक मजलिसें जुड़ी थीं, जहाँ देश-देश के कलावंत गवैये और रूप-उजागिरी वेश्याएँ-ढाढ़िनें, कंचानियाँ भाँति-भाँति के संगीतों का प्रवाह बहा रही थीं। कहीं ढोलक की ठमक, कहीं तबले की गमक, कहीं ख़याल-टप्पे की ललक और कहीं नाच की छमाछम बहार। अपनी-अपनी रुचि के अनुसार स्त्री-पुरुष अपना मनोरंजन कर रहे थे। खा-पी रहे थे। पान कचर रहे थे। हँस-हँसकर गप्पें लड़ा रहे थे और महाराज तथा नई रानी की जय-जयकार कर रहे थे।

कुंवरी के खास कक्ष में महफ़िल जमी थी। एक छोटा-सा कारचोबी के काम का मखमली चंदोबा चाँदी के खंभों पर तना था; जिसके बीचों-बीच गिलम-गलीचों पर मसनद के सहारे कुंवरी विराजमान थीं। आज उनके श्रृंगार का क्या कहना था? सारा ही श्रृंगार हीरे-मोतियों का था। बड़े-बड़े मोतियों की अमंद आभा उस उज्ज्वल आलोक में बड़ी मनोरम लग रही थी। उनके हीरे के कुंडल, कंठहार, पन्ने की करधनी और नीलम की पहुँचियों पर जब बिजली की रोशनी पड़ती थी, तब सचमुच ऐसा लगता था जैसे क्षण-क्षण पर बिजली ही कौंध रही हो। उनकी पोशाक भी बहुत भारी थीं। सुना था अस्सी हज़ार रुपयों में वह जोड़ा दिल्ली के कारीगरों ने तैयार किया था। उनके अंग पर इस समय लाखों रुपयों के रत्न सुशोभित थे। उन सब रत्नाभरणों से लदी-फँदी कुंवरी अपना सदा का असल शरीर मसनद पर ढुलकाए पड़ी पान कचर रही थीं। ढाढ़िनें वहाँ मांड़ गा रही थीं :

बेगी आओ जी,
म्हारा ढोला, बेगी आओ जी।
गिनते-गिनते रह गईं—म्हारी अंगुरियां री रेख,
डोला, बेगी आओ जी।

महाराज अभी तक महलों में नहीं पधारे थे। बाहर भी मर्दानी महफ़िल जमी थी। कई दासियाँ उन्हें बुलाने जा चुकी थीं, महाराज उठते ही न थे। मैंने जाकर आँचल आँखों पर लगाकर कुंवरी को जुहार की। मुझे सिर से पैर तक क्षण-भर कुंवरी ने देखा। उनके चेहरे का हास्य क्षण-भर को जैसे उड़ गया था, दासी-बाँदियाँ भी क्षणभर के लिए अवाक् होकर मेरी ओर ताकने लगीं। क्यों न ताकतीं भला! यह जला रूप ही ऐसा था। पर मैं तो लाज-संकोच से सिकुड़ी जा रही थी। पर मेरे रूप की जो दुपहरी चढ़ी थी, उसने कुंवरी की सारी ही शान को फीका कर दिया था। कहाँ मेरा रूप, जैसे चटक चाँदनी में खिली चमेली। और कहाँ कुंवरी का शृंगार, जैसे पानी से भरे बादलों में बिजली की झलक। दासी पर दासियाँ महाराज को बुलाने जा रही थीं। वे सभी आकर एक ही उत्तर देतीं, "आते हैं आते हैं," पर महाराज आते कहाँ हैं? एक दासी ने इतने में आकर अर्ज़ की, "अन्नदाता, वहाँ तो दारूड़ों दाखां रो चल रहा है।" और वह हँस दी। ढाढ़िनें झट दारूड़ों दाखां रो गाने लगीं :

भर ला ऐ सुघड़ कलाली।
दारूड़ों दाखां रो।
पींवन बारो लाखां रो।
भर ला ऐ सुघड़ कलाली।
दारू पीओ साजना, राता राखो नेण।
वैरी थारा जल मरे सुख पावे ला चेण।
दारूड़ों दाखां रो।
दारू दिल्ली आगरो, दारू बीकानेर।
दारू पीओ साहिबा, सौ रुपयां रो फेर।
दारूड़ों दाखां रो।

अब आधी रात बीत रही थी। कुंवरी ने बेचैनी से इधर-उधर देखा। मैं निकट ही खड़ी थी। उन्होंने मेरी ओर देखकर कहा, "तू जा चंपा, उन्हें ले आ।" न जाने कुंवरी को यह क्या सूझा! सुनकर मेरे अंग पसीने से भर गए। मैंने घबराकर केसर की ओर देखा। केसर ने कहा, "मैं जाऊँ अन्नदाता! वहाँ बाहर की महफ़िल में इसका जाना क्या ठीक होगा।" कुंवरी को भी जैसे जिद्द हो गई, उनकी भृकुटी में बल पड़ गए। सदा से ही उनकी यह आदत थी। मर्ज़ी के खिलाफ़ तो वह कुछ बर्दाश्त भी नहीं कर सकती थीं। उन्होंने कहा, "नहीं चंपा ही जाए।" मुझे जाना ही पड़ा। पर मेरे पैर नहीं उठ रहे थे। फिर इस रूप में, शृंगार को लेकर भला मैं कहाँ जाऊँ! कभी मैं बाहर मर्दाने में गई नहीं। पर राजाज्ञा हुई सो

ठीक। शृंगार और रूप से क्या, अंततः गोली हूँ, चाकर हूँ, गुलाम हूँ। शृंगार और रूप है तो क्या, मैं महारानी बन जाऊँगी? धीरे-धीरे चली। मेरे पीछे केसर भी। केसर ने कान में कहा, "मैं तेरे साथ ही हूँ, तू जाकर अरदास कर—अन्नदाता, महलां पधारो।"

वहाँ महफ़िल जुड़ी थी। वेश्याएँ अलाप ले रही थीं। एक कोई रूप उजागरी छप्पन-छुरी पंचम में तान अलाप कर गा रही थी :

मद छकिया महाराज, थाने किण पिलाई दारूड़ो।
बोले नी दारूरा मारू, पूछे थारी मारूड़ो॥
दारुड़ों दाखां रो।

शराब के दौर चल रहे थे। अन्नदाता जाम पर जाम चढ़ा रहे थे। वह बहुत पी चुके थे। और भी पीते जाते थे। हाथ में उनके गिलास था, जिसमें खरहे के खून की भाँति एकदम तेज़ लाल रंग की शराब भरी थी। आँखें उनकी शराब से लाल हो रही थीं। चेहरे पर मूँछें चढ़ी थीं। हल्के गुलाबी रंग की पोशाक पहने थे। गले में उनके बड़े-बड़े पन्नों का एक कंठा पड़ा था। मैंने सहमते-सहमते निकट जाकर जुहार की और कहा, "महलां पधारो महाराज हो।"

महाराज ने मेरी ओर देखा और जाम से भरा हुआ हाथ मेरी ओर बढ़ा दिया। क्षण-भर मेरी नज़र केसर की ओर घूमी। वह एक खंभे से चिपकी खड़ी थी। मैंने महाराज की बाँह थाम ली। मेरा सहारा ले वह उठ खड़े हुए। पर उनके पैर लड़खड़ाने लगे। उन्होंने अपने सारे ही शरीर का बोझ मेरे कंधे पर डाल दिया। उनका भारी बोझ सँभालना मेरे लिए दूभर हो रहा था। उन्होंने अस्पष्ट शब्दों में कुछ कहा। मैं समझी ही नहीं।

शराब का जाम अब भी उनके हाथ में था। परन्तु यह क्या? वह रंगमहल की ओर न बढ़कर मेरे महल की ओर चलने लगे, मेरे कंधे पर झुके हुए। ऐसा लग रहा था कि अभी लड़खड़ाकर गिर पड़ेंगे। उन्हें सँभालते हुए मैंने कहा, "उधर अन्नदाता, रंगमहल की पौर उधर है।"

"रहने दे, तू चली चल।" और वह जैसे मुझे ही धकेल ले चले। उनके बोझ से मैं गिरी जा रही थी। इसी समय आगे बढ़कर केसर ने उनका दूसरा हाथ थाम अपने कंधे पर रख लिया। अब एक ओर से केसर और दूसरी ओर से मैं उनका भार अपने पर लादे हुए महल की ओर चल रहे थे। रंगमहल की रंगीनी और गायन का शोरगुल पीछे रह गया। हम अपने महल की पौर पर पहुँचे। किसुन ड्योढ़ियों पर हाज़िर था। केसर ने उसे संकेत किया। उसने अन्नदाता को देख झपटकर जाजम पर चाँदनी बिछा दी। मसनद लगा दी। अन्नदाता मसनद पर विराजमान हो गए। हाथ पकड़कर उन्होंने मुझे पास बैठा लिया। केसर दारू ले आई और मैंने दारू ढालकर काँपते हाथों उन्हें दी। केसर के संकेत से एक बाँदी दौड़ी गई, ढाढ़िनों को बुला लाई। इस बीच किसुन ने चंदोवा तान दिया। ढाढ़िनें आकर

केसर के संकेत से 'दारूड़ों दाखां रो' गाने लगीं। महाराज ने जाम पीकर गले की मोतियों की माला केसर पर फेंक दी और पैर फैला दिए। केसर ने मेरी ओर साभिप्राय दृष्टि से देखा। महाराज अब वास्तव में अर्द्ध चेतनावस्था में थे। मैंने केसर का अभिप्राय समझ लिया। मैं उठ खड़ी हुई। पर मेरा कलेजा काँप रहा था। भगवान, यह हो क्या रहा है। किसुन और केसर ने उन्हें दोनों ओर से पकड़कर उठाया। केसर ने साहस कर उनके कान के पास मुँह ले जाकर कहा, "अन्नदाता रंगमहल में पधारें।" उन्होंने हिचकियाँ लेते हुए कहा, "भाड़ में जाए रंगमहल।" उन्होंने और भी कुछ कहा, पर अब उनकी वाणी इतनी अस्पष्ट हो गई थी कि कुछ समझ में नहीं आ रही थी। किसुन उन्हें शयनागार में लाकर पलंग पर लिटाना चाहता था कि वह कटे वृक्ष की भाँति फ़र्श पर ही गिर गए और कै करने और बड़बड़ाने लगे। वास्तव में अब उन्हें तनिक भी होश न था। भयभीत होकर मैंने केसर की ओर देखा। बाहर ढाढ़िनें 'दारूड़ों दाखां रो' गा रही थीं। उधर मेरा ध्यान कुंवरी पर लगा था। भला कुंवरी क्या कहेंगी! यह कैसी अनहोनी बात हो गईं। मेरा मन घृणा और विरक्ति में भर गया।

इसी समय एक दासी हाँफ़ती हुई आई। उसने फुसफुसाकर कहा, "गज़ब हो गया सरकार! नई महारानी को पता लग गया कि अन्नदाता यहाँ हैं। उन्होंने गाना-बजाना और रोशनी एकदम बंद करने का हुक्म दिया है। रंगमहल में अब सन्नाटा छा रहा है।" सुनकर मैं सन्न रह गई।

भूल गई मैं अपना रूप श्रृंगार, सौभाग्य। वह महल, छपरखट, सुख-साज, हीरे-मोती जैसे मुझे नागिन की भाँति डँसने लगे। मैं पलंग पर गिरकर सिसक-सिसककर रोने लगी। केसर भी किंकर्त्तव्यविमूढ़-सी मेरा सिर गोद में लिए देर तक बैठी शराब के नशे में धुत बदहवास फ़र्श पर पड़े राजा को देखती रही। मुझे ढाढ़स तक बँधाने की उसकी हिम्मत न रही। बहुत-से विचार मेरे मस्तिष्क में आ रहे थे। सबसे ऊपर रह-रहकर कुंवरी का ख़याल मुझे कचोट रहा था। मैं सोच रही थी—हे भगवान् अब क्या होगा? मेरे जले भाग्य में न जाने क्या लिखा है। देर तक मैं सिसक-सिसककर रोती रही और रोते-रोते न जाने कब सो गई।

ग्लानि, अपार ग्लानि

सुबह जब मेरी आँख खुली तब दिन बहुत चढ़ गया था। बाहर धूप फैल गई थी। वह खिड़कियों के पर्दों से छन-छनकर मेरे शयन-कक्ष में आ रही थी। मैं हड़बड़ाकर उठ बैठी। देखा, अन्नदाता अभी तक औंधें मुँह फ़र्श पर पड़े हैं। कै से उनकी सारी पोशाक गंदी हो गई है। कक्ष में न जाने कैसी दुर्गंध भरी थी। वह फू-फू करके सांड की तरह साँस ले रहे थे। साँस के साथ उनके दोनों नथूने फूल रहे थे। मूँछों में गंदगी लगकर सूख गई थी और उनका चेहरा सूअर के मुँह के समान कुत्सित और घृणित लग रहा था। घृणा और विरक्ति के साथ ही क्रोध भी मेरे मन में व्याप गया। मेरी दृष्टि अपने अंग पर गई। वही रात का जड़ाऊ जोड़ा पहने मैं सो गई थी। वह अब भी मेरे अंग पर था। वे सारे अलंकार भी, जो रात में जगमगा रहे थे। इस समय यह पोशाक और ये अलंकार मुझे ऐसे लग रहे

थे, जैसे विषैले भुजंग मेरे शरीर में लिपटे हुए हैं। मैंने नोच-नोचकर ये सब अलंकार फेंकने आरंभ कर दिए। पोशाक भी उतारकर फेंक दी। मेरा मन हो रहा था कि पेट में कटार भोंक लूँ, या छत से कूद पड़ूँ। इसी समय अन्नदाता की आँखें खुलीं। एक बार उलट-पलट होकर वह उठ बैठे। अदब-कायदा मैं सब भूल गई। चुपचाप पलंग पर पड़ी उन्हें देखती रही। उन्होंने खड़े होने की चेष्टा की। एक बार तो ऐसा प्रतीत हुआ जैसे वह अभी गिर पड़ेंगे। परन्तु उन्होंने उन्मत्त की भाँति दोनों हाथ पसार दिए। मसहरी का डण्डा उनके हाथ में आ गया। उसी का सहारा लेकर वह उठ खड़े हुए। एक बार वह मसहरी पर झुके भी पर फिर सँभल गए। अपनी हथेली मुँह पर रखकर उन्होंने दो-तीन जम्हाइयाँ लीं। फिर उन्होंने दोनों हाथों से सिर दबा लिया। ऐसा प्रतीत होता था कि एक-एक करके उन्हें रात की सारी बातें याद आ रही थीं। शायद सिर का असह्य दर्द उन्हें बेचैन कर रहा था। परन्तु जब उन्हें ज्ञात हुआ कि रात फ़र्श पर कटी है, तब वह निर्लज्ज की तरह हो-हो करके हँसने लगे। उन्होंने आप ही आगे बढ़कर झारी से पानी गिलास में उड़ेला और उसे वह गटागट पी गए। जो बचा उसे सिर पर उड़ेल लिया। उन्होंने एक प्रकार से बड़बड़ाते हुए कहा, "ओफ़, सिर दर्द से फटा जा रहा है। रात कुछ ज़्यादा पी ली।" इतने में उनकी नज़र सामने लगे कद्दे आदम आईने की ओर गई। अपनी मूँछों को, मुँह को और पोशाक को कै की गंदगी से लथपथ देख उन्होंने नाक सिकोड़कर ऊपर की पोशाक उतार फेंकी और फटे बाँस जैसी भर्राई आवाज़ में किसुन को पुकारा।

किसुन और केसर ने शयन-कक्ष में आकर महाराज की पोशाक बदली, हाथ-मुँह धुलाया। मैं पत्थर की मूर्ति की भाँति पलंग पर सिकुड़ी पड़ी यह सब देखती रही। जब वह किसुन के कंधे का सहारा लेकर चलने लगे, तब मेरी ओर देखकर धीरे से कुछ घबराई-सी, कुछ झेंपी-सी आवाज़ में बोले, "कुंवरी से कहना नहीं चंपा!"

और वह चले गए। कक्ष में रह गई मैं और केसर। हम दोनों एक-दूसरे को ताक रही थीं। हमारी उस नज़र में बहुत-से प्रश्न थे, बहुत-से उत्तर थे। बहुत-से चित्र थे; बहुत-सी झांकियाँ थीं—अपने भूत और भविष्य की। हम दोनों जन्म-अभागिन नारियाँ, जो एक-दूसरी को असीम प्यार करती थीं, एक-दूसरे पर असीम विश्वास करती थीं, यहाँ सर्वथा असहायावस्था में, पराश्रित उपस्थित थीं। मुझे ऐसा लग रहा था, जैसे मैं अथाह समुद्र में डूबी जा रही हूँ। मेरा कोई रक्षक नहीं है, कोई सहायक नहीं है, जैसे जीवन का चिराग बुझ गया हो और चारों ओर अंधेरा ही अंधेरा नज़र आ रहा हो। एक ही दिन में मेरा सारा सुहाग समाप्त हो गया। कल मैं कैसे ठाठ-बाट से आई थी, और आज? एक-एक करके मेरी आँखों में रात के सारे दृश्य घूम गए। वे रंगीन जल्से, नाच-रंग, हीरे-मोती, जशन-जगमग और फिर कै और गंदगी से भरी राजा की देह, जिसे हम अन्नदाता कहते हैं, जिसे लोग महाराजाधिराज कहते हैं, जिसका दर्शन ईश्वर के दर्शन के समान पवित्र माना जाता है, जिसकी कृपादृष्टि से जीवन सफल हो जाता है। वही राजा हमारे भाग्य और सर्वस्व का धनी, गंदे कुत्ते की भाँति शराब के नशे में बेहोश यहाँ फ़र्श पर पड़ा रहा। छि:-छि: कैसी

लज्जा की बात है। उस दिन गढ़ी में जब प्रथम दर्शन हुए थे, कैसे मैंने इसे देवता की भाँति माना था! ओह, उस दिन यह व्यक्ति कितना महान् और मैं कितनी तुच्छ दासी थी। आज तो जैसे वह एक अधम कीड़े से भी निकृष्ट लग रहा था। राजा के प्रति सारा सम्मान, सारी प्रतिष्ठा का भाव मेरे मन से तिरोहित हो गया। एक ऐसी घृणा और वितृष्णा से मेरा मन भर गया कि जिसका अंत न था। पर हर बार मुझे अपनी असहायावस्था का ध्यान आता था। मैं बारंबार अपनी स्थिति पर विचार कर रही थी। न जाने मेरा अब क्या होगा? मुझे कुछ सूझ ही न रहा था। वह सुनहरा छपरखट जैसे मुझे काट रहा था। महल के रंगीन झरोखे ऐसे लग रहे थे जैसे मेरी कब्र हों। जीवन का मुझे बड़ा मोह था। बड़े-बड़े हौसले, बड़ी-बड़ी हौंस, बड़े-बड़े चाव मैंने अपने मन-मन्दिर में सजाए थे। मैं आखिर कच्ची उम्र की एक बालिका ही तो थी। अभी मैंने दुनिया का देखा क्या था? और यौवन की देहरी पर पैर पड़ते ही विधि-विडंबना से जैसी घटनाएँ आ घटीं, उन सबने मेरे विचारों को कहाँ का कहाँ पहुँचा दिया था परन्तु आज तो मेरी चिंता का ओर-छोर न था। मैं नहीं जानती थी कि अब क्या होने वाला है—अच्छा या बुरा। मैं अब इसी भय से अधमरी हो रही थी कि कुंवरी को मुँह कैसे दिखाऊँगी। मैंने केसर की गोद में मुँह उठाकर कहा, "अब क्या होगा केसर?"

केसर ने धैर्य बँधाते हुए कहा, "जो होना होगा हो जाएगा। अब इस तरह सोच-फिकर करके जान देने में क्या होगा भला? तू हाथ-मुँह धोकर कपड़े बदल, मैं तब तक रंगमहल की ओर चली जाती हूँ।"

मैंने भयभीत मुद्रा में कहा, "मैं भी चलूँ?"

"अभी नहीं," कहकर केसर चली गई और मैं फिर उसी पलंग पर गिर गई, जिसे अब मैं सुख-साज नहीं कह सकती थी। मुझे न भूख थी, न प्यास, न मेरी आँखों में नींद थी। रह-रहकर मेरा कलेजा मुँह को आ रहा था। मैं आज माँ को याद कर रही थी। चाहती थी, पर लगाकर उड़ जाऊँ, अपनी माँ के कलेजे से जा लगूँ। परन्तु मेरी दशा पर-कटे पक्षी के समान थी। पिंजरबद्ध थी मैं। मैं असहाय जन्मजात गोली-गुलाम, जिसके भाग्य में ही शून्य अंकित होता है, जैसे आज सब कुछ खो चुकी थी। दासियों ने मेरे लिए आवश्यक व्यवस्थाएँ कर रखी थीं। वे इस प्रतीक्षा में हाथ बाँधे खड़ी थीं कि आज्ञा हो तो वे मेरे कपड़े बदलवाने तथा नित्यकर्म में सहायता दें। परंतु मैंने कहा, "अभी मैं सोऊँगी। मुझे जगाना मत। मेरे पास कोई आना भी मत। द्वार बंद कर दो और बाहर बैठो।"

दासियाँ चली गईं और मैं सोने की व्यर्थ चेष्टा करने लगी। अब भी मेरा सिर दर्द से फटा जा रहा था। मतली भी आ रही थी। दासियों से यद्यपि मैंने आने को मना कर दिया था, तथापि किसुन नाश्ते की ट्रे हाथ में लिये निःशंक मेरे शयनागार में घुस आया। ट्रे एक ओर रखकर उसने कोमल स्वर में कहा, "उठिए सरकार, थोड़ा कलेवा कर लीजिए। रात-भर परेशान रही हैं।"

न जाने क्यों, मुझे उस तरुण दरोगा का इस तरह बिना आज्ञा शयनगृह में घुस आना

बुरा न लगा। उसकी वाणी भी मुझे बड़ी मीठी लगी। मैंने आँखें उठाकर उसकी ओर देखा। आँख से आँख मिलते ही मेरी आँखें नीची हो गईं। मैंने कहा, ''मैं अभी कुछ नहीं खाऊँगी किसुन, मेरा जी अच्छा नहीं है।''

''कैसे अच्छा रह सकता है। बाप-खानी परेशानी कुछ कम रही? रातभर की धमा-चौकड़ी! उठिए, थोड़ा कलेवा करके सो जाइए, तबियत ठीक हो जाएगी।''

''नहीं, मैं कुछ न खाऊँगी।''

''वाह यह भी कोई बात है।'' उसके आग्रह में एक विचित्र आदेश था। मैंने उसके मुँह की ओर देखा, उसकी गहरी पानीदार आँखों से जैसे एक चमक निकल रही थी। उसने हँसते हुए कहा, ''बस, ज़रा-सा खा लीजिए, सब चीज़ें गर्म हैं।''

''लेकिन...''

''नहीं, सरकार नहीं,'' उसने एक अजब अंदाज़ से आग्रह किया और नाश्ता चौकी पर मेरे निकट रख दिया। मैंने कहा, ''अभी तो मैंने हाथ-मुँह भी नहीं धोया है।''

''अभी मैं सोऊँगी ज़रा, किसुन!''

''कलेवा करके सोइए सरकार!'' इस बार उसने करबद्ध प्रार्थना की। मैं सारी ही दुश्चिंताओं को भूल गई। मुझे हँसी आ गई। मैंने हँसकर कहा, ''इतनी ज़िद क्यों, किसुन?''

''सरकार यह राजा का घर है, हम गुलाम-चाकर हैं, राजा की मर्ज़ी कब कैसी हो जाए, कौन जानता है। सो, जैसा अवसर आए, हमें सबके लिए हाज़िर रहना चाहिए। हमारे बाप-दादे भी सदा से यही करते चले आ रहे हैं, हमें भी यही करना चाहिए।'' इतना कहकर उसने फुर्ती से एक तकिया मेरे सिरहाने लगा दिया और गर्म पानी, गमछा और चिलमची ले आया।

हाथ-मुँह धोकर मैंने कलेवा किया। किसुन ने पान के दो बीड़े मुझे देकर जैसे संतोष की साँस ली। ''अब सरकार आराम करें।'' वह गंदे पानी से भरी चिलमची लेकर जाने लगा तो मैंने धड़कते कलेजे से कहा, ''उधर क्या हो रहा है किसुन, रंगमहल में?''

''नई रानी बहुत नाराज़ हो गई हैं। उन्होंने ड्योढ़ियों पर पहरा बैठा दिया है। दरबार से भी उन्होंने मुलाकात नहीं की।''

''अब क्या होगा, किसुन?''

''सब ठीक हो जाएगा, सरकार! यह तो राज-परिवार में होता ही रहता है।'' उसने मुस्कराकर एक भेद-भरी दृष्टि मुझ पर डाली। उस दृष्टि ही में जैसे वह मुझे तसल्ली दे

रहा था। उसकी बातों से मुझे ढाढ़स हुआ। जी चाहता था, उससे और बातें करूँ। वह बहुत अच्छा लग रहा था। किसी मर्द से इस प्रकार बातें करने का मेरा यह पहला ही अवसर था। उसकी विनय, चातुर्य, तत्परता और स्नेहसिक्त आँखों ने जैसे मुझ पर जादू कर दिया था। एक अभूतपूर्व सुख की लहर मेरे मन में उस उद्विग्नावस्था में भी व्याप गई। पर मेरे मुँह से और बोल न फूटा। वह धीरे से द्वार का पर्दा ठीक करता हुआ चला गया।

बहुत देर तक मैं भाँति-भाँति के विचारों में डूबती-उतरती रही। फिर मैं सो गई।

महारानी की ड्योढ़ी पर पहरा

आँख खुली तो देखा, केसर मेरे सिरहाने बैठी अपनी उँगलियों से मेरी लटों के साथ खेल रही है। मैंने छूटते ही उससे पूछा, ''उधर का क्या हाल है?''

केसर के चेहरे पर हवाइयाँ उड़ रही थीं। उसका मुँह सूख रहा था। उसने सूखे कंठ से कहा, ''कुंवरी ने द्वार पर पहरा बैठा दिया है, दरबार को रंगमहल में आने की इजाज़त नहीं है।''

''दरबार को?'' मैंने आश्चर्यचकित होकर पूछा, ''क्या ऐसा भी संभव है? अन्नदाता तो यहाँ के स्वामी और कर्ता-धर्ता हैं!''

''कुंवरी भी यहाँ की स्वामिनी हैं, हमारी तरह गोली-गुलाम नहीं हैं। महाराज ने रात अनीति की। सुहागरात की सेज का अपमान कर वह नशे की झोंक में यहाँ आ गए, भला ऐसा भी कहीं होता है?''

''तो तूने रात ही उन्हें क्यों नहीं समझाया?''

''क्या उनकी हालत समझने-समझाने जैसी थी? तूने देखा नहीं था? फिर बात यहाँ तक बढ़ जाएगी, यह मैंने सोचा भी न था।''

''क्या बात बहुत बढ़ गई है?''

''कुंवरी ने गढ़ी में सांडनी भेजी है।''

''तो अब क्या होगा?''

''शायद दाता आएँ यहाँ।''

''क्या करेंगे दाता?''

''गुस्सा होकर दरबार से लड़ भी सकते हैं, खून-खराबा भी हो सकता है।''

''क्या? खून खराबा!''

"यह इज़्ज़त का सवाल है।"

"लेकिन उनकी दरबार से भला क्या बराबरी!"

"क्यों, क्या वह दरबार के ससुर नहीं हैं? सम्बन्धी नहीं हैं? दरबार हैं तो क्या प्रजा पर अनीति करेंगे? फिर अपनी ही रानी पर? कुंवरी कोई गोली-गुलाम नहीं है। राजपूत हैं, ठिकानेदार की बेटी हैं, ठिकानेदार तो दरबार के भाईबंद हैं। भाईबंदी में छोटा-बड़ा कैसा? भले ही ठिकाना एक ही गाँव का हो, भाईबंदी में वह दरबार के बराबर ही हैं। फिर दाता तो बड़े आन-बान के आदमी हैं। धुन में आ गए तो अमल-आरोग पर आ सकते हैं। सब ठाकुर उनका साथ देंगे।"

हे भगवान, अमल-आरोगने का अभिप्राय है मरने-मारने की ठान लेना। बहुत देर तक मैं एकटक केसर की ओर देखती रही। फिर मैंने कहा, "तूने कुंवरी से मुलाकात की?"

"कैसे कर सकती थी! रंगमहल में तो पंछी भी पर नहीं मार सकता। पहरे पड़े हैं।"

"तूने इत्तला कराई?" कुछ सोचकर मैंने कहा, "मैं जाऊँ तो?"

"नहीं जा पाएगी। दरबार ही को नहीं जाने दिया तो तू कैसे जाएगी।"

"पहरे पर कौन है?"

"भूरसिंह हाड़ौत।"

"अकेले?"

"अकेले ही हैं। वह नंगी तलवार लिए ड्यौढ़ी पर मुस्तैद हैं।"

भूरसिंह हाड़ौत गढ़ी का आदमी था। दाता उसे मानते थे। वह दाता का सम्बन्धी ही था। बूढ़ा आदमी था। बड़ी लंबी सफ़ेद उसकी दाढ़ी थी। वह आम आदमियों से ऊँचा था, बड़ा डील वाला। साठ बरस की उम्र पार कर अभी जवान बना था। वह बड़ा हँसमुख था। बचपन में वह कुंवरी को और मुझे गोद में खिला चुका था। वह बड़ा विश्वासी और दृढ़ निश्चय का राजपूत था।

मैंने कहा, "भूरसिंह दद्दा अकेले ही पहरे पर हैं। अकेले ही उन्होंने दरबार को रंगमहल में नहीं जाने दिया?"

"ऐसा ही तो हुआ।"

"मैं वहीं तो थी।"

"अन्नदाता ने गुस्सा नहीं किया? ज़िद नहीं की? चुपचाप दद्दा की बात मान ली?"

''चुपचाप क्यों? बहुत हुज्जत हुई। दरबार जब ड्योढ़ियों में घुसने लगे, तब हाड़ौत ने तलवार ऊँची करके कहा, 'घणी खम्मा अन्नदाता, हुक्म नहीं है।'

'' 'किसका हुक्म?' अन्नदाता ने कहा।

'' 'रानी जी का, अन्नदाता!'

'' 'तो मैं हुक्म देता हूँ, ड्योढ़ी छोड़ दे, मैं रंगमहल में जाऊँगा।'

'' 'नहीं अन्नदाता, आप रंगमहल में नहीं पधार सकते।'

'' 'मैं हुक्म देता हूँ।'

'' 'मैं मानने से इनकार करता हूँ।'

'' 'ठाकरां, तुम किससे बात करते हो?'

'' 'आप ही से दरबार!'

'' 'तो मेरा हुक्म है...।'

'' 'आपका हुक्म आपके नौकरों पर है, अन्नदाता! मैं आपका नौकर नहीं हूँ। आपका नमक नहीं खाता हूँ। मैं भूरसिंह हाड़ौत हूँ। इस समय रानी जी की आज्ञा से यहाँ पहरे पर हूँ।'

'' 'रानी की क्या आज्ञा है।'

'' 'कि रंगमहल में कोई न आने पाए।'

'' 'यह आज्ञा मेरे लिए नहीं है।'

'' 'सभी के लिए है, दरबार।'

'' 'परंतु मैं जाऊँगा।'

'' 'रानी जी के हुक्म को तोड़कर नहीं जा सकेंगे, अन्नदाता!'

'' 'मेरे ऊपर रानी का हुक्म नहीं चलेगा, ठाकरां!'

'' 'तो अन्नदाता, तलवार निकालिए।'

'' 'अरे ठाकरड़े, तू मुझसे तलवार निकालने को कहता है?'

'' 'हाँ आप ही से कहता हूँ। और यह भी कहता हूँ; ड्योढ़ियों में आपने कदम रखा तो आपका सिर भुट्टे की तरह उड़ा दूँगा।'

'' 'अरे ठाकरड़े...'

'' 'अरे राजा, धिक्कार है तुझे। जब रंगमहल में आने की बेला थी, तब तू दासी की चाकरी में जा पहुँचा। तुझे रानी और बाँदी की पहचान नहीं है। राजपूत की तलवार को भी तू नहीं पहचानता। तूने रानी की मर्यादा भंग की है। राजपूत की बेटी के सुहाग पर तूने बट्टा लगाया है। थोड़ा ठहर राजा, हमारे दाता पधार रहे हैं। वह अपने अपमान का तुझसे बदला लेंगे और अगर इस राजपूत की तलवार का पानी पीना है तो तलवार निकाल।'

''यह कहकर वह बूढ़ा ठाकुर नंगी तलवार हवा में घुमाने लगा। दरबार कुछ सोच-समझकर लौट आए। अब वह बफरे नाहर की भाँति अंट-शंट बक रहे हैं। सब दास, खवास, मुत्सद्दी, दीवान खामोश हैं। सब कानाफूसी कर रहे हैं। कोई कुछ कहता है, कोई कुछ। जी-हजूरिये, खुशामदी, सब अपनी-अपनी बक रहे हैं।''

मैंने सहमते हुए कहा, ''क्या दाता आएँगे?''

''कुंवरी की चिट्ठी पाकर वह रुकेंगे? मैं सोचती हूँ, कहीं खूनखराबा न हो जाए। दाता का मिज़ाज टेढ़ा है। जब इज़्ज़त की बात आती है, तब वह आगा-पीछा नहीं देखते।''

हठात् मुझे कुंवरी का ख़याल आ गया। न जाने वह कैसी हैं? उन्होंने कुछ खाया-पीया भी है या नहीं? कौन उनकी इस समय देखभाल कर रहा होगा भला? मैंने कहा, ''केसर मैं जाऊँगी। मुझे जाना चाहिए।''

''कैसे जा पाओगी।''

''मैं जाती हूँ।'' कहकर मैं उठी। जैसी थी वैसी ही। एक चादर मैंने पलंग से उठाकर अंग पर लपेट ली और मैं चल दी। केसर ने बाधा न दी। वह भी चुपचाप मेरे पीछे-पीछे रंगमहल की ओर चल दी।

कुंवरी से अंतिम भेंट

ड्यौढ़ियों में मैं धंसी चली गई। मुझे देखते ही भूरसिंह दद्दा खड़े हो गए। वह एकटक मेरी ओर ताकते रहे। मैंने देखा, उनकी भौंहों में बल पड़े थे और उनकी दाढ़ी हवा में लहरा रही थी। हाथ में उसके नंगी तलवार थी। केसर तनिक ठिठकी, परंतु मैं दौड़कर दद्दा की छाती से जा लगी और फफक-फफककर रोने लगी। बहुत देर तक मैं उनकी छाती से मुँह छिपाए रोती रही। कुछ ही देर में देखा, गर्म आँसू मेरे सिर पर बरस रहे हैं। दद्दा रो रहे थे। मैंने आँख उठाकर देखा, उनकी दाढ़ी आँसुओं से तर थी। मैंने भरी हुई आँखों से उनकी लाल-लाल बरसाती आँखों को देखा और हिचकियाँ लेते हुए कहा :

''दद्दा, उन्होंने कुछ खाया-पीया भी है या नहीं?''

"कैसे कहूँ बेटी!"

"तो वहाँ कौन उनकी देखभाल करता होगा?"

"रानी बिटिया तो अकेली ही है केवल एक बाँदी-भर भीतर है।"

"मैं जाऊँगी दद्दा!"

"कैसे जाएगी बेटी, हुक्म नहीं है।"

"मेरे लिए हुक्म है।"

"बेटी, मैं धर्म के बंधन से बँधा हूँ, दाता का नमक मेरे लहू में है। रानी बेटी के साथ तो अन्याय हुआ ही है, उसकी भी एक मर्यादा है और मेरा भी एक धर्म है। मैं रानी बेटी की मर्यादा का यहाँ अकेला ही रक्षक हूँ। वह मेरी धर्म की बेटी है।"

"मैं भी आपकी बेटी हूँ, दद्दा!"

"हाँ, बेटी, तुझमें और रानी बेटी में दाता भेद नहीं समझते थे, यह मैं जानता हूँ।"

"आपने भी तो कभी नहीं समझा।"

"कैसे समझ सकता था, बेटी। रानी बेटी मेरी धर्म की बेटी रही, पर तू तो प्यार की बेटी है।"

दद्दा ने मेरे सिर पर हाथ फेरा और अपने आँसू पोंछे।

मैंने कहा, "दद्दा, मेरा तनिक भी अपराध नहीं है।"

"सो मैं जानता हूँ।"

"फिर भी कुंवरी मेरी जीती खाल खींचने का हुक्म देंगी तो मुझे उज्र नहीं होगा। चाहे जो भी हो, मुझे उनकी खिदमत में जाना चाहिए। मुझे भीतर जाने दो, दद्दा!"

"बेटी, हुक्म नहीं है।"

"मेरे लिए हुक्म की बात नहीं है, दद्दा! मैं उनसे समझ लूँगी। सोचो तो, इस विपत्ति में उनका सगा कौन है? उनका कलेजा टूक-टूक हो गया है। उनके स्वभाव को मैं जानती हूँ। अन्न का दाना तो दूर, एक बूँद जल भी उनके मुँह में न गया होगा। मैं भला कैसे दूर रह सकती हूँ? मुझे जाने दो दद्दा, या मेरा सिर इस तलवार से काटकर कुंवरी के पास ले जाओ तुम।"

"जा भाया, जा।"

मैंने मुँह फेरकर केसर की ओर देखा। दद्दा ने कहा, "न, तू अकेली ही जा।"

मैं भीतर चली। भय, उद्वेग और आशंका से मेरा मन भर रहा था। ऐसा प्रतीत हो रहा था, जैसे मैं जल रही हूँ। रंगमहल के उस भाग में सन्नाटा था। सब खिड़कियाँ, गवाक्ष, झरोखे बंद थे। कोई बाँदी, गुलाम, चाकर, कारभारी, नौकर वहाँ न था। मैं अपने ही पद-शब्दों से चौकन्नी होती, बहुत आहिस्ता-आहिस्ता पग बढ़ाती कुंवरी के शयन-कक्ष के बगल में जा पहुँची। यहाँ भी सन्नाटा था। कान लगाकर मैंने सुना, भीतर कोई न था। इधर-उधर मैंने देखा। सूना दीवानखाना पारकर मैं भीतरी दालान में पहुँची। सामने झरोखे में कुंवरी चुपचाप एक शीतल-पाटी पर बैठी थीं—निराभरण। उषा के प्रथम आलोक की भाँति, जहाँ पर एक भी तारा नहीं होता। केवल एक सफ़ेद-सादा साड़ी उनके अंग पर थी। आँखें उनकी फूली हुई थीं, पर उसमें आँसू न थे। मुझे देख कर मंद स्मित की रेखा उनके होंठों पर फैल गई। उन्होंने कहा, "आ बहन!"

अकल्पित आह्वान, अतर्कित स्वर और असंभाव्य सब कुछ। मेरे पैर लड़खड़ा गए, सिर घूमने लगा। जैसे समूचा आकाश भूमि पर आ रहा हो, मैं वहीं गिर गई। कुंवरी ने दौड़कर मुझे गोद में उठाया। मृदु स्वर में कहा, "चोट तो नहीं लगी?"

मैंने आँखें फाड़कर उनकी ओर देखा, फिर दोनों हाथों से पकड़कर कहा, "अन्नदाता, मैंने भूरसिंह दद्दा से कहा था कि मेरा सिर काटकर आपकी सेवा में पेश कर दें।"

"पगली, ऐसा भी कहीं होता है।" वही मंद स्मित-रेखा उनके होंठों में थी।

मेरी वाणी जड़ हो रही थी। उन्होंने मुझे सहारा देकर उठाया और गवाक्ष के पास बैठाकर कहा, "क्या दासी को बुलाऊँ?"

"न अन्नदाता, पर मेरी एक अरदास है, या तो मुझे यहीं अपने चरणों में रहने की इजाज़त बख्शी जाए या मेरा सिर काटने का हुक्म हो जाए। नहीं तो मैं ज़हर खाकर जान दे दूँगी।"

कुंवरी के होंठों से हास्य लुप्त हो गया। उन्होंने पूछा, "चंपा, तू जानती है, मैं एक नादान लड़की हूँ, तुझसे भी अधिक नादान। और अब यह तो तू देख ही रही है कि दुर्भागी और असहाय भी हूँ। मेरे ऊपर कठिन समय आया है, सो मुझे अपना धर्म निबाहना है। मैं राजपूत की बेटी हूँ, एक स्त्री हूँ, और मुझे अपने पिता की इज़्ज़त का भी ख़याल है। इन सबका विचार कर मैं अपनी राह चल खड़ी हुई हूँ। तू मेरी प्यारी बहन, सदा की मेरी सहायक और संगिनी है, अंतरंग सखी है और अब तो धर्म से पर्यंकभागिनी है, सो तू ऐसा कर जिससे मेरे धर्म का निर्वाह हो जाए, तेरे कारण कोई विघ्न-बाधा न पड़े।"

"मैं वही करूँगी, अन्नदाता!"

“तो तू अपने महल में जा। अब यहाँ आने या मुझसे मिलने की चेष्टा न करना। यहाँ चाहे जैसी भी अच्छी-बुरी घटना हो, उसमें तू अपने को मत जोड़ लेना, बस इतनी ही मेरी तुझे सीख है।”

“अन्नदाता, आपका सब हुक्म मानूँगी, पर इन चरणों से दूर नहीं रह सकती। मुझे सेवा में ही रहने दीजिए। भला-बुरा जो हो, एक साथ ही होगा।”

“नहीं बहन, ऐसा नहीं हो सकता। मुझे अपनी मर्यादा की रक्षा अकेले ही करनी होगी और तुझे अपना धर्म पालना है।”

“मैं जान पर खेल जाऊँगी, अन्नदाता।”

“बहन, हम भाग्यहीन स्त्रियों के जीवन ही ऐसे हैं। ऐसे अवसर आते रहते हैं, कुछ में जान पर खेलना पड़ता है। पर अकारण आत्महत्या तो कायरता ही है। गुस्सा न कर, सब बातों पर विचार कर। आगा-पीछा देख।”

“परन्तु मैं आपके चरणों से दूर कैसे रह सकती हूँ!”

“मेरे मन में तो तू है ही। पर मेरे पास तेरा रहना न हो सकेगा, बहन! इससे मेरे मार्ग में भी बाधा पड़ेगी और तेरा भी भला न होगा।”

“पर मैं आपको अकेली इस हालत में कैसे छोड़ सकती हूँ?”

“तू मुझे कितना प्यार करती है, यह मैं जानती हूँ बहन! तेरा प्यार ही मेरे व्रत का सबसे बड़ा अवलंब है, सो तू जहाँ जिस दशा में रहे, मुझे इसी भाँति प्यार करती रहना। बस, इसी से मेरी व्रत-साधना पूरी हो जाएगी।”

मैं क्या कहती, क्या करती? मुझे कुछ भी सूझ नहीं रहा था। मेरे आँसू उमड़ आए और मैं चुपचाप उनकी गोद में मुँह छिपाकर रोने लगी। उन्होंने भी मुझे जी-भरकर रोने दिया। बहुत कुछ रो लेने पर मैंने उनकी ओर देखा, शरद-पूर्णिमा की चाँदनी के समान निर्मल, उज्ज्वल आलोक उनके मुखमंडल पर था। मैंने कभी उन्हें इतना सुंदर नहीं देखा था। एक ऐसा तेज, ऐसी गरिमा, ऐसी सुषमा उनके मुखमंडल पर छा रही थी, जिसके सामने मेरा रूप का सारा ही घमंड गलकर बह गया। मैं एकटक उनके मुँह को देखती रह गई। उन्होंने हँसकर स्निग्ध स्वर में कहा, “इस तरह क्या देखती है?”

“अन्नदाता, आज तक जो कभी न दीखा था, वही आज आपके मुखमंडल पर देख रही हूँ।”

“क्या देख रही है?”

''यही कि मैं आपकी श्री और गरिमा के सम्मुख धूल के एक कण के समान भी नहीं हूँ।''

''धत् पगली! तू जा।''

''पर अन्नदाता, आपने तो अन्न का दाना भी मुँह में नहीं डाला। कदाचित् जल की एक बूँद भी ग्रहण नहीं की है। मैं आपके लिए रसोई बनाऊँगी। आप कांसा आरोग लें तो मैं जाऊँ।''

''यह सब तो दाता के आने पर होगा।''

''नहीं राज, आप निराहार नहीं रह सकतीं। मैं यहीं सिर पटककर जान दे दूँगी।''

''अच्छा तो एक शर्त पर मैं स्वीकार करती हूँ।''

''तू अब फिर यहाँ नहीं आएगी, यह वचन दे।''

''तो राज, मुझे त्याग रही हैं? ऐसा निर्मम दंड तो अभागिनी को न दें।''

''दंड नहीं बहन, तेरी और अपनी भलाई के लिए ही ऐसा कहती हूँ। बस आगा-पीछा सोच। तू भी सोचे-समझेगी तो इसी में तुझे भी भलाई दिखाई देगी।''

''पर आपकी देखभाल कौन करेगा राज?''

''मैं खुद करूँगी, इसके लिए मुझे किसी की ज़रूरत नहीं है।''

''परन्तु आपने तो सब दास-दासियों को भी अपने से दूर कर दिया?''

''यह ठीक था चंपा, एक दासी मेरी सेवा में है, वह काफ़ी है।''

''आपकी इन बातों से मेरी छाती फटती है।''

''तेरा यही प्यार तो मेरा सारा अवलंबन है।''

''मुझे चरणों से दूर न करो राज, आपसे दूर नहीं रह सकती।''

''तू दूर कहाँ है, मेरे हिये में है बहन!''

''आप ऐसी निठुर तो कभी न थीं।''

''निठुराई की बात नहीं है बहन, मुझे जो कठोर व्रत पालन करना है। उसकी मर्यादा की बात है।''

''तो केसर को रख लीजिए।''

''नहीं, वह तेरी सेवा में रहेगी। उसके बिना तेरा निस्तार नहीं है। तुझे भी कदाचित् कठिनाइयों का सामना करना पड़ेगा।''

''मैं सब कुछ अकेले ही भुगत लूँगी।''

''नहीं, तेरे भले के लिए केसर का तेरे पास रहना ठीक है। माँ ने बहुत सोच-समझकर ही उसे तेरे साथ भेजा है।''

''पर हम तो सभी आपकी चाकरी में आई हैं राज!''

''ठीक है, पर काम तो सब समयानुसार होते हैं। मैंने तो सभी को अपनी सेवा से मुक्त कर दिया है।''

मैं अब और क्या कहूँ, कुछ भी न समझ पड़ा। मेरी आँखों में फिर मोती सज गए। मैंने कहा, ''मैं रसोई बनाऊँ या अटाले से मँगाऊँ?''

''तू ही बना। क्या अकेली बना सकेगी?''

''इतनी निकम्मी नहीं हूँ, अन्नदाता!''

मैंने झटपट स्नान कर रसोई बनाई। जो सामग्री उपस्थित थी उसी से। साधारण ही रसोई बनी। ठाकुरजी का भोग लगाकर बड़े ही संकोच से थाल सजाकर मैं ले गई। उन्होंने बड़ी-बड़ी भारी पलकें उठाकर कहा :

''पहले भूरसिंह दद्दा को दे आ। वह भी तो कल से निराहार हैं।''

''अन्नदाता आप आरोगिए, मैं वहाँ थाल पहुँचाती हूँ।''

''नहीं, पहले तू उन्हें स्वयं खड़ी रहकर जिमा दे।''

सेवक की रक्षा तो स्वामी इसी भाँति करते हैं। कुंवरी की गुणगरिमा पर मैं मुग्ध हो गई। मैंने यत्नपूर्वक ठाकुर को भोजन कराया, यद्यपि ठाकुर ने भी बहुत ननु-नच किया। इस कार्य से निवृत्त होकर मैं दूसरा थाल सजाकर फिर कुंवरी के पास गई। कुंवरी ने कहा, ''आ बहन, तू भी बैठ। दोनों बहनें साथ ही खाएँ।''

''अन्नदाता, यह कैसे हो सकता है? आप कांसा आरोगिए, न होगा तो जूठन का प्रसाद मैं भी पाऊँगी।''

''जूठन का प्रसाद नहीं बहन, मेरे साथ बैठ।''

''मर जाऊँ तो भी यह बे-अदबी न होगी। ऐसा भी कहीं होता है, अन्नदाता?''

''बहन, तू नहीं जानती, तेरा-मेरा रिश्ता अब क्या है। क्या तू भूल गई कि तू मेरे

सौभाग्य की भागीदार है। अब हम दो कहाँ हैं? आ बैठ।''

''नहीं, अन्नदाता, नहीं।''

''तो मैं भोजन नहीं करूँगी।''

''इतना अंधेर न करो राज!'' मैं भूमि पर गिरकर उनके पैरों में लोट गई।

''कौन जाने जीवन में फिर मेरा-तेरा मिलना हो या नहीं, आज के इस मिलन-क्षण के बाद पता नहीं दूसरा कौन-सा क्षण आए। ज़िद न कर और जिसमें मुझे सुख मिले वही कर।''

उन्होंने मेरा हाथ पकड़कर उठा लिया। अपने हाथ से थाल से कौर लेकर मेरे मुँह में रख दिया और इसके साथ ही साथ उनके होंठों पर स्मित फैल गई। मुझे अन्नदाता के साथ एक ही थाल में कांसा आरोगना पड़ा। भला किस गोली-गुलाम को कभी यह सौभाग्य नसीब हुआ होगा! उन्होंने कहा था कि कदाचित् जीवन में अब साक्षात्कार न होगा। कैसी अद्भुत बात थी। पर कितनी सत्य! इसके बाद हम दोनों 18 वर्ष तक—जब तक वह जीवित रहीं—एक ही रंगमहल में रहे, पर मुझे उनकी एक झलक भी देखने को नहीं मिली, यद्यपि इसके लिए बहुत बार मैं प्राणों पर भी खेलने को उद्यत हो गई। पर उस समय ये सब बातें मुझ अज्ञानी को कहाँ ज्ञात थीं? मैं क्या जानती थी कि मेरे जीवन में कैसी-कैसी अनहोनी घटनाएँ होने वाली हैं।

कुंवरी ने बहुत स्वल्प भोजन किया और मैं तो लाज-संकोच में ही मरी जाती थी, खाती भला क्या? भोजन से निवृत्त होकर उन्होंने कहा, ''अब तू जा, चंपा! बस, यह मेरी-तेरी इस जीवन में शायद अंतिम भेंट है। अब तू यहाँ आने की चेष्टा न करना।''

''यह कैसी आज्ञा करती हैं, अन्नदाता!''

''पर उन्होंने उठकर मुझे भुजाओं में भर लिया। गले से मोतियों की माला निकालकर मेरे गले में डाल दी। फिर मेरी ठोड़ी चूमकर कहा, ''मेरी जाने-अनजाने की सब भूल-चूक क्षमा कर देना, चंपा! और यह मत समझना कि तू मुझसे दूर है। तू सदैव यहाँ मेरे हृदय में बास करती रहेगी।''

अब मैं कहती क्या? मैं जड़ हो गई। कुछ कहना चाहा, पर कह न सकी। वह अंक में भरकर मुझे ड्यौढ़ियों तक ले चलीं। अधीर होकर मैं चीख पड़ी, ''मैं आऊँगी अन्नदाता! आप मुझे त्याग नहीं सकतीं।''

पर उन्होंने केवल एक मंद मुस्कान में ही इसका उत्तर दिया और हम दोनों अभिन्न हृदय बिछुड़ गए। मैं रंगमहल से बाहर निकली तो मेरी आँखों में अँधेरा छा रहा था। केसर जैसे मुझे अधर में उठाए लिए जा रही थी। अपने महल में पहुँचकर मैं एक प्रकार

से अर्धमूर्छित अवस्था में पड़ गई। दिन-रात का मुझे भान न रहा। आगा-पीछा सोचने की ताकत न रही, जैसे मेरे माथे से किसी ने भेजा ही निकाल फेंका हो।

रेज़ीडेंट के सामने

भोर होते ही मैंने डंके की आवाज़ सुनी। मैं हड़बड़ाकर उठ बैठी। केसर को जगाकर मैंने कहा, ''केसर, देखो तो यह कैसी एक आवाज़ है।'' आवाज़ रुककर दूर से आ रही थी। पर कुछ क्षणों में ही वह और स्पष्ट हो गई। सूरज की किरण अपने पीले आलोक को मेरे शयन-कक्ष में बिखेर चली। इसी समय मैंने अपने महल के नीचे बहुत-से आदमियों का शोर सुना। मैं गवाक्ष में जा खड़ी हुई। केसर मेरे साथ थी। मैंने देखा, महल के बाहरी मैदान में दस-दस, पाँच-पाँच मनुष्य चारों ओर से एकत्र होते आ रहे थे। ''यह सब क्या हो रहा है!'' मैंने भयभीत नेत्रों से केसर की ओर देखकर पूछा। केसर जैसे सब कुछ समझ रही थी, इसी से उसने कुछ जवाब नहीं दिया। चुपचाप गवाक्ष में देखती रही। इसी समय धौंसा जैसे महल की पौर पर ही बज उठा और मैंने देखा दाता धौंसा बजाते चले आ रहे हैं। सब साथी केसरिया पहने थे। सबके हाथ में नंगी तलवारें थीं। कुछ घोड़ों पर सवार थे, कुछ पैदल। दाता अपनी प्रिय सांड़नी पर थे। उनकी दाढ़ी हवा में हिल रही थी। उनके हाथ में दुनाली बंदूक थी और कमर में कारतूसों की पेटी कसी थी। उनके पीछे भीड़ शोर करती आ रही थी देखकर मेरा कलेजा धड़कने लगा था। मैंने केसर की ओर देखा, उसका मुँह सूख रहा था, वह एकटक उधर ही देख रही थी। मेरे मुँह से बोल नहीं फूट रहा था।

इसी समय किसुन ने आकर कहा, ''ठाकुर केसरिया पहनकर आए हैं। कुल पच्चीस आदमी हैं। छह चाकर और आठ राजपूत, बाकी सब भाई बंद। उनका इरादा साखा करने का है। वह मरने-मारने पर तुले हैं। राज्य-सेना उन्हें रोककर आ रही है।''

मैंने देखा, अभी दाता की सवारी त्रिपोलिया के निकट भी न पहुँची थी कि तोप दगी और राज्य की सेना के सिपाहियों ने चारों ओर से दाता की सवारी को घेर लिया। इस समय नगर के भी बहुत-से लोग भागे जा रहे थे। शोर बहुत हो रहा था। दाता बंदूक हाथ में लिए दृढ़ता से अपनी सांड़नी पर बैठे थे।

मैंने सहमते हुए कहा, ''किसुन, अब क्या होगा?''

किसुन ने कहा, ''अन्नदाता ने रेज़ीडेंट साहब बहादुर पर हरकारा भेजा है। महल की रक्षा को सिपाही आ रहे हैं। शायद ठाकुर को गिरफ़्तार कर लिया जाएगा।''

''पर वह जान पर खेल जाएँगे किसुन, दाता बात के बड़े धनी हैं।''

''आपके लिए कोई खतरा नहीं है, सरकार! अन्नदाता ने पचास सिपाही ड्योढ़ियों पर भेज दिए हैं।''

"भाड़ में जाएँ पचास सिपाही! उनसे कह दे कि वे यहाँ से चले जाएँ, मुझे उनकी ज़रूरत नहीं है। दाता आकर पहले मेरा सिर काट लें। जा, तू दाता से मेरी यह अरदास अर्ज़ कर दे," मैंने गुस्से से भरे कंठ से कहा।

किसुन ने मेरी हालत समझ ली थी। उसने कहा, "सब ठीक हो जाएगा, सरकार! रेज़ीडेंट साहब बहादुर खून-खराबा नहीं होने देंगे।"

"मैं वहाँ कैसे पहुँच सकता हूँ, सरकार! देख नहीं रही हैं। राज्य की फ़ौज ने उन्हें चारों ओर से घेर रखा है।"

"तो तलवार दे, मैं अपना सिर खुद काटे देती हूँ। तू मेरा सिर दाता की सेवा में ले जाकर कहना, "दाता, यह तुम्हारी चंपा है, जो निर्दोष है।"

इतना कहकर मैं फूट-फूटकर रोने लगी। केसर मुझे गवाक्ष से हटाकर कक्ष में ले आई। उसने कुछ संकेत-सा करते हुए किसुन से कहा, "किसुन, नीचे जाकर देख तो, वहाँ क्या हो रहा है।" रो वह भी रही थी। किसुन चला गया। मुझे पलंग पर लिटाकर केसर मेरा सिर अपनी गोद में रखकर बैठ गई।

नीचे से शोर-गुल की आवाज़ आ रही थी। पर दाता का धौंसा धमाधम बज रहा था। पहर दिन चढ़ गया था और अब महल के बाहरी मैदान में हंगामा-सा मच रहा था। पर कोई खून-खराबे की सूचना नहीं मिली थी। एकाएक बंदूक छूटने की आवाज़ सुनकर मैं हड़बड़ाकर झरोखे की ओर भागी। केसर भी भागी। मैंने देखा, नर-मुंड ही नर-मुंड थे और रेज़ीडेंट साहब बहादुर के गोरे लाल-लाल वर्दी पहने भीड़ में घोड़ों को पेल रहे थे। दाता वहाँ से काफ़ी दूर थे, पर मैं उनकी हवा में हिलती दाढ़ी को बराबर देख रही थी। उनकी बंदूक अब भी तनी हुई थी। कुछ हुज्जत-सी हो रही थी और कोई गोरा साहब घोड़े पर सवार उनसे बातचीत कर रहा था। थोड़ी ही देर में मैंने देखा, वे लोग दाता को और उनके सब सवारों को लेकर एक ओर चल दिए हैं। भीड़ भी उनके पीछे शोर करती जा रही है। इसी समय किसुन ने आकर खबर दी कि उन्हें रेज़ीडेंट ले गए हैं। अन्नदाता भी रेज़ीडेंसी गए हैं।

मैं किसुन का मुँह ताकने लगी। उसने कहा, "चिंता की बात नहीं है, सरकार! रेज़ीडेंट साहब बहादुर बहुत भले आदमी हैं। वह सब ठीक कर लेंगे। आप अब हाथ-मुँह धोकर कलेवा कर लीजिए। आइए।" पर मैं टस-से-मस न हुई। मैं यह सोचकर मरी जा रही थी कि यह सब मेरे ही कारण हो रहा है। पर मैं करूँ भी क्या? मेरी समझ में कुछ नहीं आ रहा था।

किसुन का अनुरोध मैं अंततः टाल न सकी। विचित्र पुरुष है यह किसुन। इसे देखकर तो मेरा सारा ही अपनापन गल-सा जाता है। उसके अनुरोध में आग्रह, अनुनय और स्नेह

का एक ऐसा पुट है कि उसके सामने विवश हो जाना पड़ता है। मैं यहाँ अपनी विपत में केसर ही को अपना अवलंबन समझती थी, पर इन दो दिनों में ही मैंने जान लिया कि किसुन उससे अधिक मेरा अवलंबन है। वह साहसी, चतुर, धैर्यवान, विनम्र और प्रत्युत्पन्नमति पुरुष है। पुरुष अभी कहाँ है वह, निपट तरुण है। उसका सबसे बड़ा गुण है निर्द्वंद्व रहना। जैसे विपदा उसे व्यापती नहीं है। चिंता उसे छूती नहीं है। आलस्य उसके पास फटकता नहीं है। खीझना वह जानता नहीं है। इतने गुण एकत्र भला किसी पुरुष में मिल सकते हैं! फिर वह पुरुष जो इतने गुणों का अधिष्ठाता हो, क्या साधारण मनुष्य कहा जा सकता है? वह तो नररत्न है। फिर, अभी दो ही दिन तो हुए हैं, इसके सारे गुण मैंने देखे कहाँ हैं भला! परन्तु यह गुणों का सागर नर-रत्न राजा नहीं, रईस नहीं, प्रतिष्ठित पुरुष नहीं। एक गोला है, गुलाम है, चाकर है। मेरी भाँति इसका भी रक्त स्वामी के यहाँ बंधक है। कैसी भाग्य-विडंबना है! कैसा संसार का व्यवहार है! एक अन्नदाता की वह मूर्ति जो मैंने पिछली रात देखी थी—घृणित पशु के समान, गंदे सूअर के समान और एक यह मूर्ति—जीवन से ओत-प्रोत। पर वह राजा, अन्नदाता और यह गोला, गुलाम, चाकर। छि-छि!

कैसी एक वितृष्णा से मेरा मन भर गया। मैंने आँख उठाकर किसुन की ओर देखा—भूल गईं मैं इस क्षण दाता को, अन्नदाता को, कुंवरी को, चारों ओर बिखरी हुई विपत्ति को, अपने अंधकारपूर्ण आगामी जीवन को। मैं अपना पाप-कलुष छिपाऊँगी नहीं। सत्य ही कहूँगी—मैं समूची आँखों से किसुन को जैसे पीने लगी। कभी प्यार का ऐसा वेग मैंने अपने जीवन में अब तक अनुभव नहीं किया था। और जब उसने तौलिया, चिलमची, गर्म पानी का सागर लाकर पलंग के पास रखकर मुझे हाथ-मुँह धोने को कहा, तब मैं यह सोच-समझ ही न सकी कि वह एक चाकर का अनुरोध है या स्वामी की आज्ञा। मैं औरत हूँ और वह मर्द, यह मैं उस एक क्षण में संपूर्ण रूप में जान गई। जैसे-जैसे उसने कहा, मैंने वैसे-वैसे ही किया। उसकी इच्छा के अनुसार काम में मुझे जैसे एक अनिर्वचनीय सुख मिल रहा था। पान का बीड़ा उसके हाथ से लेकर मैंने स्निग्ध दृष्टि से उसे देखकर कहा, "किसुन, केसर को भी कुछ खिला-पिला और तू भी कलेवा कर फिर मेरे पास आ।"

मेरी प्रसन्न मुद्रा को देख वह खिल गया। वाह! कैसा मधुर मोहक हास्य उसके होंठों पर फैला! करोड़ों रुपयों के मूल्य का। मोती की लड़ी-सी धवल दंपपंक्ति—पतली-सी, काली, छोटी-छोटी मूँछों के भीतर से झाँकती कैसी प्रिय लग रही थी। मैं ठगी-सी देखती रह गई।

केसर भी जैसे मेरे भाव को समझ गईं। एक अस्पष्ट भाव उसकी भौंहों में आया, उसने मेरी ओर क्षण-भर देखा। किसुन ने हँसकर कहा, "आप भी यहीं..."

"नहीं, मैं उठती हूँ।" केसर उठकर बाहर चली गईं। उसके पीछे किसुन भी। और मैं आँखें बंद किए चुपचाप पड़ी किसुन की मूर्ति को अपने हृदय-मन्दिर में बैठी देखती रही।

कुछ देर बाद जब वह आया तब मैंने कहा, "किसुन, ज़रा देख तो, उधर क्या हो

रहा है। कुंवरी का हाल भी तो देख आ। चाहे तो केसर को भी ले जा।''

''नहीं, मैं ही जाता हूँ, सरकार। वह यहीं आपकी खिदमत में रहे।'' वह एक प्रसन्न दृष्टि मुझ पर डाल, उस दृष्टि से मुझे उलझाता-सा चला गया।

थोड़ी ही देर बाद एक नये शोर ने हमें चौकन्ना कर दिया। ऐसा प्रतीत हो रहा था कि भीड़ की भीड़ मेरे महल की ओर आ रही थी। मैं उठकर बैठ गई। केसर गवाक्ष में दौड़ गई और बदहवास-सी लौट आई। उसने हाँफ़ते-हाँफ़ते कहा, ''गज़ब हो गया, चंपा! कुंवरी रंगमहल से जा रही हैं।'' मैंने उठकर देखा सुखपाल पर कुंवरी जा रही थीं। आगे नंगी तलवार हाथ में लिए भूरसिंह थे। पीछे बदूंकधारी सिपाही। उनके पीछे बहुत-सी भीड़ थी। मैंने कहा, ''यह क्या हो रहा है? कुंवरी कहाँ जा रही हैं? क्या वह रंगमहल छोड़ रही हैं? तू जाकर देख।'' केसर नीचे गई। उसने लौटकर बताया, ''वह रेज़ीडेंट गई हैं।''

मैं पीपल के पत्ते की भाँति काँपने लगी। मैं इतनी भयभीत हो गई कि मानो अभी मेरी साँस तक रुक जाएगी। मैंने पूछा, ''क्या उन्हें रेज़ीडेंट साहब बहादुर ने गिरफ़्तार किया है? क्या दाता भी गिरफ़्तार हो गए हैं?'' परन्तु इन सब बातों का कुछ भी उत्तर नहीं मिला। उत्तर कौन दे सकता था? किसे भीतरी बातें मालूम थीं? मेरे महल पर तो सिपाहियों का पहरा था। केसर को बाहर जाने की आज्ञा न थी। मैं भी जा नहीं सकती थी, फिर भी जाती तो कहाँ! कौन यहाँ मेरा अपना था? हम दोनों असहाय स्त्रियाँ एक-दूसरे का मुँह ताकने लगीं। किसी के मुँह से बोल न फूटा। एक अज्ञात भय की सिहरन हमारे अंग में व्याप गई।

सूरज चढ़ने और फिर उतरने लगा। धूप पीली पड़ती गई। फिर संध्या के अंधकार ने संसार को ग्रस लिया, पर हमें बाहर की कुछ भी खबर नहीं मिली। चौक में सन्नाटा छा रहा था। खाने-पीने की हमें सुध ही नहीं रही। रह-रहकर मुझे कुंवरी का ध्यान आता। उनका वह शांत, स्निग्ध, निर्लिप्त सुख। कभी मैं अन्नदाता के उस रात वाले घृणित रूप का ध्यान करती। कभी दाता की हवा में फहराती हुई दाढ़ी बरबस मेरा मन खींच लेती। कभी किसुन की धवल दंत-पंक्तियाँ आँखों में व्याप जातीं। कभी मुझे माँ की याद आती। बचपन में चाँदी के दिन और सोने की रातें, जब हम निर्द्वंद्व गढ़ी में रह रहे थे। दाता हमें प्यार करते थे। माँ हमें मिठाइयाँ खिलाती थी, हम मीठे सपने देखती थीं, मीठी नींद सोती थीं। वाह, कैसे प्यारे थे वे बीते हुए बचपन के दिन!

बहुत रात बीते किसुन आया। वह बहुत थक गया था। पर इसकी उसे चिंता न थी। आते ही उसने केसर की ओर देखकर पूछा, ''सरकार का नहाना-खाना हुआ?''

''तू वहाँ की कह किसुन! वहाँ क्या हो रहा है?'' मैंने व्यग्र भाव से पूछा।

''सब ठीक हो गया सरकार।'' उसने शांत वाणी से कहा। फिर धीरे-धीरे सब बातें उसने बताईं। ''नयी रानी ने खुद जाकर रेज़ीडेंट साहब बहादुर से मुलाकात की। उसने साफ़

कह दिया कि वह मेरा अपना मामला है, इसमें मैं किसी को दखल न देने दूँगी। हाँ, मैं जिस तरह चाहूँगी रहूँगी। कोई मेरे साथ ज़बर्दस्ती किसी प्रकार की नहीं कर सकता। दरबार चाहें तो मैं रंगमहल छोड़ सकती हूँ। वह रियासत में कहीं भी मेरे रहने का प्रबंध कर दें। दाता को भी इस मामले में पड़ने की आवश्यकता नहीं है। 'रानी पर कोई ज़ोर-ज़ुल्म नहीं होगा। वह स्वेच्छा से जहाँ चाहें मर्यादा से रह सकेंगी,' यह आश्वासन अन्नदाता ने दिया है। कुंवरी रंगमहल में ही खुशी से रहें, यह वचन भी उन्होंने दिया है। रेज़ीडेंट साहब बहादुर बीच में पड़े हैं। उन्होंने नयी रानी से कहा है कि यदि आप पर कोई ज़ोर-ज़ुल्म करे तो मेरे पास आ सकती हैं। जैसे ठाकुर साहब आपके पिता हैं, वैसे ही आप मुझे भी समझिए। इन बातों से ठाकुर साहब भी आश्वस्त हुए हैं। वह गढ़ी को लौट गए हैं। उन्होंने बहुत चाहा कि कुछ सिपाही छोड़ जाएँ। रानी को गढ़ी ले जाने का भी उन्होंने आग्रह किया, फिर यह भी कहा कि उनका सब खर्च वही करेंगे, पर रानी साहिबा ने कुछ भी स्वीकार नहीं किया। उन्होंने कहा, 'आप जिन्हें मुझे दे चुके हैं, वही जिस तरह चाहेंगे मेरा भरण-पोषण करेंगे और मुझे जो कुछ लेना-देना होगा उन्हीं से लूँगी-दूँगी। वह मेरे धर्म के पति और मैं उनकी धर्म की पत्नी हूँ। मेरे उनके बीच धर्म का युद्ध ठन गया है। सो मेरा भाग्य है। अब मैं स्वयं ही अपने भाग्य से निपट लूँगी। और किसी को बीच में पड़ने की ज़रूरत नहीं है।' उन्होंने उनसे यह भी कहा, पिता अपना धर्म पालन कर चुके। उन्होंने मुझे जिसके हाथ दिया है उनसे मेरी जैसी निभेगी निभाऊँगी।' हुज़ूर रेज़ीडेंट साहब बहादुर नयी रानी से मिलकर बहुत खुश हुए हैं। उन्हें उस रात की सारी बात मालूम हो गई है। इससे उन्होंने अन्नदाता को खूब फटकारा है और कहा है कि सब बातें वह जनाब एजेंट गवर्नर जनरल बहादुर को लिख देंगे और यदि वह अपना चाल-चलन ठीक न रखेंगे तो वह ए.जी.जी. को रिपोर्ट देंगे कि रियासत खाली कर ली जाए और अन्नदाता को गद्दी से उतार दिया जाए। इन सब बातों से अन्नदाता बहुत डर गए हैं।"

सब बातें सुनकर मैं भी डर गई। न जाने मेरा क्या होगा? कुंवरी अब क्या करेंगी? मैंने डरते-डरते पूछा, "क्या कुंवरी रंगमहल में लौट आई हैं?"

किसुन ने कहा, "हाँ, वह रंगमहल में लौट आई हैं।"

"और दाता?"

"वह गढ़ी लौट गए हैं। चलती बार रानीजी के गले लगकर बालक की तरह फूट-फूटकर रोने लगे थे। ठाकुर साहब बहुत भले हैं, सरकार! बहुत ऊँच-नीच बातें रानीजी को समझा गए हैं। उन्होंने कहा, 'सोच-समझकर अपना लाभ-हानि देखकर रहना।' पति से किसी हालत में मान न करना, उन्हें ईश्वर के समान समझना।' ये ही सब बातें उन्होंने रोते-रोते कहीं और सांड़नी पर सवार होकर चले गए।"

मैंने पूछना चाहा कि मुझ अभागिन-कलंकिनी के लिए भी कुछ उन्होंने कहा, पर मेरे मुँह से बोल न फूटा। मैं चुपचाप रोती रही। आँसू मेरी आँखों से ढलकते रहे। किसुन

ने कहा, ''अन्नदाता भी महलों में आ विराजे हैं। उनका मुँह उतरा हुआ है और मिज़ाज बिगड़ा हुआ।''

मैंने पूछा, ''क्या तूने उनसे बातें की हैं?''

''नहीं, मैं सीधा यहाँ आपकी खिदमत में आ हाज़िर हुआ हूँ। मुझे आपकी फ़िक्र थी।''

रुककर मैंने किसुन की ओर देखा। फिर आँखें नीची कर लीं। खाने-पीने का उसने बहुत आग्रह किया, पर मेरी किसी बात में रुचि नहीं थी, मैं चुपचाप पलंग पर पड़ी रही। इसके बाद किसुन उठा। उसने कहा, ''मैं बाहर ही हूँ सरकार! आवश्यकता हो तो पुकार लेना।'' यह कहकर वह दरवाज़े का पर्दा ठीक करता हुआ बाहर चला गया।

केसर को भी मैंने अपने ही शयनकक्ष में सोने का आग्रह किया और मैं बड़ी देर तक अपने भूत-भविष्य का विचार करती रही। मेरी आँख लग गईं।

रियासत

रियासत चौबीस लाख वार्षिक आय की थी। ग्यारह तोपों की सलामी और महाराजाधिराज को राजा का खिताब था। पूरे लवाजमे के साथ महाराज का नाम दो लाइनों में समाता था। परन्तु जब मैं उनके पाँच अक्षर का नाम ही आपको नहीं बता रही हूँ, तब उन लम्बी और निरर्थक उपाधियों के वर्णन से ही क्या प्रयोजन सिद्ध हो सकता है? अंग्रेज़ बहादुर की यही करामात थी। राजा-रईस बड़ी-बड़ी दावतें देते, बड़े-बड़े चंदे देते और बदले में दो-तीन अस्त-व्यस्त अंग्रेज़ी शब्दों के पुछल्ले उनके नाम के आगे-पीछे लग जाते थे। इन पुछल्लों को अपने नाम के आगे-पीछे लगाने में ये राजा-रईस उसी प्रकार ख़ुश होते थे, जिस प्रकार अपने कपड़ों में हीरे-मोती टाँककर खुश होते थे। पर कुछ लाभ न इनसे था, न उनसे। हास्यास्पद वे उनसे भी होते थे और इनसे भी, क्योंकि अंग्रेज़ जब चाहते उनके कान खींच सकते थे। उनकी स्थिति अंग्रेज़ों के पालतू कुत्तों से अधिक अच्छी न थी, क्योंकि उनकी सभी शान-शौकत, सारा ठाठ-बाट सब कुछ सरकार अंग्रेज़ बहादुर की कृपाकोर पर निर्भर था। वे उनकी कृपा ही के सहारे जीते, हीरे-मोती जड़े कपड़े अंग पर पहनते और ए बी सी डी के अक्षरों की अस्तव्यस्त उपाधियाँ अपने नाम के आगे लगाकर इतराते थे।

परन्तु यह बात नहीं थी कि ये राजा-रईस निर्गुण और निकम्मे ही होते थे। उनमें बहुत-से दुर्लभ गुण भी होते थे। परन्तु वे गुण किसी गिनती में न थे। इन्हीं राजा साहब को लीजिए। उनकी कुत्सा तो मैंने पहली रात में ही देख ली थी। धीरे-धीरे गुणों को भी देखा। बहुत बार उन गुणों से अभिभूत हो गईं। बहुत बार आश्चर्यचकित। बहुधा मैं सोचती, 'यह कितनी अद्भुत बात है। एक ही पुरुष में सूअर, सिंह, राजहंस अथवा देवता-दानव के

गुणों-दोषों का समावेश है।' पर मेरे सोचने से ही क्या होता था। जो वस्तु थी वह तो थी ही।

यों रिसायत थी दूसरे दर्जे की, पर उसकी प्रतिष्ठा बहुत थी। घराना पुराना था। राजपूतों की खरी जाति थी। कभी यहाँ के पुरखों ने बड़ी-बड़ी लड़ाइयाँ की थीं। वीरता के लिए यह घराना इतिहास प्रसिद्ध था। आज तो वीरता का नाम भी शेष न था। मैं नहीं कह सकती कि कभी महाराजाधिराज को तलवार म्यान से बाहर करने की नौबत आई होगी। हाँ, शिकार में बंदूक का प्रयोग वह करते थे। शिकार की बहादुरी की इनकी भी बड़ी-बड़ी कहानियाँ मशहूर थीं।

राजधानी में बहुत-सी नई बातों का समावेश हो गया था। बिजली की रोशनी तो मेरे वहाँ आने पर आ गई थी, परन्तु गली-कूचों में अब भी मिट्टी के तेल की लालटेनें लगी थीं। खास-खास सड़कें खूब चौड़ी, साफ़, चमकदार थीं, पर गली-कूचे बहुत गंदे थे। पानी का निकास उसमें था ही नहीं। लोग मुक्त भाव से गलियों में पेशाब करते, गंदगी फेंकते और इससे भी अधिक यह कि वहाँ की सड़कों पर पशु स्वच्छंद विचरण करते रहते थे। कबूतरों के चुगने के लिए ठौर-ठौर पर थान बने थे। उन्हें लोग मनों बाजरा डालकर चुगाते थे। उनकी समझ में यह एक धर्म का काम था। सड़क-चौराहों पर हज़ारों कबूतरों को निर्भय-स्वच्छंद बाजरा चुगते देखना वास्तव में चमत्कारिक लगता था।

महल खूब शानदार था। रंगमहल तो सारा ही मकराने का बना था। शेष इमारतें भी कीमती पत्थर से बनी थीं। मैं जिस महल में उतारी गई थी, वह छोटा-सा तो था, पर सर्वाधिक आधुनिक साज-सज्जा से सजा था। कीमती विलायती कालीन, बड़े-बड़े मूल्यवान तैलचित्र। रंगीन बिल्लौर और काँच के फ़र्नीचर तथा भारी झाड़-फानूसों से सजा हुआ वह महल एक भव्य शोभा की खान बना हुआ था। यह महल इन्हीं वर्तमान महाराजा ने बनवाया था। उसमें बिजली का प्रकाश, पंखे और दूसरे सब सुख-साधन उपस्थित थे। महल के शेष भागों से वह एक प्रकार से पृथक् था। रंगमहल वर्तमान महाराज के दादा का बनवाया हुआ था। वह बहुत विशाल था, उसमें सात खंड थे। महाराज के पिता उसे आधुनिक साज-सज्जा से संवारने-सजाने को विलायत से विशेषज्ञ साथ लाए थे। पर बनावट उस महल की थी पुराने ज़माने की। कमरे अँधेरे, खिड़की-रोशनदानों से रहित और अनावश्यक रूप से बड़े तथा शानदार। बड़े-बड़े चौक, बड़े-बड़े दालान, बड़े-बड़े महराब सर्वत्र थे। रंगमहल वास्तव में प्राचीन राजशाही की एक यादगार था। उसके सात खंडों में लगभग सौ से ऊपर कमरे थे, जो सभी आदमियों से भरे रहते थे। महल का सबसे शानदार कमरा दरबार हॉल था। वह सबसे बड़ा था। साल के तीन सौ पैंसठ दिन वह खाली पड़ा रहता था। जब लाट साहब रियासत में आते या नये राजा की गद्दीनशीनी होती, तभी वह सजाया जाता था। यों दशहरे की नज़र-भेंट भी हॉल में ली जाती थी। उसके लिए कालीन, फ़र्श, कुर्सी, कोच सब पृथक् थे। दशहरे का जल्सा ठाठ का होता था। महाराजा बैठते थे जरी की पोशाक पहनकर, हीरे-मोतियों से सजकर, चाँदी के तख्त

पर और खवास लोग उन पर चंवर ढालते थे। भाट-चारण विरद बखानते थे। सरकारी सेवक, कर्मचारी और प्रजावर्ग नज़र-भेंट चढ़ाते थे। महाराजा सबको सिरोपा व इनाम-इकराम देते थे। गाजे-बाजे होते थे, रंडी-भांड आते थे। गवैये और कलावंत बुलाए जाते थे, सबके नाच-मुजरों की धूम रहती थी। फिर सवारी निकलती थी। हाथी सजाए जाते थे। तोपें छूटती थीं। भैंसे कटते थे। देवी की पूजा होती थी। रात भर शराब के दौर चलते थे। दशहरे का त्यौहार वास्तव में एक खास जातीय उत्सव होता था, जिसमें रियासत के छोटे-बड़े सभी दिल से भाग लेते थे।

महाराज राज-काज में बहुत दखल नहीं दे पाते थे। सब काम राज्य के दीवान करते थे। दीवान उस समय एक मद्रासी सज्जन थे, जिन्हें सरकार बर्तानिया ने अपने यहाँ से भेजा था। रेज़ीडेंट साहब बहादुर ने रियासत की फ़िजूलखर्ची और इंतज़ाम का खलीता बड़े लाट को भेजा था। उन्होंने जाँच का हुक्म ए.जी.जी. को दिया था। ए.जी.जी. ने फलतः यह नया दीवान भेजा था। बूढ़े आदमी थे। नाम के लिए हिन्दुस्तानी पर काम में सब तरफ़ अंग्रेज़। रियासत का प्रबंध उन्होंने कड़े हाथों से किया था। महाराजाधिराज तक उनसे भय खाते थे। और उनके कृपा-कटाक्ष की सदा कामना किया करते थे। वैसे दीवान साहब बड़े हँसमुख थे पर मिलनसार बिलकुल न थे। केवल कामसिर लोगों से मिलते और काम की ही बातें करते थे। अंग्रेज़ सरकार उनसे खुश थी। उनके हाथों में रियासत एक प्रकार से अंग्रेज़ी हुकूमत में ही थी। महाराज को नियत राशि जेब-खर्च को मिलती थी। उनकी रानियों पर दीवान बहुधा चश्मपोशी करते थे और उन्हें वह उनका व्यक्तिगत मामला मानते थे। जब तक उनके रियासती इंतज़ाम में खलल न पड़े वह महाराज के कामों में दखल नहीं देते थे। इस प्रकार राजा और दीवान में कौन स्वामी था, कौन अधीन, इसका पता ही न लगा था। महाराजाधिराज भी इन बातों से खुश थे। रियासत के सब प्रबंधों के झंझट से वह बरी थे और अपने रस-रंग में स्वतंत्र। उनके रंगमहल की रंगीनियों में कोई बाधा न आती थी। केवल इसी बार रेज़ीडेंट और दीवान को दखल देना पड़ा था। यदि वे ऐसा न करते तो दाता ज़रूर ही खून-खराबा करते। कुंवरी ने भी इस अवसर पर असीम साहस का प्रदर्शन किया था। वह पर्दे की पुरानी परंपरा और रंगमहल की मर्यादा का उल्लंघन करके बिना अन्नदाता की आज्ञा-अनुमति के रेज़ीडेंट के बंगले पर जा धमकी थीं। पर यह उन्हीं के साहस का परिणाम था कि मामला सुलझ गया।

जनाब रेज़ीडेंट साहब बहादुर को उन्होंने सुहागरात की सारी घटना ज्यों-की-त्यों सुना दी थी। महाराज ने स्वीकार किया था कि नशे की झोंक में यह गलती हो गई, पर कुंवरी ने गढ़ी वाला किस्सा भी उन्हें सुना दिया। न जाने कहाँ से, कैसे, उन्हें सब बातों का राई-रत्ती भेद लग गया था। जब सब बातें सुनाकर कुंवरी ने जनाब रेज़ीडेंट साहब बहादुर से अपील की कि कोई पत्नी अपनी सुहागरात के दिन अपने पति का यह आचरण कैसे सहन कर सकती है, तब साहब ने कुंवरी का समर्थन किया। साहब की मेम साहिबा ने भी कुंवरी का पक्ष लिया और जब कुंवरी ने यह दरख्वास्त की कि मैं केवल इतना ही चाहती

हूँ कि महाराज मेरी मर्ज़ी के विपरीत मेरे निकट न आने पाएँ, तब रेज़ीडेंट साहब बहादुर ने उन्हें सहायता का वचन दिया और राजा से भी लिखवा लिया। इतना ही नहीं, उन्होंने ए.जी. जी. और वायसराय को भी बहुत सख्त नोट लिखा और इस बात पर भी ज़ोर दिया कि चंपा को रंगमहल से हटा दिया जाए। पर जब कुंवरी से कैफ़ियत तलब की गई तब उन्होंने साफ़ कह दिया कि चंपा के विरुद्ध उन्हें कुछ भी शिकायत नहीं है।

अब राजधानी में घर-घर कुंवरी के साहस और मेरे साथ राजा के सम्बन्ध की चर्चा हो रही थी।

राजा के गुण

महाराजाधिराज के मैंने दो ही बार दर्शन किए थे। एक गढ़ी में जबकि मैं उनके रुआब और राजपद से अभिभूत हो गईं थी। उस समय मेरे लिए सब कुछ, अननुभूत, अद्‌भुत, अतर्कित और अकल्पित था। दूसरे यहाँ महल में जबकि मेरा मन उनके प्रति वितृष्णा और घृणा से भर गया था। दोनों ही अवसर ऐसे असाधारण थे कि दोनों ही बार मेरी चेतना मूर्च्छित हो गईं और मैं अपने में सीमित रही ही नहीं। परन्तु आगे चलकर उनके गुण-दोषों का मुझे विस्तृत परिचय मिला।

महाराजाधिराज को तीस हज़ार रुपये जेब खर्च के लिए रियासत से प्रतिमास मिलते थे और इतनी ही आय उनकी व्यक्तिगत जायदाद से हो जाती थी। बंबई, कलकत्ते में उनकी कोठियाँ किराए पर चलती थीं। वह अनेक कंपनियों के हिस्सेदार थे। जब बंबई-कलकत्ता जाते, सट्टा-फाटका भी करते थे। घुड़दौड़ में उन्हें दाव लगाने का बड़ा शौक था। इस प्रकार उनकी वार्षिक आय 6-7 लाख रुपये के लगभग थी, जो सबकी सब लान-तान में खर्च हो जाती थी। यह तो मुझे बाद में मालूम हुआ कि वे संस्कृत के पंडित और अंग्रेज़ी के भी विद्वान हैं। दो बार विलायत हो आए हैं। एक बार तो विश्व-भ्रमण भी कर चुके हैं। वह अंग्रेज़ों की भाँति अंग्रेज़ी धाराप्रवाह बोल सकते थे। श्लोकों का अर्थ लगा सकते थे। सैकड़ों श्लोक उन्हें कंठस्थ थे। हिन्दी के वह केवल काव्य-मर्मज्ञ ही नहीं, अच्छे कवि भी थे। जब वह मौज में होते कविता करते, मुझे सुनाते। मेरे आने के बाद तो उनका दिन-रात का अधिकांश समय मेरे ही सान्निध्य में कटता था। वह कहा करते थे, ''पहिले पंडितों की सभा में अपना काव्य सुनाकर उनकी प्रशंसा प्राप्त करने की चेष्टा करता था, पर अब तो तुझे ही सुनाता हूँ, तेरे ही लिए काव्य रचता हूँ, तू ही मेरी सरस्वती का आलंबन है। पंडित लोग भाँति-भाँति का मुँह बनाकर मेरी रचनाओं की प्रशंसात्मक आलोचना करते थे। तू केवल मुस्कराकर मेरी ओर देखती है, पर तेरा यह देखना मुझे बहुत भाता है। बहुत मीठा लगता है। अब उन पंडितों के पोपले, झुर्रियों से भरे मुखों की प्रशंसा से मेरा क्या प्रयोजन है, जब तू साक्षात् वीणाधारिणी सरस्वती, शरद्‌कालीन मेघ के समान उज्ज्वल शुभ्र शोभाधारिणी, शरदेंदुमुखी मेरे सम्मुख उपस्थित है।''

ऐसी ही बातें वह करते थे और मैं कलमुँही ये बातें सुन-सुनकर मस्त हो जाती थी। भला किसी को इतने बड़े राजा के मुख से ऐसी प्रशंसा सुनने को काहे को मिली होगी! खासकर मुझ जैसी मूर्खा गोली-गुलाम को। मैं सुनते अघाती नहीं थी। जी चाहता था, सुनती ही रहूँ। और राजा इससे बहुत प्रसन्न हो जाते थे।

संगीत में भी वह पारंगत थे। सितार, मृदंग और इसराज वह कौशल से बजा सकते थे। बड़े-बड़े कलावंत उनके सामने कान पकड़ते थे। उनका आलाप मेघ-गर्जना के समान था। वह वातावरण में भूकंप-सा लाता था। गुणी-गुणी की कद्र भी करता है। बड़े-बड़े गुणी कलावंत दूर-दूर से आकर अपनी कला दिखाते, हफ़्तों जलसे होते और खूब इनाम इकराम लेकर राजा का जय-जयकार करते थे। राजा बड़े भारी दाता थे। मुक्त हाथों से याचक को देते थे। विद्वान-कवि जो भी उनके सामने पहुँच गया उसे पाँच हज़ार से कम मुद्रा नहीं देते थे। सितार में उन्होंने कुछ खास परिवर्तन किए थे और इसराज में भी कुछ नये सुधार किए थे। संगीत पर उन्होंने एक शास्त्रीय ग्रंथ भी लिखा था, जिसे वह मित्रों को भेंट दिया करते थे।

नानाविध भोजन-व्यंजन बनाने में भी वह एक थे। अपने हाथ से उत्तम खाद्य-पेय भोज्य बनाने और मित्रों को खिलाने में उन्हें बड़ा आनंद आता था। और अब तो लगभग सभी मित्रों का स्थान मैंने ले लिया था। वह मुझे खिलाते नहीं थे, भोग लगाते थे—जैसे भक्त देवी-देवताओं को भोग लगाते हैं। विविध पक्वान्न बनाने का उनका शौक इतना बढ़ा-चढ़ा था कि कभी-कभी तो दिन-भर उनका इन्हीं कामों में बीत जाता था। उनकी इन बातों से मैं बहुत ढीठ हो चली थी। अपनी हैसियत भूल गई थी। कभी-कभी गुस्ताखियाँ कर बैठती थी। वह मेरे ऊपर गुस्सा बहुत कम करते थे, पर जब करते थे, तब बख्शते नहीं थे। मैं आगे बताऊँगी कि यहाँ आने के सप्ताह बाद ही किस प्रकार उन्होंने चाबुक से मेरी खाल उधेड़ डाली थी।

शिकार का शौक उनका बेढब था। बंदूक हाथ में लेकर सीधे शेर के सामने जा डटते थे। निशाना इस कदर अचूक होता था कि शायद ही कभी खता तो। रंगमहल का तमाम बरांडा और उनकी मर्दानगी बैठक उनके मारे हुए शेरों, चीतों, गैंडों, जंगली भैंसों और मगरमच्छों के सिरों और खालों से भरी हुई थी। बड़े अंग्रेज़ अफ़सर उनसे केवल शिकार की ही दोस्ती रखते थे। मगर वाह रे अंग्रेज़ बच्चे! दोस्ती की जगह दोस्ती रहती थी; राजा को वह बख्शते नहीं थे। तार-तार में खींच रखा था उन्हें। उन्हीं का खाते और उन्हीं को आँखें दिखाते थे। पर राजा को विशेष चिंता न थी। वह अंग्रेज़ी लिबास पहन, अंग्रेज़ों के साथ वैसे ही अंग्रेज़ी बोलते थे, तब कौन कह सकता है कि उनमें एक अधीन भारतीय है दूसरा प्रतापी अंग्रेज़। वह परम वैष्णव थे। श्रीजी उनके इष्ट देव थे। श्रीजी उनके कुल देवता थे। प्रातःकाल वह नित्य प्रहर पूजा-चर्या में व्यतीत करते थे। परन्तु खान-पान के वैष्णव न थे। पक्के मांसाहारी थे। राजा की रसोई के अतिरिक्त उनका पृथक् बावर्चीखाना था,

जहाँ दो मुसलमान और फ्रांसीसी बावर्ची भिन्न-भिन्न प्रकार के भोज्य पदार्थ तैयार करते थे। वह जैसे गुस्सैल थे। वैसे ही दयार्द्र भी थे। गुस्सा उनका तुरंत उतर जाता था और तब वह बड़े दयार्द्र और कोमल हो उठते थे। बहुधा आँखें उनकी भर आती थीं। कभी-कभी आत्म-प्रतारणा से वह बहुत ही विकल हो उठते थे। उनकी दयालुता की भी बहुत-सी कहानियाँ विख्यात थीं और मुझ भाग्यहीनता पर तो उन्होंने दया का दरिया ही बहा दिया था। कभी-कभी तो वह भेड़ की भाँति सीधे और आज्ञाकारी बन जाते थे, पर जब वह अपनी हठ पर उतरते थे तब ब्रह्मा भी उन्हें टस-से-मस नहीं कर सकता था। हमारे ऐसे ही अद्‌भुत थे महाराजाधिराज, हमारे अन्नदाता, जिनके साथ मैंने अपने जीवन के इक्कीस वर्ष व्यतीत किए। पूरे इक्कीस वर्ष।

पूरे इक्कीस वर्ष

ब्याह के बाद कुंवरी अठारह वर्ष जीवित रहीं। भीतरी महल के केवल दो कमरे वे अपने काम में लाती थीं। जब तक भूरसिंह जीवित रहे, बाहरी आदमियों में वे ही उनके पास आते-जाते रहे। परन्तु उनकी मृत्यु तो शीघ्र ही हो गईं थी। उनके बाद केवल एक दासी कुंवरी की सेवा में रहती थी। वही उनकी सब आवश्यकताएँ पूरी करती थी। आवश्यकताएँ अपनी उन्होंने बहुत कम कर ली थीं। वह एक सादा, बिना किनारी की सफ़ेद सूती धोती पहनतीं। और स्वयं रांधकर एक समय हविष्यान्न खाती थीं। बाहर का कोई व्यक्ति, न तो स्त्री, न पुरुष उनसे मिल ही सकता था न बातचीत ही कर सकता था। व्रत-उपवास, पूजा-पाठ, दान-धर्म वे मुक्त हाथों से करतीं। महाराजाधिराज ने इसकी उन्हें छूट दे दी थी। कभी-कभार इतला करके महाराजाधिराज उनके पास जाते। कुशल-क्षेम पूछकर चले आते। कुंवरी उन्हें ताजीम देतीं और बहुत कम केवल आवश्यक बात ही उनसे करती थीं। रोगी होने पर भी वह बड़ी कठिनाई से औषधि खातीं। गंगाजल ही उनकी महौषध और *रामायण* उनका आश्रय था। मैंने बहुत-बहुत चेष्टा की कि एक बार दर्शन की इजाज़त पाऊँ, पर बेकार। इजाज़त नहीं मिली, अंतिम समय में भी नहीं। केवल महाराजाधिराज को उन्होंने अंतिम क्षण अपने निकट बुलाया था, चरणोदक लेने के लिए। उस समय महाराज ने उनसे उनकी अंतिम इच्छा पूछी थी इस पर वे 'कुछ नहीं' कहकर चुप हो गईं। महाराज अश्रुनयन हो लौट आए। रियासतों में उनका बहुत नाम था, मान था। लोग उन्हें दुर्गा का अवतार कहते थे। उनके सम्बन्ध में अनेक बातें—संभव-असंभव-प्रसिद्ध हो गईं थीं। जब वे मरीं, राज्य भर ने मातम मनाया। सारे मन्दिरों-देवालयों में शंख घड़ियाल गूँज उठे। उस दिन राज्य के सभी ब्राह्मणों ने उपवास किया। सभी पुरुषों ने मुंडन किया और उसके बाद तो निरंतर कवियों, चारणों की वाणी खुलती गईं। उनकी गुण-गरिमा-पवित्रता-दृढ़ता-एकांतता की कीर्ति बढ़-बढ़कर रियासत में और राजस्थान में फैलती ही गई। फैलती जा रही थी।

मैं बहुत रोई। अब क्या कहूँ अपना दुःख। विधाता ही यह भेद जानता है कि हाड़-मांस का यह मनुष्य कैसे दुःख का भार सहन कर जाता है। जीवित रहता है।

बड़ी महारानी भी दस बरस जीवित रहीं। माँ जी तो अभी भी हैं। पर उन्होंने अब रियासत को त्याग दिया है। वे वृंदावन में वास कर रही हैं। रियासत में कभी-कदाच एकाध दिन रह जाती हैं।

दाता की मृत्यु होने पर सुना कि कुंवरानी ने कई दिन अन्न-जल ग्रहण नहीं किया। बहुत रोईं। रोई तो मैं भी, पर मेरे उस रोने की भला क्या गिनती! माँ, दाता की मृत्यु के एक बरस बाद यहाँ आई थी, उसने भी तब कुंवरी से मिलने की बहुत चेष्टा की थी पर कुंवरी ने स्वीकार नहीं किया।

माँ ने चाहा था कि वह अब यहाँ मेरे पास रहे—महाराजाधिराज भी सहमत थे—पर मुझे यह ठीक नहीं प्रतीत हुआ। समझा-बुझाकर मैंने उसे ठिकाने पर ही भेज दिया। जाती बार वह छाती फाड़कर रोई; मुझ अभागिनी को छाती से लगाकर। पर मैंने पत्थर का कलेजा करके उसे विदा कर दिया। फिर तो माँ के मुझे दर्शन हुए ही नहीं। पर जब तक वह जीवित रही, किसुन पचास रुपया माहवार उसे भेजता रहा।

केसर अब बहुत कम मेरे पास आती। उस पर बच्चों का भार था। जैसे वही उन बच्चों की माँ थी। अब मेरे सुख-दुःख की एकमात्र सलाहकार तो वही थी, पर मैं बहुत कम उससे मिल पाती थी। अपने-आप ही अपने जीवन को धकेलने की अब मैं अभ्यस्त हो गईं थी।

ड्योढ़ियों का नारकीय जीवन

जैसा कि मैं बता चुकी हूँ, दीवान साहब का बड़ा लंबा-चौड़ा और खूब संस्कृतमय कठिन-सा नाम था। नाम के पीछे अय्यर की उपाधि थी। रियासत में सब लोग उन्हें दादा साहब कहते थे। यों कहना चाहिए कि महाराजा के बाद सबसे अधिक रियासत में उन्हीं की तूती बोलती थी। पर उनका वह सारा दौर-दौरा रियासत में ही था, रंगमहल में नहीं। रंगमहल की ड्योढ़ियों के भीतर जिस आदमी का अदल सर्वोपरि था—वह था लाल जी खवास। पढ़ा-लिखा छुच्छुम किन्तु बड़े-बड़े राज्याधिकारियों के कान काटता था। महाराज पर उसका अबाध अधिकार था। रंगमहल में स्याह-सफ़ेद करने का उसे पूरा अधिकार था। उम्र उसकी चालीस को पार कर गई थी। उसका सुडौल शरीर लोहे के समान मज़बूत था। सिर के बाल और दाढ़ी-मूँछ वह सफ़ाचट रखता था। सिर पर सफ़ेद पाग और अंग पर सफ़ेद अंगा। कमर में धोती और पैर में चमरौधे का देशी जूता। जीवन-भर उसकी यही धज रही। रंगमहल में भीतर-बाहर आने-जाने की उसे कहीं रोक-टोक नहीं थी। रानियों से लेकर अदना बाँदियाँ तक उसके कृपा-कटाक्ष की मुहताज रहती थीं। कोई भी काम हो, कठिन या आसान, उसे वह व्यक्ति चुटकियों में पूरा कर डालता था, बशर्ते कि उसकी मुट्ठी अच्छी तरह गर्म कर दी जाए। उसमें बहुत गुण थे, बहुत शक्ति थी। रियासत में केवल यही एक ऐसा आदमी था जिस पर न रेज़ीडेंट साहब बहादुर का बस चलता था,

न दीवान साहब का अदल। जनाब रेज़ीडेंट साहब बहादुर उसे देखते ही टोपी उतारकर 'गुडमॉर्निंग लाल साहब' कहते थे और अय्यर साहब सबसे पहले उसी का मिज़ाज हँसकर पूछते थे। लाल जी सबसे हाथ जोड़ नम्रता से बात करता, दीवान साहब और रेज़ीडेंट को हुज़ूर कहता, महाराज को अन्नदाता, शेष सबका नाम लेकर पुकारता था। मुझे वह चंपाबाई कहता था, रानियों को उनका नाम लेकर रानी जी कहता था।

अन्नदाता का वह हाथ-पैर था। उसके बिना अन्नदाता का काम ही नहीं चलता था। बड़े-से-बड़े कठिन और असाध्य काम वह कर डालता था। वह कभी धैर्यच्युत नहीं होता था। कभी साहस नहीं खोता था। जनाब रेज़ीडेंट साहब बहादुर का पारा जब गर्म होता था और महाराज भी जब उनके पास जाने का साहस नहीं कर सकते थे अथवा दीवान साहब जब किसी बात पर अड़ जाते थे और महाराजाधिराज और उनके बीच कोई उलझन आ अटकती थी, तब लाल जी खवास का ही यह दमखम था कि वह उस मुश्किल को आसान करे।

उत्सवों और जलसों के, नाच-मुजरों के, शिकार के, दावतों के सारे प्रबंध लाल जी ही करता। इसी से नाच-मुजरे वाले रंडी-भड़ुए, कलावंत और दूसरे सब गर्ज़ू लोग पहले उसी के तलुए सहलाते थे। जब उसकी मुट्ठी गर्म हो जाती थी, तभी उनकी महाराज तक रसाई होती थी।

जब लाट साहब का दरबार होता या दशहरे का दरबार जुड़ता, या महाराज की वर्षगांठ होती तब लाल जी महाराज के पार्श्व भाग में गंभीर मुद्रा में खड़ा होता। नज़रें गुजारी जातीं और नज़र में आये रुपयों और अशर्फ़ियों को लाल जी सहेजता जाता। कौन उनकी गिनती करता था, कौन हिसाब-किताब रखता था, कौन देख-भाल करता था? लाल जी ही उनका सर्वेसर्वा था। वह जितना चाहता, अपनी जेब में रखता और जितना चाहता खज़ाने में जमा करता। बहुधा तो ऐसा होता था कि उसके कृपापात्र उसी से रुपये-अशर्फ़ियाँ माँगकर महाराज को नज़र देते। यह नज़र भेंट भी बड़ी मज़ेदार चीज़ थी। महाराज सिर्फ़ अपने सेवकों की ही नज़र कबूल करते थे। शेष जनों की नज़र छूकर वापस कर देते थे। लाल जी ही यह निर्णय करता था कि कौन कितनी नज़र भेंट करे। लोगों के आने का अनुक्रम भी वही बनाता था।

महलों में कितनी रानियाँ, बाँदियाँ, पड़दायतें और गोलियाँ थीं, उन सभी की गुप्त-प्रकट, अच्छी-बुरी इच्छाएँ और आवश्यकताएँ लाल जी के ही द्वारा पूर्ण होती थीं। केवल उसकी मुट्ठी गर्म होनी चाहिए। अपनी सेवाओं की फ़ीस लालजी रुपयों में नहीं, अशर्फ़ियों में ही लेता था।

रंगमहल का एक भाग ड्योढ़ी कहलाता था। वह महल के भीतर ही रंगमहल का एक पृथक् हिस्सा था। रंगमहल के इस भाग को ऊँची दीवार बनाकर पृथक् कर दिया गया था। वह ड्योढ़ी एक रहस्यपूर्ण स्थली थी। इसके भीतर लाल जी ही का अबाध अधिकार

था। मर्द के नाम से केवल लाल जी खवास ही भीतर जा सकता था, दूसरा कोई नहीं। ड्योढ़ियों में तीन सौ से अधिक स्त्रियाँ थीं। वहाँ की सभी बातें गुप्त रखी जाती थीं। राज्य की सातों जात की औरतें वहाँ थीं। रियासत की जिस किसी सुंदर स्त्री पर महाराज की नज़र पड़ जाए, वह ड्योढ़ियों में किसी-न-किसी भाँति आ ही जाती थी। भले ही वह कुंवारी हो या विवाहिता, सधवा हो या विधवा। ब्राह्मण, ओसवाल, जैन और वैश्य लोग, जो अपने को ऊँची जाति का कहते थे, उनमें अभी तक बाल विवाह का रिवाज है।

उन दिनों तो बाल-विवाह का ही राजस्थान में बोलबाला था। ये ऊँची जाति के लोग छोटी उम्र में लड़कियों का ब्याह तो कर देते थे, पर जब वे बाल विधवा हो जाती थीं तब उनका फिर ब्याह नहीं हो सकता था। वे जीवन भर रांड बनी बैठी रहती थीं। बहुधा वे अनपढ़ होती थीं। राजस्थान में जब पुरुष ही 10 प्रतिशत साक्षर नहीं, तब स्त्रियों की क्या बात। स्त्रियाँ तो 2 प्रतिशत भी साक्षर नहीं थीं। अत: ये बाल विधवाएँ बहुधा चरित्र-भ्रष्टा हो जाती थीं। कुछ तो इस कारण, और कुछ चरित्र-भ्रष्ट होने के भय से ही विधवाओं का घर में रहना संकट और कठिनाई की बात समझी जाती थी। विधवाएँ न किसी विवाह-समारोह में भाग ले सकती थीं, न सुहागिनों के साथ हँस-बोल सकती थीं। न अच्छा खा-पहन सकती थीं। वे तो सदा विषाद की मूर्ति बनी घर में बैठी रहती थीं। स्वाभाविक था कि अपनी भाभियों और ननदों को हँसते-बोलते और सज-धजकर रहते देख वे कुढ़तीं, कलह करतीं और रोतीं। इस प्रकार जिस घर में एकाध विधवा रहती, वह घर कलह, शोक और अशांति का अड्डा बन जाता था। फिर संयुक्त परिवार-प्रथा! कहीं-कहीं तो तीन-चार या इससे भी अधिक विधवाएँ एक ही घर में आ जुटती थीं। उनका जीवन में, गृहस्थी में, समाज में कोई उपयोग न था। वे सामाजिक जीवन की एक उलझन और मुसीबत बनी रहती थीं। इसी से लाल जी ने ड्योढ़ियों की रचना करके अपनी रियासत की सब बड़ी जात वालों के लिए एक राहत की राह निकाली थी। जिसका जी चाहे वह लाल जी से दर्खास्त कर सकता था कि वह अपनी विधवा बहू या बेटी को ड्योढ़ियों में भेजना चाहता है। लाल जी आकर लड़की को देखता था। यदि वह सुंदर और जवान हुई तो फिर सौदा करता था। एक अच्छी रकम लाल जी की जेब में जाती थी और तब ड्योढ़ियों से रथ आता था, जिस पर बैठकर वह अभागिनी स्त्री सदा के लिए उस घर से विदा हो जाती थी, क्योंकि ड्योढ़ियों के भीतर कदम रखने के बाद कोई जीवित स्त्री बाहर नहीं आ सकती थी। ऐसा ही लाल जी का अबाध शासन था। ड्योढ़ियों में इन स्त्रियों को नाचने-गाने की शिक्षा दी जाती थी। अदब-कायदे सिखाए जाते थे और अवसर आने पर उन्हें महाराजाधिराज की अंकशायिनी बनाया जाता था। किसी-किसी को केवल एक बार ही जीवन में यह सौभाग्य मिलता था।

महाराजाधिराज जब अपने निजी शयन-कक्ष में सोते थे, तब ड्योढ़ियों की इन अंत:वासिनियों को बारी-बारी से महाराज की चरण-सेवा में भेजा जाता था। ये अभागिनी औरतें लाल जी को अपनी बारी के लिए रिश्वतें देती थीं। कभी-कभी तो एक रात की बारी के लिए उन्हें अपना सर्वस्व यहाँ तक कि अपना एकाध गहना भी दे डालना पड़ता

था, जिसे लाल जी निर्विकार स्वीकार कर लेता था और उस अभागिनी का नाम उस रात की अंकशायिनी स्त्रियों में आ जाता था। इन स्त्रियों को राजा के शयानागार में बहुधा अति कुत्सित वातावरण का सामना करना पड़ता था। राजा शराब में बदहवास होकर बहुधा बेहोश पड़े रहते, या कै करते रहते या गाली-गुफ़्ता बकते, या मारपीट करते थे। खुश होने पर रुपये, अशर्फ़ी-ज़ेवर बरसाते थे, जो कभी-न-कभी लाल जी की जेब में पहुँच ही जाते थे।

ड्यौढ़ियों में इन स्त्रियों की दशा कैदियों के समान होती थी। उन्हें रूखा-सूखा खाना मिलता, साल में केवल दो जोड़े वस्त्र मिलते। महाराज के पास जाने के समय जो पोशाक और गहने दिए जाते थे, वे सब उधार होते थे। वापस आने पर वे तुरंत उतार लिए जाते थे, जो दूसरे दिन दूसरी औरतों के काम आते थे। ऐसा ही नारकीय जीवन ड्यौढ़ियों का था। बहुधा औरतें अफ़ीम या अन्य विष खाकर मरती रहती थीं। ऐसी अपमृत्यु की घटनाएँ तो यहाँ साधारण ही समझी जाती थीं। इस प्रकार मरने वालियों को चुपचाप ठिकाने लगाने की विद्या में लाल जी और उसके इसी काम के लिए नियुक्त दूत बहुत दक्ष थे।

केवल यही बात न थी कि ऐसी स्त्रियाँ ही ड्यौढ़ियों में जाती हों। महाराज की नज़र किसी बड़े घर की बहू-बेटी पर पड़ गई तो महाराज के संकेत से और लाल जी की नज़र पड़ गई तो बढ़िया माल महाराज को भेंट करने की नीयत से लाल जी गुप्त रूप में उस लड़की को उड़ा लाता था, जिस पर थोड़ा बावेला मचकर रह जाता था, क्योंकि वह स्त्री कहाँ गई, इसका पता लगाना असंभव होता था। न पुलिस, न राज्य का कोई विभाग इस मामले में दिलचस्पी दिखाता था, क्योंकि सभी जानते थे कि यह घटना ड्यौढ़ियों से संबंधित है। ऐसे उपहार को पाकर महाराज प्रसन्न होकर लाल जी को इनाम-इकराम देते थे। यही कारण था कि लाल जी महाराज की नाक का बाल बना हुआ था। मैं तो आगे बताऊँगी कि कैसे मुझे भी ड्यौढ़ी का पुनीत प्रसाद मिला और मेरी हत्या के असफल षड्यंत्र में लाल जी को जेल हुई। पीछे, महाराज की मृत्यु के बाद लाल जी की सब जोत खत्म हो गईं। ड्यौढ़ियाँ खोल दी गईं, औरतें बाहर कर दी गईं। लाल जी के घर से दो करोड़ रुपयों की मुहर, अशर्फ़ी और जवाहरात बरामद हुए, उस पर दर्जनों मुकदमे दायर किए गए, पर उसकी पूरी सजाएँ भोगने के पहले ही लाल जी यमलोक को प्रस्थान कर गया।

रनवास

महाराजाधिराज का रनवास खूब गुलज़ार था। उसमें उस समय ढाई-तीन सौ स्त्रियाँ थीं। महाराज की तीन ब्याहता महारानियाँ थीं। बड़ी महारानी सब तरह बड़ी थीं। वह एक बड़े राजा की बेटी थीं। उनकी उम्र हमारे महाराज से तीस बरस अधिक थी। जिस राजघराने की वह बेटी थीं, उस घराने की बेटियाँ इसी राजघराने में आती रही हैं। जब महारानी की उम्र ब्याह की थी और पूरी जवान थीं, तब हमारे महाराज का जन्म हुआ था। उनके बढ़ने और जवान होने के इंतज़ार में वह कुंवारी बैठी रहीं। दूसरा कोई राजघराना ऐसा था ही नहीं, जिसमें उनका ब्याह होता। अत: जब हमारे महाराज की उम्र बीस बरस की हुई, तब उनका ब्याह

इन महारानी जी से हुआ। ब्याह के समय महारानी जी की उम्र पचास साल पूरी हो चुकी थी। आप मेरी बात पर हँस सकते हैं या आश्चर्य से दाँतों तले उँगली दबा सकते हैं पर मैं जो बात कह रही हूँ, वह बिलकुल सच है। महाराज और महारानी के ब्याह को अब बीस बरस बीत गए थे। महारानी अब पूरे 70 साल की थीं, पर वह बड़े डीलडौल की, हट्टी-कट्टी और खूब मज़बूत और तंदुरुस्त थीं। हमारे महाराज को वह अब भी अपनी बगल में दबाकर उठा सकती थीं। रंगमहल का सबसे भीतरी जनाना महल उनके तहत में था। सुना था, उनके पास लाखों के हीरे-मोती-जवाहरात और नकदी थी, जिस पर वह महाराज को दाँत नहीं गड़ाने देती थीं। पर साथ ही यह भी सुना था कि आड़े वक्त पर उन्होंने रियासत की अनेक बार बहुमूल्य मदद की थी। आखिर बड़े राजा की बेटी थीं। वह महाराजाधिराज की नाममात्र की धर्मपत्नी थीं। शरीर-सम्बन्ध उनका कदाचित् महाराज से हुआ ही नहीं। महाराज उनसे डरते भी बहुत थे। महाराज की क्यों? महाराज की माता, दीवान साहब और जनाब रेज़ीडेंट बहादुर भी उनसे डरते थे। वह जब भी चाहतीं, उन्हें बुलाकर उनसे जवाब तलब करती थीं। जवाहरात पहनने का उन्हें बड़ा शौक था। वह सिर से पैर तक हीरे-मोती के गहने लादकर ठाठ से बाहर निकलती थीं। बाल उनके सन के समान सफ़ेद हो गए थे। पर चेहरे पर वही तेज था। आँखें खूब बड़ी और पलकें भारी थीं। रंग गोरा था। कभी वह निश्चय ही बड़ी सुंदर रही होंगी।

महाराज की मातुश्री भी अभी जीवित ही थीं। वह माँ जी साहब के नाम से रंगमहल में विख्यात थीं। परंतु महारानी जी से माँ जी भी डरती थीं। महारानी साल में एक बार माँ जी साहब के चरणों में ढोक देने उनके महल में जाती थीं। तब माँ जी साहब खड़ी होकर उन्हें ताजीम देती थीं और मसनद पर दाहिनी ओर बैठाती थीं। एक भारी जोड़ा और बहुत-से जवाहरात सिरोपा में देती थीं। अशर्फ़ियाँ लुटाती थीं। यह सम्मान किसी दूसरी रानी को प्राप्त नहीं था।

माँ जी साहब कहने को ही माँ जी थीं। उम्र उनकी महारानी से बहुत कम थी। यहाँ तक कि वह उम्र में महाराज से भी छोटी थीं। महाराज अब चालीस को पार कर रहे थे। पर माँ जी साहिबा अभी तीस की ही ड्योढ़ी पर झाँक रही थीं। बात यह थी कि स्वर्गीय बड़े महाराज ने, बुढ़ापे में, बहत्तर वर्ष की आयु में उनसे ब्याह किया था। वह राज्य के एक ठिकानेदार की बेटी थीं, जैसी कुंवरी थीं। उनकी रूप-माधुरी पर मोहित होकर बड़े महाराज ने उनके पिता से नारियल भेजने का अनुरोध किया था। ब्याह के बाद दूसरे साल ही उनका स्वर्गवास हो गया था। माँ जी साहिबा की उम्र उस समय केवल तेरह बरस की थी। वह दूध के समान निष्पाप थीं, केवल फेरों की गुनहगार। किन्तु सच्चे अर्थों में कुमारी। इसमें आश्चर्य की और अनहोनी बात क्या थी? राजस्थान में तो ऐसी दुधमुँही विधवाओं की उन दिनों घर-घर भरमार थी। इस समय जबकि महाराजाधिराज के माथे पर भी चाँदी के तार उग आए थे, और महारानी साहिबा हिमालय की चोटी के समान धवल केश धारण कर रही थीं, माँ जी के यौवन पर दुपहरी छा रही थी। वह व्रत, पूजा, उपवास करतीं और न जाने क्या-क्या वैधव्य के धर्म निबाहती थीं। मैं कलमुँही अपने रूप पर घंमड करती थी,

पर जब मैंने माँ जी साहिबा के दर्शन किए तब मेरा सारा गर्व धरा रह गया। वह चाँदी के समान शुभ्र मस्तक, वह भ्रू-भंग, मदभरी चितवन, वे प्रेमामंत्रण-सा देते हुए उत्फुल्ल ओष्ठ, वक्ष का वह उभार, वह गरिमा-भरी हथिनी की-सी चाल भला मैं कहाँ से लाऊँ! परन्तु विधि-विडंबना कहिए या राज जीवन की विशेषता कहिए, वह विधवा हैं, माँ साहिबा हैं। महारानी तो उनकी दादी-सी लगती हैं। और जब महारानी सत्तर वर्ष के शरीर को नख-शिख तक हीरे-मोतियों से लाद कर पोर-पोर में आभूषण धारण करके, यहाँ तक कि पैरों में भी मोतियों के पायजेब पहनकर निराभरण-वैधव्य वेशधारिणी किन्तु यौवन से देदीप्यमान माँ साहिबा के समक्ष जा तनिक झुककर 'ढोक माँ जी साहेब' कहती थीं, तब कैसा अद्भुत लगता था। भला सोचिए तो विधाता के इस मसखरेपन का! वह राजा-महाराजाओं, रानी-महारानियों तक के भाग्य से मसखरी किए बिना नहीं रह सकता।

महारानी साहिबा पर्दे की इस समय भी बहुत पाबंद थीं। बंद जनानी गाड़ी से जब वह बाहर निकलती थीं, तब सड़क पर आवागमन का निरोध हो जाता था। लोग जहाँ से तहाँ थम जाते थे। जब वह रंगमहल से बाहर निकलती थीं, तब प्रत्येक छोटा-बड़ा पुरुष-कर्मचारी दीवार की ओर मुँह करके खड़ा हो जाता था। यदि किसी ठौर-ठिकाने वह जाती थीं तो बड़ा प्रबंध करना पड़ता था। महारानी की खास सेविकाएँ उस ठिकानेदार रईस के घर पर कोने-कोने में दखल जमा लेती थीं। बाहर महारानी के ही आदमियों का पहरा पड़ जाता था, तब महारानी उस घर में प्रविष्ट होती थीं। प्रविष्ट होने पर घर की ड्योढ़ी में ताला डाल दिया जाता था। क्या मजाल कोई पंछी भी वहाँ पर मार सके।

आजकल की बहनों को यह सब सुनकर हँसी आ रही होगी। क्यों न आए भला! वे ठहरीं ऊँची एड़ी की सैंडल पहनकर खटाखट करती हुई सिनेमा वाली बीसवीं शताब्दी की कलचर्ड पढ़ी-लिखी महिलाएँ। पुराने ज़माने की रानियों के रहन-सहन को उन्होंने देखा नहीं। पर अभी तो और भी सुनिए।

दूसरी रानी भटानी रानी के नाम से रंगमहल में प्रसिद्ध थीं। वह भी एक राजा की बेटी थीं। इनके पिता थे तो छोटे-से राजा, पर बड़े भारी विद्वान् और नये ढंग के थे। अधिकांश समय विलायत में रहते थे। दैव-दुर्विपाक से इन रानी को गंगरीन की बीमारी थी। यह भी एक प्रकार का गलित कुष्ठ है। कुष्ठ के साथ तपेदिक का मिश्रण भी कहिए। दाहिने पैर की दो उँगलियाँ कतई गल गई थीं। वह जख्म अब भी नहीं भरा था। सैनीटोरियम में वर्षों से पड़ी थीं। महल में जीवित लौट आने की कोई आशा भी नहीं थी, क्योंकि दिन-प्रतिदिन उनके अंग गलते ही जा रहे थे। सुना था, सूखकर कांटा हो गई थीं। पर अभी चित्रगुप्त का खाता पूरा नहीं हुआ था। पूर्व जन्म के जिस पुण्य-प्रताप से वह महारानी बनी थीं, उसका भोग अभी शेष था। सो वह इस प्रकार उसे भोग रही थीं। गत दो वर्षों से तो महाराज ने उन्हें देखा ही नहीं था। विवाह उनका बड़ी धूमधाम से हुआ था। सात लाख का टीका उनके पिता ने दिया था। अब भी प्रतिवर्ष लाख-पचास हज़ार की भेंट-मलाई महाराज को उनके पिता भेजते ही रहते थे।

तीसरी रानी कुंवरी की ही भाँति एक ठिकानेदार ठाकुर की बेटी थीं। ठिकाना छोटा, रानी जी ज़रा वज़नी थीं, केवल तीन मन दस सेर। ठिगनी भी बहुत थीं। पढ़ी-लिखी थीं। उपन्यास पढ़ने का शौक था। खूब गोरी-चिट्टी थीं, मगर मिज़ाज की तीखी। आराम से पलंग पर पड़ी रहती थीं। महाराज से उनकी बनती नहीं थी। सौतों को वह फूटी आँख नहीं देख सकती थीं। महाराज को घोलकर पी जाना चाहती थीं। महाराजाधिराज उनसे घृणा करते थे, दूर भागते थे। उनके महल में महीनों-बरसों भी नहीं फटकते थे। जब भी पधारते थे, कोई न कोई हंगामा उठ खड़ा होना था। बहुधा मारपीट भी हो जाती थी।

रानियों के अतिरिक्त चार पड़दायतें भी थीं। उनमें दो वेश्याएँ थीं, एक मुसलमान, दूसरी बेड़िन। दोनों को महाराज ने पैर में सोना दिया था। दोनों सुंदर और गाने-बजाने में प्रवीण थीं। दूसरी दोनों मेरी ही भाँति गोलियाँ थीं। उन्हें हाल ही में पर्दे में डाला गया था। एक कुछ पढ़ी-लिखी थी। दूसरी एकदम पढ़-पत्थर। साधारण सुंदरी थी। एक दूसरी रानी के साथ दहेज़ में आई थी। दूसरी इसी ठिकाने की थी। कभी ये दोनों महाराज के बहुत मुँह लगी थीं, अब उनकी उतरती बाहर थी।

और बाँदी-गुलाम बहुत थे। बहुत-सी कंनियाँ, बेड़नियाँ आदि आती जाती ही रहती थीं। कहाँ तक उनकी गिनती की जाए। गरज महाराजाधिराज का रनवास खास गुलज़ार था। जैसा कि मैंने पहले बताया, उसमें रानी, बांदी, खवास, गोली, गुलाम सब मिलाकर दो-ढाई सौ स्त्रियाँ थीं, जिसमें से बहुतों को महाराजाधिराज पहचानते भी नहीं थे।

दरबार ने याद फ़र्माया

दाता के लौट जाने के बाद 9 दिन मेरे यों ही सन्नाटें में बीत गए। हम लोग—मैं और केसर—पिंजरे में बंद पंछी की भाँति अपने महल में पड़े छटपटाते रहे। न हममें से कोई अपने महल से बाहर जा सकता था, न कोई समाचार ही रंगमहल का हमें मिलता था। मैं ऊब रही थी और दिन पहाड़ के समान कटता था। केसर धैर्य बँधाती थी। पर मन कुछ अजीब उड़ा-उड़ा-सा हो रहा था। ड्यौढ़ी पर पहरा था। चार गोरखे खुखरी लिए दिन-रात घूमते रहते थे। मैं कुंवरी के लिए अधमरी हो रही थी। न जाने उन पर कैसी बीत रही होगी। केवल किसुन को बाहर जाने की अनुमति थी। पर कुंवरी के हाल-चाल तो वह भी नहीं बता सकता था। उसका कहना था, उन्होंने रंगमहल लगभग सारा ही खाली कर दिया है, केवल दो कमरे अपने कब्ज़े में रखे हैं। भूरसिंह उनकी ड्यौढ़ी पर हाज़िर रहते हैं। दरबार एक बार रंगमहल में उनकी अनुमति से गए थे। नई रानी ने खड़े होकर केवल उनको ताजीम दी और महाराज ने उनसे पूछा कि किसी बात की तकलीफ़ तो नहीं, किसी वस्तु की आवश्यकता तो नहीं, तब उन्होंने केवल 'नहीं' कहकर मौन धारण कर लिया। बातचीत दरबार से हुई ही नहीं। वह खीझकर चले आए।

इधर चार दिन से तो किसुन का भी पता नहीं था। वह एक प्रकार से मेरी ही चाकरी में था। पर न जाने क्यों बिना मेरी अनुमति या पूर्व सूचना के एकाएक लुप्त हो गया था।

उसके न आने से तो हम जैसे अंधकूप में गिर गए थे। भाँति-भाँति के विचार मन में आते थे। पर कुछ अक्ल काम न करती थी। यों खाने-पीने और दूसरी किसी वस्तु की हमें कोई तकलीफ़ न थी, दारोगा दोनों वक्त सलाम करता था। आवश्यकता की बात पूछता, पर और कोई बात न बताता था। मैं कभी-कभी रोने लगती तो केसर ढांढ़स बँधाती थी। पर मेरा मन उड़ा-उड़ा रहता था। मैं सोचती थी, 'क्या इसी भाँति यह उम्र भर की कैद काटनी होगी?'

दसवें दिन तीसरे पहर किसुन आया। वह बहुत व्यस्त था। उसने कहा, "दरबार की खिदमत में चलना होगा। उन्होंने सरकार को याद फ़र्माया है।" उसने दासियों-बाँदियों को आवश्यक आज्ञाएँ दीं। केसर से उसने अधिकारपूर्ण रीति से कहा, "सरकार को सिंगार कराकर तैयार करा दिया जाए।"

मेरा शृंगार होने लगा। कैसे तमाशे की बात थी। मन तो मेरा मिट्टी हो रहा था। मुझे गढ़ी की मुलाकात भी याद आ रही थी और उस दिन सुहागरात की मुलाकात भी। मैं सोच रही थी, अब यह आज की मुलाकात न जाने कैसी होगी। फिर मर्ज़ी का तो सवाल ही न था। मैं इनकार करने का अधिकार ही न रखती थी। पर सच बात तो यह थी कि मैं अब राजा से घृणा करती थी, उनके पास जाना नहीं चाहती थी। रह-रहकर मुझे उनकी उस दिन की घिनौनी मूर्ति याद आ रही थी। कैसा शृंगार, कैसा चाव, कैसा उत्साह!

मैंने केसर से कहा, "केसर, तू कह दे कि मेरी तबीयत ठीक नहीं है। मैं दरबार की खिदमत में जाने योग्य नहीं हूँ, मैं नहीं जाऊँगी।" परन्तु केसर ने कहा, "यह ठीक न होगा।" उसने बहुत ऊँच-नीच समझाकर मुझे अपनी स्थिति का भान कराया। फिर भी मैंने किसुन से कहा, "किसुन, क्या मुझे वहाँ जाना ही होगा?"

उसने हँसकर कहा, "हाँ सरकार! आप चिंता न करें। मैं तो आपकी खिदमत में हाज़िर हूँ ही, आप झटपट तैयार हो जाएँ।"

मैंने कहा, "यदि आज न जाऊँ तो?"

"यह कैसे हो सकता है भला। इतने दिन में आज ही अन्नदाता का चित्त ठीक हुआ है। वह नई रानी के महल में पधारे थे। कदाचित् आपसे कोई बात कहनी हो। उन्होंने मुझे हुक्म दिया है। उनका हुक्म बजा लाना ही मुनासिब है सरकार! इसी में सरकार की भलाई है।"

मैंने फिर ननु-नच नहीं की। केसर ने दासियों की सहायता से मेरा विविध शृंगार किया। किसुन ने भी काफ़ी सहायता की। किसुन मर्द था, पर अपनी चाकरी में था। उससे पर्दा होता ही न था। फिर वह मुझे प्रिय लगता था। वह बड़ा बुद्धिमान भी था। कदाचित् मुझे प्यार भी करने लगा था। और मैं तो पहले से ही स्वीकार कर चुकी हूँ कि मैं उससे प्रीति करती थी। पर मुझे क्या मालूम था कि आगे उसके साथ मेरे कुछ और ही सम्बन्ध होने वाले हैं। मैं उस पर निर्भर थी, उस पर निर्भर रहना ही मैंने निरापद समझा। शृंगार पटार

से लैस होकर मैं चली सुखपाल पर बैठकर। केसर इस बार मेरे साथ नहीं थी। किसुन ने उसे रोक दिया था। अकेला वही मेरे साथ था। इस समय सांझ का झुटपुटा हो चला था। दीये जल चुके थे और मुझे गढ़ी की वह संध्या याद आ रही थी।

चाबुक की मार

आजकल दरबार अपनी नई कोठी में विराज रहे थे। यह कोठी पिछले ही साल बनी थी। एकदम नये ढंग की। काफ़ी लागत थी। सुना था कि इस कोठी को लेकर दीवान साहब और महाराज में चखचख भी काफ़ी हुई थी। बात रेज़ीडेंट साहब बहादुर तक गई थी। परन्तु उसकी लागत की काफ़ी रकम हुज़ूर माँ साहब ने अपने पायदान के खर्च से लगाई थी, इसलिए बात वहीं रह गई थी। सर्वसाधारण का तो वहाँ जाना ही निषिद्ध था। यह कोठी रंगमहल से सटी हुई एक किनारे पर थी। सुघराई से कटी हुईं रौसें, उछलते हुए फव्वारे, सामने गुलाब बाग़, जिसमें कटोरे के बराबर गुलाब के लाल और सफ़ेद फूल खिले थे। एक प्रशस्त लॉन, जहाँ की घास सफ़ाई से कटी थी।

सुखपाल से उतरकर मैं बड़े-बड़े कमरे और दालान पार करती हुई किसुन के पीछे जा रही थी। मैं डरती-डरती पैर रखती थी, अचल दीवार की ओर मुँह किये खड़े संतरियों की ओर घूमती चली जा रही थी। मेरे चलने तक की आहट न होती थी। हम एक सजे हुए कमरे में पहुँचे। वहाँ बहुमूल्य कालीन बिछे थे, जहाँ हाथ-भर पैर धँसते थे। बहुमूल्य सोफ़ों से कमरा सजा था। एक मखमली कोच पर मुझे बैठाकर किसुन साटन का पर्दा उठाकर भीतर चला गया। मैं दीवार पर लगे बड़े-बड़े चित्रों को देखने लगी। हृदय मेरा धड़क रहा था।

थोड़ी देर में किसुन आया और उसने संकेत ही से मुझे अपने पीछे आने को कहा। मैं फिर बड़े-बड़े दालान और कमरे पार करती अंत में एक सजे हुए कमरे के द्वार पर पहुँची। पर्दा उठा और कमरे में भीतर जाने का संकेत कर किसुन बाहर ही ठिठक रहा। कमरे में किरमिची रंग हो रहा था। सब सोफ़े-कुर्सी चाँदी के थे। उन पर मखमल चढ़ा था। मेज़ों पर संगमरमर की अनेक मूर्तियाँ रखी थीं। ऐसी सजीव थीं कि देखते ही बनता था। पहले तो मुझे कुछ ज्ञात ही न हुआ, फिर अचानक ही देखा कि स्वयं अन्नदाता एक सोफ़े पर बैठे हाथ में सिगार लिए हुए धुआँ फेंक रहे थे।

मैंने आगे बढ़कर और ज़मीन पर झुककर दरबार को मुजरा किया। हाथ का सिगार फेंक वह उठ खड़े हुए और मेरा हाथ पकड़कर मुझे अपनी बगल में बैठा लिया। नर्मी से कहा, "ऊब तो नहीं गईं चंपा! देखो, मैंने तुम्हारे लिए यह कैसी नफ़ीस चीज़ बनवाकर मंगाई है। अट्ठाईस हज़ार रुपये खर्च हुए, पर चीज़ बेहतरीन है। देखो तो जिस्म पर फ़िट भी है या नहीं।" उन्होंने पास पड़े एक बक्स की ओर संकेत किया। उनके होंठ हँस रहे थे और बड़ी-बड़ी आँखों में लाल डोरे उनकी उद्दीप्त वासना की साक्षी दे रहे थे। इस समय

वह सिर से पैर तक अंग्रेज़ी लिबास में थे। निहायत कीमती काला सूट पहने थे। यद्यपि इस लिबास पर उनके कानों के बड़े-बड़े हीरे कुछ अद्‌भुत लग रहे थे, पर इस लिबास में फब खूब रहे थे। उन्होंने प्यार-भरी चितवन से मुझे देखा और एक सिगार जलाया। मैंने धीरे से उठकर बक्स खोला। एक अभूतपूर्व फर का कोट था; बर्फ़ के समान श्वेत और झाग के समान कोमल, हवा की भाँति हल्का। मैंने महाराज की ओर देखा। उन्होंने धुएँ के छल्ले बनाते हुए कहा, ''पहनकर देखो।'' मैं इस कदर डर गईं थी कि उस अट्ठाईस हज़ार की लागत के कोट को देखकर छूने की भी हिम्मत नहीं कर सकती थी। मैं सकते की हालत में खड़ी थी और मेरे मुँह से बोली नहीं फूट रही थी। मैं जो पोशाक पहने थी, वह भी शायद मेरे अंग पर खूब जँच रही थी।

तभी दरबार बोले, ''कोफ़्त कर दिया तुम्हारी कुंवरी ने। बड़ा मिज़ाज है उसका ओफ!''

महाराज ने एक गहरा कश खींचकर धुएँ के बादल बनाए। फिर जैसे अपने ही आपसे कहा, ''हम पर अदल जमाना चाहती है वह। खैर, जब तुम हो तो क्या गम? पहनो-पहनो!''

उनका स्वर किसी हद तक कंपित था। कुंवरी के लिए अवश्य ही वह इस समय कुछ वेदना का अनुभव कर रहे थे। उनकी नज़र मेरे ऊपर थी। यह स्पष्ट था कि वे मेरे रूप से अभिभूत हो रहे थे।

मैंने उस महामूल्यवान दुर्लभ कोट को अपने अंग पर डाल दिया। उन्होंने स्वयं उठकर उसके बटन लगाए। फिर प्रशंसा की नज़र से देखते हुए कहा, ''खूब फ़िट है। कोई हिन्दुस्तानी कारीगर नहीं बना सका।'' मुझे फिर वह कौच पर खींचे ले गए और पास ही बैठ गए। आज न वह उस दिन के गढ़ी वाले महामहिम महाराज थे, न उस सुहागरात वाले मदहोश शराबी। आज तो वह एक प्रसन्न मुद्रा में आनंदित प्रेम और मित्र की भाँति बातें कर रहे थे। मेरा मन हो रहा था कि मैं कुंवरी के सम्बन्ध में कुछ पूछूँ। पर मेरा मुँह खोलने का साहस ही न होता था। वह कह रहे थे—वे केवल उसी कोट की बात। उसमें बिजली की बैटरियाँ लगी थीं, जिनके कारण वह जैसा चाहें, कम और अधिक गर्म हो सकता था। उन्होंने कहा, ''इसका मज़ा तो तब आएगा जब तुम स्विट्ज़रलैंड की बर्फ़ से लदी चोटियों वाले पहाड़ों पर घूमोगी। तब तुम्हारे सब साथियों के दाँत सर्दी से किटकिटाते होंगे और तुम आरामदेह गर्मी में खुश सफ़र कर रही होगी। शायद अगले ही साल तुम्हें ऐसा मौका मिल जाए। तबीयत ऊब रही है। एक बार मैं यूरोप जाकर कुछ दिन स्विट्ज़रलैंड में रहना चाहता हूँ। चलोगी न तुम चंपा? स्विट्ज़रलैंड स्वर्ग है, स्वर्ग देखोगी तो खुश हो जाओगी।'' मैं कुछ समझ रही थी, कुछ नहीं। पर मेरा मुँह बंद था, मुझे ऐसा प्रतीत हो रहा था कि मैं एक अत्यंत मूर्खा और तुच्छ स्त्री यहाँ के महिमामय वातावरण में आ पहुँची हूँ। परन्तु महाराज प्रसन्न मुद्रा में थे, वह धुएँ के छल्ले बना रहे थे। एकाएक उनका सिगार खत्म हो

गया। उन्होंने दूसरे के लिए हाथ बढ़ाया। मुझे अपनी गढ़ी वाली चाकरी याद आ गई। मैंने लपककर सिगार उनके होंठों से लगाया और जला दिया। वह ज़रा उठंगकर अलस भाव से कौच पर लेट गए और उन्होंने अपने दोनों पैर फैला दिए।

इसी समय किसुन शराब की टेबल ले आया। खालिस बिल्लौर की यह टेबल थी, जिसमें रबर के पहिये लगे थे। उस पर कीमती शराब की बोतलें, प्यालियाँ, पैग और गिलास रखे थे। भुने हुए कबाब, गज़क और न जाने क्या-क्या खाने का सामान भी सजा था। सब सामान बिजली की रोशनी में चमचमा रहा था। चम्मच, रकाबियाँ सब चाँदी की थीं। उन्होंने खुद अपने हाथ से खून जैसी सुर्ख शराब के दो पैग भरे और तिरछी नज़रों से मेरी ओर देखते हुए एक पैग मेरी ओर बढ़ाया। उस दिन की सुहागरात का घिनौना दृश्य मेरी आँखों में घूम गया। शराब के प्रति मेरे मन में घोर घृणा उत्पन्न हो गई। मैंने कातर कंठ से कहा, "मैं नहीं पीऊँगी अन्नदाता!"

"हमारा हुक्म है।"

"तकसरी माफ़ हो, अन्नदाता!"

"क्या हुक्म-उदूली करती है?" उनकी आँखों का रंग बदल गया। उन्होंने गुस्से से गुर्राकर कहा, "बेवकूफ़ औरत, पी!" उनकी आँखें सुर्ख हो गईं और त्योरियाँ चढ़ गईं। परन्तु मैंने फिर हाथ जोड़कर गिड़गिड़ाते हुए कहा, "नहीं पीऊँगी अन्नदाता!"

उन्होंने लपककर खूँटी से चाबुक उठाया और सपासप मेरी खाल उधेड़ना शुरू किया। मेरे चीखने-चिल्लाने से कमरा गूँज उठा। समूचे कमरे में मैं तड़पती, दौड़ती फिरी और वह सपासप चाबुक फटकारते रहे। मैं विकल होकर फ़र्श पर लेट गई। मेरी चीख-चिल्लाहट सुनकर कोई भी मुझे बचाने नहीं आया। मैं रोते-रोते हाथ बाँधकर "दया करो पृथ्वीनाथ! दया करो अन्नदाता!" कहती रही। ओंठ मेरे नीले पड़ गए। मैं बेहोश हो गई।

पर उस निर्दयी ने मुझ पर तनिक भी दया न की। ज्यों ही मुझे होश आया और मैं उठी त्यों ही उन्होंने प्याला हाथ में लेकर कहा, "पी!"

मैं गटागट पी गई। उन्होंने प्याला मेरे हाथ से ले लिया और मुझे सहारा देकर कौच पर बैठाया और कहा, "चंपा! आइंदा कभी हुक्म उदूली की जुर्रत न करना। ओफ़, कोट बिलकुल बर्बाद हो गया। जाओ कपड़े बदल लो।" उन्होंने दस्तक दी। एक बाँदी दस्तबस्ता आ हाज़िर हुई। उसे उन्होंने कुछ इशारा किया और मैं उसके संकेत पर उनके पीछे-पीछे चली गई। बाथ-रूम में जाकर मैंने पोशाक बदली। बाँदी ने मुझे एक कीमती साड़ी दी और मेरा जूड़ा ठीक किया। मुँह धोकर मैंने ठंडे पानी का एक गिलास पिया, जिससे मेरा कंठ तर हुआ और जी ज़रा ठहरा। फिर मैं उसी बाँदी के साथ चली—उसी निष्ठुर और अद्‌भुत व्यक्ति के पास जिसकी दया, माया, कृपा और क्रोध का न कहीं अंत था, न हिसाब-किताब।

इस बार दासी मुझे सीधी भोजन के कमरे में ले आई। अब उस कमरे का, भोजन-सामग्री का, वहाँ की साज-सज्जा का बखान करके मैं आपका समय नष्ट नहीं करूँगी। इतना ही समझ लीजिए कि वह उसी राजा का डाइनिंग रूम था, जिसने अट्ठाईस हज़ार के मूल्य का कोट पहनाकर चाबुक से मेरी खाल उधेड़ी थी। वह चुपचाप डिनर ले रहे थे। उनके खास खिदमतगार अदब-कायदे से खाना परस रहे थे। बोलने-कहने की आवश्यकता नहीं पड़ती थी। उनका वह फ्रांसीसी बावर्ची वहाँ हाज़िर था और सब देखभाल कर रहा था। जिस चीज़ की आवश्यकता होती थी, वही लाने का वह संकेत करता था, जिसे खिदमतगार तुरंत ला हाज़िर करते थे।

उसने मुझे बड़े अदब से महाराज की बगल में कुर्सी पर ला बैठाया और मेरे सामने भी वे देशी-विलायती विविध व्यंजन परोसे गए, जिनके न कभी स्वप्न में मैंने नाम सुने थे, न दर्शन किए थे। वही खून के समान सुर्ख मदिरा रह-रहकर मेरे गिलास में भरी जाने लगी। महाराज ने धीमे स्वर में केवल इतना ही कहा, "जो पसंद हो खाओ।"

और मैं, जो मेरे सामने आया, खाती गई और मदिरा के गिलास पर गिलास पीती चली गई। मैंने सोचा, 'ज़्यादा-से-ज़्यादा इतना ही तो होगा कि मैं मर जाऊँगी, पर अब कभी चाबुक से पिटने की नौबत न आने दूँगी।'

कमरा गर्म था। वह सुखद सुगंध से भरा था। लंबी टेबल पर भाँति-भाँति की वस्तुएँ सजी थीं और विविध फूलों के गुलदस्ते अपनी बहार दिखा रहे थे।

बहुत देर तक खाना-पीना होता रहा। इस बीच महाराज एकाध बार ही बोले। खाना समाप्त होने पर हम फिर उसी कमरे में आए। उन्होंने कोमल स्वर में कहा, "जाओ, अब तुम आराम करो, मैं भी अब सोऊँगा।" इतना कहकर फिर उन्होंने दस्तक दी। वही बाँदी मुझे शयनकक्ष में ले चली। इस समय अर्द्धरात्रि व्यतीत हो चली थी। मैं जाकर उस अपरिचित शयन-मन्दिर में अकेली ही नर्म-नर्म बहुमूल्य दुग्ध-फेन-सम शय्या पर पड़ गई। अपने ही भूत-भविष्य के विचारों में डूबती-उतराती हुई। अपने क्षण-क्षण में नये-नये चमत्कार दिखाते हुए जीवन पर विचार करती हुई। मेरी चोटें चुभ रही थीं और वह लाल खून के समान मदिरा नसों में घूम रही थी। बड़ी देर तक मैं पीड़ा और सुख का मेल-जोल अनुभव करती रही। कुछ ही देर में निद्रादेवी ने मेरी पीड़ा, चिंता और आगे-पीछे की सारी बातों पर पर्दा डाल दिया।

विदेश-यात्रा

मेरी नई दुनिया का अंततः आरंभ हो गया। बीती बातें पुरानी होती गईं और नई बातें सामने आती गईं। परिस्थितियों ने मुझे ढीठ और साहसी बना दिया था। मैं चुपचाप अपने भाग्य के खेल देखने लगी। हर दूसरे-तीसरे दिन महाराज मुझे बुला भेजते। वहाँ बहुमूल्य विलायती सुगंधित शराब का दौर चलता। शाही ठाठ का खान-पान होता, बहुधा

नाच-रंग का भी आयोजन होता था। दूर-दूर के गुणी कलावंत आते ही रहते थे। ऐसे जल्से कभी भीतर जनाने में होते, कभी बाहर। पर बहुधा बाहर। मैं चिलमन में आकर बैठती। धीरे-धीरे राजा साहब के दिव्य गुणों का, उनकी उदारता, गुण-ग्राहकता और दातापन का मुझे पता लगता गया और मैं उनसे प्रभावित हो गई। मैंने यह भी देखा उनका प्यार भी असीम है। मैं यह सोच भी न सकती थी कि जिस पुरुष का सम्बन्ध अनेक स्त्रियों से हो, वह भी किसी स्त्री को प्यार कर सकता है। पर जब प्यार करते थे तब आनंद की गंगा बहा देते थे। ईश्वर को धन्यवाद है कि मैंने फिर कभी उन्हें नाराज़ होने का अवसर नहीं दिया। यह भी एक चमत्कार है कि फिर कभी वह नशे में असंयत भी नहीं हुए। खास कर जब वह मुझे बुलाते थे। तब मेरे साथ ही पीते थे। और अत्यंत विनोदपूर्ण व्यवहार रखते थे। हर बार मुझे कोई नई सौगात और नई भेंट देते। वैसे भी भेजते रहते। देश-देश की वस्तुओं को मँगाने का उन्हें शौक था—कहीं-न-कहीं से नई वस्तुएँ आती रहती थीं। उनसे मेरा महल सजने लगा। अब बहुधा वह मेरे महलों में पधारते और तब मैं अतिथि की भाँति उनका स्वागत करती। मैंने अपनी सपत्नियों को देखा। बड़ी महारानी के चरणों में ढोक दी, उन्होंने रूखी नज़र से मुझे देखा, पर बहुमूल्य मोतियों का एक हार बख्शीश में दिया। मझली और छोटी रानी से भी मैं मिली। माँ साहब से मिली। उन्होंने मेरे साथ सहेली जैसा व्यवहार किया। उनके यहाँ बहुधा मेरा आना-जाना होने लगा। वह जब चाहतीं, मुझे बुला भेजतीं। खूब गप-शप, हँसी-मज़ाक होता, खाना-पीना चलता। वह दिल खोलकर बातें करतीं। बड़ी खुशमिज़ाज थीं वह। वह जैसे विधवा होने और हँसने के लिए ही पैदा हुई थीं।

रनवास की औरतों से पड़दायतों से भी मैं मिली। धीरे-धीरे रंगमहल के सब हाल मुझ पर प्रकट हो गए। बहुत-सी बातें केसर और किसुन से मालूम होती रहतीं। केवल मैं कुंवरी से नहीं मिल पाई। उन्होंने फिर मुझसे मुलाकात नहीं की। बहुत बार मैंने चाहा पर बेकार। मेरे आग्रह पर दरबार ने भी उन्हें मनाया। पर उसका भी कोई नतीजा न हुआ। वह उस रात सुहागरात को रूठीं सो रूठी ही रहीं। सारे जीवन उन्होंने महाराज से बात नहीं की।

इस प्रकार धीरे-धीरे मेरे इस नये जीवन के दो बरस बीत गए और अब मैं इस विचित्र जीवन की अभ्यस्त हो गई। फिर भी मेरे जीवन में एक व्यक्ति ज़बरदस्ती धंसा चला आ रहा था। वह था किसुन। एक अज्ञात प्रेम और आकर्षण मुझे उसकी ओर खींचता चला जाता था। वह मेरे सम्मुख सदैव अदब से ही बातें करता और मालिक की भाँति मुझे मानता, पर मैं देखती उसकी तरुणाई की प्यासी आँखें कुछ दूसरा ही संदेश दे रही हैं। उसका कंठ-स्वर सुनते ही मेरा कलेजा धड़कने लगता था। पर मैं भी मर्यादा से बाहर बात न करती। चाहती रहती कि वह मेरी आँखों के सामने रहे। मन का पाप आपसे कहती हूँ कि राजा इतने गुणी और उदार थे और इस अभागिन को बड़ा प्यार भी करते थे, फिर भी मेरे मन में उनके लिए प्यार कभी उगा ही नहीं। मैंने आत्मसमर्पण उन्हें अवश्य किया, पर प्यार न कर सकी। प्यार तो किया किसुन को। पर क्या मजाल कि कभी वह प्रकट हुआ हो। मैं भीतर-ही-भीतर उसकी आग में जल-जलकर खाक होती रही। आप कह सकते हैं, नीच गुलाम जो है,

चाकर गोली जो है। राजा के प्यार को क्या जाने! गोले-गुलाम पर ही मर मिटी। सो आपका यह कहना सच ही है। अस्वीकार कैसे कर सकती हूँ?

तो दो बरस बीत गए। महाराज ने मुझे लेकर यूरोप की यात्रा की। अंग्रेज़ गवर्नेस मेरे लिए नियुक्त की गई। उसने मुझे केवल पढ़ाया-लिखाया ही नहीं, पाश्चात्य नृत्य-संगीत और अदब-कायदे की भी शिक्षा दी। हम लोगों ने समूचे यूरोप का भ्रमण किया। इस नई जागती हुई दुनिया को देखकर मेरे हिये के कपाट खुल गए और जब मैं लौटकर आई तब कुछ और ही बन गई थी। किसुन ही अकेला इस यात्रा में हमारे साथ रहा। अब मेरे रहन-सहन में, विचारों में ज़मीन-आसमान का अंतर हो गया था। दो मास यूरोप घूमकर जब हम राजधानी में लौटे, तब बड़ी धूमधाम से दरबार का स्वागत हुआ। मैं तो यह भूल ही गई थी कि मैं गोली-गुलाम हूँ और अपने को महारानी ही समझने लगी थी। यूरोप में महाराज ने महारानी की ही भाँति मेरा सबसे परिचय कराया था। मैं अब ठसक से रहने लगी थी।

नये जीवन का प्रारंभ

इसी समय मुझे एक नई अनुभूति हुई। इस अनुभूति की आशंका तो मुझे यूरोप के प्रवास में ही हो गई थी। पर अब उसका निश्चय हो गया। एक अनिर्वचनीय आनंद और आशा से मेरा हृदय उल्लसित हो उठा। परन्तु एक अज्ञात भय से मैं भी अभिभूत हो उठी और जब मैंने केसर से वह बात कही तब वह कुछ विचलित-सी हो गई। उसने बारीकी से मेरा निरीक्षण किया। मैं नहीं जानती थी कि यह सुसमाचार था या कुसमाचार। पर जब केसर ने गंभीर मुद्रा से कहा कि अन्नदाता को खबर करनी होगी, तब मेरा मन आशंका से भर गया। और मैं शंकित-सी, भयभीत-सी अवसर की बाट जोहने लगी। कैसे कहूँगी, यही न सोच पाती थी। एक मास बीत गया, पर महाराजाधिराज को मेरे महलों में पधारने का अवकाश ही न मिला। नित नये जश्न और नाच-रंग में वह समूचा मास बीत गया।

जब मैंने उनसे वह बात कही, तो मेरा दिल धड़क रहा था। लाज से मैं मरी जा रही थी। भय, आशंका और आनंद के झूले में झूल रही थी। परन्तु सुनकर वह प्रसन्न नहीं हुए। वह जैसे चौंक-से पड़े। क्षणभर उन्होंने मेरी ओर ताका। फिर उनका मुँह भरे हुए बादलों की भाँति गंभीर हो उठा। उन्होंने धीमे स्वर में कहा, "क्या ठीक कहती हो?" न जाने क्यों, उनका वह प्रश्न सुन कर मुझे अच्छा नहीं लगा। मेरा आनंद काफूर हो गया और मैं रोने लगी। परन्तु उन्होंने मुझे ढाँढ़स बँधाया, कहा, "डरने और घबराने की कोई बात नहीं।"

उनका यह आश्वासन इतना ठंडा था कि मैं रोना भी भूल गई। मैं सोच रही थी कि सुनकर वह प्रसन्न होंगे। इनाम देंगे। स्त्री जीवन में यह घड़ी तो न जाने कितने उत्साह, आनंद और आशा लेकर आती है। पर मैं मूर्खा यह तो बिलकुल ही भूल गई थी कि मैं केवल एक स्त्री ही नहीं, गोली-गुलाम हूँ, जिसका जीवन ही सब स्त्रियों से निराला होता है।

दूसरे दिन लेडी डॉक्टर ने आकर मेरा मुआइना किया और सूचना दी कि गर्भ का

तीसरा मास है। मुझे कुछ हिदायतें भी दीं। मेरी तबियत अब खराब रहने लगी थी। खाना-पीना पचता नहीं था। सब उलट जाता था। केसर रात-दिन मेरी साज-सँभाल में रहती थी। शायद किसुन को भी कुछ सुन-गुन मिल गई थी। वह प्रसन्न मुद्रा में रहता था। पर मैं प्राय: दिन-दिन-भर बिछौने में पड़ी रहती थी और कभी-कभी मेरा मन ऐसा उचाट होता था कि कुछ भी अच्छा नहीं लगता था और मैं रोने लगती थी। मैं नहीं समझ पा रही थी कि यह सब कुछ अच्छा हो रहा है या बुरा।

दो-चार दिन में ही महाराज ने मुझे बुला भेजा। वह अकेले बैठे शराब पी रहे थे। मुझे देखकर बोले, "आओ बैठो। तबियत कैसी है?" मैं जवाब न दे सकी, रोने लगी। मुझे ऐसा प्रतीत हुआ; जैसे वह अब रुखाई से बात कर रहे हैं। वह कुछ देर चुपचाप शराब पीते रहे। मैं भी चुपचाप बैठी रही। पैग उन्होंने स्वयं भरा। मैंने भरना चाहा तो कहा, "रहने दे चंपा! मैंने तुझे कुछ ज़रूरी बात करने को बुलाया है। वह किसुन तुझे कैसा लगता है?"

प्रश्न सुनकर मैं घबरा गई। किसुन के लिए मेरे मन में जो एक प्रच्छन्न आसक्ति थी, वह क्या उन्हें विदित हो गई है? मैं यही सोचने लगी। किन्तु महाराज अपनी ही धुन में थे। मेरे उत्तर की ओर उनका ध्यान ही न था। उन्होंने फिर कहा, "किसुन अच्छा लड़का है। भलामानुस है। घर का आदमी है, भरोसे का है, कभी तेरे साथ उसने कोई बदसलूकी तो नहीं की?"

"नहीं अन्नदाता!" मैंने उतावली से कहा। और उनका अभिप्राय जानने के लिए मैंने उनकी ओर देखा। उन्होंने मेरे उत्तर से आश्वस्त होकर कहा, "ठीक है तू उसे पसंद करती है?"

मैंने डरते-डरते कहा, "वह अच्छा आदमी है।"

"तो मैं तेरा उसी के साथ ब्याह करना चाहता हूँ।"

मैं एकाएक जैसे पहाड़ से फेंक दी गई हूँ, इस प्रकार चौंक उठी। क्षण-भर को तो मेरे शरीर में रक्त की गति रुक गई और मेरा मुँह सूख गया। इस बात का मतलब क्या है? क्या वह मुझे त्याग रहे हैं? क्या उन्हें मेरे मन की आसक्ति का पता चल गया है? किसुन को मैं चाहती अवश्य थी, पर जिस राजभोग की मैं अभ्यस्त हो चली थी, उसे अब त्यागने को भी तैयार न थी। किसुन चाकर है, गुलाम है। वह तो मेरी ही चाकरी में है। मैं गहरी सोच में डूब गई। उन्होंने कहा, "तुझे पसंद है ना?"

मैंने डरते-डरते कहा, "अन्नदाता, वह तो सरकार के हुक्म से मेरी ही चाकरी में है!"

"हाँ, तेरी ही चाकरी में रहेगा, चाकरी से मैं उसे हटाऊँगा नहीं," उन्होंने कहा।

यह बात मैं समझ न सकी, किसुन से मेरा ब्याह होगा और वह मेरी ही चाकरी में

रहेगा! यह बात कैसे संभव हो सकती है? मैं कुछ भी जवाब न दे सकी, परन्तु महाराज ने मेरे जवाब की प्रतीक्षा नहीं की। वह गिलास रखकर उठ खड़े हुए। बोले, ''कुछ कहना चाहती है।''

''नहीं अन्नदाता!''

''तो आराम कर। कल तेरा ब्याह होगा।''

इतना कहकर वह चले गए। मैं जड़ बनी बैठी रही। दासी ने जब कई बार कहा, तब मैं उठकर पलंग पर लेट गई। पर यह क्या हो गया और क्या होने वाला है, यह मैं समझ न सकी। मैं इस कदर बौखला गई कि रो भी न सकी। सो भी न सकी। मेरी तमाम रात पलंग पर छटपटाते ही बीती।

किसुन के साथ ब्याह

मेरे ब्याह में आधा घंटा भी नहीं लगा। न हवन हुआ, न फेरे पड़े। न बाजा बजा, न नाच-तमाशे हुए। न बारात आई, न नौबत बजी। यहाँ तक कि रंगमहल में बहुतों को खबर भी न हुई। तीसरे पहर अन्नदाता राजपुरोहित और किसुन को संग लेकर आए। किसुन नये वस्त्र, कमर में नई धोती पहने था। आँखें उसकी खुशी से चमक रही थीं। अन्नदाता कुर्सी पर बैठ गए और राजपुरोहित ने एक पाटे पर मुझे और किसुन को बैठाकर नवग्रह पूजन किया, दो-चार मंत्र पढ़े और केसर ने मेरा हाथ किसुन के हाथों में दे दिया। वहीं जीवन में पहली बार किसुन से मेरा अंग स्पर्श हुआ। केसर को नया जोड़ा दिया। नया जोड़ा और सुहाग की चूड़ी मैंने भी पहनी थी, मेहंदी भी हाथों में रचाई थी। भविष्य में क्या होगा, यह मैं तब न जान सकी। पर मेरे लिए आँखें खोलना दूभर हो गया। मेरे रक्त की बूँदें नाच रही थीं। मैं सोच रही थी, 'हे भगवान, क्या सच में मुझे मनचीता दूल्हा मिल गया है?' पर मेरा नशा थोड़ी ही देर में उतर गया, जब मेरी माँग में सिंदूर देकर किसुन, राजपुरोहित और महाराजाधिराज लौट गए। रह गईं हम दोनों निरीह अभागिन नारियाँ। नहीं-नहीं नारियाँ नहीं—गुलाम-गोलियाँ-केसर और मैं, भला हम नारियाँ भी कहीं नारी नाम धारण कर सकती हैं। गोलियाँ जिनके जीवन आदर्श और ध्येय सभी कुछ संसार की नारियों से भिन्न होते हैं, जो राजसुख भोगती हैं, पर रानी नहीं होतीं; जिनके ब्याह होते हैं, पति होते हैं, पर वे उनकी पत्नी नहीं होतीं। उनके संतानें होती हैं, पर वे उनकी माता नहीं होतीं। उनका धर्म पृथ्वी की सब स्त्रियों से जुदा है, जीवन जुदा है, वे एक नयी ही दुनिया में जीती और मरती हैं।

बहुत देर तक मैं अभिभूत-सी गुमसुम बैठी रही। ऐसा लग रहा था जैसे आशा और आनंद की एक चिनगारी कलेजे में जलती है और बुझ जाती है। मन उछलता है और डूब जाता है। केसर भी गुमसुम थी। वह इधर-उधर धरा-उठाई कर रही थी। थोड़ी ही देर में किसुन आया, उसके अंग पर वे ही ब्याह के नये वस्त्र थे। नित्य की भाँति शयनागार को

उसने सजाया। फ़ालतू वस्त्र तहकर अलमारियों में रखे। रात की पोशाक निकालकर पलंग पर रख दी। वह इस भाँति सब काम कर रहा था, जैसे आज कुछ नयी बात हुई ही नहीं है। उसने मुझे सरकार कहकर ही संबोधित किया। अपने आगे के इक्कीस साल के जीवन में उसी भाँति वह यही संबोधन करके मुझे पुकारता रहा। पर मैं आज उसे किसुन नाम से न पुकार सकी। तू-तुकार से भी बात नहीं कर सकी। आज ही क्यों, अपने आने वाले जीवन में भी, जब तक वह निरंतर मेरी ही चाकरी में रहा, छाया की भाँति, इक्कीस बरस तक—मैं फिर उसे न उसका नाम लेकर पुकार सकी, न तू-तुकार से बात कर सकी।

परन्तु इस समय मैं हैरान थी। मेरा कलेजा धड़क रहा था। वह मेरी सेज सजा रहा था। और मैं भाँति-भाँति के सपने देख रही थी। मन का पाप आपसे कहती हूँ। मैं अभागिन सोच रही थी, 'क्या आज यह मेरे सुहाग की सेज सज रही है ? क्या आज मेरी यह सुहागरात है ? जबकि मैं पराये आदमी की जूठन मात्र हूँ और मेरे पेट में एक बालक पनप रहा है, जिसका मेरे पति से कोई सरोकार नहीं है। क्या जैसे मैं गोली-चाकर इस शाही छपरखट पर सोती हूँ, उसी भाँति क्या यह गोला-चाकर भी, जिसने ब्राह्मण की साक्षी में मेरा हस्त-ग्रहण किया है, इस सेज पर आज आरोहण करेगा ?

मैं किसुन को प्यार तो करने ही लगी थी, यह बात तो आपसे छिपी नहीं है। वह प्यार मैंने सबसे छिपाया, पर किसुन की नज़र से तो छिपा न था। पर हम दोनों धर्म के बंधन में बँधे चाकर थे। स्वामी के साथ विश्वासघात करके अपनी गोली जाति को कलंकित नहीं कर सकते थे। हम दोनों ही कसकर अपने मन को बाँधे रहते थे। पर अब ? ब्याह होने के बाद ? परस्पर पति-पत्नी होने के बाद ? क्या हम एक-दूसरे को खुलकर प्यार कर सकते थे ? एक-दूसरे को आत्मार्पण कर सकते थे ? क्या आज से वह मेरे साथ पति की भाँति व्यवहार करेगा ? मुझे उसकी कोठरी में जाना होगा या वही मेरे महल में रहेगा ? मैं यही सब सोच रही थी। परन्तु कहाँ ? चारों ओर जो कुछ हो रहा था, वह तो ऐसा था, जैसे मानो कुछ नयी बात हुई ही नहीं है। सब कुछ वैसा ही है। ब्याह मेरा चुपचाप कुछ मिनटों में ही हो गया था। उसमें अग्निहोत्र नहीं हुआ था, फेरे नहीं फिरे थे। हाथी, घोड़े, प्यादे, बाजे, गाजे से धूमधाम कुछ भी नहीं हुई थी। ब्याह मैंने कुंवरी का भी देखा था जहाँ पति भी हाज़िर न था, केवल कटार के साथ फेरे हुए थे। फिर भी धूमधाम, गाजे-बाजे का अंत न था। पर इससे क्या ? कुंवरी तो ठाकुर की बेटी, राजा की रानी थीं। आज वह रानी-महारानी सब कुछ होकर निर्वासिता थीं। पति-सुख से वंचित थीं। जीवन के अंधकार में धंसी चली जा रही थीं, इसी नववयस में। और मैं ? मैं दुर्लभ राजसुख भोग रही थी। राज कर रही थी। पर इससे क्या ? मैं थी तो गोली, जन्मजात गुलाम, जिसका रक्त भी इन अभिजात ठाकुरों के यहाँ बंधक था। सो मैं कुछ भी निर्णय नहीं कर पा रही थी कि अब पति के साथ मेरे कैसे सम्बन्ध रहेंगे और अन्नदाता के साथ कैसे ? भय, आशंका, और उद्वेग में मेरा मन झूल रहा था, पर मैं कुछ कह न सकती थी। किसुन शांत, निरुद्वेग अपनी चाकरी बजा रहा था। जैसे वह भूल गया था कि आज अभी कुछ क्षण पहले ही मेरे साथ उसका ब्याह हुआ है। वह

सेज सजा रहा था, 'क्या अपनी दुलहिन के लिए? सुहागरात आ रही थी, सो क्या उसके लिए?' मैं यही सोच रही थी कि किसुन मेरे पास आया। धीरे से कहा, "अन्नदाता आज यहाँ कांसा आरोगेंगे।" और वह बाहर चला गया। उसकी नीचे झुकी हुई आँखें वेदना बिखेरती गईं और मेरा कलेजा धक् से रह गया, जैसे मैं मर गई होऊँ।

वह चला गया और मैं ठगी-सी, लुटी-सी देखती रह गई। अपने भाग्य को कुछ-कुछ समझ गई। यद्यपि उस आग का मैं अभी कुछ अनुमान न लगा पाई थी। जिसमें मुझे जीवन-भर जलना था, फिर भी उसने इस क्षण मेरे कलेजे को छू लिया। मैं केसर से लिपटकर फूट-फूटकर रो उठी।

बहुत देर तक रो लेने पर मेरा जी हल्का हुआ, तब केसर ने मुझे धर्म का मर्म समझाया। उस समय उसने अपने गत जीवन का भी इतिहास बताया। वह भी कुछ इसी प्रकार का जीवन काट चुकी थी। इसी कम आयु में बहुत कुछ भोग चुकी थी। उसने कहा, "क्या करेगी, रोना-धोना तेरे काम न आएगा। तुझे अपना चाकर का धर्म निबाहना है। धनी तेरे अन्नदाता हैं, उनकी सेवा तुझे तन-मन से करनी है। मन को पत्थर बनाना है। मन चलायमान किया तो जग में तेरा मुँह काला होगा। एक पल में ये राजसुख लोप हो जाएँगे और काल कोठरी मिलेगी या विष का प्याला पीना पड़ेगा। खबरदार रह! कभी किसुन को बढ़ावा न देना और कभी उसे एक चाकर से भिन्न और कुछ न समझना।"

मैंने रोते-रोते कहा, "तो फिर ब्याह के ढकोसले की क्या आवश्यकता थी?" केसर ने कहा, "बहन, हम गोली-गुलाम हैं। राजा-ठाकुरों के भोग-विलास के साधन। पर वे हमारी संतानों को तो अपनी नहीं कह सकते। ऐसा करें तो उनकी सारी रियासत गोली-गुलामों की औलाद ही के गुज़ारे में बँट जाए। इसलिए हमारे बाल-बच्चों के लिए पिता चाहिए, जो गोला हो और जो हमारे बच्चों का पिता कहलाए, जिससे वे राजाओं की रियासत में गुज़ारे के हकदार न बनने पाएँ। तू गर्भवती हो गई, तेरे भावी बच्चे के लिए पिता की ज़रूरत थी। अन्नदाता भला उसके पिता कैसे बन सकते थे! इसी से किसुन से तेरा ब्याह रचाया गया है। पतिव्रत धर्म तेरा अन्नदाता ही के प्रति है। हाँ, तेरे बच्चे सब किसुन के ही कहलाएँगे।"

मैं तो राजा के साथ विलायत का पानी पी आई थी। अंग्रेज़ महिला से शिक्षा पा रही थी। जीवन के सच्चे स्वरूप को समझने की बुद्धि मुझमें उग रही थी और यद्यपि मेरी बुद्धि अभी कच्ची थी, फिर भी बहुत-सी बातों को मैं समझने लगी थी। इन्हीं सब कारणों से मेरा यह गुलामी का जीवन मुझे आज विषधर नाग बनकर डँस रहा था। मैं चाह रही थी कि धरती फट जाए और मैं उसमें समा जाऊँ।

परन्तु धरती फटी नहीं। प्रलय हुई नहीं। मैं मरी नहीं। जीती रही, जलती रही, सुलगती रही। नये-नये दिन आते गए। जीवन मुझे ठगता गया। कभी हँसकर और कभी रोकर मैंने विधाता के सारे लेख पढ़ डाले। दर्द को मैं सह गई, जैसे नीलकंठ ने हलाहल

पीकर सह लिया था। मैं अपने को अपने जीवन के अनुकूल बनाने में सिद्ध हो गई।

अन्नदाता दिन-पर-दिन मेरे निकट होते गए। उनके गुणों ने अवश्य मुझे मोह लिया, पर मैं अभागिन उन्हें प्यार न कर सकी। प्यार तो किया मैंने अपने पति को। बहुत बार चाहा कि उसे लेकर कहीं भाग जाऊँ। यह कुछ मेरे लिए कठिन भी न था। मैं अब बहुत कुछ अपनी स्वामिनी थी। किसी का मेरे ऊपर अंकुश न था। महाराजा बहुधा हफ़्तों मेरे पास न आते थे। प्रवास के ऐसे भी काल आए, जब महीनों तक वह मुझसे पृथक् रहे। मेरे ऊपर कोई पहरा न था। मैं आसानी से भाग सकती थी, पर मैं तो नींव के पत्थर की भाँति वहाँ से डिगी नहीं। महाराज मेरे निकट होते, तब भी और महीनों-हफ़्तों दूर रहते तब भी, किसुन तो मेरे निकट ही चाकरी में रहता था। फिर भी न मैंने, न उसने एक बार भी कभी अपनी मर्यादा के बाहर कदम रखा। कैसी विचित्र थी यह मर्यादा! मुझसे अधिक उसकी...जो मर्द था, तरुण था, और मैं जिसकी विवाहित पत्नी थी। हमें एकांत की लंबी और सूनी रातें मिलीं। दु:ख-दर्द के दलदल में हम एक साथ रहे, हास-परिहास भी हमने किए। और प्यार का सागर तो सदा ही हमारे दोनों के मन-मन्दिर में लहराता रहा। पर कभी एक बार हम नहीं डिगे। कैसा कठिन था यह व्रती जीवन, जो एक-दो दिन का नहीं, पूरे इक्कीस साल का था! कौन स्त्री इतना सह सकती है, इतना जल सकती है ? और कौन मर्द इतनी मर्दानगी रख सकता है ? हाँ, मर्दानगी ही मैं कहूँगी। योगी-यति भी इतना संयम-धर्म नहीं रख सकते जितना किसुन ने रखा। कैसे आश्चर्य की बात है कि मैं, जो एक क्षण के लिए भी किसुन को भूलती न थी, कभी उसके प्यार से खाली रहती न थी, उसी के सम्मुख पर-पुरुष की पर्यंकशायिनी बनती थी। क्या यह निर्लज्जता की पराकाष्ठा न थी? क्या यह एक अधम जीवन का ज्वलंत उदाहरण न था? इसी से तो मैं कहती हूँ कि मैं स्त्रियों में अधम हूँ। मैं रोती थी, किसुन के बिछोह में सूनी सेज पर छटपटाती, और किसुन मेरी ड्योढ़ियों पर तब भी हाज़िर रहता था, अपनी चाकरी में मुस्तैद। वह भी रोता था, यह मुझसे छिपा न था। आखिर हाड़-मांस का ही तो शरीर था। वज्र तो नहीं, पत्थर तो नहीं। पर हम अपने सेवक धर्म में बँधे चुपचाप अपनी-अपनी आग में जलते थे। न मेरे आँसू उसने कभी देखे, न मैंने उसके। पर जैसे मैं उसकी जलती-भुनती नि:श्वासों को संजोकर अपने मन में रखती थी वैसे ही वह भी रखता था। मेरे मन का प्यार वह जान गया था और मैं उसके मन के प्यार से सराबोर थी। पर कभी एक बार भी तो हमारे ओठों में वह प्यार मूर्त न हुआ। ऐसे ही हमारी जवानी के उमड़ते हुए इक्कीस बरस बीत गए। पूरे इक्कीस बरस!

पुत्र-जन्म

यथासमय मैंने पुत्र को जन्म दिया। हीरे की कनी के समान आभा और ज्योति से जगमग उस जीवित तत्त्व ने जब अपनी अपरिचित आँखों से मुझे निहारा तो मैं ठगी रह गई। जैसे मेरा ही धड़कता हुआ हृदय मूर्त हो उठा हो। मैं उसे अपलक देखती रह गई, भावालोक में डूबी हुई। आगे जो होने वाला था वह तो मैं अभी जानती ही न थी। पुत्र तो वह अन्नदाता

का ही था, पर अन्नदाता को उसे देखकर, उसके जन्म की सूचना पाकर कोई विशेष खुशी न हुई, उनका रूखा-सूखा-सा भाव मुझे आहत कर गया और उस नन्ही-सी संधि के सहारे जो हल्की-सी प्यार की किरण उदय हुई थी, वह वहीं तिरोहित हो गई। किसी शक्ति ने जैसे मेरे कान में कह दिया, ''यह तेरा पति नहीं, धर्म सखा नहीं, जीवन-संगी नहीं केवल तेरा ग्राहक है, भोक्ता है।'' और मैं उदास हो गई। उनकी समूची गुण-गरिमा, राज-महिमा जैसे मुझे अपने बोझ से चकनाचूर कर गई।

पर किसुन आनंद में विभोर था। कई रातों वह जागता रहा। आँखें उसकी बहुधा सूजी रहतीं, लाल रहतीं और ओठ फूले हुए। मैं तब इतनी अबोध न थी कि यह न समझती कि वह रात-रात भर रोता रहता है। क्यों न रोएगा भला! उसके दुःख को भी क्या अब कहकर समझाया जाए? उसने मेरा इतना यत्न किया, इतनी सेवा की कि शायद वह न होता तो मैं मर ही जाती। प्रसव में मुझे वेदना हुई। महाराज एकाध बार आकर पूछताछ कर गए। सारा ही भार उन्होंने किसुन पर डाल दिया। लेडी डॉक्टर रियासत की थी। चिकित्सा-सुश्रुषा का प्रबंध था ही। पर किसुन तो मेरे जीवन का सहारा था। कितनी लज्जा की बात है कि वह भी मुझे 'सरकार' कहकर ही पुकारता था। और उसके इस प्रकार पुकारने पर मैं लाज में गड़ जाती थी। मेरी अंतरात्मा चीत्कार करके पुकारना चाहती थी, 'प्रियतम, मैं तुम्हारी दासी हूँ, तुम्हारी पत्नी हूँ। और यह तुम्हारा पुत्र—हाँ-हाँ, तुम्हारा। अब चाहे हमारा-तुम्हारा शरीर-सहयोग न भी हुआ हो, पर मेरा यह पुत्र तुम्हारा है। तुम मेरे पति हो और मेरे इस बालक के पिता हो।'

हाय रे विधाता, मैं प्यार और आवेश में जो सोचती थी, सत्य भी तो वही था। मेरी संतान के पिता का दायित्व लेने ही के लिए तो वह मेरा पति बनाया गया था। वह बात तो केसर ने समझाई थी मुझे, पर इसका मर्म तो अब समझी। एक मास का मेरा यह बालक, मेरे जिगर का टुकड़ा किसुन को सौंप दिया गया। दूध पीने को गाय लगा दी गई। कृत्रिम उपचारों से मेरा दूध सुखा दिया गया। मेरा यौवन ढल न जाए, आकर्षण कम न हो जाए, शरीर बेडौल न हो जाए—इस सम्बन्ध में चिकित्सकों को पूरी हिदायतें दे दी गईं। मेरा मातृत्व हाहाकार कर उठा। मैं केवल एकाध बार अपने लाल को देख-भर सकती थी। अब मैंने समझा कि किन अर्थों में किसुन उस बालक का पिता है, ओफ़, मैं कितना रोई। कैसी आश्चर्य की बात है कि आँसुओं के उस समुद्र में वह रंगमहल डूब न गया।

मेरे इस दुःख में साथिन थी केसर। वह रोती थी, ढाँढ़स भी देती थी। गोली का धर्म भी समझाती थी और उस धर्म का मर्म भी।

धीरे-धीरे मैं स्वस्थ हो गई और अन्नदाता फिर यथावकाश मेरे पास आने लगे। बालक को नर्सें पाल रही थीं। उसका पालन अवश्य यत्न से हो रहा था। किसुन अवकाश पाकर मेरी सेवा से बचा अपना शेष समय उसी को गोद में लेकर व्यतीत करता था। मैं उससे आँखों ही में पूछती, ''कैसा है मेरा लाल?'' और वह होंठों में हास्य और आँखों

में पानी भरकर उसका मुझे जवाब देता, मेरी आँखों से आँख मिलाकर। तब मेरी आँखें भी गीली हो जातीं।

वह पहली चोट थी। जीवन-प्रवाह का यह चमत्कारिक दस्तूर है कि 'चोट का दर्द' कायम नहीं रहता, तो मेरा दर्द भी ठंडा पड़ गया। मुझे भी हँसना पड़ा और अपना निर्लज्ज गोली का धर्म आगे निबाहना पड़ा। पूरे इक्कीस वर्ष। पाँच बार मैंने संतान प्रसव की। हर बार मुझे नई भावनाओं का सामना करना पड़ा। अब उन सब बातों को कैसे कहूँ? कैसे अपने उस उलझे हुए जीवन के सुख-दुःख आपको बताऊँ? बस, इतना ही समझ लीजिए कि सुख-दुःख का एक अद्‌भुत मिश्रण था मेरा वह जीवन। सुख शरीर में था और दुःख मन में।

बंदर राजा

गद्दीनशीन राजा के भाई-बंदों के जीवन भी अद्‌भुत रहस्यपूर्ण होते हैं। उनके चरित्र पर्दे में ही रहते हैं, इसलिए सब लोगों को उनका पूरा पता नहीं चल पाता। कभी-कभी उनके चरित्र अत्यंत हास्यास्पद, कभी बीभत्स और कभी भयानक भी हो जाते हैं। बहुधा सम्पत्तिक मामलों में इन भाई-बंदों में परस्पर और कभी-कभी हिज़ हाईनेस से भी झड़प हो जाती थी। केवल झड़प ही क्यों, कभी-कभी तो ज़बरदस्त कूटनीतिक टक्करबाज़ी हो जाती थी, जिसका पता ही सर्वसाधारण को नहीं लग पाता। अब आप ज़रा इन बन्दर राजा का भी दिलचस्प किस्सा सुन लीजिए और दाद दीजिए राज-रक्त की विशेषता, पवित्रता और उच्चता की, जिसकी रक्षा के लिए 50 साल की कुमारी राज-पुत्रियाँ 20 साल के गद्दीनशीन राजाओं से ब्याही जाती हैं। जहाँ कमाना-धमाना नहीं, मेहनत परिश्रम नहीं, पड़े-पड़े हराम के माल-मलीदे उड़ाना है। पुश्त-दर-पुश्त से जागीर-ज़मीन-जायदाद मिलती आती हो। केवल खून और वंश के नाम पर जागीर के स्वामी को न किसी योग्यता की आवश्यकता है न उसके लिए कोई शर्त या पाबंदी, कायदा-कानून है। सिर्फ़ खून का सम्बन्ध होना चाहिए। बस, उसे जैसे मुफ़्त में जागीर मिल जाती, उसी प्रकार जागीर में बसने वाले, प्रजाजनों पर मनमानी हुकूमत—जिसे मैं तो खुले शब्दों में अत्याचार कहूँगी—करने की खुली छूट मिल जाती थी। उनका तो सारा जीवन ही इस तरह व्यतीत होता था कि पड़े-पड़े जागीर की आमदनी खाना, ज़ोर-जुल्म से किसानों से अपना कर वसूल करना, चमारों और दूसरे सेवाकर्म करने वालों से ज़बरदस्ती बेगार लेना। बात-बात में लाग लगाना, जिसे दूसरे, शब्दों में लूट ही कहा जा सकता है और अफ़ीम पी लेना या चरस के दम लगाना या भंग के गोले सटकना। शिकार करना और रियाया की बहू-बेटियों पर गिद्धदृष्टि रखना। जिसे चाहे उसे ज़बरदस्ती उठवा ले आना। जो चाहे जिसके यहाँ से कुछ भी चीज़ उठा लेना और मूल्य न देना। जी चाहे जिस पर जूतों से पिटाई करा देना। यह उनके नित्य के काम थे। कुछ यही बात नहीं कि रियाया को कसूर करने पर ही पीटा जाए, बेअदबी और ठकुरास की तौहीन करने पर भी सज़ाएँ मिलनी जरूरी हैं। कल्पना कीजिए कि जागीरदार, ठाकुर या उसकी बिरादरी का कोई भी ठाकुर गाँव

में कहीं जा रहा है, कि उसने देखा, एक नाई या ऐसा ही कोई व्यक्ति जिसे जाति से छोटा समझा गया, अपने घर के द्वार पर खाट बिछाकर बैठा है, उसने तुरंत खड़े होकर दोनों हाथ जोड़कर ठाकुर का मुजरा नहीं किया तो ठाकुर की तौहीन हो गई। अब उसे जूतों से पिटवाना ज़रूरी हो गया। या कोई चमार बेगार से इनकार करता है या खाने को माँगता है तो इस अपराध में उसे पीटना पड़ेगा। और कभी-कभी तो इतना कि वह मर भी सकता है। केवल पुरुष ही नहीं, स्त्री को भी पीटा जाता। ऐसी हालत में यदि वह गर्भिणी है और मार से गर्भपात हो गया तो इसकी कोई दाद-फर्याद कहीं नहीं हो सकती; यहाँ तक कि मर जाने की भी नहीं।

बंदर राजा महाराजाधिराज के सगे बड़े भाई थे। यह मैं आपको बता चुकी हूँ कि महाराजाधिराज गोद आए थे। जिस ठिकाने से गोद आए थे उस ठिकाने की गद्दी पर गोद आने का प्रथम अधिकार प्राप्त था। वह ठिकाना राजा के भाई-बंदों के ठिकाने में सबसे निकट का और सबसे प्रतिष्ठित था। यदि दुर्भाग्यवश इस ठिकानेदार पर भी कोई उत्तराधिकारी न हो, फिर दूसरे ठिकानों से लड़के गोद लेकर गद्दी पर बैठाए जाते थे। यह पुरानी परंपरा चली आती थी। छोटा भाई जब गद्दीनशीन होकर महाराजाधिराज हो गया, तब यह बड़ा भाई ठिकाने का स्वामी, अपने पिता की मृत्यु के बाद होता। परन्तु पिता के जीवनकाल में ही कुछ घटनाएँ हो गईं। प्रथम तो यह कि उक्त बंदर राजा सर्वगुणनिधान थे। पढ़े-लिखे छुच्छुम। सूरत-शक्ल में हू-ब-हू बंदर, तिस पर बचपन में चेचक निकलने से ऐसे कुरूप हो गए कि सारा चेहरा ही बिगड़ गया। रंग एकदम स्याह श्याम। नाक बहुत बड़ी और मोटी। गर्दन ठिगनी, मोटे कान और गन्ने के पोर के समान मोटी और भद्दी उँगलियाँ। डील-डौल जैसे भैंसे के समान। भोजन में समूचा बकरा और सूअर खाने की तृप्ति। स्वर मोटा और भद्दा। तौर-तरीके देहाती, अशिष्ट, और भद्दे। व्यंग्य-मज़ाक अश्लील। सोहबत गोले और दूसरे जी-हजूरों की। बचपन में जब किसी तरह पढ़-लिख न सके तो दोस्तों के साथ आवारागर्दी करने, अमल आरोगने या दारू पीने लगे। धीरे-धीरे अपनी कच्ची उम्र में ही पक्के शराबी बन गए। राजा के बेटे थे, राजा थे; ब्याह एक ठिकानेदार की बेटी से हो गया। एक लड़की भी पैदा हो गई। पर उन्हें जुए और तमाशबीनी का चस्का लगा। घर में कोई चीज़ सलामत न थी। रुपया-पैसा, जेवर-जवाहरात जो हाथ लगता कौड़ियों के मोल बेच जुआ खेलते। किसी की बहू-बेटी की इज़्ज़त सलामत न रही। जिसे चाहते उठवा मँगाते। लफ़ंगा पार्टी के मुफ़्तखोरे सदा साथ रहते, जिनके कारण कुकर्मों की बाढ़ आ जाती। राजा साहब भले आदमी थे, समझदार भी थे। लड़के के तौर-तरीके देखकर बहुत खीझते। इसी समय उनकी रानी का स्वर्गवास हो गया और राजा साहब बहुत थक चुके थे। कुशिक्षा और कुसंस्कार का प्रभाव, कहना चाहिए कि नयी माता से पुत्र का अनुचित सम्बन्ध हो गया। इस पर राजा साहब ने क्रुद्ध होकर पुत्र को रियासत के उत्तराधिकार से वंचित कर दिया और केवल एक गाँव उसके गुज़ारे के लिए उसे दे दिया। अब तो कुंवर साहब की आवारागर्दी और भी बढ़ गई और वह गाँव बेच-बाचकर एक ही वर्ष में उन्होंने ठिकाने लगा दिया। तीन वर्ष नयी रानी को सौभाग्य प्रदान कर राजा साहब स्वर्ग सिधारे। रानी अब रियासत की स्वामिनी हो गईं। रियासती अधिकार पर माता-पुत्र में विग्रह हो गया जो विकट

रूप धारण कर गया। दोनों एक-दूसरे को मरवा डालने के षड्यंत्र करने लगे। पर रानी स्त्री थी और कुंवर साहब कुल्लांच छूछे हाथ थे। इससे कोई योजना बनी नहीं। रानी ने उन्हें रियासत में घुसने की मनाही कर दी। उनकी लड़की की शादी बड़े महाराज ही कर गए थे। सो वह कुछ दिनों बेटी के साथ रहे। पीछे उन्होंने मटरगश्ती का धंधा अख्तियार कर लिया। दो दिन इस रिश्तेदारी में, दो दिन उस रिश्तेदारी में। खाना खाते, कपड़े पाते, नकद दक्षिणा भी पाते थे। राजा के बेटे थे। राजकुमार थे। नाते-रिश्ते के लोग उन्हें मनाते और सहायता देते थे। पर उनके लान-तान और शराबखोरी की लत इस कदर बढ़ गई थी कि इससे उनके नशे-पानी का खर्चा चलता नहीं था। अब वे चोरी और उठाईगीरी पर उतर आये। रिश्तेदारी में जाते, दस-पाँच दिन खाते-पीते, मौज-मज़ा करते। शराब और शिकार की वहाँ कमी नहीं होती। चाँदी के बर्तनों में खाना मिलता। और कुंवर साहब अवसर पाकर चाँदी के बर्तन या जेवर-माल या जो कुछ भी हाथ लगे उठाकर चुपचाप चंपत होते।

परन्तु इतने पर भी उनका हाथ खाली रहता था। जो पाते जुए और शराब की भेंट हो जाता। बहुधा वे किराये के इक्के-ताँगे में सवार होकर घूमने निकल पड़ते, और अंत में बिना किराया दिए ही चल खड़े होते। ऐसी हालत में इक्के-ताँगे वाले उन्हें पकड़कर ठोक-पीट देते या हाथ की छड़ी-छाता, पैर में जूते, कोट जो भी पाते थे, छीन-छानकर भगा देते थे। अब पिता के मरने पर, रियासत से बरतरफ़ होने पर भी वे अपने को कुंवर नहीं, राजा कहते थे। पर हाल राजा साहब का यह था जो अभी मैंने बयान किया। सब बातें हिज़ हाइनेस ने सुनीं। सुनकर उन्हें बुलाया, समझाया। पर नतीजा कुछ नहीं हुआ। अंततः महाराजाधिराज ने गुस्सा होकर उन्हें महल में कैद कर लिया। महल के बाहरी हिस्से के एक कमरे में बंद कर उस पर ताला जड़ दिया। एक बंदूकधारी संतरी पहरे पर नियत कर दिया। महल के रसोड़े से दोनों समय उनके लिए भोजन आ जाता था। खाते थे और आराम से पड़े रहते थे। किसी-न-किसी तिकड़म से शराब भी मँगा ही लेते थे।

राजा थे, इसलिए धर्म-कर्म, पूजा-पाठ भी करना ज़रूरी था। पर यह काम करता था राजपुरोहित का तरुण पुत्र। यह ब्राह्मणकुमार कुछ मूर्ख और बातूनी था। जन्म-जन्म के संस्कारों के प्रभाव से इस जंगली, असभ्य, कंगाल दुराचारी कैदी को वह अन्नदाता और सरकार कहकर पुकारता। अनेक धर्मकथाएँ सुनाता। उस भाग्यहीन ने बातों ही बातों में, इस बंदर से मेरी भी चर्चा कर दी। चर्चा भी ऐसी-वैसी नहीं। खूब नमक-मिर्च लगाकर। उन दिनों मेरे जले रूप की जैसी झूठी-सच्ची शोहरत रियासत में फैली थी, इस नालायक ब्राह्मणकुमार ने उसमें भी रंग चढ़ाकर बंदर राजा को सुनाना आरंभ कर दिया। और अब यह बंदर सबसे अधिक मुझी में दिलचस्पी लेने लगा। मेरी ही बातें खोद-खोदकर पूछने लगा। और अंततः यह कामुक और दुराचारी राजा मेरे विरह में सुलगने लगा। और वह पाजी ब्राह्मण उसे अच्छी तरह सुलगाने लगा। राजा रात-रातभर अब गंदी ग़ज़लें गाता, अनेक कुचेष्टाएँ करता। जो मेरे नाम से इस कदर संयुक्त हो गईं कि वे अब मुझ तक पहुँचने लगीं। परन्तु इसका कोई गंभीर परिणाम भी हो सकता है, यह मैंने कभी सोचा नहीं था।

एक दिन ज्यों ही पहरेदार ने ताला खोलकर और भोजन का थाल लेकर भीतर प्रवेश किया कि राजा चीते की भाँति उछलकर उस पर टूट पड़ा। और जब तक पहरेदार सँभले, वह बंदर की भाँति उछलकर कमरे से बाहर हो गया। द्वार पर रखी बंदूक उसने उठा ली और देखते-ही-देखते वह आँखों से ओझल हो गया। यह कमरा महल के भीतर ही आँगन में था। इसलिए पहरे और सिपाहियों का यहाँ कुछ विशेष प्रबंध न था। खास राजा का बड़ा भाई समझकर लोग 'सरकार', 'अन्नदाता' कहकर पुकारते थे। रुआब भी मानते थे। इसी से इस आकस्मिक घटना से बेचारा अकेला पहरेदार हक्का-बक्का हो गया। कुछ क्षण तक तो उसके मुख से बात ही न निकली। पीछे वह राजा की खोज में भागा। पर राजा का कहीं पता ही न था। उसने मन-ही-मन जो स्कीम बना ली थी, उसे कोई सोच भी न सकता था। वह सीधा हाथीखाने में पहुँचा और बंदूक फीलवान की छाती पर तानकर कहा, "साले फीलवान, हाथी खोल।" बेचारा फीलवान डर गया। मामला क्या है, वह यह समझ न सका। उसने हाथी खोल दिया। राजा सूँड़ पर होकर हाथी पर चढ़ गया। फीलवान को हुक्म दिया कि हाथी मेरे महल के पिछवाड़े ले चलो। ज्यों ही हाथी महल की पिछली फसील के पास पहुँचा, वह बदमाश राजा धम्म से मेरे महल में हाथी से कूद पड़ा। बंदूक अब भी उसके हाथ में थी। आँखों में खून तैर रहा था, सूरत उसकी एक खूंखार जंगली भैंसे या गैंडे के समान भयानक दीख रही थी। उस समय दैवयोग से मैं अकेली ही शयन-कक्ष में आराम कर रही थी। केसर बच्चे के पास थी। और किसुन किसी काम से गया था। राजा बंदूक लिए एकदम मेरे पलंग पर चढ़ बैठा। और मैं ज़रा सँभलकर उठी तो एक धक्का देकर मुझे गिरा दिया। क्षणभर ही में मैं आसन्न विपत्ति को समझ गई। बहुत बार इस राजा की बेहूदी हरकतों पर हँसी आई थी। बहुत बार घृणा हुई थी। परन्तु इस बार तो मैं क्रोध से काँप उठी—न जाने कहाँ से मेरे शरीर में दैत्य का बल आ गया। राजा मेरे ऊपर आक्रमण करने की तैयारी कर रहा था कि मैंने उसकी टाँग खींचकर नीचे गिरा दिया। गिरते ही बंदूक उसके हाथ से छूट गई। बिजली की तरह लपककर मैंने बंदूक उठा कर दोनों हाथों से उस पर एक भरपूर वार किया। वार करारा बैठा और उसका सिर फट गया। सिर से खून बहने लगा। पर मुझे इसकी क्या चिंता थी। मैं तो उसे जान से मार डालने पर आमादा थी। मैंने बंदूक की नाल सीधी उसकी छाती पर तानकर घोड़े पर हाथ डाला। एक ही क्षण में इस पतित की मुक्ति का अवसर आ गया था। पर इस कायर कुकर्मी ने एकदम हाथ जोड़कर मेरे पाँव पकड़ लिए और गिड़गिड़ाने लगा। उसी समय बहुत-से सिपाही, किसुन और दूसरे लोग महल में घुस आए। परन्तु किसी का हियाव उस पर हाथ चलाने का न होता था। यह देख मेरा खून खौलने लगा। बंदूक मैंने फेंक दी और बेंत उठाया, फिर तो मैंने गिना नहीं। देखा नहीं जिस ढब पड़ा मैंने वह मार मारी कि पीछे मुझे भी आश्चर्य हुआ। राजा निरीह भाव से पिटता रहा। जब मैं ही थककर बेदम हो गई तो बेंत को फेंककर सिपाहियों से कहा, "ले जाओ इस जानवर को महाराजाधिराज की सेवा में।" पर कैसे आश्चर्य की बात थी, इतने पर भी किसी की हिम्मत उसे छूने की न हुई। तब मैंने ही उसे दुत्कारकर भाग जाने को कहा। और वह चुपचाप वहाँ से चल दिया। उसके पीछे ही सब सिपाही आदि भी

चले गए। सिर्फ़ किसुन ही रह गया। वह भयभीत नज़र मेरी ओर देख रहा था। भय उसका गलत न था। एक गोली की यह हिम्मत कि राजवंशी पर हाथ उठाए। अन्नदाता को बेंत लगाए, जिसे महाराजाधिराज दादाभाई कहकर पुकारते हैं। परन्तु मैं उसी भाँति संतुष्ट थी मानो कोई अत्यंत मनोरंजक तमाशा मैंने देखा हो। मैं खुश थी अपने वीरत्व पर जिसकी मैंने कभी कल्पना भी न की थी। किसुन ने डरते-डरते कहा, "अन्नदाता सुनकर क्या कहेंगे?"

मैंने दर्प से जवाब दिया, "कोल्हू में पिलवा देंगे, बस?"

पर किसुन ने मुझसे बहस नहीं की। वह कमरे की अस्त-व्यस्त सामग्री को ठीक करने में लग गया।

जब यौवन का ज्वार उतरने लगा

दिन बीते, मास बीते। वर्ष पर वर्ष बीत गए। इस बीच मैंने तीन और संतानों को जन्म दिया। तीनों पुत्रियाँ। इन सबके लालन-पालन का पूरा भार किसुन पर था, इसीलिए किसुन का बहुत-सा समय बच्चों की ही सार-सँभाल में बीत जाता था। सब बातों का ध्यान मैं यत्न से रखती थी। किसुन को खर्च-पानी का कष्ट नहीं होने देती थी। रुपये-पैसे की मुझे कमी नहीं थी। महाराज के नये से नये वस्त्र, शॉल-दुशाले, पोशाक मैं उसे दे देती। मेरे अटाले से अच्छे-से-अच्छा भोजन उसे मिलता। फिर हमारे जूठे थाल पर तो उसी का अधिकार था। प्रतिदिन संध्या के समय बच्चों को सजा-धजाकर वह मेरी ड्यौढ़ियों में जुहार कराने लाता था। अपनी चाकरी पर वह मेरे निकट अधिक रहना चाहता, पर मैं आग्रहपूर्वक उसे बच्चों के पास भेज देती। बच्चों की सार-सँभाल के लिए मैंने एक दासी और दो नौकर भी उसे दे दिए थे और मेरी ताकीद थी कि वे उसे स्वामी की ही भाँति मानें। पर किसुन का व्यवहार उनके साथ भी सदैव कोमल सहयोग का रहा था।

बड़ा पुत्र अब मेरा सत्रह वर्ष का था और सबसे छोटी बच्ची तीन साल की। बड़ा पुत्र यह समझता था कि मैं उसकी माँ हूँ, पर वह ज्यों-ज्यों सयाना होता गया, वह समझता गया कि वह जन्मजात गोली है। किसुन को वह बापू कहता था और महाराज को अन्नदाता तथा मुझे सरकार। मुझे ऐसे भी अवसर मिले जब मैंने उसे अंक में भरकर बेटा कहा, उससे आँख से आँख मिलाकर कहा, "मैं तेरी माँ हूँ, मुझे माँ कह।" पर वह सदा हँसकर, लजाकर आँखें नीची कर लेता। उसे एक बार भी मुझे माँ कहने का साहस न होता। पर अपने हृदय में वह जान अवश्य गया था कि मैं ही उसकी माँ हूँ। सो उनके नेत्रों में जब किसी स्नेह, प्यार और आत्मीयता की चमक मुझे दीख जाती थी तो मेरे अंधकारपूर्ण मन-मन्दिर में बिजली-सी काँप जाती थी। जवानी का वह ज्वार, जो भावना की हिलोरों के कारण तूफ़ानों से भरा रहता है, अब मंद हो चला था। और इन दस वर्षों के इस द्वैध जीवन ने मुझे समुद्र की भाँति गम्भीर बना दिया था। इस बीच मैं दो बार और समूचे यूरोप, जापान और अन्य द्वीप खंडों में घूम आई थी। मेरा ज्ञान मेरे अनुभवों तथा भावनाओं का सहारा लेकर काफ़ी परिष्कृत हो चुका था। मेरी आयु अब पैंतीस को पहुँच रही थी। अब भी तारुण्य मेरे अंग-

अंग में व्याप्त था। इस बीच मैं एक बार भी किसी गम्भीर रोग से आक्रांत नहीं हुई थी। मेरा रूप अब भी निखरा पड़ता था और राजा एक प्रकार से अब भी मेरे अनुगत दास थे। मेरी किसी भी इच्छा की वह अवहेलना नहीं कर सकते थे। मेरे महल में आकर अलस भाव से दारू पीना और पड़े रहना एक प्रकार का उनका व्यसन हो गया था। मैं भी अब इतनी अदब-कायदे की पाबंदी नहीं करती थी। महल में सब कोई मुझे रानी ही के समान आदर करते थे। केवल एक पुरुष था जो इसका अपवाद था, वह लाल जी खवास। वह अब भी मुझे गोली ही समझता था। 'चंपाबाई' कहकर पुकारता था। कभी सलाम-मुजरा नहीं करता था और चाहे जब बिना इत्तला किए मेरे महल में आ धमकता था। वह राजा से अधिक निर्द्वंद्व था और उससे मेरी कुछ भी पार नहीं पड़ती थी। मैं उसे घृणा की दृष्टि से देखती थी, यह बात वह जानता था और समय-कुसमय व्यंग्य-वाणी से उसका बदला भी चुकाता था। लेकिन किसुन वीरता से उसका मुकाबला करता। कभी-कभी दोनों की झड़प हो जाती थी। तब किसुन उसे खूब आड़े हाथों लेता था। इससे मुझे प्रसन्नता होती थी।

मेरे पास अब काफ़ी धन इकट्ठा हो गया था। मैंने कुछ कारोबार में भी रुपया लगा दिया था। बंबई के एक दलाल के मार्फ़त शेयरों की खरीद-फ़रोख्त करती रहती थी। कई कंपनियों के हिस्से भी खरीद लिए थे। एक कॉटन प्रेस रियासत में ही खुलवा दिया था। इस सबकी देख-रेख, हिसाब-किताब किसुन की रखता था। रुपया-पैसा भी वही रखता था। मेरे बैंक का हिसाब भी सब उसी के सुपुर्द था। एक प्रकार से वही मेरा दरबान, खज़ांची और सलाहकार था। वह खूब सावधान होकर कौड़ी-पाई का हिसाब रखता था और समय-समय पर मुझे समझाता रहता था। मैं तो अपनी ओर से उसे ही अपने सर्वस्व का मालिक समझती थी। पर वह मेरा सारा काम केवल सेवा-भाव से करता था। उसका मुझे बड़ा सहारा था, भारी भरोसा था। वह मेरी जीवन-नैया का खेवैया था। अब और क्या कहूँ, अपने इस अधम गुलाम शरीर को छोड़कर, जो अन्नदाता का था, और सब कुछ मैं किसुन को दे चुकी थी, अपना मन और धन। केवल तन पर मेरा हक न था। वह स्त्री-धर्म के अधीन नहीं, गोली-धर्म के अधीन था।

विचित्र गृहस्थी

अंग्रेज़ी और हिन्दी का मुझे अच्छा ज्ञान हो गया था। मैं अच्छी-अच्छी पुस्तकें पढ़ने में रुचि रखती थी। पढ़ने-लिखने का मुझे अवकाश ही अवकाश था। दिन में बहुत कम महाराज मेरे महल में पधारते थे, रात को भी रोज़ नहीं आते थे। अत: मेरा सबसे प्रिय व्यसन पठन-पाठन हो गया था। पहले मैं धार्मिक पुस्तकों में रुचि रखती थी, *गीता* को मैंने पढ़ना चाहा। उसको अधिकांश कंठस्थ भी किया, पर उसमें मेरा मन न लगा। *महाभारत, वाल्मीकि रामायण* मैंने खूब चाव से पढ़ीं। परन्तु अब मुझे साहित्य का चस्का लग गया था। इसका आरंभ मीराबाई की कविता से हुआ। राजस्थान में मीरा के पद बहुत प्रसिद्ध हैं। महलों में वे प्राय: गाए जाते थे। मैंने भी कई पदों का गान सीखा था। मीरा की कविता के ही

कारण मेरी रुचि धर्मग्रंथों से हटकर साहित्य पर जा लगी। आरंभ में मैंने उपन्यास-कहानी पढ़े, पर पीछे तो साहित्य की अच्छी-अच्छी पुस्तकों को पढ़ने में मेरा मन लगता गया।

बार-बार विलायत-यात्रा करने से मेरी सामाजिक झिझक दूर हो गई थी। अब तो अन्नदाता के अधीन केवल मेरा शरीर था। इस बात को छोड़कर और किसी तरह से मैं दासी न थी। संपूर्ण रूप में मैं रानी की ही भाँति रहती थी। मैं सदा सामाजिक कार्यों में भाग लेती, दिल खोलकर चंदा देती। स्वयं समारोहों में सम्मिलित होती। परदे का बंधन तो अब भी था, पर मैंने बहुत अंशों में उसे तोड़ दिया था। यद्यपि मैं खुलेआम बहुत कम निकलती थी, फिर भी घूँघट मैंने त्याग दिया था। जब निकलती थी तब खुले मुँह। महाराज ने मुझे ऐसा करने की अनुमति दी थी। वह कभी मेरे रूप पर रीझे थे, अब मेरे गुणों पर मोहित थे। कठिन समय पर वह मेरा सहारा लेते थे। मन की खिन्नता में वह मेरे पास आकर प्रसन्न होते। उनके जीवन में भी कठिनाइयाँ थीं। उन्हें हम मिलकर हल करते। यद्यपि फ़िजूलखर्ची रियासतों में बहुत होती थी, तथापि वह एक परिपाटी ही थी। उससे बचा नहीं जा सकता था। रंडी, भांड और अन्य कलावंत आते थे। इनाम-इकराम पाते थे। इनमें खर्चा होता था, पर वह उस खर्च की समता न करता था जो अंग्रेज़ हाकिमों के दौरे पर होता था। मुझे याद है, मेरे सामने दो बार वाइसराय रियासत में पधारे और हर बार 5-6 लाख रुपया खर्च हुआ, यद्यपि वह ठहरे केवल 2-3 दिन ही। दरबार इन अंग्रेज़ मेहमानों से बहुत भय खाते थे, खासकर वाइसराय से। ये रियासत में राजा को डाँट-फटकार लगाने, उनकी अयोग्यताओं की कैफ़ियत सुनने-सुनाने, धमकी देने और उन पर यह प्रकट करने आते थे कि हम तुम्हें अत्यंत अयोग्य समझते हैं, केवल कृपापूर्वक तुम्हें राजा बनाए हुए हैं। वास्तव में राजा उनके सामने एक पालतू कुत्ते से अधिक हस्ती नहीं रखता था। इसी से जब ऐसे राज-मेहमान आते, रियासत-भर में गाजे-बाजे, सवारी-रोशनी, दावत-शिकार आदि की धूम मचती। तब महाराजाधिराज थककर, प्राय: बौखलाए हुए बेंत से पिटे हुए कुत्ते की भाँति मेरे महल में आ पड़ते थे। एक बार तो मैंने उनकी आँखों में आँसू भी देखे पर मैं सदैव उन्हें ढाँढ़स देती। सच्चाई और वीरता से कठिनाइयों का सामना करने की सलाह देती। बहुत बार मैंने उन्हें विपत्ति से उबारा। एक बार तो मुझे अपना सारा संचित धन, हीरे-जवाहरात और जेवर निछावर कर देने पड़े।

मैं दबंग भी थी। प्रकृति मेरी बचपन से ही सतेज थी। अब राजवैभव, सुख-सुविधा, यूरोप-यात्रा और शिक्षा के प्रभाव से मैं और दबंग हो गई। मेरा यह दबंगपन महाराज को पसंद था। वह कहते, ''चंपा, तू राजा बन जा और मैं तेरा चाकर बन जाऊँ।'' इस पर मैं केवल एक मीठी मौन मुस्कान से ही अपेक्षित उत्तर देती थी। मेरे विद्या-व्यसन को वह जानते थे, पसंद करते थे। वे स्वयं विद्वान् और विद्या-व्यसनी थे। पर पढ़ने-लिखने के लिए बहुत कम समय उन्हें मिलता था। सुबह का बहुत-सा समय उनका पूजा-पाठ में बीतता और शाम का शराब की मस्ती में। राज-काज भी वह कुछ देखते थे। पर हकीकत में वह इसके लिए योग्य पुरुष न थे। राजा की अपेक्षा वह प्रेमी अधिक थे। महल में और कोई भी

स्त्री मेरी भाँति विद्या-व्यसनी न थी। धर्म-कर्म, पूजा-पाठ का ढकोसला मुझे रुचिकर न था। यह सब पहले भी मैं कम ही करती थी, अब तो प्रायः छोड़ ही दिया था। यहाँ तक कि श्री जी के दर्शन भी खास-खास अवसरों पर ही करने जाती थी। राजपुरोहित मेरे महल में आकर ही नित्य चरणोदक दे जाते थे। राजा मुझे नास्तिक कहकर और कभी मेम साहब कहकर मेरी हँसी उड़ाते थे, पर कभी बुरा नहीं मानते थे। उन्हें गुस्सा बहुत आता था, पर मुझे देखकर वह उतर जाता था। मैं तो केवल एक बार उनके चाबुक से पिटी। फिर तो उन्होंने बहुत बार मेरे सम्मुख उस करनी के लिए खेद प्रकट किया। शराब की उन्हें बुरी लत थी। शराब पीकर वह आपे से बाहर हो जाते थे, पर मैं सदा उन्हें शराब से दूर रखने की चेष्टा करती। बहुधा उन्हें उत्तम पुस्तकें पढ़कर सुनाती। कविता सुनने में उन्हें रस आता था। वह कभी-कभी कविता रचते भी थे। वह जब कभी रियासत से बाहर जाते तो मैं उनसे अच्छी पुस्तकें लाने की फ़र्माइश करती और वह मेरे लिए पुस्तकें लाना कभी न भूलते थे। इस प्रकार मेरे पास उत्तम पुस्तकों का एक बड़ा संग्रह हो गया था।

महाराज को केवल संगीत सुनने का ही शौक न था, वह स्वयं संगीतज्ञ भी थे। उन्होंने मुझे खुद संगीत का शौक कराया। आरंभ में उन्होंने ही मुझे इसराज-सितार और गायन सिखाया। बाद में उस्ताद जी को रखा। मैं अच्छा गाने लगी थी। हाँ, उन जैसा सितार न बजा सकती थी। वह बहुधा मेरे महल में आकर बड़ी रात तक स्वयं तबला बजाते और मेरा आलाप सुनते, कभी स्वयं भी आलाप लेते। तबला बजाने में किसुन भी सिद्धहस्त था। वह भी हमारी संगत में बहुधा रहता। उसकी उपस्थिति से मैं प्रसन्न होती थी। कभी-कभी मैं महाराज की अनुपस्थिति में भी गाने बैठ जाती। तब भी किसुन तबले पर संगत करता था।

अब मुझे अपनी संतान को उच्च शिक्षा दिलाने की धुन सवार थी। मैंने यह दृढ़ निश्चय कर लिया था कि चाहे जो भी हो जाए, मैं उन्हें गोले-गुलाम का जीवन नहीं व्यतीत करने दूँगी और उन्हें सभ्य तथा प्रतिष्ठित नागरिक बनाऊँगी। उनके लिए मैंने अच्छी-सी रकमें रियासत से बाहर बैंकों में जमा कर दी थीं। मेरा बड़ा लड़का जब दस वर्ष का था, तभी मैंने महाराज से बहुत-बहुत आग्रह करके उसे अजमेर के मेयो कॉलेज में भरती करा दिया था, जो केवल राजकुमारों के लिए खोला गया था। वहाँ उसके लिए एक प्रतिष्ठित विद्वान् गार्जियन भी नियुक्त कर दिया था, जिसका पूरा खर्चा मैं देती थी। इस साल वह वहाँ से ग्रेजुएट होकर कानून पढ़ने बंबई चला गया था।

किसुन को भी मैंने विद्या-व्यसनी बना दिया था। उसके रहन-सहन, कपड़े-लत्ते का मैं पूरा ध्यान रखती थी। बहुधा मैं उसे पुस्तक पढ़कर सुनाती और छांट-छांटकर पुस्तकें पढ़ने को देती थी। मेरे बड़े पुत्र को वह लाल साहब कहता था। मैं भी उसे लाल साहब ही कहकर पुकारती थी। वह जब कॉलेज चला तब किसुन बड़ा अधीर हो गया। उससे उसे बहुत प्यार हो गया था। वह उसे बापू कहता था। पर अब उस कमी को वह मेरी तीनों पुत्रियों का लालन-पालन करके पूरी करता था। अभाव में भाव और भाव में अभाव—जैसे

भी समझा जाए, हमारी विचित्र गृहस्थी इस तरह लुढ़की चली जा रही थी।

लाल जी की शत्रुता

लाल जी खवास रंगमहल में मेरा एकमात्र शत्रु था। जिस दिन मैं रंगमहल में आई इस आदमी पर मेरी दृष्टि पड़ी, उसी दिन मेरा मन इसके प्रति घृणा से भर गया। इसके बाद जब मैंने इसके सारे चरित्र सुने-जाने तब से मैं इसे तिरस्कार की दृष्टि से देखने लगी। वह भी मेरी दृष्टि को पहचान गया। भला, यह कैसे संभव हो सकता था कि जिसका रंगमहल पर अबाध शासन चलता हो, उसे एक जन्मजात गोली-गुलाम तिरस्कार की दृष्टि से देखे। उसे तुच्छ समझे! वह तो रानियों तक को कुछ न समझता था। बस, आरंभ ही से मेरी उसके साथ ठन गई। सभी लोग उसे बाबा साहब कहते थे। पर मैं उसे 'खवास जी' कहकर ही पुकारती थी। मेरा यह संबोधन भी उसे सह्य न था। उसने भी मुझे नाम लेकर 'चंपाबाई' कहकर पुकारना आरंभ किया। पर मुझे यह पसंद न था। मैंने उसके लिए ड्योढ़ी बंद कर दी, परन्तु वह रंगमहल का तो एक प्रकार से सुपरिंटेंडेंट ही था। रंगमहल की सभी स्त्रियों की आवश्यकताओं की पूर्ति वही करता था। इसी का उसे घमंड भी था। पर मैंने सारी असुविधाएँ सहन कीं और मैं इस पशु के सामने नहीं झुकी। मेरे इस काम में किसुन ने सहायता की। वह जब भी मेरी ड्योढ़ी में आता, किसुन बाहर ही उससे बात करता। उसे भीतर आने न देता। वह कहता, "जैसे हम गोले-चाकर हैं, वैसे ही तुम भी चाकर-खवास हो। हमारे अन्नदाता नहीं हो। फिर कैसे हमारी सरकार को नाम लेकर पुकारते हो। तुम सरकार कहो और मुजरा-जुहार करो तो तुम्हारे लिए ड्योढ़ी खुल सकती है, नहीं तो नहीं।" उसने अन्नदाता से भी शिकायत की, पर उन्होंने कुछ कान नहीं दिया। इसी से वह सदा मुझे तेल की धार में होकर देखता था। कहना चाहिए, सदैव मेरी जड़ काटने पर आमादा रहता था। पर मैं उसे मुँह नहीं लगाती थी। उसे तुच्छ और कमीना समझती थी।

मैं जान गई थी कि महाराज को जितनी बुरी लतें थीं, वे सब इसी आदमी ने लगाई थीं। यह मनुष्य के रूप में पक्का शैतान था। संभव है यदि रियासत में यह पुरुष न होता तो महाराज के अच्छे गुणों का और अधिक विकास होता। महाराज पूरी तरह से इसके चंगुल में फँसे थे। रंगमहल पर तो इसका अबाध शासन था ही। केवल मैं इसके शासन को नहीं मानती थी। इसी से यह मुझे तुच्छ गोली-गुलाम की नज़र से देखता। फिर गोली तो मैं थी ही। पर अपने गुणों तथा शिक्षा के कारण और आत्म-प्रतिष्ठा की भावना से ओत-प्रोत होने से मैं अपने को अब उतना हीन नहीं समझती थी और समय-समय पर उसका तिरस्कार कर बैठती थी। इसलिए इसने महाराज का मन मुझसे फेरने में बड़े जोड़-तोड़ लगाए। पर चाहे मेरे रूप गुणों से कहिए, चाहे सेवा-निष्ठा से कहिए, चाहे स्वयं महाराज की शालीनता से कहिए, एक बार जो उनका मन मुझसे मिला सो मिला। मैं तो यही समझती रही। पर भीतर-ही-भीतर जो विष का पौधा पनप रहा था, उसे मैंने उस समय जाना ही नहीं था। महाराज सब कुछ उसकी सुनते थे, पर मेरे विरुद्ध कुछ भी नहीं कहते थे। हाँ, उसके विपरीत भी

नहीं सुन सकते थे। महाराज की मर्ज़ी के खिलाफ़ मैं उन्हें चिढ़ाना पसंद नहीं करती थी। अत: मैं कभी अपने और उसके बीच के विवाद को महाराज तक नहीं ले जाती थी। स्वयं ही मैं इससे निबट लेती थी। इस काम में किसुन मेरे साथ था। वह एक वीर पुरुष की भाँति इस नर-पिशाच से मेरे पक्ष में लोहा लेता था। अंत में तो मुझे इस नर-पशु के षड्यंत्र का शिकार होना ही पड़ा।

वासुदेव महाराज

लाल जी खवास का एक और समर्थ प्रतिद्वंद्वी रंगमहल में था, जो उसका अदल नहीं मानता था। वह था रंगमहल के रसोड़े का मुखिया वासुदेव महाराज। बड़ा टेढ़ा था वह ब्राह्मण। रंगमहल में यह पुरुष हीरा था। इस पर अन्नदाता का भी शासन नहीं चलता था। रंगमहल में यह महाराज के नाम से पुकारा जाता था। परन्तु रियासत के बहुत-से तरुण उसे गुरुजी कहते थे। अवस्था उसकी साठ को पार कर गई थी। हाथी के समान डीलडौल। सिर और दाढ़ी-मूँछ सफ़ाचट। हाथ में मोटा सोटा। मोटे खद्दर का एक कुर्ता और धोती। पैर में राजस्थानी जूता। विविध पकवान बनाने में दक्ष। छुरी, तलवार, कटार और कुश्ती के दाव-पेंच में उस्ताद। पढ़ा-लिखा कम, पर सैकड़ों संस्कृत के श्लोक, फ़ारसी के शे'र, भिन्न-भिन्न भाषाओं की कहावतें उसके कंठ पर रहती थीं। कुछ हकलाकर बोलता था, पर बात-बात में श्लोक, कवित्त और शे'र का पुट लगाकर जब वह अपनी वक्तृत्वकला का विस्तार करता था तब रंग आ जाता था। अकेली ज़बान का ही उसे ज़ोर न था। रंगमहल में ही नहीं, राजधानी में कहीं किसी पर कुछ अत्याचार हुआ नहीं कि वासुदेव महाराज बुलाए गए, या बिना बुलाए वहीं हाज़िर हो गए। अच्छे-अच्छे व्यंजन बनाना और जिन पर प्रसन्न हों उन्हें खिलाना उनका व्यसन था। राज्य से 100 रुपये माहवार मुशाहरा उन्हें मिलता था, पर यह तनख्वाह न थी, पेंशन थी, क्योंकि उनसे काम-काज की कोई बात नहीं पूछता था। नाम के वह प्रधान रसोइया थे, पर रसोड़े पर वह केवल देख-भाल ही रखते थे। अपने हाथ से कोई काम नहीं करते थे। देख-भाल भी मनमौजी थी। कुछ आवश्यक न था कि वह रसोड़े में हाज़िर ही हों। बस, उनके डंडे का प्रताप पुजता था। सब काम आप ही आप सब लोग ठीक-ठीक करते रहते थे। दीन-दुखियों की सहायता करने तथा पक्ष लेने के कारण लोग उन्हें प्यार करते थे। नगर में बहुत-से तरुण उनके शागिर्द थे, जिनके लिए उन्होंने अपने घर में अखाड़ा बना रखा था। वहाँ उन्हें वह कुश्ती तथा छुरी-तलवार के पेंच सिखाते थे। उनकी गालियाँ सुनकर लोग खुश होते थे। जिस तरह मेरे रंगमहल में आते ही खवास अकारण ही मेरा बैरी बन बैठा था, उसी तरह अकारण ही यह ब्राह्मण भी मेरा मित्र बन गया। किसुन उनसे कुश्ती लड़ना और तलवार चलाना सीखता था। अच्छा बदन था किसुन का। वह वासुदेव महाराज को गुरुजी कहता था और उनकी अच्छी सेवा करता था। वासुदेव भी किसुन को 'बेटाजी' कहते थे। उससे मिलकर खुश होते थे। वासुदेव महाराज से मेरी भी पटरी बैठ गई। मेरे महल की ड्योढ़ी उनके लिए सदा खुली रहती थी। हम दोनों में शीघ्र ही घनिष्ठता बढ़ गई। हम दोनों ने एक-दूसरे के विशिष्ट नामकरण कर डाले।

वासुदेव मुझे 'चंपाकली रानी' कहते और मैं उन्हें 'बाप जी' कहती। बहुधा वह मेरे लिए कुछ-न-कुछ खाने की वस्तु बनाकर लाते। एक रोज़ लाए करेले का मुरब्बा, हरे रंग की बिल्लौरी प्याली में रखकर बड़े सुचारू रूप से मुझे पेश किया और कहा, "चंपाकली रानी, देखो क्या नायाब चीज़ लाया हूँ, तुम्हारे लिए।" मैंने हँसकर नमस्कार किया। चौकी पर बैठते हुए बोले, "देखो, चंपाकली रानी, मेरे पास सोने-चाँदी के पात्रों की कमी नहीं। फिर क्या कारण है कि मैंने तुम्हें इस बिल्लौर की प्याली में यह नायाब मुरब्बा पेश किया?" मैंने कहा, "यह तो सीधी बात है, एक तो करेले का मुरब्बा, फिर उसका असली रूप-रंग, इसकी बहार इसी प्याली में प्यारी लग सकती है। भला सोने-चाँदी की प्यालियों में वह बात कहाँ? मेरा जवाब सुनकर वह ठठाकर हँस पड़े। बोले, "जीती रहो, जीती रहो। बड़ी जहीन हो, भगवान तुम्हारी उम्र दराज करे। लो, अब ज़रा चखकर भी देखो। मज़ा करेले का भी कायम है और मुरब्बे का भी।"

एक रोज़ एक थाल कलाकंद ले आए और लगे कलाकंद की खूबियाँ बयान करने। मुझसे पूछा, "तुम्हें बर्फ़ी पसंद है या कलाकंद, चंपाकली रानी?" मैंने हँसकर कहा, "मुझे तो कलाकंद ही ज़्यादा पसंद है।" कहने लगे, "तो चखकर देखो, कैसा बना है?" एक डली मुँह में डालकर मैंने तारीफ़ की, "बहुत उम्दा बना है।"

"उम्दा कलाकंद की क्या पहचान है, बताओ तो? और बर्फ़ी तथा कलाकंद में क्या फ़र्क है, यह भी बताओ।"

अब मैं क्या बताऊँ खाक या पत्थर? "इन बारीक बातों को भला मैं क्या जानूँ?" मैंने झेंपते हुए कहा। तब बोले, "राजाओं की सोहबत में रहती हो। बर्फ़ी तो वह उम्दा, जो मुँह में डालते हुए घुल जाए और कलाकंद उसका नाम कि एक डली दीवार पर मारो तो रवा-रवा बिखर जाए। अब देखो तो ज़रा, इस डली में दाने का क्या उभार आया है।"

एक बार उन्होंने मुझे दावत दी। मेरे ही महल में विविध पकवान बनवाए। एक-दो चीज़ें अपने हाथ से भी बनाईं। बड़े शौक और प्यार से थाल परसकर मेरे पास लाए। ज्यों ही मैंने पूरी का टुकड़ा तोड़ा, तड़ाक से बोले, "भैंस हो भैंस तुम, चंपाकली रानी! बस देखने को ही चंपाकली हो। खाने की तमीज़ नहीं।"

मैंने घबराकर हाथ खींच लिया। डरते-डरते कहा, "कहाँ चूक हो गई बाप जी?" तो हकलाते हुए गुस्से से बोले, "भुक्कड़ की तरह पूरी पर टूट पड़ीं। जैसे छप्पन के अकाल की मारी हुई हो। अरे, यह हलुआ तो पहले चखो, जिसे मैंने सिर्फ़ तुम्हारे लिए अपने हाथ से बनाया है।" और जब मैंने हलुआ खाकर उसकी भूरि-भूरि प्रशंसा की, तब उन्होंने दस-बीस हलुए के नुस्खे बयान कर डाले। ऐसे ही मस्त जीव थे वासुदेव महाराज। उनकी गालियाँ बहुत प्यारी लगती थीं। प्यार से ही वह गाली देते थे। भावुक ऐसे कि बात करते-करते रो उठते थे। जब तबियत ऊब जाती तब मेरे महल में आ बैठते। जब मेरे बच्चे हुए तब उनका सारा ही प्यार बच्चों पर उमड़ आया। घंटों बैठकर उन्हें खिलाते, पेट पर

उछालते। बहुत बार मैंने उन्हें रुपया-पैसा और भेंट-नज़र देना चाहा पर उन्होंने कभी मेरा दान स्वीकार नहीं किया। जब कभी ऐसा प्रसंग आता तब हँसकर अपना डंडा ऊँचा करके कहते, "सुनते हो निर्भयराम, चंपाकली रानी इस ब्राह्मण को आज दान देना चाहती है।" और हो-हो कर के हँसते हुए चल देते।

महाराजाधिराज की भी वह परवाह नहीं करते थे। इसका कारण यह था कि उनकी वृद्धा माता, जो अब अस्सी बरस से भी अधिक आयु की थीं, राजमाता की गुरु थीं। वह उन्हें गीता-पाठ सुनातीं और पूजा कराती थीं, इससे वासुदेव महाराज राजमाता से जो चाहे कहा लेते थे। उनकी कहीं कोई दाद-फ़र्याद न थी।

रसोड़े के सब कर्मचारी रसोइये उनसे डरते भी थे, उन्हें प्यार भी करते थे। पर कभी-कभी कोई दुष्टता भी कर बैठता था। एक बार मैंने गोठ की और अन्नदाता को बुलाया। और भी सरदार आने वाले थे। मैंने रात में ही कह दिया था कि खीर अवश्य बनाना। खीर के लिए अन्नदाता ने खास फ़र्माइश की थी। कोई एक और राजा राज अतिथि भी उस गोठ में महाराजाधिराज के साथ पधारने वाले थे। इसलिए गोठ की व्यवस्था ज़रा ठाठ से की गई थी। वासुदेव महाराज ने और व्यंजनों को बनाने का भार रसोड़े के अन्य सेवकों को बाँट दिया था और खीर स्वयं अपने ज़िम्मे ली थी। वह दूध को चूल्हे पर मंदाग्नि से पकाने को रख, उसमें अमुक मात्रा में चावल देने का आदेश अपने सहायक को देकर स्वयं मेवा तराशने आ बैठे थे। खीर की चिंता मुझे भी थी। अतः एक-दो बार मैंने याद दिलाया था। वासुदेव महाराज स्वयं ही वह व्यंजन बना रहे थे, इससे मुझे संतोष था। परन्तु सहायक ने बड़ी दुष्टता की। उसने दूध को ठीक-ठीक नहीं पकाया। आग तेज़ कर दी और चावल अधिक डाल दिए। परिणाम यह हुआ कि जब वासुदेव महाराज उसमें मेवा मिलाने गए तब वह जल-भुनकर भात का चक्का बन चुका था। देखते ही वासुदेव महाराज एड़ी से चोटी तक जल उठे। वह ऐसे ज़ोर से गरजे कि एक बार तो सभी लोग स्तंभित हो उठे। पर दूसरे ही क्षण उन्होंने असीम धैर्य, चातुर्य और प्रत्युत्पन्नमति से काम लिया। समय अब बिलकुल न था, क्योंकि कांसा आरोगने की बेला उपस्थित थी और खीर की खास फ़र्माइश थी, अतः खीर परोसना अनिवार्य था। सहायक ने जान-बूझकर वासुदेव महाराज को नीचा दिखाने की दुष्टता की थी। अब एक-एक क्षण मूल्यवान था। तत्काल उन्होंने अपना मलमल का कुर्ता फाड़ डाला और यह भात का चक्का उसमें डाल जितना संभव था मथकर छान लिया। फिर ताज़ा मक्खन, कड़ाही में चढ़ा उसे भूना और मेवा डालकर अनुपात से पका, केवड़ा, केसर-कस्तूरी आदि सुगंध डाल, चाँदी की तश्तों में ढाल, बर्फ़ में दबा दिया। फिर उस पर सोने के बर्क लगा दिए। और जब तक दूसरी जिन्सों की परसगारी हुई, वासुदेव महाराज ने खुद तश्तरियों में वह निराली खीर ले महाराजाधिाज के सम्मुख पेश की। हाथ जोड़कर अर्ज़ की, "खीर हाज़िर है, अन्नदाता!" महाराज ने मुस्कराकर तश्तरी अपने मान्य अतिथि राजा के सम्मुख पेश की। अतिथि महाराज ने ज्यों ही चम्मच में खीर लेकर चखी, त्यों ही वाह-वाह कह उठे। बोले, "खूब बनी। लेकिन यह कैसी खीर कहलाती है?"

राजस्थान में विशिष्ट खाद्य पदार्थों के नाम अवश्य पूछे जाते हैं और उनकी तारीफ़ होती है। अतिथि महाराज के प्रश्न के उत्तर में वासुदेव महाराज ने खट से हाथ जोड़कर अर्ज़ की, "यह घोटा खीर है माई-बाप।" अतिथि ने भूरि-भूरि प्रशंसा की। और इस पर वासुदेव महाराज को अन्नदाता ने सरोपा दिया तथा वह घोटा खीर तब से राज्य के विशिष्ट भोजों में एक अनिवार्य और प्रसिद्ध खाद्य बन गई।

ज्योनार बीत गई। अब वासुदेव महाराज थे और वह बदनसीब सहायक। प्रथम तो निर्भयराम से उसका भली-भाँति सत्कार हुआ और उसके बाद तो बस कुछ पूछिए मत। बहुत बार मैंने भी उसकी हिमायत ली, पर वासुदेव महाराज ने उसे ऐसा रगड़ा कि वह अधमरा हो गया। ऐसे ही थे वासुदेव पंडित। अनेक कठिन अवसरों पर उन्होंने मेरी मदद की। आवश्यकता होने पर वह सामर्थ्य से भी अधिक कर गुज़रते थे। एक घटना सुनिए—दाता का स्वर्गवास हो गया और ठिकाना उनका खाली हो गया। ठिकाने का कर्ज़ा चुकाने के लिए बहुत-से फ़ालतू सामान, जवाहरात और जेवर नीलाम किए गए। इन जेवरों में मेरी माँ की एक नथ भी थी, जिसकी कीमत तीन लाख थी। उन दिनों मेरी माँ रियासत में आई थी। उसने वासुदेव महाराज से उस नथ की चर्चा की। सुनकर उन्होंने कहा, "देखूँगा।" ठीक समय पर जब नथ नीलाम की जा रही थी। तब महाराज भी आ धमके। जौहरियों का बँधा नियम है कि जब रियासतों में कीमती जवाहरात नीलाम होते हैं तब वे चाहे बंबई, कलकत्ता, जयपुर कहीं के भी हों, गुट बना लेते हैं और थोड़ी घटा-बढ़ी के बाद बोली नहीं बढ़ाते। लाखों का माल वे कौड़ियों में खरीद लेते हैं और पीछे माल बेचकर मुनाफ़ा बाँट लेते हैं। वासुदेव महाराज सब जानते थे। जब नथ पर बोली नहीं बढ़ाई। वासुदेव महाराज ने खड़े होकर बोली दी, "साठ हज़ार रुपये।" सुनकर जौहरी चौंके। कानाफूसी की, यहाँ तक कि पचास हज़ार रुपया उन्हें देने को राज़ी हो गए कि वह बोली न बोलें, पर वासुदेव महाराज भला क्यों मानने लगे! हकला-हकलाकर लगे शोर मचाने, "तुम चोर हो, उठाईगीर हो। जौहरी नहीं हो। अभी तो मैं तुम्हारी सब पोल खोलूँगा। तुमने गुट बनाकर राज्य का लाखों का माल कौड़ियों में खरीदा है।" नतीजा यह हुआ कि नथ नहीं बिकी और जौहरी मिलकर मेरे पास आए। रोए-पीटे कि हम लोगों का धंधा ही डूब जाएगा। वासुदेव महाराज अपना हक ले लें। माँ ने कहा, "नथ की कीमत तीन लाख है। यह मैंने स्वयं खरीदी थी।" जौहरियों ने कहा, "ज़रूर खरीदी होगी सरकार, आप रईस हैं। आपका शौक है। पसंद आने पर दस लाख में भी आप खरीद सकती थीं, पर हम लोग तो व्यापारी हैं, हम तो देख-भालकर ही दाम देंगे।" अंतत यह फ़ैसला हुआ कि नथ लेकर फिर वासुदेव महाराज तंग न करेंगे। और साठ हज़ार रुपया नकद देकर वह नथ खरीद लाए और मुझे दे दी। मेरे पास उस समय इतना रुपया न था। मज़ा यह था कि रुपया वासुदेव महाराज के पास भी न था। पर रुपया उन्होंने मुझसे माँगा ही नहीं। नथ ला दी। पीछे मैंने सुना—अपनी जायदाद रेहन रखकर उन्होंने रुपया जुटाया। बड़ी कठिनाई से उन्होंने वह रुपया मुझसे लिया।

वासुदेव महाराज के निर्भयराम की भी यशोगाथा कम न थी। उसकी भी एक घटना

सुनिए। एक नये पुलिस के सुपरिंटेंडेंट आए थे,नौजवान और दिलफेंक। रियासत के दीवान ने अंग्रेज़ सरकार से इन्हें माँगा था। बड़ा रुआब और दबदबा था उनका। अच्छे-बुरे सभी लोग उनके नाम से काँपते थे। चोर-डाकुओं के काल थे। पर लंगोट के कच्चे थे। किसी एक गरीब सिपाही की युवती स्त्री पर उनकी आँख जम गई। धीरे-धीरे अपने अधिकार और रुपये के बल से उन्होंने उस पर अधिकार जमा लिया। गरीब सिपाही वासुदेव महाराज के पास आकर बहुत रोया-पीटा। एक दिन बीच बाज़ार सुपरिंटेंडेंट साहब बहादुर को जाते देखा तो वासुदेव महाराज ने आगे बढ़ उनके घोड़े की रास पकड़ ली। हकलाते हुए कहा, ''आशीर्वाद हुज़ूर। आप तो राजधानी के माई-बाप हैं। बदमाशों और गुनहगारों को सीधा करना आपका काम है। पर मैंने सुना है कि उस बेचारे गरीब सिपाही की बीवी पर आपकी नज़र है। बड़ी खराब बात है सरकार।''

सुपरिंटेंडेंट साहब यह सब कैसे बरदाश्त कर सकते थे भला। बहुत बिगड़े और ''दूर हट बूढ़े'' कहकर उन्होंने घोड़ा बढ़ाया। वासुदेव महाराज चिल्लाकर बोले, ''अच्छा तो कान खोलकर सुन लेना, अब उधर न जाना, वरना 'निर्भयराम' आपको राह दिखाएगा।'' और एक दिन उन्होंने मौके-वारदात पर पहुँचकर सुपरिंटेंडेंट साहब की अच्छी तरह मरम्मत कर दी। दूसरे दिन वासुदेव पंडित को हवालात में बंद कर दिया गया। अत: तीन महीने वह हवालात में सड़ते रहे। जब बाहर निकले तब सीधे दीवान साहब के बंगले पर जा धमके। लगे चीखने-चिल्लाने, ''दुहाई सरकार, ज़ुल्म हुआ है, मुझ पर ज़ुल्म! मुझ ब्राह्मण की भी सुनिए।'' दीवान अय्यर बूढ़े और गंभीर पुरुष थे, बोले, ''सुनूँगा पंडित, सौ बार सुनूँगा। पर फ़ुर्सत होने पर।'' इस पर वासुदेव महाराज बोले, ''सरकार की जय-जयकार, एक बार तो आज ही सुन लीजिए।'' और उन्होंने सारा मामला सुना दिया। फिर तो दिन निकलते ही रोज़ का उनका काम हो गया, जब दीवानजी हवाखोरी को निकले तब सामने वासुदेव महाराज, ''दुहाई सरकार, सौ बार सुनाने का हुक्म हुआ है, अभी निन्यानवे बार सुनना बाकी है।'' नतीजा यह हुआ कि दीवान तंग आ गए। मामले की जाँच हुई और सुपरिंटेंडेंट मुअत्तिल हो गए।

मसखरे भी वासुदेव महाराज नंबर एक के थे। उनके मज़ाक बेजोड़े होते थे। इसका भी एक उदाहरण सुनिए। मेरी तबियत खराब थी। महीनों हो गए थे, ज्वर उतरता ही न था। चिकित्सा के लिए दिल्ली में दो चिकित्सकों की तूती बोलती थी—एक हकीम अजमल खां, दूसरे नन्हे वैद्य। डॉक्टरों की उन दिनों पूछ कम थी। नन्हे वैद्य एक हल्के-फुल्के कोई ढाई माशे के आदमी थे। वेशभूषा, आकार-प्रकार सब निराला था। मिज़ाज भी निराला था। दुबला-पतला शरीर, ठिगना कद, छोटी-सी खिजाब लगी दाढ़ी, बदन पर सफ़ेद अंगरखा, कमर में धोती और सिर पर गोल नुक्केदार दिल्ली-फ़ैशन की पगड़ी। बगल में दुपट्टा या दुशाला। हाथ में चाँदी की मूँठ की मोटी छड़ी। बस, यही उनका वेश था। बड़े मृदुभाषी थे। कवि भी थे और हर विषय में टाँग अड़ाते थे। दिल्ली की ललकती भाषा में बातें करते थे। अब तो दिल्ली में न वह पगड़ी, न वह अंगरखा, न वह भाषा रही। पर 'नन्हे वैद्य' का

नाम अब भी है। दीवाली पर अब भी दिल्ली के कुम्हार 'नन्हे वैद्य' की मिट्टी की मूर्ति बनाते हैं, जिसे दिल्ली वाले बड़े चाव से खरीदते और बच्चों को उनके लतीफ़े सुनाते हैं।

सुबह का वक्त था। वैद्यजी मेरे पलंग के पास कुर्सी पर बैठे मेरी नब्ज़ देख रहे थे। नब्ज़ देखते जाते थे और श्लोक पढ़ते जाते थे। यह उनकी आदत थी। किसुन अदब से पास खड़ा था और वासुदेव महाराज ज़रा फ़ासले से चौकी पर बैठे उनके श्लोकों पर अपने जोड़-तोड़ लगाते जाते थे। बीच-बीच में नुस्खे में लिखी दवाइयों पर बहस भी चल रही थी। गिलोय, नीम की छाल, लाल चंदन, पद्माख ऐसा ही नुस्खा मुझे पिलाया जा रहा था। एक-एक जड़ी की व्याख्या वैद्यजी श्लोकों में कर रहे थे। बात की बात में कुश्ती की बात निकली। नन्हे जी ने अपने स्वभाव के अनुसार कहा, "बचपन में अभ्यास किया था। अब छूट गया। पर शौक अब भी रखता हूँ।" ऐसी बातें वासुदेव महाराज चुपचाप सुनने के आदी न थे। बोले, "तब तो आप गुणी और पुराने कद्रदान हैं। लीजिए, एक नया पेच दिखाता हूँ। देखिए और दाद दीजिए!" इतना कहकर वह उठे और कुर्सी पर से वैद्यजी को इस तरह उठा लिया जैसे किसी बच्चे को उठाते हैं। एक-दो बार हवा में उछाला, उलटा-पुलटा किया। कहीं पगड़ी, कहीं दुपट्टा और कहीं दाढ़ी। वैद्यजी लगे हाथ-पैर मारने और छटपटाने। दो-एक बार उलट-पुलट करने के बाद वासुदेव महाराज ने वैद्यजी को आहिस्ता से कुर्सी पर बैठा दिया। सिर पर पगड़ी और गले में दुपट्टा रख दिया। फिर अपने आसन पर बैठते हुए कहा, "कहिए, है ना निराला पेच? कहीं देखा न होगा।" वैद्यजी श्लोक पढ़ना भी भूल गए और कुश्ती की उस्तादी भी। कहने लगे, "यह तो दैत्यों का पेच है, भगवान बचाये आपसे।" हँसी से मेरा बुरा हाल हो रहा था और किसुन 'गुरुजी, गुरुजी' रट रहा था, परन्तु वासुदेव पंडित मौज में थे। एक से बढ़कर एक कुश्ती के पेच बताते चले जा रहे थे—उसी प्रकार हकलाती हुई निराली भाषा में। ऐसे ही थे वासुदेव महाराज।

गोदनशीनी

बंदर राजा की बात आप भूले तो न होंगे। मेरे हाथों की मार खाकर वह न जाने कहाँ जहन्नुम में चला गया था। इसके बाद उसकी कोई खैर-खबर नहीं मिली। महाराजाधिराज ने उसकी बहुत खोज की। बहुधा वह मुझसे उसकी चर्चा करते थे। मैंने उसे पीटा था, यह बात यद्यपि उन्हें अच्छी नहीं लगी थी, पर इस सम्बन्ध में उन्होंने मुझसे कुछ भी नहीं कहा। इस प्रकार उसका मेरे घर में घुसना और दुस्साहस करना स्वयं हिज़ हाइनेस को भी बुरा लगा था। उन्होंने यद्यपि उसे कैद कर रखा था, पर बड़े भाई की भाँति ही मानते थे। यह बात तो मैं भी जानती थी। इसी से मैं अपनी ओर से उनके सम्मुख यह प्रसंग छेड़ती ही न थी।

अब इस घटना को कोई दस बरस बीत चुके थे कि एकाएक महाराजाधिराज ने उसका उल्लेख किया। कहा कि उसकी हालत खतरनाक है। उसे भगंदर का भयानक रोग हो गया है और वह एक धर्मशाला में असहाय अवस्था में पड़ा है। महाराज उसे

महलों में लाकर रखना और उसका इलाज कराना चाहते हैं, यह इच्छा भी मुझ पर प्रकट कर दी। बीती बात मैं भूल चुकी थी। दुरावस्था की बात सुनकर तथा महाराजाधिराज से रक्त-सम्बन्ध की बात का ख़याल करके मैंने महाराज के इस इरादे का समर्थन किया। मेरा समर्थन पाकर वह खुश हो गए और वह बदनसीब राजा फिर महलों में आ गया। उसकी चिकित्सा के लिए दिल्ली से एक प्रसिद्ध वैद्य बुलाया गया। दो खिदमतगार उसकी सेवा को रख दिए गए। और इस बार उसकी राजअतिथि के समान खातिर-तवाजा तथा खुशामद होने लगी।

इन सब बातों को, और इन बातों के भेद को मैं नहीं जानती थी। केवल महाराजाधिराज की सुजनता ही समझती थी, परन्तु यहाँ तो एक विचित्र ही खेल खेला जा रहा था, जिसका पता मुझे बाद में लगा।

अकस्मात् ही एक दिन महाराजाधिराज ने कहा, ''वह बंदर राजा मेरे बड़े लड़के को गोद लेना चाहता है।'' उसका अभिप्राय मैं नहीं समझी। महाराज से मैंने पूछा, ''किसलिए?''

''इसलिए कि उस ठिकाने पर उसके बाद तुम्हारे लड़के का अधिकार हो जाए। मैं उसे राजा देख सकूँ।''

''परंतु यह कैसे हो सकता है? प्रथम तो मेरे पुत्र को गोद लेने की बात ही में कोई तुक नहीं है। हम लोग गोली-गुलाम हैं। राजा बन नहीं सकते। दूसरे इस राजा का ठिकाने पर अधिकार ही नहीं है। अधिकार रानी साहिबा का है। तीसरे राजा के पिता ने राज में पक्की लिखा-पढ़ी कराकर ही उसे राज से बर-तरफ़ कर दिया था।''

मेरी बात सुनकर महाराजाधिराज हँसने लगे। बड़ी विचित्र-सी, ठंडी-सी, कड़ुवी-सी थी वह हँसी। कभी भी महाराज को मैंने वैसी हँसी हँसते देखा नहीं था। मैं महाराजाधिराज की वह मुद्रा देख ठगी-सी रह गई। महाराज ने मुझे समझाते हुए कहा, ''यह ठीक है कि बाबा ने दादा को ठिकाने के अधिकार से वंचित कर दिया था। परंतु दादा ही को तो किया था परंतु उनके पुत्र को तो नहीं किया।''

''उनके पुत्र को?'' मैंने अचकचाकर कहा, ''उनका पुत्र कौन है?''

''क्यों? तुम्हारा लड़का।''

''वाह, यह भी कोई बात है!''

''क्यों नहीं है। गोद लेने पर वह उनका पुत्र हो गया या नहीं?'' क्षण भर मैंने हिज़ हाइनेस के मुँह की ओर देखा। फिर कहा, ''खैर, ऐसा हुआ भी तो उनके जीते जी तो ऐसा नहीं हो सकता। फिर अभी तो रानी साहिबा जीवित हैं, जो इस समय ठिकाने की मालिक हैं।''

"वे बीमार हैं। और दिल्ली के अस्पताल में उनका इलाज हो रहा है।"

"क्या बीमारी है उनको?"

"कैंसर हो गया है।"

भय की एक सिहरन मेरे शरीर में दौड़ गई। मेरे मुँह से निकला, "कैंसर?"

"तुम जानती हो कि इस मूजी रोग के चंगुल में जो फँस गया, उसका बचना संभव नहीं है?"

"मैं जानती हूँ।"

"यही बात तो भगंदर के सम्बन्ध में भी कही जाती है। फिर, दादा की हालत सर्वथा निराशापूर्ण है। उनका रोग अब अच्छा नहीं हो सकता।"

"क्या वे इस बात को जानते हैं?"

"नहीं, वे तो आराम होने की आशा लगाए बैठे हैं। वैद्यराज ने भी उन्हें आशा बँधाई है।" यह बात कहते-कहते महाराजाधिराज के मुँह पर वैसी ही ठंडी और अशुभ मुस्कराहट फूट पड़ी।

वह मुस्कराहट मुझे रत्ती-भर भी न भायी। परंतु मैंने एक शब्द भी न कहा। चुपचाप महाराजाधिराज के मुँह की ओर ताकती रही। महाराज ने उसी मुस्कान में कहा, "तुम्हारा बेटा राजा बन जाएगा। मेरे मन में भी यही है, और तुम्हें भी इसमें कोई आपत्ति न होगी।" परंतु इस पर भी मेरे मुँह से बोली न फूटी। किसी अज्ञात भय की एक सिहरन-सी मेरे शरीर में फैल गई।

महाराज ने कहा, "सब व्यवस्था ठीक है। दीवान और ए.जी.जी. की खानापूरी तो करनी ही पड़ेगी। इसके अतिरिक्त मैं खुल्लम-खुल्ला इस मामले में आना नहीं चाहता। भाईबंदी का मामला ठहरा। परंतु इंतज़ाम मेरा पक्का है।"

"कैसा इंतज़ाम?" मैंने सहमकर पूछा।

"बस, पहले माँ, पीछे बेटा।"

"क्या मतलब?"

"वैद्यराज से मामला तय हो गया है। बहुत होशियार आदमी है। उसने दादा को विश्वास दिलाया है कि वे ज़रूर अच्छे हो जाएँगे। तुम्हारे लड़के को गोद लेने का प्रस्ताव भी उन्होंने सुझाया है। उन्होंने कह दिया है कि इससे महाराजाधिराज प्रसन्न होकर इलाज जारी रखेंगे। खातिरदारी भी करेंगे। आराम होने पर वे ठिकाने के मालिक हो जाएँगे।"

"लेकिन आपका इंतज़ाम?"

"कहा तो, पहले माँ, पीछे बेटा।"

"पर मैं तो समझी नहीं इसका मतलब?"

"सीधी बात है। पहले माँ खत्म होनी चाहिए, जिससे अधिकार सीधा बेटे को जाये। बापू बर-तरफ़ अवश्य कर गए हैं, परंतु जब कोई दूसरा वारिस ही न होगा तो दादा ही का हक है। उनके बाद तुम्हारा लड़का।"

"बड़ी भयानक बात है। मरना-जीना तो भगवान के हाथ है।"

"होगा, पर ऐसे मौकों पर दूसरे लोगों को भी भगवान का काम करना पड़ता है।"

"तो," मेरा हलक सूख गया, मगर मैं कुछ-कुछ समझ गई। पर महाराजाधिराज ने एक लंपट की भाँति हँसकर कहा, "वैद्यराज ने इस बात का ज़िम्मा ले लिया है कि जब तक रानी साहिबा न मर जाएँ वे दादा को ज़िंदा रखेंगे। रानी साहिबा के मरते ही दादा भी खत्म। फिर ठिकाने पर तुम्हारे लड़के का दखल।"

हे परमेश्वर, ये राजा-महाराजा, रईस इस कदर नीच-स्वार्थी-निर्दयी होते हैं कि सगे भाई भी, माँ आँर सम्बन्धी को ज़हर देकर मार डालने की बात हँस-हँसकर करते हैं। ऐसे कामों की व्यवस्थित योजना बनाते हैं और उसे दूसरों से कहते हुए तनिक भी नहीं शर्माते! मेरी आँखों से झर-झर आँसू बहने लगे। मैंने गिड़गिड़ाकर कहा, "क्षमा करो, अन्नदाता! इस कुकर्म से मुझे और मेरे बच्चे को दूर ही रखिए। मैं गोली हूँ, गुलाम हूँ। मेरा बच्चा भी गुलाम रहे, कुछ हर्ज नहीं। पर ऐसी बातें मुझसे न कहिए।"

महाराजाधिराज पर मेरी बातों का कुछ असर न हुआ। उन्होंने कहा, "तू बेवकूफ़ है। सब बातें नहीं समझती। यह रियासती मामले हैं, तू देखती रह, क्या-क्या गुल खिलते हैं। दिल्ली मेरा आदमी जा चुका है। रानी जी वहाँ से ज़िंदा लौटेंगी नहीं।"

महाराजाधिराज ने और बातें नहीं कहीं। मेरा रोना-धोना उन्हें भाया नहीं। उनकी योजना चलती ही रही। अपने बच्चे के अनिष्ट की आशंका से मैं रह-रहकर काँप उठती। बंदर राजा की खूब आवभगत हो रही थी। चार-चार खिदमतगार उनकी सेवा में लगे थे। वैद्यराज खूब मालमलीदे उड़ा रहे थे। उधर रियासत-भर में मेरे लड़के की गोदनशीनी की धूम मच रही थी। इन दिनों मेरा लड़का मेयो कॉलेज, अजमेर में पढ़ रहा था। मैं चाहती थी कि इस पाप-कर्म से मैं अलग ही रहूँ तो अच्छा। पर मेरा तो कुछ अधिकार ही न था। मैंने किसुन से सब बातें कहीं और वासुदेव महाराज से भी सलाह लेने को कहा। इस पर और एक-दूसरे भेद का भंडाफोड़ हुआ। ज्ञात हुआ कि दादा के बाद ठिकाने पर उनकी लड़की-दामाद दावेदार हुए हैं, जिनसे अन्नदाता नाराज़ हैं और केवल उन्हें नीचा दिखाने ही

को यह सब प्रबंध प्रारंभ हुआ है। यह भी हो सकता था कि मेरे बेटे के प्रति महाराजाधिराज का कुछ मोह हो, परंतु मैं तो किसी भी हालत में यह सब कुकर्म पसंद नहीं करती थी।

पर मेरी पूछता कौन था! रियासत में महाराजाधिराज की इच्छा के विपरीत मैं कर ही क्या सकती थी! ठीक मुहूर्त-शुभघड़ी गोदनशीनी का जल्सा धूमधाम से हो गया। बंदर राजा को सजा-धजाकर सोने की कुर्सी पर बैठाया गया। सोने के हुक्के पर तम्बाखू पिलाया गया। रियासत के सभी जागीरदार और रईस-उमरा आए। दावतें हुईं, जश्न हुए। लीजिए साहब, मेरा बेटा अब राजा का उत्तराधिकारी बन गया। पक्की लिखा-पढ़ी हो गई। कागज़ात पर गवाही करने और इस बात का सर्टीफ़िकेट देने के लिए राजा पागल या मदहोश नहीं है, अंग्रेज़ सिविल सर्जन भी बाहर से बुलाए गए। सब काम पूरा हो गया। यह काम जैसे मुझे अच्छा न लगा, उसी भाँति किसुन को भी पसंद न आया। हमने, जैसे संभव हुआ, लड़के को तुरंत ही अमजेर वापिस भिजवा दिया। रियासत में उसका रहना हमें अच्छा न लगा। एक बात और हुई—महाराजाधिराज इस मामले से बजाहिरा दूर-ही-दूर रहे। एक प्रकार से यह स्वतंत्र ठिकाने का ही समारोह था, ऐसा प्रकट किया गया।

माँ और बेटा

अभी गोदनशीनी के जश्न खत्म भी न हुए थे कि सुना, रानी साहिबा दिल्ली से लौट आई हैं। राजधानी में ही ठिकाने की कोठी थी उसी में वे ठहरी हैं। हालत उनकी बहुत खराब है। वे ज़िंदा तो हैं, पर बेहोश हैं। दिल्ली के अस्पताल में उन्हें असाध्य कहकर हटा दिया गया। अब यहाँ उनका इलाज महाराजाधिराज की आज्ञा से रियासत के डॉक्टर लोग कर रहे थे। राजा साहब अलबत्ता वैद्यराज के फंदे में थे। किसुन इन मामलों में चौकन्ना था। और मैं भी अब उत्सुकता से, आगे क्या होने वाला है, जानने को अधीर हो रही थी। मुझसे किसुन ने बताया कि ठिकाने की कोठी को हथियारबंद सिपाहियों ने घेर रखा है। सिवा डॉक्टरों के बाहर का दूसरा कोई आदमी भीतर नहीं जा सकता। महाराजाधिराज को अपनी इन माँ साहब की बड़ी चिंता है। इलाज धूमधाम से हो रहा है। मैंने एकाध बार अन्नदाता से इस मामले में पूछना चाहा भी, पर मुझसे कुछ पूछते न बना। उनसे मिलने का अवसर भी कम ही मिला।

एक दिन भोर ही में सुना कि रानी साहिबा चल बसीं और राजा साहब सिपाही और बंदूक लेकर ठिकाने की कोठी पर दखल करने गए हैं। बाद में सुना उनकी बेटी-दामाद भी वहाँ पहुँच चुके थे। उन्हें सिपाहियों से पिटवाकर खदेड़ दिया। लाश निकालकर सहन में डलवा दी और कोठी के सब कमरों में ताले जड़ दिए। खज़ाना, सामान, मोटर सब पर कब्ज़ा कर दो लॉरी हथियारबंद सिपाही ले राजा साहब ताबड़-तोड़ ठिकाने पर कब्ज़ा करने दौड़ चले।

रानी साहिबा का क्रिया-कर्म ब्राह्मणों ने सम्पन्न किया।

बेटी और दामाद ने ए.जी.जी. के यहाँ अर्ज़ी दी। अपना हक ज़ाहिर किया। दोनों तरफ़ के वकीलों ने अपने-अपने पक्ष का समर्थन किया। एक-दो महीने इस मुकदमे में लगे और अंत में ए.जी.जी. का निर्णय राजा के ही पक्ष में हुआ। वहाँ से हुक्म आया कि राजा ही ठिकाने का सच्चा उत्तराधिकारी है। यही ठीक है कि स्वर्गीय राजा ने उसे रियासत से बर-तरफ़ कर दिया था पर अब उसके जीवित रहते दूसरा कोई व्यक्ति विरासत को नहीं पहुँचता है। इसीलिए राजा ही ठिकाने का अधिकारी घोषित किया जाता है। अवश्य ही ए.जी.जी. ने इस सम्बन्ध में अन्नदाता से भी अनुमति माँगी थी। वे राज्य के अधीश्वर थे। इसके नाते भी और ठिकाने के बेटे थे इस नाते भी। पर अन्नदाता ने स्वीकृति इस नाते दी कि वे निर्मम, निर्दय राजवर्गी थे जहाँ न भाई की ममता, न खून का लिहाज़ था।

परंतु इधर ए.जी.जी. का हुक्म पहुँचा ही था कि राजा साहब भी खट् से मर गए। बेचारे वे हुक्म भर सुन पाए। सुना, तीन-चार दिन से वे केवल शराब ही पी रहे थे। यह हुक्म सुन—ठिकाने पर राजा का अधिकार प्राप्त कर, उन्होंने परमधाम की यात्रा की। हिज़ हाइनेस ने बड़ी ही धूमधाम से उनकी शवयात्रा की, भारी मातम मनाया। दान-पुण्य किए। इस सब पाखंड को देख घृणा से मेरा मन भर गया।

अब असल नाटक आरंभ हुआ। ठिकाने पर अब अधिकार कौन करे, राजा के लड़की-दामाद ने फिर ए.जी.जी. का द्वार खटखटाया। फिर मुकदमा हुआ। वकीलों की दौड़-धूप हुई। और निर्णय हुआ कि मृत राजा का गोद लिया पुत्र ही उनका उत्तराधिकारी तथा ठिकाने का स्वामी हो।

इस प्रकार मेरा बेटा राजा बन गया। फिर मेरे मन ने इसे स्वीकार ही न किया। ठिकाने की आय अब मेरे पास आने लगी थी। किसुन उसकी भी देखभाल करने कभी-कभी जाता था। वहाँ का कारिंदा भी आता-जाता रहता था। पर मैंने अपने लड़के को वहाँ कभी जाने ही नहीं दिया।

महाराजाधिराज अपनी इस सफलता, कूटनीति और योजना पर बहुत प्रसन्न थे। उन्होंने मुझे बहुत-बहुत बधाइयाँ दी थीं। बधाइयाँ और भी बहुत मिलती थीं। पर मेरे हृदय पर तो वह बोझ ही थीं। बहुत दिनों तक मैं इस भाग्यहीन बंदर राजा के प्रति मन-ही-मन तरस खाती रही।

डेढ़ करोड़ की पतलून

और भी कुछ दिन बीत गए। अब मैं फिर एक बच्चे की माँ होने वाली थी। पर मेरी तबियत ठीक नहीं रहती थी। महीनों से मंद ज्वर रहता था, अपच था और मैं बहुत कमज़ोर हो गई थी। कोई चीज़ हजम नहीं होती थी। चिकित्सकों का कहना था कि रक्त की बहुत कमी हो गई है। जलवायु बदलना आवश्यक है।

उधर महाराजाधिराज विलायत जाने की तैयारी कर रहे थे। इस बार की तैयारी साधारण न थी। खास जार्ज पंचम का निमंत्रण था। लंदन में राउंड टेबल कॉन्फ्रेंस हो रही थी। उसमें गाँधीजी जा रहे थे, मालवीयजी जा रहे थे, सरोजनी नायडू जा रही थीं। सम्राट जार्ज पंचम ने हमारे महाराजाधिराज को भी सादर निमंत्रण दिया था। सो इस बार ऐसी तैयारी हो रही थी कि जिसकी राजधानी में धूम मची हुई थी। जब से महाराजाधिराज को जार्ज पंचम से लंदन आने का निमंत्रण मिला था, वह इसी उधेड़-बुन में थे कि इस खास अवसर पर वह कोई ऐसी अनोखी चीज़ साथ ले जाएँ, जो बेजोड़ हो और जिसकी विलायत में धूम मच जाए। खूब सोच-समझकर उन्होंने यह तै किया कि कॉन्फ्रेंस के ऐन इजलास में वह ऐसी बेजोड़ पतलून पहनें, जैसी संसार में आज तक किसी ने न पहनी हो। महाराजाधिराज बुद्धिमान तो थे ही, सो उन्होंने सोचा कि जब गाँधीजी सिर्फ़ एक लंगोटी पहनकर उक्त कॉन्फ्रेंस में जा रहे हैं, तब क्यों न इस लंगोटी का जवाब इस पतलून से दिया जाए। इससे भारतीय संस्कृति का सवाल भी हल होता था। भारत के शिरोमणि दो ही जाति के पुरुष हैं—एक संत, दूसरे राजा। गाँधीजी संत हैं, वह लंगोटी पहनकर जाएँगे, तो हम राजा हैं, हम पतलून पहनेंगे। जैसे उस राजसभा में गाँधीजी की लंगोटी अद्वितीय होगी, वैसे ही हमारी पतलून। अब सवाल यह रह गया कि लंगोटी और पतलून इन दोनों में सबसे अधिक चर्चा का विषय कौन हो? श्रेष्ठता किसे मिले? बस, हम जो पतलून पहनेंगे वह अद्वितीय होनी चाहिए। उसे गाँधीजी की लंगोटी को मात करना चाहिए और उस 'अद्वितीय' कॉन्फ्रेंस से हमारी पतलून को भी 'अद्वितीय' की उपाधि मिलनी चाहिए।

महाराजाधिराज खुश हो-होकर ये सब बातें मुझे सुनाते थे और कहते थे, "अफ़सोस इस बार तुम यह सब देखने के लिए साथ न रह सकोगी।" मैं सुनती थी और मन-ही-मन हँसती थी। पर प्रकट में अन्नदाता की बुद्धि की प्रशंसा करती थी। मेरी प्रशंसा का व्यंग्य वह समझते नहीं थे। उनके स्वभाव और सनक को मैं जानती थी। विलायत में उन्होंने जाकर पहले भी अनेक हास्यास्पद चेष्टाएँ की थीं, पर यह सबसे बढ़कर थी। पर उन्हें समझाए कौन? मैं तो सोलह आना हाँ-जी की चाकर थी।

पीढ़ियों की लूट-खसोट के फलस्वरूप करोड़ों रुपयों के हीरे-मोती उनके खज़ाने में भरे पड़े थे। कीमती रत्नों के संग्रह का उन्हें शौक था। गत बार विलायत में उनका प्रदर्शन भी किया था। उस प्रदर्शन की अखबारों में प्रशंसा भी छपी थी। वह भी उनकी इस सनक में ज़ोर लगा रही थी।

सो पतलून बनी। बनारस के खास कारीगरों को ऑर्डर देकर उन्होंने सोने के ठोस तारों और चीन के महीन रेशम का कपड़ा पतलून के लिए तैयार कराया। वह कपड़ा दिन के प्रकाश में सूर्य की तरह चमकता था। पतलून बंबई की एक अंग्रेज़ी फ़र्म में एक फ्रांसीसी कारीगर दर्ज़ी से सिलाई गई थी। जब पतलून सिलकर आ गई तब उस पर दिल्ली के बाहर

से चतुर कारीगरों को रियासत में बुलवाकर हीरे-मोती-जवाहरात टँकवाए गए। इन कारीगरों ने रात-दिन पचास संगीनधारी पहरेदारों के पहरे में परिश्रम करके ये रत्नाकर चोबी और सलमे के सहारे पतलून में टाँके। सुना कि कुल जमा डेढ़ करोड़ रुपयों की लागत पतलून पर बैठी है। पतलून को देख-देखकर महाराजाधिराज खुश थे। उन्होंने मुझसे कहा, "देख चंपा, गाँधीजी की लंगोटी हर्गिज़ इस पतलून का मुकाबला नहीं कर सकती। क्या कहती है तू बोल।"

मैंने हँसकर कहा, "अन्नदाता पतलूनों के इतिहास में यह पतलून अद्वितीय है।"

महाराज खुश होकर मूँछों पर ताव देने लगे। फिर अफ़सोस के स्वर में बोले, "अफ़सोस है, तू नहीं चल सकेगी। चलकर एक बार देखती तो!"

अफ़सोस मुझे भी हो रहा था। आखिर इस अनोखी हिमाकत की विलायत में कैसी फ़जीयत होती है, यह देखना मैं अवश्य चाहती थी, पर लाचार थी। इस समय मैं यह यात्रा कर ही नहीं सकती थी।

यात्रा के लिए इस बार एक खास जहाज़ समूचा ही किराये पर लिया गया था। पतलून की चोरी न हो जाए, इस अंदेशे से बहुत से पुलिस अफ़सर और सिपाही तो तैनात किए ही गए थे, लंदन के स्कॉटलैंड यार्ड से भी आठ मुस्तैद अफ़सर माँगे गये थे। परंतु अफ़सोस कि राजा साहब वह पतलून वहाँ पहनने का शौक पूरा न कर सके। सम्राट के प्रति शाही अदब और एटिकेट सिखाने वाले अंग्रेज़ एटिकेट-मिनिस्टर से जब पतलून की चर्चा चली, तब उसने पतलून को देखकर साफ़ कह दिया कि यह पतलून नहीं पहन सकते। इस बात पर बहुत हुज्जत भी हुई। महाराज ने कहा :

"क्यों नहीं पहन सकते?"

"एटिकेट के खिलाफ़ है।"

"लेकिन गाँधीजी कैसे लंगोटी पहन सकते हैं?"

"वह पहन सकते हैं।"

"वह एटिकेट के खिलाफ़ क्यों नहीं है?"

"उनके साथ ब्रिटिश सरकार की कोई 'ट्रीटी' (सुलह) नहीं है। वह ब्रिटिश रूकोक नहीं हैं। वह महात्मा हैं। वह बादशाह के प्रतिष्ठित मेहमान हैं।"

"मैं भी प्रतिष्ठित मेहमान हूँ।"

"पर आप बादशाह के अधीन करद राजा हैं।"

"तो इससे क्या? इंग्लैंड से हमारे बाप-दादाओं ने कोई ऐसी ट्रीटी नहीं की है कि हम अपनी मनचाही पतलून न पहन सकेंगे।"

"न सही, पर यह एटिकेट के खिलाफ़ है। वहाँ आपको किस अवसर पर कैसी पोशाक पहननी होगी, इसका विचार मैंने कर लिया है और उसकी तैयारी का ऑर्डर मैंने लंदन की एक प्रसिद्ध फ़र्म को दे दिया है। वहाँ पहुँचते ही पोशाकें मिल जाएँगी।"

"लेकिन मैं यह पतलून पहनकर खास इजलास में जाना चाहता हूँ।"

"ऐसा नहीं हो सकता।"

"क्यों नहीं हो सकता? फिर भी यदि पहनूँ?"

"तो लंदन के लोग आपको पागल समझेंगे। आपका मज़ाक उड़ाएँगे।"

"यह तो सरासर बदतमीज़ी है।"

"बदतमीज़ी नहीं, एटिकेट है।"

और भी बहुत बहस हुई, पर एटिकेट-मिनिस्टर ने किसी तरह हामी नहीं भरी। महाराज सख्त नाराज़ हो गए। उनका लंदन जाने का सारा उत्साह ठंडा हो गया। उन्होंने ठंडी साँस लेकर कहा, "फिर तो मेरा लंदन जाना ही बेकार है।"

"बेकार क्यों है?"

"मैं यह पतलून तो वहाँ पहन ही नहीं सकूँगा।"

"लेकिन आप एक काम कर सकते हैं।" चतुर एटिकेट-मिनिस्टर ने हँसकर कहा।

"वह क्या?"

"लंदन से वापसी में आप अपनी रियासत में एक जल्सा करके वह पतलून पहन सकते हैं।"

महाराज ने पूछा, "यह एटिकेट के खिलाफ़ नहीं होगा?"

"जी नहीं, हिन्दुस्तान में एटिकेट का कोई सवाल ही नहीं है।"

राजा साहब को तसल्ली हुई। उन्होंने मुझे बंबई से खत में यह सारा किस्सा लिखा था। खत में अंत में लिखा था, 'अफ़सोस चंपा, मेरा दिल बुझ गया और लंदन जाने का मेरा सारा उत्साह ठंडा पड़ गया। भला सोच तो, जब मैं वहाँ यह पतलून ही न पहन सकूँगा, तब मेरा वहाँ जाना ही बेकार है। मगर कोई बात नहीं। लंदन में न सही, वहाँ से वापसी में ज़बरदस्त दरबार करूँगा और यही पतलून पहनूँगा।'

मौत के चंगुल में

महाराजाधिराज विलायत चले गए। अफ़सोस कि मैं इस बार न जा सकी और मन मसोसकर रह गई। किसुन को वह साथ ले गए। किसुन जैसे विश्वस्त, चतुर और अंतरंग सेवक के बिना उनका काम ही नहीं चल सकता था। अपनी सुख-सुविधा का विचार किए बिना ही मैंने किसुन को चले जाने दिया। मैं जानती हूँ कि किसुन गया तो अवश्य, पर बहुत भारी मन से। जाती बार उसकी आँखें बरस उठीं। आँखें मेरी भी बरसीं। पर हम दोनों ने ही एक-दूसरे को आँखों की उस बरसात से अज्ञात रखने की असफल चेष्टा की। मैं बीमार थी, दुर्बल थी। आसन्न-प्रसवा थी। मेरे प्राणों पर संकट भी आ सकता था, इसलिए मुझसे अधिक भयभीत किसुन था। पर उसे जाना ही पड़ा। सेवा-धर्म ऐसा ही दुरुह होता है। कोटि-कोटि जन्म के पाप से मनुष्य को सेवक होकर रहना पड़ता है। फिर हमारा गोले-गोली का जीवन! छी:-छी: !

किसुन का बिछोह तो दुस्सह था ही, उसका चला जाना मेरे लिए एक मुसीबत भी था। पर मुसीबत इस बार अकेले यही नहीं थी। इस बार मुझे केसर से भी बिछुड़ना पड़ा। जो अब तक मेरी परछाईं की भाँति मेरे साथ रहती थी, मेरी हर कठिनाई में जिसने मुझे उबारा था, मेरी हर मुसीबत में जिसने हिस्सा लिया था, वह केसर जो मुझ अंधी की लकड़ी थी, मेरी जीवन-नैया की खिवैया थी, इस बार वह भी मुझसे बिछुड़ी। किसुन के जाने के बाद बच्चों की सारी सार-सँभाल उसी पर आ पड़ी। वह स्वयं भी बहुत कमज़ोर हो गई थी और बीमार थी। अभागिन को यद्यपि अपने बच्चे के साथ माँ के समान व्यवहार करने का अधिकार तो प्राप्त न था, पर मेरा हृदय तो माँ का हृदय था। अत: मैंने केसर के मामले में भी वही किया जो किसुन के मामले में किया था। अपनी सुख-सुविधा का तनिक-सा विचार किए बिना ही मैंने केसर को बच्चों पर ही लग जाने दिया और मैं उसकी सेवा, सहायता और सान्निध्य से वंचित रह गई। यह मेरी दूसरी मुसीबत थी।

परंतु अभी तो मैं तीसरी और सबसे बड़ी मुसीबत की चर्चा करूँगी। महाराजाधिराज ने चलती बार मेरी जाँच की और स्वास्थ्य-सुधार के लिए आबू में जाकर रहने की व्यवस्था कर गए थे। और उस व्यवस्था का भार दे गए थे मेरे पिछले जन्म के बैरी उस पाजी लाल जी खवास को, जिससे मैं घृणा करती थी, जिसे मैं पशु समझती थी और जिसे कभी मुँह न लगाती थी। वह भी मुझे एक शत्रु की भाँति देखता था। स्त्री समझकर दयाभाव रखना या स्त्रियों के प्रति कोमल रहने की सद्‌भावना उस जानवर में नहीं थी। वह तो स्वभाव से ही स्त्रियों के प्रति निर्दय और निर्मम था। उसका कुत्सित जीवन ही कुछ ऐसा था, उसका स्वभाव भी ऐसा था कि स्त्रियों को सताने में उसे मज़ा आता था। रंगमहल में मैं सदा उसकी जड़ काटती थी और वह भी मेरी जड़ काटने में कसर न रखता था। पर अफ़सोस कि हम दोनों की जड़ें पाताल तक धँसी हुई थीं। हम एक-दूसरे पर चोटें करके रह जाते थे। इस बार तो मैं उस पाजी के पंजे में फँसी हरिणी थी। महाराजाधिराज ने जब यह व्यवस्था की

थी, तब की भावना से मैंने विरोध नहीं किया। फिर तब तक मुझे यह भी मालूम नहीं हुआ था कि मैं किसुन और केसर के सान्निध्य से वंचित रह जाऊँगी। परंतु मैं भयभीत भी थी और चिंतित भी। मैं रोगिणी थी, कमज़ोर थी, आसन्न-प्रसवा थी, असहाय थी और इस दशा में दूर तक अपरिचित स्थान पर अपने जन्म के बैरी के साथ जा रही थी। मैं औरत हूँ और मेरी जात गोली है, ये दोनों बातें मैंने उस दिन सबसे अधिक जानीं जिस दिन उस पशु ने अपनी कर्कश आवाज़ में कहा, "कल हमें चलना है, बस ज़रूरी सामान ही साथ रखना। अपना राजपाट यहीं छोड़ देना।"

वह एक कुटिल भ्रू-भंग करके चला गया। किसी अज्ञात भय की भावना से मैं काँप गई। पर मैंने उसकी किसी बात का जवाब नहीं दिया बस क्रोध में उछलती रही। यद्यपि मुझे आज कोई सहारा न था, मैं अकेली असहाय इस पाजी के साथ जा रही थी, पर मैं कोई बच्ची न थी। अपना बोझ उठाने में स्वयं समर्थ थी। तीन बार यूरोप घूम आई थी। अतः इस दुरात्मा से डरने की मुझे ऐसी कुछ आवश्यकता नहीं थी। मैंने मुस्तैदी से कमर कस ली। अब मुझे न केवल अपने रोग और प्रसव से निबटना था, बल्कि इस जन्म के बैरी से लोहा लेना था और मैंने ठान ली थी कि मैं अकेले ही डटकर उसका मुकाबला करूँगी पर उस समय यह मैं कहाँ जानती थी कि वहाँ कोई दूसरा ही गुल खिलने वाला है, जिसका सब पक्का प्रबंध भीतर-ही-भीतर हो चुका है। इक्कीस वर्ष रंगमहल में रहकर और सारी दुनिया की खाक छानकर भी मैं इस बात का तनिक भी संकेत न पा सकी कि मेरे विरुद्ध कोई भयानक षड्यंत्र हो रहा है और किसी खास ही मतलब से मेरे इस बैरी के साथ मुझे भेजा जा रहा है।

राजा में अवश्य ही बहुत-से गुण-दोष थे, जैसा कि उसे पहले ही कह चुकी हूँ, फिर भी बीस वर्ष तक मैंने उनकी तन-मन से सेवा की थी। यद्यपि वह अब साठ को पार कर चुके थे और मैं चालीस की देहरी पर पहुँच रही थी, पर बीस बरस उनसे मेरी अत्यंत घनिष्ठता रही थी। मैंने उनका गुस्सा भी देखा था, उनका प्रभाव भी देखा था। सबके ऊपर मैं उन्हें एक उदार हृदय व्यक्ति ही समझती थी। यह कोई नीच कर्म भी कर सकते हैं और वह भी मेरे ही साथ, इसकी मैंने कभी स्वप्न में भी कल्पना नहीं की थी, क्योंकि चलते-चलते भी उनकी किसी चेष्टा से मुझे कुछ भी संदेह नहीं हुआ था।

केसर ने मुझसे एक बार साथ चलने को कहा भी, पर मैंने कहा, "तेरा स्वास्थ्य ठीक नहीं है और लड़कियों की व्यवस्था होनी अधिक आवश्यक है।" यह कहकर मैंने उसे साथ नहीं लिया और मैं अकेली ही लाल जी के साथ चल दी। मुझे यह पता नहीं लगा कि मेरे महल से बाहर पैर रखते ही विधाता मुस्कराने लगा था।

हमारे साथ दो और व्यक्ति भी आबू आए। एक कर्नल रॉबर्ट, जो स्टेट के सर्जन थे। दूसरी, रियासत के जनाना अस्पताल की हेड क्वार्टर नायडू। कर्नल रॉबर्ट एक बूढ़े और मिलनसार आदमी थे। पहले वह सेना में थे। रियासत में उनका बहुत नाम था। दीन-दुखियों

पर वह दया रखते थे। वह एक प्रसिद्ध सर्जन थे। दूर-दूर के रोगी उनके पास चिकित्सा के लिए आते थे। सभी के साथ उनका समान व्यवहार था। रियासत की नौकरी में काफ़ी अरसे से थे। अपनी खुशमिज़ाजी और मिलनसारिता से वह बहुत लोकप्रिय हो गए थे। रंगमहल में बहुधा मेरी चिकित्सा करते थे। हिन्दी अच्छी बोल लेते थे। मुझसे वह बहुत खुश थे। वह जानते थे कि मैं तीन बार यूरोप घूम आई हूँ। वह बहुधा मुझसे गपशप किया करते। यूरोप की मज़ेदार बातें सुनाते। हिन्दुस्तान के अनुभव सुनाते। मैं कभी-कभी उन्हें दावत देती। हिन्दुस्तानी भोजन उन्हें बहुत पसंद आता। राजस्थान का खास भोजन दाल-बाटी और चूरमा वह खूब चाव से खाते थे। मेरे साथ वह सदा ही हिन्दुस्तानी भाषा में ही बात करते थे और सदा बाई साहेब कहकर पुकारते थे। पर कभी-कभी अधिक विभोर होने पर 'माई चाइल्ड' (मेरी बच्ची) कह देते थे। महाराजाधिराज के साथ मेरी घनिष्ठता उन पर प्रकट थी। किसुन से भी वह बहुत खुश थे। उसे वह 'ओल्ड गुड ब्वॉय' कहा करते थे। मेरे मन में उनके प्रति पिता जैसी आत्मीयता थी। उन्होंने मुझसे नज़र-भेंट, फ़ीस भी लेनी छोड़ दी थी। मैं जब कुछ देना चाहती तब वह खूब हँसते और कहते, "नो, नो माई चाइल्ड, नो (नहीं, मेरी बच्ची, नहीं), हम नहीं ले सकता। रियासत से हमको तनख्वाह मिलती है।" कभी-कभी वह अपनी लड़की की चर्चा करते, जो मर चुकी थी। वह मुझसे उसकी तुलना करते और कहते, "तुम भी हमारा बच्चा हय!" और उनकी आँखें गीली हो जातीं। महाराज ने उन्हें खास तौर से मेरे साथ भेजा था। उनका आना मेरे लिए बड़ा सहारा था। इनसे मुझे बड़ी तसल्ली थी।

डॉक्टर नायडू एक मोटी-ठिगनी, मद्रासी ईसाइन थी, बदमिज़ाज और सख्त। न वह मुझे पसंद करती थी, न मैं उसे। पर चिकित्सा में उसका बड़ा नाम था। उसने विलायत की बड़ी डिग्री प्राप्त की थी। आयु में अभी वह जवान ही थी। मुश्किल से वह चालीस बरस की होगी। उसने तीन पतियों को तलाक दिया था। मिज़ाज उसका बड़ा तीखा था पर वह बार-बार ईसामसीह के गीत गाती थी। हिन्दुस्तानियों को वह काला आदमी कहती थी, यद्यपि वह स्वयं भी काफ़ी काली थी। वह सदा अंग्रेज़ी वेशभूषा में रहती थी। जबकि डॉक्टर रॉबर्ट जैसा अंग्रेज़ डॉक्टर मेरे साथ हिन्दुस्तानी में बात करता था, वह ईसाइन मेरे साथ अंग्रेज़ी बघारती थी। अंग्रेज़ी मैं अब अच्छी बोल लेती थी, इसलिए मैं उसके साथ ठाट से अंग्रेज़ी ही में बात करती थी। मैं उसे रियासत का नौकर समझती थी और उसके साथ मालिक की भाँति बात करती थी। पर वह मेरी असलियत जानती थी, इसलिए मुझे तुच्छ दृष्टि से देखती थी। फिर भी वह मेरे रूतबे से इनकार नहीं कर सकती थी, क्योंकि यह तो वह देखती ही थी कि महाराजाधिराज मेरे साथ महारानी से किसी तरह कम पेश नहीं आते हैं। मैं हमेशा ही उसे नीचा दिखाने की चेष्टा करती रहती। जब कभी वह कोई दवा या पथ्य मेरे लिए तजवीज करती, तभी मैं उसे नपा-तुला जवाब देती, "कर्नल रॉबर्ट से पूछूँगी।" इस पर वह जल-भुनकर कहती, "हम भी डॉक्टर हैं। कर्नल से सलाह करना हमारा काम है, आपका नहीं।" तब मैं शांत संयत स्वर में कहती, "मैं कर्नल रॉबर्ट से बिना पूछे कुछ कर नहीं सकती।"

पर उसका कथन सत्य था और मेरा उसके साथ यह व्यवहार ठीक नहीं था। वास्तव में वह बहुत बड़ी डॉक्टर थी। कर्नल रॉबर्ट स्वयं वह बात कई बार कह चुके थे। परंतु मैं तो उससे चिढ़ी हुई थी। अतः वह शुरू से ही मुझसे खुश न थी। परंतु अब तो वह मुझसे सख्त नाराज़ रहती थी। अभी मैं रोगिणी थी तथा प्रसव का समय निकट आ रहा था। मेरी जान उसके हाथ में थी। ऐसे समय में इतनी बड़ी डॉक्टर को नाराज़ करना मेरी मूर्खता थी। पर मैं करूँ तो क्या? उसकी सूरत देखते ही मेरा मन खराब हो उठता था। मैंने उसे वास्तव में अपने ऊपर सख्त नाराज़ कर लिया था। उसे चिढ़ाने में मुझे बड़ा मज़ा आता था। पर मैं स्वीकार करती हूँ कि यह मेरी नादानी थी। इतनी बड़ी डॉक्टर से मुझे ऐसा बेहूदा व्यवहार नहीं करना चाहिए था। कभी-कभी मुझे अपने व्यवहार पर ग्लानि भी होती थी। पर मैं कतई नहीं जानती थी कि कुछ और भी गंभीर तथा भयानक बातें हो सकती हैं, आगे चलकर मेरी यह मूढ़ता मेरे लिए कितनी भयानक सिद्ध होगी।

खवास का षड्यंत्र

आबू राजस्थान और गुजरात की सीमा-संधि पर एक मनोरम पर्वत्य स्थली है। राजस्थान के प्रायः सभी बड़े-बड़े अंग्रेज़ अफ़सर और राजे-महाराजे यहीं ग्रीष्मावास करते हैं। हरी-भरी उपत्यकाओं, मनोरम पर्वत शृंखलाओं और छोटी-छोटी घाटियों ने इस स्थान को अत्यंत दर्शनीय बना दिया है। यहाँ गुजरात के महामंत्री विमलदेव का एक भव्य मन्दिर भी है। तेरहवीं-चौदहवीं शताब्दी का ऐसा अद्भुत स्थापत्य भारत में बिरले ही कहीं देखने को मिलता है। रियासत की यहाँ एक विशाल कोठी थी। उसे कोठी न कहकर महल ही कहना चाहिए। सामने से वह दुमंज़िली दीखती है, पर पीछे से पाँचमंज़िली है। पर्वतीय उतार, चढ़ाव पर अत्यंत कारीगरी से यह कोठी तो महाराज के पिताश्री ने बनवाई थी। महाराज प्रायः यहीं ग्रीष्मावास करते थे। तब बड़ी-बड़ी रंगरेलियाँ होती थीं। अंग्रेज़ों की शानदार दावतें होतीं, जलसे होते, नृत्य होते और शराब की नदियाँ बहतीं। परंतु मैं अभी तक एक बार भी यहाँ नहीं आयी थी। इधर महाराज भी कई वर्षों से नहीं आए थे। एक प्रकार से कोठी बंद ही पड़ी थी। इसलिए सफ़ाई होने पर भी कहीं-कहीं कमरों और फ़र्नीचर में एक प्रकार की सील की गंध आ रही थी। मेरे लिए ऊपर के दो कमरे ठीक किए गए थे। मेरी बगल में ही डॉक्टर नायडू का कमरा था। कर्नल रॉबर्ट नीचे के कमरे में ठहरे थे। खवास ने भी डॉक्टर नायडू के कमरे के बराबर ही कमरे में डेरा जमाया था। मेरी सुश्रूषा के लिए दो नर्सें बंबई से बुलाई गई थीं। दोनों कम उम्र की थीं। उनमें से एक मुझे पसंद थी। उसका भोला-भाला चेहरा और हँस-मुख स्वभाव मुझे बड़ा अच्छा लगता था। वह सीधी और मितभाषिणी थी। मेरे मन में उसके प्रति प्यार भी हो गया था। बहुधा मैं उसे चाय पर बैठाती और उसके हाल-चाल पूछती। इससे वह भी मुझसे प्रेम करने लगी थी। इस निर्वासन में मैं उसे ही अपना मित्र समझती थी। परंतु वह एक धोखे की टट्टी थी और मैंने आदमी परख में कितनी भारी भूल की थी, यह आपको आगे चलकर मालूम हो जायेगा।

एक दिन अकस्मात् ही मुझे खवास के भयानक इरादे का पता चल गया। वह नहीं जानता था कि मैं बराबर के गुसलखाने में हूँ। वे दोनों—डॉक्टर नायडू और वह—साथ-साथ बातें करते हुए हॉल में से निकले। मैंने डॉक्टर नायडू को फुसफुसाते हुए सुना, ''बहुत खतरनाक काम है। पच्चीस में नहीं होगा, पचास हज़ार देना होगा और कर्नल रॉबर्ट को यहाँ से टरकाना होगा।''

खवास का स्वर भी मैंने सुना। वह कह रहा था, ''उस अदना गोली की जान की इतनी कीमत? आप यह न भूलिए कि रियासत में आप मेरे कारण ही जमी हुई हैं और मेरे द्वारा आपने इतना कमाया है कि ज़िन्दगी भर ऐश कर सकती हैं।''

नायडू कह रही थी, ''तो मैंने भी हमेशा तुम्हारी मदद की है, तुम्हारे लिए खतरे उठाए हैं। फिर हमेशा मैंने तुम्हारा हिस्सा तुम्हें दिया है।''

खवास कह रहा था, ''लेकिन यह तो अन्नदाता का काम है। आपको इतना दे दूँ तो मेरे पल्ले क्या पड़ेगा?''

''दस तुम लो और चालीस मुझे दो, बस!''

मैं इतना ही सुन सकी। वे बातें करते हुए चले गए और मैं सन्नाटे के आलम में जड़ बनी खड़ी की खड़ी रह गई। उसका एक-एक शब्द बंदूक की गोली की तरह मेरे मस्तिष्क में घूमकर स्नायुओं को तोड़-फोड़ रहा था। मुझे धरती-आसमान घूमते नज़र आ रहे थे और ऐसा प्रतीत हो रहा था कि मैं बेहोश हो जाऊँगी। मैं दोनों हाथों से सिर पकड़कर वहीं धरती पर बैठ गई। हे भगवान, ये हत्यारे मुझे मार डालने के लिए यहाँ लाए हैं और मैं हत्यारों के चंगुल में फँस गई हूँ! सबसे ताज्जुब की बात यह है कि अन्नदाता भी इस घृणित हत्याकांड में शरीक हैं। वह मुझे अपनी राह से दूर करना चाहते हैं। किन्तु क्यों? मैंने तो कभी उनका कुछ बिगाड़ा नहीं। धर्मपूर्वक अपना तन-मन सब कुछ उन्हें सौंप दिया। एकनिष्ठ होकर उनकी सेवा की, चाकरी बजाई। अपने पति तक का स्पर्श नहीं किया। अपनी जान तो मैं उनके लिए तलवार की धार पर चली। उसका यह बदला? यह भी क्या हमारे गोली-गुलामों के भाग्य में लिखा है? इन राजा-रईसों के लिए हम केवल फूलों के गजरे हैं? बासी होने पर फेंक दिए जाते हैं, हमारी जगह और ताज़े आते हैं। हममें जैसे जान नहीं है, एहसास नहीं है, इज़्ज़त नाम की कोई चीज़ नहीं है। हम गोली हैं, गुलाम हैं—मनुष्यों में अधम, स्त्री-जाति में कलंकरूप। अधर्म ही हमारा धर्म है, दुष्कर्म और दुराचार ही हमारा सदाचार है। सो क्या इसी पाप का दंड मुझे भोगना पड़ेगा? परंतु बात क्या है? क्या कोई ताज़ा फूल अन्नदाता की सेवा में आ रहा है? फिर मैं तो अभी जवान हूँ, सुंदर हूँ। बचपन की सारी आदतें तो अभी मुझमें हैं। मेरा रूप है और यौवन भी अभी ढला नहीं फिर मैं अभी से कैसे बासी हो गई? चलती बार भी तो उन्होंने मेरे प्रति बड़ी ममता दिखाई थी। तो क्या वह नाटक था? बनाव था? वह किसुन को मुझसे दूर क्यों ले गए? केसर को तो खैर मैंने

ही दूर कर दिया, पर उसके लिए मैं पछताती नहीं। आखिर मेरे ही बच्चों को तो वह छाती से लगाए बैठी है। यह काम तो मुझे ही करना था। सभी माताएँ यही तो करती हैं। पर गोली तो डायन होती है, माता कहाँ होती है! उसका धर्म तो संसार की सभी स्त्रियों से निराला होता है। पाप ही उसका पुण्य है। मृत्यु ही उसका जीवन है। सो, अब ये मुझे मारकर क्या सचमुच जीवन देना चाहते हैं? पर प्राणों से मेरी इतनी ममता क्यों है? भला इस अधम, कलुषित शरीर पर इतना मोह क्यों है? यह तो अच्छा ही है कि अब इसका अंत हो जाए। परंतु क्या मैं सचमुच ऐसा चाहती हूँ? यह तो मैंने आज पहली बार अनुभव किया कि मैं अपने जीवन से कितनी लिपटी हुई हूँ।

खवास के दुष्ट स्वभाव और चरित्र को तो मैं जानती थी। परंतु यह नहीं जानती थी कि मनुष्य की जान लेना भी उसके लिए बाएँ हाथ का खेल है। और डॉक्टर नायडू को मैं क्या कहूँ? इतनी बड़ी डॉक्टर, विदुषी! मानती हूँ कि उसके साथ मैंने सद्व्यवहार नहीं किया। पर क्या इसी से यह डॉक्टर मेरी हत्या का जघन्य पाप करने को तैयार हो जाएगी? क्या रुपये का मूल्य इतना अधिक है कि मनुष्य उसके लिए सब कुछ कर सकता है? परंतु अब तो सब कुछ मेरी समझ में आ रहा था। मुझे अब यह भी भान होने लगा था कि हो-न-हो डॉक्टर नायडू मुझे ऐसी दवाइयाँ दे रही हैं, जो मुझे अच्छा होने के स्थान पर रोगी बना रही हैं और संभवत: मैं धीरे-धीरे मौत के मुँह में धकेली जा रही हूँ। इन सब बातों को सोचते-सोचते मेरा कलेजा काँप गया और मैं पसीने से नहा गई। पर मैं तुरंत ही सावधान हो गई। मुझे ऐसा प्रतीत हुआ, जैसे मेरी संपूर्ण चेतना मेरी रक्षा के लिए उद्विग्न हो उठी है। अब मैं अपनी आत्मरक्षा के लिए चौकन्नी हो गई। मैं सोचने लगी कि अब मुझे क्या करना चाहिए और किसकी सहायता लेनी चाहिए। सब बातों पर ध्यानपूर्वक सोचने के बाद मैंने दृढ़ निश्चय किया कि जो काम किया जाए, शांत चित्त से सब बातों का आगा-पीछा सोचकर किया जाए। उत्तेजना के वशीभूत नहीं होना चाहिए और अपना संदेह भी किसी पर प्रकट न करना चाहिए।

इस विजन विदेश में मैं निपट अकेली थी। मुझे इस समय एक विश्वासी मित्र की अत्यंत आवश्यकता थी। पर गलत आदमी से और भी खतरा था मुझे अपने पति और अकपट सहायक किसुन की याद आ रही थी। आज केसर का अभाव भी मुझे खटक रहा था। पर ये दोनों मेरे सहायक मुझसे दूर थे। बहुत बार मैं उनकी याद में रोई पर इससे क्या लाभ था। अब तो केवल मुझे अपनी ही बुद्धि का भरोसा था। मैं खूब चौकन्नी रहने लगी। मैं बारीक नज़रों से दोनों नर्सों को भी जाँचने लगी और इस बात की फ़िक्र में रहने लगी कि कुछ और बातों का भी पता लगाया जाए। डॉक्टर नायडू और खवास से मैंने बेरुखी का व्यवहार छोड़ दिया। अपेक्षाकृत नर्म और अनुकूल व्यवहार मैं उनके साथ करने लगी। डॉक्टर नायडू चतुर स्त्री थी। मेरे इस भाव-परिवर्तन को वह भाँप गई। अब वह जब मेरे पास आती, मुझे कड़ी दृष्टि से देखती। वास्तव में वह जानना चाहती थी कि कहीं मैं उस

पर संदेह तो नहीं करती हूँ। परंतु मैं अपने स्वभाव और व्यवहार को कोमल तथा मधुर बनाती गई।

औषधि खानी मैंने बिलकुल बंद कर दी। नर्सों की नज़र बचाकर मैं दवा उगालदान में फेंक देती। परंतु पेटेंट गोलियाँ मैं अवश्य खा लेती थी। खाने से पहले उनकी जाँच भी करती थी। उनकी शीशी अपने ही पास रखती थी। सुई मैं केवल कर्नल रॉबर्ट से लगवाने को राज़ी हुई। डॉक्टर नायडू बहुत बिगड़ी पर मैंने उसकी एक न सुनी। फिर भी मैंने यह न प्रकट होने दिया कि मैं उस पर संदेह करती हूँ। उसे खुश करने के लिए मैं कभी-कभी उसकी खुशामद भी करती, पर वह कभी सीधे मुँह मुझसे बात नहीं करती।

मैं यह जानने को व्यग्र हो उठी कि अब और आगे क्या हो रहा है एक बार मन हुआ कि कर्नल रॉबर्ट से भेद खोल दूँ, पर फिर सोचा, 'कर्नल रॉबर्ट को भी अभी जाँचना चाहिए।'

बरसात का आरंभ था। प्रथम मेघ आकाश में घुमड़-घुमड़कर आ रहे थे। उस मनोरम पर्वत की उपत्यका में वे मुझे बड़े प्रिय लग रहे थे। सुखद समीर बह रही थी। अभी अपराह्न ही था। मेरा मन फुर्ती से भर रहा था और मैं आज कई दिनों बाद अपने को कुछ अच्छा अनुभव कर रही थी। एकाएक मेरी इच्छा ज़रा घूम आने की हुई। एक शॉल मैंने कंधे पर डाला और मैं चल दी—एक के बाद दूसरे कमरे पार करती हुई। दैवयोग से किसी ने मुझे देखा नहीं। न खवास ही अपने कमरे में था, न डॉ. नायडू। नर्स को भी मैंने आराम करने को कह दिया था। वह यह समझकर निश्चिंत थी कि मैं अपने कमरे में आराम कर रही हूँ। मैं नीचे उतर आई। कर्नल रॉबर्ट अपने बरामदे में बैठे कोई पुस्तक पढ़ रहे थे। मुझे देखकर उन्होंने मेरी तबियत का हाल पूछा। मैंने कहा, "अच्छी हूँ कर्नल! कृपा के लिए धन्यवाद। मैं ज़रा घूमना चाहती हूँ।"

"लेकिन ठंडी हवा चल रही है, ज़्यादा दूर न जाना।"

"जी, नहीं मैं कोठी में ही इधर-उधर घूम रही हूँ।"

डॉक्टर पुस्तक पढ़ने लगे और मैं आगे बढ़ी। सब कमरों को उनके फ़र्नीचर को, साजो-सामान को देखते हुए मैं कोठी के पिछवाड़े के कमरों की ओर चली गई। सामने लॉन में माली काम कर रहा था। उसने झुककर मुझे सलाम किया। मैं उससे बिना कुछ बात किए ही केवल मुस्कराकर आगे बढ़ गई। यहाँ सन्नाटा था। कोठी का यह भाग रोज़ साफ़ भी शायद न होता था। कमरे बंद थे। मुझे एक प्रकार का भय-सा लगने लगा। एक सिरहन-सी मैंने अनुभव की। लौट जाने को ही थी कि मुझे किसी की बातचीत करने और हँसने की ध्वनि सुनाई दी। मैंने ध्यान से देखा और मैं उसी ओर चल दी। मैंने समझा कि शायद यहाँ नौकर-चाकर और उनके परिवार के लोग रहते होंगे। उनसे बातचीत करके मन बहलाने का मेरा मन हो गया। दालान पार करके मैंने एक बड़ा हॉल पार किया। उसके

दाहिनी ओर के कमरे में दो आदमी धीरे-धीरे बातें कर रहे थे। बीच-बीच में हँस भी रहे थे। मेरा मन हुआ कि मैं लौट चलूँ। पर किसी अज्ञात प्रेरणा के वशीभूत होकर मैं आगे बढ़ी। अब मैंने दोनों कंठ-स्वर पहचान लिए—डॉक्टर नायडू और खवास के थे। मैं अपनी उत्सुकता और जिज्ञासा को न रोक सकी। पहले मैंने कान लगाकर सुना। फिर मैंने दरार से झाँककर देखा। जो कुछ देखा, उससे मेरा मन कुत्सा से भर गया। इसकी तो मैंने कल्पना भी नहीं की थी। वहाँ शराब के नशे में चूर वे दोनों गुनहगार न कहने योग्य स्थिति में पैग पर पैग चढ़ा रहे थे। मैं तो जड़ हो गई। ऐसा प्रतीत हुआ कि मेरी चीख निकल जाएगी। पर किसी तरह मैंने अपने को व्यवस्थित किया। यद्यपि मैं चाह रही थी कि ठहरूँ और देखूँ कि कहीं कुछ मेरे विपरीत बात भी सुनाई देती है या नहीं, तथापि मैं ठहर न सकी। मैं उल्टे पैर भागी। माली एक सुंदर गुलदस्ता लिए द्वार पर खड़ा था। वह एक बूढ़ा निरीह आदमी था। उसने मुझे झुककर सलाम किया और गुलदस्ता मुझे भेंट किया। मैं उस समय किसी से बातचीत करने की स्थिति में नहीं थी। फिर भी गुलदस्ता लेकर मैंने उससे कहा, ''शाम को कोठी पर इनाम लेने आना।'' वह झुककर सलाम करके एक ओर खड़ा हो गया और मैं लंबे पग रखती हुई अपने कमरे में आ पलंग पर पड़ रही। इस समय मेरा दिल ज़ोरों से धड़क रहा था मैं बहुत परेशान थी, परंतु न जाने कैसे मुझे ही नींद आ गई और मैं सो गई।

विषपान

प्रसव का समय निकट आ रहा था, परंतु मेरी हालत तेज़ी से खराब होती जा रही थी। मेरा सारा शरीर काला हो गया था और मेरा सौंदर्य गायब हो चुका था। मैं हैरान थी। वास्तव में मैं अकस्मात् ही बुढ़िया हो रही थी। ज्वर अब दिन में कई बार कमोबेश होता था। सारा अंग भीतर से जला जा रहा था। ऐसा प्रतीत होता था कि कलेजे में अंगीठियाँ दहक रही हैं। बाल मेरे झड़ने आरंभ हो गए थे। आवाज़ खोखली और धीमी हो गई थी। यत्न करने पर भी मैं ज़ोर से नहीं बोल सकती थी। इस एक हफ़्ते में ही मैं इतनी कमज़ोर हो रही थी कि टट्टी-पेशाब के लिए जाने में मैं हाँफ़ने लगती थी। स्पष्ट था कि इतना यतन करने और सावधान रहने पर भी विष मेरे शरीर में पहुँचाया जा रहा था। परंतु कैसे? यह मैं नहीं जान पाती थी। इधर दो दिनों से मेरे सिर में भी चक्कर आ रहे थे। कभी-कभी तो ऐसा प्रतीत होता था कि धरती उलट-पुलट हो रही है। सिर पर जैसे पहाड़ लदे हुए हैं।

अब मैं क्या करूँ? किसका सहारा लूँ? क्या ये लोग मुझे मार ही डालेंगे? क्या मैं अब अपने बच्चों को भी न देख सकूँगी? रंगमहल के मेरे वे सपने क्या सब समाप्त हो चुके? हे भगवान, क्या मैं मर रही हूँ? हाँ, एक बार भी मैंने अपने पति को अपना प्यार नहीं दिया। वह राजा मेरी जान का ग्राहक बन गया, जिस पर मैंने सब कुछ न्यौछावर कर दिया? मुझे सारे ही संसार के मनुष्यों से घृणा हो गई। परंतु यह कैसे? क्या किसुन जैसे श्रेष्ठ पुरुष दुनिया में नहीं हैं?

फिर भी मैंने हिम्मत नहीं हारी। मैंने दृढ़ निश्चय कर लिया कि मैं अंत तक लड़ूँगी।

परंतु क्या डॉक्टर रॉबर्ट भी इस घृणित षड्यंत्र में शामिल हैं। दवा तो मैं उन्हीं से लेकर खाती हूँ और सूई भी उन्हीं से लगवाती हूँ।

परंतु शीघ्र ही मेरा भ्रम दूर हो गया। एक दिन मेरी हालत देखकर डॉक्टर रॉबर्ट एकदम अधीर हो उठे। स्पष्ट था कि मेरे लक्षण को देखकर बहुत परेशान हो गये थे और वह ठीक-ठीक उसका कारण नहीं समझ पा रहे थे। उस दिन मेरे ही सामने उन्होंने नायडू से बहुत-सी बहस की। दवाइयाँ बदलीं। नये नुस्खे तजवीज किए। बंबई से नई दवाइयाँ मँगाने को तार दिए। वह बहुत देर तक बेचैनी से मेरे कमरे में चक्कर लगाते रहे।

मेरा मन हुआ कि मैं उन्हें सब बातें बता दूँ जो मुझे ज्ञात हो चुकी थीं। परंतु अभी मेरा मन साफ़ न था। क्या जाने रॉबर्ट भी षड्यंत्र में सम्मिलित हों! परंतु मुझे विष कैसे और कब दिया जा रहा है, अब यही जानने को मैं बेचैन हो उठी। परंतु उसी रात मुझे इसका भी पता चल गया। मैं दीवार की ओर मुँह फेरकर सो रही थी। कमरे में मद्धिम रोशनी हो रही थी। डॉक्टर नायडू अपना अंतिम राउंड करने आई। क्षण-भर उसने मसहरी में मुझे सोते देखा। दीवार पर मेरे सामने ही आईना लगा था, उसमें मैंने उसे आते और तेज़ नज़र से अपनी ओर ताकते देखा। पर मैं नींद का बहाना करके चुपचाप पड़ी रही। दो ही मिनट में नायडू चली गई और उसके कुछ देर बाद वही नर्स कमरे में आई, जिसे मैं पसंद करती थी और प्यार करने लगी थी। मेरी मसहरी के निकट आकर उसने भली-भाँति जाँचा कि मैं सो रही हूँ कि जाग रही हूँ। जब उसे विश्वास हो गया कि मैं सो रही हूँ तब उसने लैम्प की रोशनी और मद्धिम की। फिर वह उस टेबल के पास आई, जो मेरे सिरहाने रखी थी। उस पर पानी की सुराही रखी थी। नर्स ने एक पुड़िया चोली से निकाली और सुराही में डाल दी। उसने फिर मेरी ओर देखा और वह दबे पाँव चली गई। आईने में होकर मैंने सब कुछ देख लिया। ओफ़, मुझे दवा में नहीं पानी में ज़हर दिया जा रहा है—कोई ऐसा मंद विष कि मैं घुल-घुलकर मर जाऊँ और किसी को गुमान भी न हो कि मेरी हत्या की गई है। कितनी चतुराई और सावधानी से इस गोली का खून किया जा रहा था! वाह!

उस दिन मैंने वह पानी नहीं पिया और सुबह मैंने यह अनुभव किया कि आज अपेक्षाकृत मेरी तबियत ठीक है। कलेजे में जलन कम है। बदन में दर्द नहीं है। सिर उतना भारी नहीं है। मैंने मुँह अँधेरे ही उठकर दवा की एक शीशी खाली करके उसमें पानी भरकर अपने तकिए के नीचे छिपा लिया। उसके बाद मैं सो गई। सबसे पहले वही नर्स आई। सावधानी से, मेरे सिरहाने आकर जाँचा कि मैं सो रही हूँ। या जाग रही हूँ, फिर वह सुराही उठाकर चली गई।

न नायडू को, न उस नर्स को यह पता लगा कि मैं उसका भेद जान गई हूँ। वास्तव में उस आईने की ओर उनका ध्यान ही न था।

दूसरे दिन रात की ड्यूटी दूसरी नर्स की थी। पर उस दिन वह ज़हर नहीं मिलाया गया। मालूम होता है कि उस नर्स को षड्यंत्र में सम्मिलित नहीं किया गया। इससे दूसरी

सुबह मैं और भी चंगी हो गई। ताकत भी मालूम हुई। खाना भी ठीक खाया। पर तीसरे दिन फिर वही नाटक हुआ और मैंने उस पानी का नमूना भी शीशी में भरकर अपने पास रख लिया।

मैंने यह प्रकट न होने दिया कि मेरी तबियत आज अकस्मात् अच्छी है। उसी भाँति मैं बीमारी का बहाना करके पड़ी रही। दोनों डॉक्टरों से और नर्स से भी मैंने वही व्यवहार रखा। मैं यह सोचने लगी कि मैं यहाँ किसकी मदद लूँ। अब इस विपत्ति में कौन मेरा मित्र है, शुभचिंतक है, जो मुझे मौत के मुँह में से उबारे। एकाएक मुझे वासुदेव महाराज का ध्यान आया और मैंने उनके नाम एक तार लिखा। तार में इतना ही लिखा कि तुरंत आओ। हाँ, एक बात कहना तो भूल ही गई। वह बूढ़ा माली उसी दिन से नित्य शाम को मेरे लिए फूल लेकर आने लगा था। वह बहुत भला, सीधा आदमी था, इनाम देकर मैंने उसे अपना भक्त बना लिया। वह तार मैंने चुपचाप उसी के द्वारा भिजवा दिया। तार की रसीद उसने मुझे ला दी। यह बात किसी से वह न कहे यह बात भी मैंने उसे समझा दी थी।

ए.जी.जी. से भेंट

दूसरे दिन भोर में ही पड़ोस वाली कोठी में बड़ी हलचल दिखाई दी। बहुत-से सिपाही, अहलकार, अफ़सर और बैरा-खानसामा वहाँ दौड़-धूप कर रहे थे। कोठी पर यूनियन जैक फहरा रहा था। माली ने मुझे बताया कि हुज़ूर एजेंट गवर्नर जनरल (ए.जी. जी.) साहब बहादुर पधारे हैं। इस अंग्रेज़ हाकिम की सारे राजस्थान में तूती बोलती थी। कहना चाहिए कि सारे महाराजाओं का वह विधाता था। बड़ा सख्त आदमी था। मुझे लेकर रियासत में जो आंदोलन कुंवरानी का चला था, उसमें मेरे साथ ताल्लुक रखने के कारण इसने महाराजाधिराज को बहुत डाँट पिलाई थी। तभी से मैं जानती थी कि वह मेरा प्रबल-विरोधी है। बहुत देर तक मैं इस बात पर विचार करती रही और अंत में मैंने चुपचाप उससे मुलाकात करने का पक्का इरादा कर लिया।

दो बजे सबके खा-पीकर आराम करने के बाद डॉक्टर नायडू और खवास अपनी रंगरेलियाँ करने कोठी के पिछवाड़े वाले भाग में चले जाते थे, यह मैंने जान लिया था। आज भी वे चले गए। उनके जाने पर मैंने नर्स को आराम करने की छुट्टी दे दी और कहा, "मैं सोऊँगी, मुझे डिस्टर्ब न किया जाए।" कुछ देर मैं और रुकी। फिर मैंने कपड़े बदले। पानी की शीशियाँ कपड़ों में छिपाईं और दबे पाँव मैं नीचे उतर आई। सौभाग्य से इस समय कर्नल रॉबर्ट का कमरा भी बंद था। किसी ने मुझे नहीं देखा और मैं कदम बढ़ाती हुई ए.जी. जी. के बंगले में जा पहुँची।

इत्तला पाते ही साहब ने तुरंत मुझे भीतर बुला भेजा। मेरा परिचय पाकर कहा, "हाँ, हाँ, मैं आपको जानता हूँ। कहिए, क्या दिक्कत है?" उसने बड़ी इज़्ज़त और प्रेम से मेरा स्वागत किया, खूब ध्यान से मेरी बात सुनी। जो कुछ मैं जानती थी, वह सब मैंने उन्हें बता

दिया। साहब का प्रेम देख अपनी बेबसी पर मैं रो उठी। साहब ने मुझे तसल्ली दी और कहा, ''आप फ़िक्र मत कीजिए, मैं सब आवश्यक प्रबंध कर दूँगा। आपका बाल भी बाँका नहीं होगा। पर आप अभी इस भेद को गुप्त ही रखिए।''

जब मैं वहाँ से लौट रही थी, तब भी हमारी कोठी में सन्नाटा था। मैं चुपचाप अपने कमरे में जा रही थी कि किसी ने 'चंपाकली रानी' कह कर मुझे पुकारा। वासुदेव महाराज थे। हँस रहे थे और हकला-हकलाकर कुछ कहना चाह रहे थे। पर मैं एकदम अधीर होकर दौड़ी और उनके वक्ष से बच्ची की तरह लिपटकर फफककर रोने लगी। वासुदेव महाराज को इसकी कल्पना भी न थी। वह घबराकर बोले, ''क्या हुआ, हुआ क्या ? मैं तो तार पाते ही...''

मैंने ओठों पर उँगली रखकर धीरे से कहा, ''आपको मैंने तार भेज कर बुलाया है, यह बात किसी से मत कहिए। बड़ी भयानक बात है। आप मेरे कमरे में आइए।''

वासुदेव महाराज को कमरे के भीतर ले जाकर मैंने द्वार बंद कर लिया और सब कुछ उन्हें बता दिया। अभी-अभी मैं ए.जी.जी. से मिल आई हूँ, यह भी कह दिया। सुनकर वासुदेव गुस्से से लाल हो गए, कहने लगे, ''उस खूसट नाऊ के बच्चे को तो मैं आज ही कच्चा चबा जाऊँगा। और वह रांड...''

पर मैंने वासुदेव महाराज को शांत करते हुए कहा, ''नहीं, नहीं सब काम सावधानी से चुपचाप करना होगा। इस कुकर्म में केवल खवास और डॉक्टर नायडू ही नहीं हैं, अन्नदाता भी हैं।'' बात की गंभीरता समझकर वासुदेव महाराज भी गंभीर हो गए। उन्होंने कहा, ''भले ही अन्नदाता भी हों, पर मैं तुम्हारे साथ हूँ चंपाकली रानी! तुम्हारा कोई बाल-बाँका भी नहीं कर सकता।''

वासुदेव महाराज को मैंने समझा दिया कि दूसरों से कहो कि यों ही चले आए हैं। वासुदेव महाराज को भी यह तजवीज पसंद आई। हमने यह भी तय कर लिया कि प्रकट में वासुदेव महाराज मेरी ही भाँति डॉक्टर नायडू और खवास से मिल-जुलकर रहेंगे।

हत्या का प्रयत्न

एक घंटे में ही डॉक्टर नायडू का बिस्तर गोल हो गया। ज्ञात हुआ कि ए.जी.जी. साहब बहादुर के खास हुक्म से वह कहीं किसी खास केस पर नियुक्त होकर जा रही है। उसके साथ एक नर्स भी जा रही थी। पर उन्होंने हरामज़ादी भोली-भाली नर्स को मेरे ही पास छोड़ा। मैं भी उस गुनहगार को अपने कब्ज़े में रखना चाहती थी।

डॉक्टर नायडू रवाना हो गई और इसके कोई एक घंटा बाद कर्नल रॉबर्ट बहुत परेशानी की हालत में मेरे कमरे में आये। उन्होंने बहुत बारीकी से मेरी जाँच की और बिना कुछ कहे वह चुपचाप चले गए। मैं खूब सावधानी से इन सब बातों को देख रही थी।

चलती बार जब डॉ. नायडू विदा होने पर मेरे कमरे में आई, तब कमज़ोर और दु:ख-सागर में डूबी होने पर भी मैं अकस्मात् मुस्करा दी। वह मुस्कराहट उससे छिपी न रही। एक बार उसने भयभीत नज़रों से मेरी ओर देखा। पहली ही बार मैंने उसकी वह भय-विह्वल दृष्टि देखी थी। कदाचित् वह संदेह करने लगी थी कि उसका भेद मुझ पर खुल गया। पर उसके सोचने का समय ही कहाँ था! वह दो-चार औपचारिक बातें कर चली गई।

डॉक्टर रॉबर्ट की परेशानी से मैं पहले तो घबरा गई, पर पीछे मुझे ज्ञात हो गया कि ए.जी.जी. ने उन्हें भी चेतावनी दी है। डॉक्टर रॉबर्ट ने उस नर्स से बहुत हुज्जत की थी, जिरह की थी, यह भी पीछे मैंने सुना। मैंने यह भी जान लिया कि नर्स कम उम्र और बुद्धि की कच्ची है। अत: मैं उससे बातें उगलवाने का अवसर देखने लगी।

खवास का चेहरा इस समय बिगड़ा हुआ था। क्यों न बिगड़ता भला? उसका सारा प्रोग्राम जो बिगड़ रहा था पुराना घाघ था; इसलिए घबराहट का नामोनिशान उसके चेहरे पर न था। कदाचित् उसे मेरी कारस्तानी का कुछ पता भी न था। डॉ. नायडू के चले जाने की तो उसे परेशानी थी ही, वासुदेव महाराज के आने से भी उसके तन-बदन में आग लग गई थी। पर वासुदेव उससे खूब हँस-हँसकर, खूब घुल-घुलकर बातें कर रहे थे। चुहल और मज़ाक भी बीच-बीच में चलते थे। खवास का मन यद्यपि ठीक न था और वह वासुदेव का दोस्त भी न था पर मन के भाव छिपाने में वह उस्ताद था। अत: वह भी वासुदेव महाराज का साथ दे रहा था। दोनों पुराने खिलाड़ी अपने-अपने खेल खेल रहे थे। परंतु खेल का मज़ा तब आया जब रात कोई चोर आकर खवास को ठोक-पीट गया। शोर-शप्पा बहुत हुआ, पर चोर पकड़ा नहीं गया। पहचाना नहीं गया। चोर ने कंबल खवास पर डाल उसे उसमें लपेट लिया। फिर लात-घूँसों से अच्छी तरह मरम्मत की। सुबह खवास जब सूजा हुआ मुँह और फूली हुई आँखों पर पट्टियां बाँधे उधर से निकला तब बरबस मुझे हँसी आ गई। वासुदेव महाराज अपने डंडे को सहलाते हुए हकला-हकलाकर कह रहे थे, "बेटा निर्भयराम, खवास का ख़याल रखा करो, वह हमारे पुराने दोस्त हैं।" खवास भी समझ गया था और मैं भी कि सारी कारस्तानी वासुदेव महाराज की थी।

तीसरे पहर जब वासुदेव महाराज मेरे पास बैठे, तब मैंने कहा, "यह क्या किया बाबा जी, खवास को खत्म ही कर दिया?" तब हँसकर वासुदेव महाराज बोले, "ख...खतम क...कहाँ कि...किया, आ...ज...ज़रा-सी, खो...खोपड़ी...स...सहलाई है सिर्फ़। अब जब तक बेटा जी आबू से अंतर्धान नहीं हो जाते उनकी सेवा तो निर्भयराम को करनी ही पड़ेगी। क...क्या कहते हो बेटा निर...निर्भयराम!"

मैं हँसते-हँसते लोट-पोट हो गई और कल तक मैं कैसी भयानक मुसीबत में फँसी थी, वह बिलकुल ही भूल गई।

इस घटना के तीसरे ही दिन पुलिस दल-बल सहित आ धमकी। पुलिस के बड़े साहब आये थे। नौकर-चाकर छोटे-बड़े सभी भय से काँपने लगे। जो असल कारण नहीं

जानते थे वे भाँति-भाँति की अटकल लगाये गये। पुलिस ने सबसे प्रथम उस नर्स को फाँसा। उसने पाँच-दस मिनट में ही सब भेद खोल दिये। ज़हर की पुड़िया भी उसके पास से बरामद हुई। उसके बाद मेरा बयान हुआ। अथ से इति तक सब बातें मैंने बता दीं। परंतु जब मैं बयान दे रही थी, तभी अकस्मात् खवास ने मेरे ऊपर रिवॉल्वर चला दिया। परंतु इसी क्षण वासुदेव महाराज गरजकर खवास पर चीते ही भाँति टूट पड़े। खवास का निशाना चूक गया और गोली मेरे कान को छूती हुई दीवार में घुस गई। इसी समय मैंने देखा कि खवास में दैत्य के समान बल था। उसने अनायास ही वासुदेव महाराज को उठाकर दूर फेंक दिया और लगा दनादन गोलियाँ दागने। एक गोली वासुदेव महाराज की जाँघ में घुस गई। पुलिस के जवान तुरन्त ही उस पर टूट पड़े और उन्होंने पिस्तौल छीनकर उस पर कब्ज़ा कर लिया तथा हथकड़ियों में जकड़ लिया। क्षण-भर में ही यह सब भयानक कांड हो गया। वासुदेव महाराज खून से भर गये, पर उन्हें इस समय अपने जख्मी होने की ज़रा भी परवाह न थी। वह हकला-हकलाकर खवास पर व्यंग्य बाण चला रहे थे और खवास गंदी-गंदी गालियाँ बक रहा था। मैं उस हत्यारे की गोली से बाल-बाल बच गई थी, इसलिए वासुदेव महाराज बहुत खुश थे। उन्हें तत्काल प्रारंभिक उपचार के लिए अस्पताल भेज दिया। खवास ने प्रत्येक बात से कतई इनकार कर दिया। पुलिस ने उसके वस्त्रों की भी तलाशी ली और कमरे की भी। मेरे कहने पर कोठी के पिछवाड़े वाले कमरे की भी। वहाँ से कई संदिग्ध वस्तुएँ मिलीं। उनमें सबसे अधिक महत्त्वपूर्ण था एक अधूरा पत्र जिसे वह महाराजाधिराज को कदाचित् उसी समय लिख रहा था जबकि पुलिस ने उसे धर दबोचा था। पत्र अधूरा था और उस पर उसके हस्ताक्षर नहीं थे, पर वह उसी के हस्तलेख से था और उससे मेरी हत्या की योजना तथा महाराजाधिराज से उस योजना के सम्बन्ध पर काफ़ी प्रकाश पड़ता था।

पुलिस खवास और नर्स को गिरफ़्तार करके ले गई। कर्नल रॉबर्ट ने बाद में मुझे बताया कि मैंने जो पानी ए.जी.जी. को दिया था, वह जाँच के लिए बंबई भेजा गया था और उसमें विष पाए जाने पर ही ए.जी.जी. ने पुलिस बुलाई थी। उन्होंने मुझे बहुत-बहुत तसल्ली दी और कहा, "अवश्य ही डॉक्टर नायडू भी गिरफ़्तार होगी।" उन्हें इस बात का भारी खेद था कि इतनी योग्य डॉक्टर होने पर भी उसने यह दुष्कर्म किया। उन्होंने मुझे यह भी बताया कि मेरी डिलीवरी के लिए बंबई से एक लेडी डॉक्टर और दो नर्सें बुलाने का प्रबंध ए.जी.जी. महोदय ने कर दिया है। यह अंग्रेज़ चरित्र था जिस पर आज मुझे विचार करना पड़ा। डॉक्टर रॉबर्ट इस समय एक सच्चे पिता की भाँति मेरी सेवा-सहायता कर रहे थे। और ए.जी.जी. साहब बहादुर ही नहीं बल्कि उनकी मेम साहिबा भी दो बार आकर मुझे तसल्ली दे गई थीं। यह मेरे ऊपर उनका अनुग्रह ही न था, कर्त्तव्य पालन भी था। मैं जानती थी कि यही साहब कुंवरानी के मामले में मेरे कितने विरोधी थे। मुझे रंगमहल से निकालने में उन्होंने बड़ा बल लगाया था, पर आज वही मेरे प्राणों की इस प्रकार रक्षा कर रहे थे। सच तो यह है कि उन्होंने ही मुझे नव जीवन दान दिया था। मैं मन-ही-मन उनकी कृतज्ञ हो रही थी। और जब-जब सारी बातों पर ध्यान आता था तब-तब मेरी आँखों में आँसू उमड़ आते थे।

मुझे वासुदेव महाराज की बड़ी चिंता थी। बेशक उन्होंने मेरे प्राण बचाने में अपने प्राण संकट में डाल दिए थे। वह बूढ़ा ब्राह्मण अकारण ही अपने प्यार से मुझे आप्लावित कर रहा था। मैं उन्हें देखने और उनका हाल जानने को अधीर हो रही थी, पर कर्नल ने मुझे बता दिया था कि गोली उनकी जाँघ से निकाल दी गई है और उनकी हालत सुधर रही है, कोई खतरे की बात नहीं है।

मातृ-सुख

प्रसव सही-सलामत हो गया। यद्यपि मैं अत्यंत कमज़ोर थी और मुझे अभी ज्वरांश भी था तथापि मेरा बच्चा अत्यंत स्वस्थ्य था, वह मानो चाँद का टुकड़ा था। इस बार जो लेडी डॉक्टर बंबई से आई थी, वह बड़ी सुयोग्य गुजराती महिला थी। अभी-अभी कोई बड़ी भारी डिग्री लेकर अमरीका से आई थी। बहुत कम आयु की थी, कुमारी थी। अमरीकी समाज और शिष्टाचार का उस पर पूरा प्रभाव था। सुंदरी वह मुझ से भी अधिक थी। मेरी तो अब उतरती जोत थी। मैं तो उसकी प्रिय मूर्ति को ठगी-सी देखती रह जाती थी। मेरी सारी दु:खगाथा सुनकर उसे मुझसे प्यार और सहानुभूति भी हो गई थी। अब हम गहरे मित्र थे। बहुधा मैं उसे अपने यहाँ आग्रहपूर्वक शाम की चाय पिलाती थी। नर्सें भी दोनों बहुत भली थीं। नर्सें एंग्लो-इंडियन थीं। एक तो खूब मोटी अधेड़ औरत थी। टूटी-फूटी हिन्दी बोल लेती थी, मज़ेदार औरत थी। ऐसी-ऐसी नकलें करती और लतीफे सुनाती थी कि हँसते-हँसते पेट में बल पड़ जाते थे, दूसरी नर्स कम उम्र की थी। पर अपने काम में चौकस थी। उसका सेवा-भाव मर्म को छू गया था। वह श्रद्धा और प्रेम से सेवा करती थी। अब मेरे चारों ओर प्रेम, मित्रता और आनंद का वातावरण था। मोटी नर्स को राजा-रजवाड़ों के, खवासों के, सौतों के झगड़े-बखेड़े सुनने का बड़ा चाव था। जब उसे मालूम हुआ कि मैं रानी-महारानी नहीं, गोली हूँ, और मेरे जीवन की विचित्रताएँ ज्यों-ज्यों उस पर प्रकट होने लगीं त्यों-त्यों वह मुझे खिलौना समझकर खोद-खोदकर मेरा जीवन-वृत्त पूछने लगी।

यह सब प्रबंध बड़े साहब ने स्वयं किया था। वह बराबर की कोठी में अभी तक उपस्थित थे तथा मेरे साथ दिलचस्पी रखते थे। दो बार तो वह सपत्नीक मुझे देखने आ चुके थे और फल-फूल के उपहार तो बहुधा भेजते ही रहते थे। मेरे प्रति जैसे उनकी ममता जाग उठी थी। इन सब बातों के कारण भी डॉक्टर, नर्स और दूसरे लोग सब मेरी लगन से सेवा सुश्रूषा करते थे। वासुदेव महाराज स्वयं अपने हाथ से मेरा पथ्य बनाकर अपने सामने मुझे खिलाते-पिलाते। जब तक मैं खाती-पीती रहती अपनी हकलाहट-भरी बातों से वह मुझे खिलाते-खिलाते, हँसाते रहते थे।

दिन बीतते चले गए और मेरा बच्चा अब एक महीने का हो गया। मेरा स्वास्थ्य अब बहुत कुछ सुधर गया था पर कमज़ोरी तो अभी थी ही। इससे डॉक्टर रॉबर्ट ने यह निश्चय किया कि अभी और दो मास तक मुझे यहीं रहना चाहिए। मुझे इसमें कुछ

उज्र न था। मनोरम दृश्य, सुखद वातावरण, स्वास्थ्यप्रद जलवायु, आनंदमयी मित्र-मंडली। और अब मुझे क्या चाहिए था? वह माली अब मेरा भारी मित्र बन गया था। दोनों समय फूलों के गुलदस्ते। हार, चोटी और न जाने वह क्या-क्या ले आता था। घंटों बैठकर मैं उससे बातें करती और चलती बार उसे कुछ-न-कुछ अवश्य देती थी। उसके बेटे की बहू कभी-कभी आकर मेरे पैरों के तलुओं में तेल मल जाती थी। बड़ी लजीली और स्वस्थ बहू थी। एकदम सुरमई रंग और खूब भरा शरीर। पच्चीस वर्ष की आयु। बड़ी-बड़ी आँखें। चाँदी के भारी-भारी गहने। उसे मैंने अपना एक सोने का जड़ाऊ गहना दे दिया था। वह पहले मुझे सरकार कहकर पुकारती थी। सभी मुझे यही संबोधन करते थे। केवल वासुदेव महाराज चंपाकली कहते और डॉक्टर रॉबर्ट 'माई चाइल्ड' कहते थे। नई डॉक्टरनी ने भी सरकार कहना आरंभ किया था, पर मैंने उन्हें अब अपना सारा जीवन खोलकर बता दिया तो उन्होंने मेरा एकदम नया नामकरण कर डाला। किसुन का शुद्ध उच्चारण लगाकर वह मुझे श्रीमती कृष्ण कहने लगीं। बालक के पिता का नाम जो अब तक किसुन दरोगा लिखा जाता था, यहाँ डॉक्टरनी के कहने से मिस्टर कृष्णसिंह लिखा गया। मैं अपने अदृश्य किसुन को मिस्टर कृष्णसिंह के नवीन संस्करण में न केवल नये सिरे से प्यार करने लगी। अपितु श्रीमती कृष्ण के नाम में एक नया गौरव भी अनुभव करने लगी। उस माली की बहू को मैंने जीजी कहना सिखा दिया। बड़ी कठिनाई से उस भोली के मुँह से मुझ जैसी राजरानी के लिए जीजी शब्द निकला। फिर तो वह मेरे ऊपर मर मिटी।

ऐसे सुखद वातावरण को छोड़कर मैं भला क्या करने रियासत में जाना पसंद करती! विशेषकर मैं जानती थीं कि जब तक यहाँ हूँ तब तक मेरा पुत्र, मेरी आँखों का तारा, मेरी छाती से लगा हुआ है। वहाँ तो जाते ही छीन लिया जाएगा। यह सोचकर भी मैं यहीं रहना पसंद करती थी। मैं सुन चुकी थी कि महाराजाधिराज राजधानी में विलायत से लौट आए हैं। परंतु उन्होंने न कोई खत लिखा था, न मुझे बुलाया था, न कोई संदेश ही भेजा था। उनकी यह उपेक्षा मुझे भयानक-सी लग रही थी। खास कर यह याद करके कि उन्होंने मेरी हत्या करने को उस खवास के बच्चे को नियुक्त किया था। अब क्या मेरे वे राजसुख के दिन बीत चुके? अब क्या मैं राजा के मन से उतर गई? क्या गज़ब कि रियासत में जाने पर वह मुझे फिर न मरवा डालें। अब तो मैं फूँक-फूँककर पाँव रख रही थी। पर मुझे सबसे अधिक अपने किसुन का अभाव खटक रहा था। मैं चाह रही थी कि केवल किसुन यहाँ आ जाए, तो मैं अब जीवन-भर कभी रियासत में जाऊँ ही नहीं। पर मुझे न किसुन का कोई समाचार मिला था, न केसर का और न अपने बच्चों का। इन सब बातों के लिए मैं कभी-कभी बहुत ही व्याकुल हो उठती थी।

इसी समय कर्नल रॉबर्ट ने मुझे सूचना दी कि उन्हें रियासत से बुलावा आया है और उन्हें यह भी आदेश हुआ कि वह मुझे भी साथ लेते आएँ। परंतु इसके साथ ही उन्होंने अपने मन की बात भी कह दी। उन्होंने कहा, "मेरी बच्ची, तुझे अभी वहाँ नहीं जाना चाहिए। प्रथम तो अभी तेरा स्वास्थ्य पूरे तौर से ठीक नहीं हुआ। दूसरे वहाँ का वातावरण कैसा है,

हिज़ हाइनेस की मनोवृत्ति कैसी है, यह मैं पहले जाकर जाँच करना चाहता हूँ। तीसरे तेरे लिए यहाँ सब भाँति का आराम है। इसलिए तू अभी तीन महीने यहीं रह। मैं ए.जी.जी. से कहकर इसका प्रबंध करा दूँगा।''

मुझे इस बूढ़े अंग्रेज़ की बात भा गई। मैंने कहा, ''आप मेरे पिता-तुल्य हैं। मेरे भले के लिए आप जो ठीक समझें, वही करें। परंतु आप भी यहीं रहें तो उत्तम है।'' पर डॉक्टर रॉबर्ट ने बताया कि यह संभव नहीं है। अंततः यह तय पाया कि जब तक मैं यहाँ हूँ, वह लेडी डॉक्टर और नर्स यहीं रहेंगी, भले ही इनका खर्चा मुझे पॉकेट से ही देना पड़े। वासुदेव महाराज भी मेरे पास ही रहेंगे, यह भी तय हुआ।

डॉक्टर रॉबर्ट ने ऐसा प्रबंध करा दिया और चलते-चलते वह कह गए, ''जब कभी कठिनाई हो, बड़े साहब से कहना।''

वह चले गए और अब मैं स्वच्छंदतापूर्वक अपने बेटे को छाती से लगाकर निर्द्वंद्व माता का सुख-भोग करने लगी—अपने जीवन में पहली ही बार। यद्यपि यह मेरी पाँचवीं संतान थी और अब मैं अधेड़ आयु की स्त्री थी।

मुकदमा

एजेंट गवर्नर जनरल बहादुर बड़े सख्त अंग्रेज़ थे। पहले कह चुकी हूँ कि कुंवरी के मामले में वह मेरे प्रबल विरोधी थे, यहाँ तक कि मुझे रियासत से बाहर निकालने में उन्होंने कोई कोर-कसर नहीं रखी थी। परंतु आज वह मेरे ऊपर अत्यंत सहृदय थे। वास्तव में न्याय और व्यवस्था पर ही उनका ध्यान था। मेरी हत्या का षड्यंत्र अत्यंत ही जघन्य था। वह जानते थे कि ऐसे मामले अक्सर रियासतों में होते रहते हैं। मेरी जैसी गोलियाँ, जब तक सुंदर व जवान रहती हैं, इसी तरह चूसी जाती हैं और फिर उनका कंटक दूर कर दिया जाता है। राजा-रईसों की रंगरेलियों की यह पुरानी परंपरा है। एक निष्ठावान अंग्रेज़ कैसे इसे बर्दाश्त कर सकता है। अतः इस मामले में ए.जी.जी. ने बड़ा सख्त कदम उठाया और जिस समय मैं आबू की उपत्यकाओं में बैठी अपने पुत्र को लोरियाँ गा-गाकर वहाँ के स्वस्थ वातावरण का आनंद ले रही थी। उस समय राजधानी में उथल-पुथल हो रही थी। मेरी हत्या का प्रयत्न करने में लाल जी खवास और डॉक्टर नायडू की गिरफ़्तारी की चर्चा हज़ार मुँह से विविध रूप धारण करके फैल गई थी। उसमें अनेक विकृत बातों का भी समावेश हो गया था। उधर महाराजाधिराज विलायत से लौटते ही अपनी पतलून का जलसा धूमधाम से करने की तैयारी कर चुके थे। बहुत-से राजा-रईस अंग्रेज़ अफ़सरों को आमंत्रित किया गया था। दावत की बहुत भारी तैयारी की जा रही थी। इतने में ही इस मुकदमे में महाराज, का नाम आ जाने से ये सारी तैयारियाँ उलट-पुलट हो गईं और महाराज को गद्दी से उतार देने की अफ़वाह सारी रियासत में फैल गई।

महाराजाधिराज एकदम बौखला उठे। मैं कह चुकी हूँ कि उनमें अनेक अच्छे गुण

थे। परंतु वह सनकी भी एक नंबर के थे। उन्होंने सनक में ही वह पतलून सिलवाई थी। भला कौन उन जैसा पढ़ा-लिखा सभ्य-पुरुष ऐसी पतलून पहनने की कल्पना कर सकता था! अब तो ऐसी भी खबरें आ रही थीं कि राजा पागल हो गए हैं।

इन सब सूचनाओं को पाकर मैं बौखला उठी। कैसी अद्भुत बात है कि मेरा भाग्य इसी पुरुष से बँधा था। अब मैं कभी-कभी यह सोचने लगती थी कि मेरा क्या होगा। यद्यपि मेरे पास अब अपनी काफ़ी जमा पूँजी थी, हीरे-जवाहरात भी थे, तथापि मैं रह-रहकर यही सोचा करती कि मेरा किसुन मुझे मिल जाए और मैं सचमुच श्रीमती कृष्ण बनकर राजधानी से बाहर कहीं अंग्रेज़ी राज्य की छत्रछाया में किसी नगर में जा बसूँ। परंतु क्या यह संभव हो सकता था? हम गोली-गुलामों का है ऐसा भाग्य!

फिर भी यह विचार मेरे मस्तिष्क में पुष्ट होता जा रहा था और मैं यही सोचा करती थी कि कभी-न-कभी यह स्वप्न पूरा होगा ही। परंतु किसुन की कोई सूचना न मिल रही थी। हर बार मैं वासुदेव महाराज से कहती। वह अपने आदमियों को लिखते, पर हर बार उन्हें वही जवाब मिलता कि किसुन का कुछ भी पता नहीं है। सुना है कि अन्नदाता ने उसे कैद में डाल दिया है। यह समाचार सुनकर मैं अधीर हो उठी। मैंने चाहा कि एक बार वासुदेव महाराज स्वयं राजधानी जाएँ और सब समाचार ले आएँ। परंतु अभी मैं यहाँ निरापद न थी। वासुदेव महाराज ने मुझे छोड़ जाना ठीक नहीं समझा। इतने में मुझे सूचना मिली कि मेरी हत्या के षड्यंत्र का जो मुकदमा चल रहा है, उसमें मुझे भी गवाही देने राजधानी जाना होगा। षड्यंत्र में महाराजाधिराज भी सम्मिलित थे, इसलिए यह मुकदमा साधारण अदालत में न चलाकर इसके लिए एक विशेष अदालत बैठाई गई थी, जिसकी कुल कार्यवाही बंद कमरे में हो रही थी। मेरी गवाही अत्यंत आवश्यक और महत्त्वपूर्ण थी। उसी पर महाराजाधिराज की गद्दी और इज़्ज़त निर्भर थी। मुझे सख्त पहरे में राजधानी ले जाया गया, क्योंकि ए.जी.जी. की हिदायत थी कि मेरी सुरक्षा का पूरा बंदोबस्त रहे।

मैं सीधी अदालत पहुँचाई गई। अदालत में किसी भी बाहरी आदमी को नहीं आने दिया गया था। फिर भी बाहर आदमियों की भारी भीड़ थी। अखबारवाले भी काफ़ी शोर मचा रहे थे और वातावरण खूब उत्तेजनापूर्ण था। मुझे देखकर भीड़ और उत्तेजित हो गई। मुझे घेर लिया गया और पुलिस ने बड़ी कठिनाई से मुझे अदालत में पहुँचाया। लाल जी खवास और डॉक्टर नायडू दोनों ही अभियुक्त अदालत में हथकड़ियों से जकड़े हुए हाज़िर थे। अदालत ने उनकी ज़मानत मंजूर नहीं की थीं। परंतु महाराजाधिराज उपस्थित नहीं थे। महाराज की ओर से कलकत्ता-बंबई के बड़े-बड़े बैरिस्टर पैरवी कर रहे थे। नायडू और खवास ने भी बड़े-बड़े वकील जुटाये थे। मुकदमा सरकार की ओर से चल रहा था और सरकार ने भी एक बहुत बड़ा वकील खड़ा किया था। नायडू का चेहरा उतरा हुआ था। मुझे देखकर उसने आँखें नीची कर लीं। अनुनय और अनुताप उसकी आँखों में भरा था।

पर खवास जलती आँखों से मुझे घूर रहा था। उस पर दो संगीन जुर्म थे, एक मेरी हत्या का षड्यंत्र करना और ज़हर देना और दूसरा रिवॉल्वर से कातिलाना हमला करना। मेरी गवाही हुई। मैंने एक-एक करके सारी ही घटनाएँ बयान कर दीं। पर जब राजा की बात आई मेरी वाणी जड़ हो गई। जब सरकारी वकील ने प्रश्न किया कि तुम जानती हो कि हिज़ हाइनेस भी इस साजिश में थे, तब किसी अदृश्य शक्ति ने मेरे मुँह पर ताला जड़ दिया। मैं बोल न सकी, परंतु जब बार-बार वही प्रश्न दुहराया गया, तब मैंने धीरे से कहा, ''मैं नहीं जानती।''

बयान मेरा खत्म हुआ। उस पर बहुत--सी जिरह हुई। महाराज के बैरिस्टर बहुत प्रसन्न मुद्रा में थे। महाराज के विरुद्ध तो एकमात्र मैं ही गवाही दे सकती थी। मेरे बाद वासुदेव महाराज का बयान हुआ। उन्होंने बताया कि खवास ने मुझ पर मार डालने की नीयत से गोली चलाई थी। लेकिन उनके झपट पड़ने से खवास का निशाना चूक गया और गोली उनकी जाँघ में लगी। जिरह उनसे भी बहुत हुई। बयान होने पर हम लोग उसी भाँति सख्त पहरे और सुरक्षा में आबू पहुँचा दिए गए।

आबू लौट आने पर मैं तरह-तरह की चिंताओं में घिर गई। मैं नहीं जानती थी कि महाराजाधिराज मेरे साथ क्या व्यवहार करेंगे। यद्यपि मैंने उनके प्रतिकूल बयान न देकर उन पर भारी एहसान किया था, फिर भी वह उस निष्ठा से बढ़कर न था जिसके साथ बीस वर्ष पहले मैंने उनके प्रति आत्मार्पण किया था। मेरे इस आत्मार्पण के बदले यदि वह मेरी हत्या कर सकते थे तो भला मेरे इस बयान का वह क्या मूल्य समझ सकते थे? न पहले और न अब, आबू आने पर मुझे उनका कोई संदेश मिला। ज्यों-ज्यों दिन बीतते जाते थे, मैं बेचैन होती जाती थी। मेरी समझ में ही न आता था कि क्या करूँ। अंततः मुझसे निष्क्रिय नहीं बैठा गया। राजधानी से लौटे मुझे अभी दो ही मास हुए थे कि मैंने वासुदेव महाराज को सब बातें समझा-बुझाकर राजधानी भेज दिया। मैंने उनसे अनुरोध किया कि वह किसुन का, मेरे बच्चों का, केसर का तथा दूसरे सारे हाल-चाल लेकर आयें। पहले वह मुझे वहाँ छोड़ने को राज़ी नहीं हुए, पर अंत में चले गए। अपनी गैरहाज़िरी में मेरी सुरक्षा की जो भी व्यवस्था वह कर सकते थे, करते गए। राजधानी से लौटकर उन्होंने जो-जो बातें बताईं; उन्हें सुनकर मेरा मन और व्यग्र तथा व्यथित हो गया और मैं घबरा गई। उन्होंने बताया कि महाराजाधिराज ने अपने बचाव के लिए वकीलों की सलाह से यह बयान दिया कि वह पागल हैं। वह सचमुच पागल हैं या नहीं यह जाँच करने के लिए दो अंग्रेज़ विशेषज्ञ विलायत से बुलाए गए थे। जब वे अंग्रेज़ महाराज की जाँच करने महलों में गए, तब उनसे कहा गया कि महाराजाधिराज की हालत बहुत खतरनाक है। ज़्यादा आदमियों को देखकर वह भड़क उठते हैं। उससे ठीक यह होगा कि एक-एक डॉक्टर ही उनकी पृथक्-पृथक् जाँच करे। बेचारे अंग्रेज़ डॉक्टर झाँसे में आ गए। महाराज रंगमहल के भीतरी भाग में एक छोटे-से कमरे में जा बैठे। वहीं अब उनमें से एक डॉक्टर उनकी परीक्षा के लिए पहुँचा, तब वह उस पर शेर की भाँति टूट पड़े और उनकी गर्दन पर सवार होकर बोले, ''साले के साले, लिख दे कि हम पागल हैं, नहीं तो अभी मार डालूँगा।'' डॉक्टर की अक्ल गुम हो गई और

उसने प्राण संकट में देख उन्हें पागल होने का सर्टिफ़िकेट दे दिया। सर्टिफ़िकेट को पढ़कर महाराज ने हँसकर कहा, ''इसे अभी बंद कर दो और दूसरे गधे को भी लाओ।'' जब दूसरा डॉक्टर आया तब उसके साथ भी यही व्यवहार किया गया और उनसे भी पागलपन का सर्टिफ़िकेट ले लिया गया। इसके बाद प्रत्येक को पाँच-पाँच लाख रुपया इनाम देकर प्रसन्न कर लिया गया। रुपये पाकर दोनों अंग्रेज़ पुङ्गव अपना वह अपमान भूल गए, प्रसन्न हो गए। उन्हें एक सप्ताह राजधानी में मेहमान की भाँति रखा गया। शिकार, दावत और जल्से हुए और फिर उन्हें विदा कर दिया गया।

मेरी गवाही और पागलपन के सर्टिफ़िकेट के कारण मुकदमे से तो महाराजाधिराज बरी हो गए पर उनके राजनीतिक अधिकार सब छिन गए। एक प्रकार से उन्हें गद्दी से उतार दिया गया। एक अंग्रेज़ सिविलियन राज्य का दीवान होकर आया और रियासत का वही सर्वेसर्वा बन गया। महाराज को प्रति मास एक निश्चित राशि की प्राइवेट पर्स भी मिलने लगी और वह अब राज-काज में कोई दखल नहीं दे सकते थे। अब उनका सारा ही समय रंगमहल की लनतरानियों में व्यतीत होता था।

किसुन के सम्बन्ध में वासुदेव महाराज कोई निश्चित खबर नहीं लाए थे। उनका कहना था कि किसुन विलायत से लौटने के बाद तो महाराज की सेवा में देखा गया था, पर अब उसका कोई पता ही न था। राजधानी में वह न था और कोई यह न जानता था कि वह कहाँ है। यह अफ़वाह थी कि महाराजाधिराज ने उसे कैद कर लिया है। यह इसलिए कि महाराज ने उससे मेरे सब हीरे-जवाहरात और धन माँगा था, पर किसुन ने वापस देने और बताने से इनकार कर दिया था। उसे मारा-पीटा भी बहुत गया था। इन सब बातों को सुनकर मेरा कलेजा मुँह को आने लगा और मैं किसुन के लिए बहुत छटपटाई। पर मैं कर भी क्या सकती थी, निरुपाय थी।

उस पतलून का भी किस्सा मज़ेदार रहा। विलायत से लौटने पर महाराज ने उसके लिए एक बड़े जल्से और धूमधाम की व्यवस्था की थी। सुना कि एक बटन ज़रा ठीक से टाँकने के लिए विलायत से दर्ज़ी आया था और उसे ग्यारह हज़ार रुपये दिए थे। परंतु मुकदमे के झमेले में पतलून का जल्सा न हो सका। और अब इस अंग्रेज़ मिनिस्टर ने रंगमहल की बहुत-सी फ़ालतू चीज़ें—हाथी, घोड़े, जवाहरात, मोटरें आदि फ़ालतू जिन्सें बेचकर कर्ज़ा चुकाने की योजना बनाई तो वह पतलून भी बेच दी गई।

बुरे दिन

दिन बीतते चले गये। अब मुझे आबू में रहते एक वर्ष पूरा हो रहा था। लेडी डॉक्टर और नर्सें चली गई थीं। मेरे पास केवल वासुदेव महाराज रह गए थे। इस बार वह दो लठैत अपने साथ लाये थे जो मुस्तैदी से कोठी पर पहरा देते थे और जब मैं बाहर हवाखोरी को जाती तब वे परछाईं की भाँति मेरे साथ रहते थे। मैं बहुत कुछ स्वस्थ हो गई

थी। मेरा पुत्र बहुत चंचल, सुंदर और हँसमुख था। उसकी बाल-लीला ने मुझे विभोर कर दिया था। यद्यपि अपने पुत्र को अपनी छाती से लगाकर रखना मेरे लिए एक अलभ्यलाभ था, फिर भी अब यहाँ से मेरा जी ऊब गया था। मैं किसुन और बच्चों के लिए बेचैन हो रही थी। मैं वासुदेव महाराज से कहती कि वह मुझे राजधानी ले चलें। पर उधर से महाराजाधिराज का कोई आदेश नहीं मिल रहा था। हाँ, यहाँ मेरे खाने-पीने आदि का सब खर्चा ठीक-ठीक चल रहा था। मालिन की बहू अब दिन-भर मेरी सेवा में रहती थी। मेरा बच्चा भी उससे बहुत हिल गया था। मैं अब यह तो भूलने ही लगी थी कि मैं कभी राजरानी थी। अब तो मैं एक साधारण स्त्री की भाँति इस खुशमिज़ाज औरत की सोहबत में अपने जिगर के टुकड़े को गोदी में उछाल-उछालकर आनंद के दिन व्यतीत कर रही थी। यदि किसुन और बच्चे मुझे मिल जाते तो मैं कभी राजधानी जाने का नाम भी न लेती। पर अब तो ज्यों-ज्यों दिन बीत रहे थे, मैं अधीर होती जाती थी। एजेंट गवर्नर-जनरल बहादुर सीज़न खत्म होते ही चले गए थे। मेरे बयान से वह कुछ असंतुष्ट भी हुए थे, ऐसा मैंने सुना था। उनकी कोठी अब सुनसान पड़ी थी। मेरी कोठी में प्रायः सन्नाटा रहता था। रात को जब वायु पहाड़ों से टकराती तब मैं डर जाती थी। सर्दी अब शुरू हो गई थी और अभी से तेज़ ठंडी हवा के झोंके तीर-से लगने लगे थे।

मैंने महाराजाधिराज का कितना उपकार किया था। पर आज उन्होंने एकबारगी ही मुझ से मुँह फेर लिया था। कैसे आश्चर्य की बात थी! वह तो मुझे बहुत प्यार करते थे! बहुत मानते थे! मुहब्बत की बड़ी-बड़ी बातें करते थे! मैं अभागिनी अब उन्हीं सब बीती बातों को सोचा करती थी और कभी-कभी रोया करती थी। मैं रोती थी अपने बीते दिनों को याद करके, पर अभी मुझे और भी बुरे दिन देखने पड़ेंगे, यह मैं बिलकुल नहीं जानती थी। कभी-कभी यह आशंका मेरे मन में घर कर जाती थी कि आखिर महाराजाधिराज ने जो मुझे एकबारगी ही बिसार दिया है, इसका कारण क्या है? क्या अब वह मुझे नहीं रखेंगे? तब मेरा क्या होगा। इस विचार ने मेरा खाना-सोना हराम कर दिया था।

इसी समय कुछ भयानक खबरें मुझे राजधानी से मिलीं। वासुदेव महाराज का एक विश्वस्त शिष्य ये खबरें लाया था। सबसे बड़ी खबर तो यह थी कि एक ठाकुर की बेटी से महाराजाधिराज ने नया ब्याह रचाया है। दूसरी यह कि केसर मर गई है और मेरी दोनों लड़कियाँ होस्टल में मेरी बड़ी लड़की के पास हैं। किसुन के सम्बन्ध में कोई खबर नहीं मिल रही थी। मेरे लिए ये खबरें मौत से भी बढ़कर भयानक थीं और अब मैं अपने को स्थिर नहीं रख सकती थी। यहाँ अब एक क्षण भी काटना मुझे पहाड़ हो रहा था। वासुदेव महाराज से मैंने सलाह ली। उनका विचार था कि वह एक बार जाकर वहाँ के हाल-चाल देख आएँ, परंतु मेरी तकदीर में जो कुछ भोगना बदा था, उसने मेरी मति फेर दी और मैंने तुरंत ही राजधानी चल देने की ठान ली। अंततः मैं आबू से चल ही दी। या यों कहूँ कि होनी विपत के सागर में खींच लाई।

राजधानी में जाकर मैंने देखा कि मेरा महल अब मुझे नहीं मिल सकता, क्योंकि महाराजाधिराज ने जिस ठाकुरड़े की लड़की से नया ब्याह किया है, वही उस महल में नई रानी की तरह आबाद है और राजधानी में महाराज के ब्याह की धूमधाम चल रही है। मेरे महल में सुहागरात मनाई जा रही है। विलायती शराब के दौर चल रहे हैं। दूर-दूर के रंडी-भांड आए हैं। उनके मुजरे हो रहे हैं। यह सब देखकर तो मेरा मुँह सूख गया। अब मैं कहाँ जाऊँ? कहाँ रहूँ? वासुदेव महाराज ने महाराजाधिराज से मुलाकात करनी चाही, पर मुलाकात नहीं हुई। लाचार वासुदेव मुझे अपने घर ले गये। उनकी आँखों में आँसू आ गए। मेरी दुर्दशा और असहायावस्था देखकर उस बूढ़े ब्राह्मण का दिल रो उठा। वह पुराना संबोधन चंपाकली भूल गया। मेरे पुत्र को मेरी गोद से अपनी गोद में लेकर कहा, "चलो बेटी, इस ब्राह्मण का घर तुम्हारे लिए खुला है। जो रूखा-सूखा मिले खाना और समझना कि अपने गरीब बाप के घर आई हो।" मैं भी अपने आँसू न रोक सकी। आज तो धरती-आसमान पर मेरा कोई न था। केवल वासुदेव महाराज का सहारा था। मैंने भी अपने अतीत की सब बातें भुला दीं। काँपते कंठ से कहा, "चलिए पिता जी!" और मैं उनके पीछे चल दी।

वासुदेव महाराज का घर काफ़ी बड़ा था। पक्की तिमंज़िला हवेली थी। पर मेरे रंगमहल की भला उससे क्या तुलना हो सकती थी! घर में वासुदेव की वृद्धा माता और वृद्धा पत्नी थी। एक पुत्र था, जिसने हाल ही में कानून पास किया था। वह रियासत ही की कचहरी में प्रैक्टिस करता था। उसका विवाह हो गया था, पर बहू अभी मायके में ही थी। एक सेवक था, जो ऊपरी काम-धंधे करता था। मकान के नीचे का खंड एकदम मर्दाना था। उसी की एक बारहदरी में अखाड़ा बना हुआ था। वहाँ वासुदेव महाराज की शिष्य-मंडली कुश्ती, छुरी, तलवार, गदेके के हाथ सीखती थी। वासुदेव महाराज की आवाज़ सुनकर वे सब आ जुटे! मुझे ऊपर की मंज़िल में एक छोटी-सी कोठरी मिली। वहाँ एक साधारण सी चारपाई पर बिछी शतरंजी पर जब मैंने अपने बच्चे को सुलाया तब अपने भाग्य के इस परिवर्तन को देख मुझे हँसी आ गई। वाह रे विधाता! मेरा बिस्तरा मेरे साथ था। वस्त्र भी बहुत थे। पर बिस्तरा मैंने खोला नहीं, मैंने निश्चय किया कि मैं इस ब्राह्मण के घर उसकी बेटी बनकर साधारण जीवन ही व्यतीत करूँगी। थोड़ी देर में उनकी ब्राह्मणी मेरे लिए थाल परसकर लाई। बच्चे के लिए दूध भी लाई। मैंने कहा, "माँ जी, मेरे लिए इतना कष्ट न करें। मैं वहीं आकर भोजन कर लूँगी।" इस पर उन्होंने कहा, "नहीं रानी बेटी, यह ठीक न होगा। मुझे अपने बच्चों को खिलाने-पिलाने में कष्ट काहे का होता है!"

मैंने तो अपने जीवन में नौकरों की सेवाएँ देखी हैं। बुजुर्गों की प्यारभरी सेवा तो यह पहली बार ही देखी। मेरी आँखों में आँसू आ गए और मैंने झुककर उनके चरणों में सिर रख दिया।

दूसरे दिन सवेरे ही मैं साफ़-सादा सूती साड़ी पहनकर ब्राह्मणी के पास जा पहुँची। वह रसोई में खटखट में लगी थी। मैंने पास पहुँचकर कुछ संकोच से कहा, "माँ जी, मैं शूद्र हूँ, गोली हूँ, आपकी रसोई में नहीं आ सकती। पर काम मुझे भी चाहिए। दाल मैं धो

दूँगी, चावल मैं साफ़ कर दूँगी। बर्तन मैं माँज दूँगी।'' ब्राह्मणी किसी तरह राज़ी न हुई, पर मैं हठ कर बैठी। लाचार ब्राह्मणी को मेरा हठ मानना पड़ा। घर के सभी कामों में मैं हाथ बँटाने लगी। जीवन में कभी भी तो मैंने घर-गृहस्थी का काम नहीं किया था। झाड़ू कभी हाथ से नहीं छुई थी। करछुल को हाथ नहीं लगाया था। पर आज तो मैं सभी कुछ कर रही थी, यहाँ तक कि जूठे बर्तन भी माँजने में मुझे सुख था। मना वासुदेव महाराज ने भी बहुत किया, पर मैंने माना नहीं। मेरे पास अब भी काफ़ी रुपया था, पर वासुदेव महाराज ने वह लेना स्वीकार नहीं किया। मैंने भी हठ नहीं किया।

एक महीना बीत गया। मैं इस नयी गृहस्थी के जीवन की कुछ-कुछ अभ्यस्त होने लगी। वासुदेव महाराज तो उदार वृत्ति के ब्राह्मण थे ही, उनकी माता और पत्नी भी वैसी ही थीं। खासकर माता बहुत विदुषी और पंडिता थीं। वह छुआछूत का वैसे कुछ विचार नहीं रखती थीं। खासकर मेरे प्यार ने उन्हें वशीभूत कर लिया था और मैं उनकी रसोई में भी सहायता करने लगी थी। अपनी घर-गृहस्थी का काम-काज भी मैं अपने हाथों से करने लगी। अपने बच्चे को तेल मलती, उबटन लगाती, नहलाती और छाती पर सुलाती। ये सब काम अपने हाथों से करने में मुझे आनंद आने लगा ऐसा आनंद, जो न कभी माँ के साथ रहते हुए बचपन में आया था और न रंगमहल में राजरानी बनकर। मैं भूल गई थी कि मैं गोली-गुलाम हूँ, मेरा रक्त राजा का बंधक है और मेरा कलुषित शरीर पाप-धर्म से दूषित है। अब तो मैं ब्राह्मण-कन्या की भाँति सारे आचार पालन करके इस सीधे-सादे प्रेमी और उदार ब्राह्मण के घर उसकी बेटी बनकर रह रही थी। आश्चर्य तो यह था कि मैं आस्तिक बन गई थी। मैं नित्य उठकर नित्य-कर्म से निवृत्त हो स्नान-पूजन, संध्या करती, उसी भाँति, जैसे गृहिणी करती थी। फिर मैं थोड़ा जलपान करके बच्चे को नहलाती, खिलाती-पिताली और तब घर-गृहस्थी के कामों में ब्राह्मणी को सहायता देती या माँ जी की चरण-सेवा करती और योगवशिष्ठ तथा *गीता* का बचनामृत-पान करती। मेरे जीवन का सुप्रभात उदय हुआ था। कभी कल्पना में न आया हुआ जीवन-रहस्य मुझ पर प्रकट हो रहा था। मैं नारीधर्म समझ रही थी। नारी-जीवन व्यतीत कर रही थी। मेरा नारी-शरीर उसी एक मास में धन्य हो गया था। मैं उस समय में—एक साथ ही सच्चे अर्थों में माता, कुलवधू और सभ्य-शिष्ट परिवार की एक कन्या बन गई थी। मेरे जीवन की वह अस्वाभाविक असाधारणता खत्म हो चुकी थी और अब मैं नारी बन गई थी।

पर हाय रे गोली की योनि! अभी तो मुझे वास्तविक गोली जीवन के अवशेष अध्याय पूरे करने थे। मैं गोली माँ की कोख से जन्मी हूँ तो क्या कुल-कन्या या कुलवधू होने के लिए? इसी जन्म में रौरव नर्क का भोग न किया तो गोली कैसी? मैं अभागिनी अपने उस निर्वासित, उपेक्षित किंतु, गौरवपूर्ण नये जीवन का सुख अभी पूरे एक मास भी न भोग पाई थी कि उसका अंत हो गया।

एक दिन सवेरे ही सवेरे रथ मुझे ड्योढ़ियों में ले जाने के लिए आ गया। ड्योढ़ी की चर्चा तो मैं आपसे कर चुकी हूँ। वहाँ की बड़ी-बड़ी रोमांचकारी घटनाएँ मेरे रंगमहल में रहते घटी थीं। उसकी काली-मनहूस दीवारों की छाया से भी मैं सदा दूर ही रहती थी,

यद्यपि वह रंगमहल का ही एक भाग था, पर रहस्यपूर्ण और अगम था। प्रसिद्ध था कि जो स्त्री एक बार काल-मुख में प्रविष्ट होती थी, वह फिर जीते जी बाहर नहीं निकल सकती थी। यद्यपि उस स्त्री-नरक का यमराज लाल जी खवास इस समय जेल काट रहा था, पर उसके यमदूतों का वहाँ अखंड राज्य था।

मुझे ड्योढ़ियों में ले जाने के लिए रथ आया है, यह सुनकर ही मेरे शरीर-रक्त की गति रुक गई और मैं जैसे मूर्च्छित हो गई। अब मैं अपनी मूर्खता पर पछताने लगी। क्यों रियासत में लौट आई? मैं अंग्रेज़ी राज में खुशी से बस सकती थी, बंबई, कलकत्ता, दिल्ली कहीं भी। मैंने अपनी मूर्खता या मूर्खतावश उस षड्यंत्र के मुकदमे में राजा का बचाव करके ए.जी.जी. को नाराज़ कर दिया था। क्या ही अच्छा होता यदि मैं उनकी शरणापन्न हो जाती और उनकी सुरक्षा में इस गुलामी के जीवन से मुक्ति पा लेती। परंतु मैं अभागिनी करती भी क्या? किसुन का और बच्चों का मोह मुझे यहाँ खींच लाया था और अब मैं काल-सर्प की कुंडली में फँस चुकी थी। मेरा क्या होने वाला था, यह मैं ठीक-ठीक नहीं जानती थी, पर मेरे बुरे दिन आए हैं यह तो मैं समझ ही चुकी थी।

संक्षेप में, बहुत रोना-धोना हुआ। वासुदेव महाराज ने बहुत गर्जन-तर्जन किया। मैंने माँ जी की बहुत दुहाई दी, पर सब बेकार। माँ जी ने चाहा कि वह एक बार रंगमहल जाकर राजमाता से कहकर मेरे लिए वहीं उनके साथ रहने की अनुमति ले आएँ। वासुदेव महाराज ने बहुत-बहुत कहासुनी की कि वह महाराजाधिराज से मुलाकात कर आएँ, तब तक ठहरा जाए, पर किसी की कुछ नहीं चली। किसी को घर से बाहर कदम रखने की आज्ञा नहीं मिली। हथियारबंद सिपाहियों ने घर घेर लिया था। एक अपरिचित गोला दारोगा उनकी सरदारी कर रहा था। वह सूअर की भाँति काल, कुरूप और भैंसे के समान मोटा-ताज़ा था। उसका घृणित चेहरा चेचक के दागों से और भी भयानक हो गया था। उसकी एक आँख में बड़ा-सा फूला था। उसके पीले और बड़े-बड़े दाँत बड़े ही कुत्सित थे। उसकी वाणी फटे बाँस के समान थी। वह हाथों में मोटे-मोटे चाँदी के कड़े पहने था और सिर पर पीली पगड़ी बाँधे था। कपड़े-लत्ते उसके साफ़-सुथरे थे और वह एक अच्छे घोड़े पर सवार था। वह घर के भीतर घुस आया था और बारंबार गरजकर कह रहा था, "उस गुलमटी गोली को अभी हमारे हवाले करो, वरना सबको बाँध ले चलूँगा। अन्नदाता का हुक्म है। जल्दी से बाहर निकालो, देर मत करो!" मुहल्ले के बहुत से नर-नारी एकत्र हो रहे थे। मैं भय से पीली पड़ गई थी और पीपल के पत्ते की भाँति काँप रही थी तथा अपने बच्चे को छाती से लगाकर करुणाभरी दृष्टि से कभी उस नये यमदूत की ओर और कभी वासुदेव महाराज की ओर ताक रही थी। वासुदेव महाराज बिफ़रे हुए शेर की भाँति फूँ-फाँ करते, दहाड़ते, हकला-हकलाकर उस गोले अफ़सर को गाली-गुफ़्ता देते घर-भर में चक्कर लगा रहे थे। वह गुलमटा भी उन्हें गालियाँ दे रहा था। अजब अँधेर था। अन्नदाता का हुक्म था। उसकी कहीं दाद-फरियाद न थी। अंग्रेज़ सरकार से राजा-रजवाड़ों की ऐसी ही संधि थी, वे राजाओं के भीतरी शासन में दखल नहीं देते थे। ऐसे-ऐसे छोटे-छोटे अत्याचार भी

शासन के ही अंतर्गत थे। ये तो रियासतों की नित्य की घटनाएँ थीं। इसमें सिरदर्द मोल लेने की भला अंग्रेज़ी सरकार को क्या ज़रूरत थी। राजा लोग उनके कोल्हू के बैल थे। उनके साम्राज्य के स्तम्भ थे। उन्हें बनाए रखना उनके साम्राज्य की रक्षा के लिए आवश्यक था। वास्तव में ये राजा ब्रिटिश राज्य के पीले सोने के खंभे थे। इन पर आंच न आने देना और इन्हें कायम रखना उनकी नीति थी। फिर छोटे-छोटे घरेलू झमेलों का पता ही उन्हें कहाँ लग सकता था! रियाया में विद्रोह करने का दम न था। गली मैं सैकड़ों आदमी जमा थे। एक औरत बिना मर्ज़ी के ज़बदर्दस्ती ले जाई जा रही थी, पर इसका विरोध करने की शक्ति किसी में न थी। वासुदेव महाराज भी रस्से छुड़ा रहे थे।

अंत में बात बहुत बढ़ गई। वासुदेव महाराज तलवार सूतकर पैंतरा बदलकर मेरे आगे आ खड़े हुए। उन्होंने कहा, "अबे गुलाम, आ तेरा सिर अभी धड़ से जुदा करता हूँ।" उधर उस गोले ने सिपाहियों को ललकारा, "देखते क्या हो, बाँध लो इस बाम्हन को। घर की सब औरतों को भी बाँध लो। इन पर राज-विद्रोह का मुकदमा चलेगा। हँसी-खेल नहीं है, अन्नदाता का हुक्म है।"

एक क्षण में ही कुछ घटना होने वाली थी कि अंततः मैंने साहस किया। अपने भाग्य पर मैंने हाय की। वासुदेव महाराज के हाथ से तलवार लेकर म्यान में की और चादर बदन से लपेट अपने बच्चे को और भी छाती के निकट खींच मैंने कहा, "चल निर्दयी, मैं चलती हूँ।" मैंने माता जी और गृहिणी के पैरों में सिर रखा। वासुदेव महाराज के चरण छुए और चल दी रथ में बैठकर-चौधारे आँसू बहाती हुई, रौरव नरक में प्रविष्ट होने के लिए, अपने जन्म-जन्म के कर्मों का लेखा-जोखा भुगतने के लिए अथवा अपने गोली के जीवन को पूरा करने के लिए।

ड्यौढ़ियों का नारकीय रूप

ड्यौढ़ियों के विषय में ब्यौरेवार सब बातें जानने के लिए आप अवश्य उत्सुक होंगे। बहुत बार प्रसंग आने पर मैंने उसकी चर्चा की है, पर मैंने भी सुनी-सुनाई बातें कही थीं, कभी स्वयं तो मैं गई ही न थी। परंतु अब सुन लीजिए और देख लीजिए, इस प्रत्यक्ष रौरव नरक को या कुंभीपाक नरक को। अब तो मैं यहाँ आ ही गई थी, सब कुछ देख रही थी, भुगत रही थी मेरे जैसी प्रत्यक्षद्रष्टा और भुक्तभोगी और कौन आपको दूसरा मिलेगा, राजस्थान के राजा-महाराजाओं की विलास-वासना की इस कुत्सा का चश्मदीद गवाह!

ड्यौढ़ियों का यह रौरवावास रंगमहल के बिलकुल पिछवाड़े भाग में है। त्रिपोलिया द्वार से तनिक आगे बढ़कर बाईं ओर जो मार्ग रंगमहल के पीछे की ओर गया है, उसी के छोर पर एक पतली गली है, जिसमें कठिनाई से एक वाहन जा सकता है। गली के दोनों ओर ऊँची-ऊँची दीवारें हैं। एक ओर रंगमहल के पिछवाड़े की और दूसरी ओर नगर के प्रधान बाज़ार के पिछवाड़े की। दीवारों में एक भी मोखा-सूराख, खिड़की-झरोखा कहीं

नहीं है। ड्यौढ़ियों के फाटक पर जाकर यह गली समाप्त हो जाती है। गली में सदैव सन्नाटा रहता है, क्योंकि यह आम रास्ता नहीं है, केवल ड्यौढ़ियों का एकमात्र रास्ता है, जिस पर कोई भी व्यक्ति जाता-आता नहीं। ड्यौढ़ियों में किसी स्त्री-पुरुष, नौकर-चाकर को आने-जाने की आज्ञा नहीं है। केवल लाल जी खवास ही वहाँ अकेला आ-जा सकता था। वह अब जेल में था और उसकी जगह पर वह जालिम वहाँ का दरोगा तैनात हुआ था।

ड्यौढ़ी में घुसते ही एक बिलकुल अँधेरा कमरा आता है, जिसके सम्मुख ही हनुमानजी की एक डरावनी विशाल मूर्ति है, जिसे सब लोग बालाजी कहते हैं। यही ड्यौढ़ियों में रहने वाली अभागिन स्त्रियों के इष्टदेव हैं। हर मंगलवार को वहाँ ड्यौढ़ी की प्रत्येक स्त्री जाकर प्रसाद दे-ले सकती है। उसी दिन पुजारी भी वहाँ आता है। इसी कमरे में एक छोर पर द्वार है, जहाँ कोई तीन फुट चौड़ा एक गलियारा दूर तक चला जाता है। गलियारे में घुप अंधकार रहता है। बिना मशाल या लालटेन लिए चलना वहाँ असंभव है। गलियारे की छत कहीं-कहीं सिर को छू जाती है। गलियारे के दोनों ओर पत्थर की दीवारें-फाटक हैं, जिसमें कहीं कोई मोखा-खिड़की नहीं है। उसके छोर पर एक फाटक के बाहर एक खुला चौक है, जिसके चारों ओर छोटी-छोटी कोठरियाँ बनी हैं। कोठरियाँ प्रायः दस-बारह फुट लंबी-चौड़ी हैं। आप समझते होंगे, यह रंगमहल है, इसमें महाराजाधिराज की रखैलें रहती हैं, इसमें बड़े ठाठ-बाट, साज श्रृंगार के सामान होंगे, फ़र्नीचर होगा, बिजली का प्रकाश होगा, अन्य विलास के साधन होंगे। परंतु इन बातों का तो वहाँ नामोनिशान भी नहीं है। कोठरियों में दरवाज़े या किवाड़ नहीं हैं। इस सम्बन्ध में ड्यौढ़ियों में कठोर शासन है। कोठरियों में कोई फ़र्नीचर, मेज़-कुर्सी भी नहीं है। चारपाइयाँ भी नहीं हैं। प्रत्येक स्त्री को भूमि पर पथारी बिछा कर सोना होता है। उसे खाना पकाने-खाने के बर्तन पीतल के मिलते हैं। प्रत्येक को पाँच बर्तन उसके प्रवेश-काल में दिए जाते हैं। उन्हीं में उसका खाना-पीना, रसोई सब चलता है। ड्यौढ़ियों के कोठार से सबको पेटया मिलता है। पेटिए का मतलब—पेट के गढ़े को भरने के लिए आटा, दाल चावल, तरकारी, नमक, मिरच, गुड़ और लकड़ी है। सब चीज़ों की बँधी मात्रा है। प्रायः सभी जिन्स घटिया और निकम्मी होती हैं। बहुतों के लिए नाकाफ़ी होती हैं। पेटिया एक ही समय मिलता है। उसी को दोनों समय पकाना-खाना पड़ता है। प्रत्येक स्त्री को अपना खाना पृथक् पकाना पड़ता है। कोई-कोई मिल-जुलकर भी बना लेती हैं। नाम के लिए घी भी मिलता है, जिससे दाल-भात बघार दिया जा सके।

पथारी से नारियल का एक गद्दा, एक कंबल, दो चादरें, एक तकिया, हर औरत को आते ही मिलता है। जो अपना बिस्तरा लाती हैं, वे उसी का प्रयोग कर सकती हैं। साल में दो साधारण सफ़ेद सूती धोतियाँ, और दो जम्पर मिलते हैं। महीने में एक बट्टी नहाने और एक बट्टी कपड़े धोने का साबुन। एक टीन का बक्स अपनी इस सारी संपत्ति को रखने के लिए। स्त्रियाँ खुले नल पर नंगी होकर नहातीं, वस्त्रों में साबुन लगातीं, लड़ती-झगड़तीं, गाली-गलौज करती हैं। इन सब रौरवीय दृश्यों की द्रष्टा वे ही हैं। मर्द का बच्चा वहाँ नहीं जा पाता है—केवल खवास को छोड़कर। खवास जब जाता था, एक चमड़े की चाबुक उसके हाथ

में रहती थी, जिसका वह साधारण कारणों से भी प्रयोग कर बैठता था। किसी भी स्त्री को मार बैठना ऐसी बात थी कि उस ओर किसी का ध्यान ही न जाता था। खवास के आते ही प्राय: बहुत-सी औरतें अपनी-अपनी आवश्यकताएँ बताने को उसे घेर लेतीं। तब अपनी जान छुड़ाने और उन्हें चुप कराने का उपाय उसके पास वही चाबुक था। अब वही काम यह नया दरोगा करता है। अंतर इतना ही है कि खवास केवल निर्दयी पुरुष था और यह क्रूर पशु है।

ऐसा ही वह रौरव नरक था, जो महाराजाधिराज के रनवास का एक अंग था। सच्चे अर्थों में इसे रनवास ही कहा जा सकता है, क्योंकि इसकी सृष्टि महाराजाधिराज की विलास-वासना की पूर्ति के लिए ही की गई थी।

इसकी सृष्टि अब से कोई पैंतीस साल पहले इसी खवास ने की थी। तब महाराजाधिराज का गद्दी पर चरणारोहण हुआ ही था। यह खवास महाराज का खास सेवक था। इसी सेवा के बदले वह राज्य का एक खास पुरुष हो गया था और अब वह करोड़ों की संपदा का स्वामी था। यद्यपि इस समय वह रियासत की जेल में था, पर जीवन के सभी ऐश्वर्य उसे वहाँ भी प्राप्त थे, यह बात मैं सुन चुकी थी।

रंगमहल का यह भाग वास्तव में बांदियों और दासियों के लिए बनाया गया था। इस समय वह बिलकुल बर्बाद, बेमरम्मत और खंडहर के रूप में पड़ा था। उसके सुधार की ओर किसी का ध्यान ही न था। मज़े की बात यह थी, यद्यपि उस ड्योढ़ी के अस्तित्व को तो रियासत का बच्चा-बच्चा जानता था, परंतु उसका भीतरी भाग है, इसको कोई नहीं जानता था। बाहरी लोग तो ड्योढ़ियों का मतलब जनाना महल ही समझते थे।

जिस प्रकार यहाँ पानी का प्रबंध यथेष्ट न था, उसी भाँति रोशनी का भी कुछ प्रबंध न था। औरतें लालटेन जलाती थीं। कुछ की कोठरियों में मिट्टी के तेल की ढिबरियाँ जलती थीं। पर बहुत के यहाँ तो सूर्य छिपने के बाद घोर अंधकार ही रहता।

कुछ भलीमानस पढ़ी-लिखी और सच्चरित्रा स्त्रियाँ भी यहाँ थीं, जो भाग्य दोष से यहाँ आ गई थीं। वे पूजा-पाठ भी करतीं, पढ़ती व लिखती न थीं। पर यह संख्या दो-चार से अधिक न थी। फिर भी उनका धैर्य सराहनीय था। वे एक निरीह विधवा की भाँति या कहिए, भिक्षुणियों की भाँति अपना जीवन-यापन करती थीं।

ड्योढ़ी की काल-कोठरी में

वह नर-पशु मुझे सहन में छोड़ गया। जाते समय कह गया कि अपने लिए कोई एक कोठरी ठीक कर ले। अपने बच्चे को छाती से लगाए मैं बड़ी देर तक सहन में खड़ी इन नरक के नर-कीटाणुओं को देखती रही। मैं समझ ही न रही थी कि अब मैं क्या करूँ, कहाँ जाऊँ। धीरे-धीरे मैं आगे बढ़ी। बहुतों ने मुझे देखकर व्यंग्य किया। बहुतों ने घृणा से मुँह बिचकाकर कहा, "यह कोई नई डाइन आई है।" बहुतों ने आँख उठाकर

मेरी ओर देखा तक नहीं। एक बार उस दालान में चक्कर मारकर मैं टूटी-फूटी सीढ़ियों से ऊपर चढ़ गई। वहाँ दो-चार कोठरियाँ खाली थीं। सब खराब, खस्ता हालत में। उसमें से एक अपेक्षाकृत साफ़-सुथरी समझ मैंने उसी में रहने की ठान ली। भूमि पर अपना ओढ़ना बिछाकर मैंने बच्चे को सुला दिया। अब यहाँ लाज-शर्म किसकी और कैसी ? झिझकती हुई बगल की कोठरी में रहने वाली से मैंने झाड़ू माँगी। उसने दुत्कारकर कहा, "दुर, झाड़ू क्या तेरा खसम रख गया है ? कल ही तो एक चुड़ैल इस कोठरी में मरी है। अब तू आ मरी।"

मेरा तो सिर घूम गया। उसकी बोलियाँ तो जैसे मैंने सुनीं ही नहीं। मैंने केवल यही सुना कि इस कोठरी में कल ही एक औरत मर चुकी है। मैंने झपटकर अपने बच्चे को उठाकर छाती से लगा लिया और वहाँ से हटकर छत के दूसरे छोर पर एक टूटी हुई कोठरी के द्वार पर बैठकर रोने लगी। बच्चा मेरा छाती से लगा सो रहा था।

दीवारों के उस पार ही तो वे सब वैभव थे, जो इक्कीस वर्ष तक मैंने भोगे थे। आज अपने जन्म-जन्म के पाप को भोगने मैं इस रौरव नरक में आ पड़ी थी।

मैं रोती रही, रोती रही, रोती रही। अकेली असहाय। कोई वहाँ सांत्वना देने वाला न था। सूरज चढ़ चला था। धूप फैल गई थी। मैं भूखी-प्यासी वहीं बैठी थी। रोते-रोते थक गई। आँसू बहकर सूख गए। विचारों की, कल्पनाओं की, स्मृतियों की भावना थककर तिरोहित हो गई। मैं अब एक मूढ़ जीव की भाँति वहाँ जड़ बनी बैठी थी। चैतन्य मुझमें केवल इतना ही था कि मैं जान-समझ रही थी कि मेरा बच्चा मेरी छाती से लगा सो रहा है। कभी-कभी मैं उसके भोले-भाले चाँद से मुखड़े को देख लेती थी।

वह नर-पशु गोला फिर आया। इस बार उसके साथ दो चुड़ैलें और थीं। गंदी-सी औरतें, जिनके चेहरों पर मनहूसियत टपक रही थी। मेरे लिए बर्तन और आवश्यक सामान ले आए थे। आते ही अपने कर्कश स्वर में कहा, "अभी तक तूने अपनी कोठरी ठीक नहीं की ? ऐसे ही बैठी है ? बच्चा इन्हें दे दे और उस कोठरी में चली जा।"

मैंने ज़ोर से बच्चे को छाती से लगा लिया और चीखकर कहा, "बच्चा, नहीं दूँगी, नहीं दूँगी!"

"नहीं दूँगी ? तो ले!" सपाक से चाबुक मेरी पीठ पर पड़ा। कैसे आश्चर्य की बात है। मुझे तनिक दर्द नहीं हुआ। केवल ऐसा लगा, जैसे दो-चार चिऊँटियों ने काटा हो। मैंने फिर उसी भाँति चीखकर कहा, "मार डाल, पर बच्चा नहीं दूँगी!" उसने लात मारकर धरती पर गिरा दिया। खींचकर बच्चा मेरी गोद से उठा लिया। बच्चे को उन औरतों के सुपुर्द करके कहा, "ले जा इस पिल्ले को।" इसके बाद मेरी छाती पर लात रखकर कहा, "अभी मरकर क्या करेगी रांड, अभी तो जवान है। जा उस कोठरी को ठीक कर ले। मुझसे झंझट न करना। इसी में खैरियत है।"

मैं फटी-फटी आँखों से उसे देखने लगी। बोलना चाहकर भी बोल न सकी। मेरी जीभ तालू से सट गई। वह भारी-भारी कदम रखता हुआ चल दिया। मैं विक्षिप्त-सी 'मेरा बच्चा' कहती उसके पीछे दौड़ी, तो घूमकर उसने सपाक से एक चाबुक और धर दिया। मैं मुँह के बल गिरकर बेहोश हो गई। मेरे दो दाँत टूट गए और मेरा मुँह खून से भर गया।

विपदा की चरम सीमा

बहुत देर बाद मुझे होश आया। एक वृद्धा स्त्री मेरे ऊपर झुकी मेरे मुँह पर पानी डाल रही थी। होश में आने पर मैंने सुना, वह पूछ रही थी, "कौन हो? कहाँ से इस नरकधाम में आ फँसीं?"

अफ़सोस कि मेरी आँखों के सब आँसू सूख चुके थे और मेरी वाणी भी जड़ हो गई थी। उसने सहारा देकर मुझे उठाया। अपनी कोठरी में ले जाकर अपनी पथारी में सुलाया। थोड़ा और पानी पीकर मेरा जी हल्का हुआ। मैंने कहा, "भाग्यवती हूँ, माँ, जो यहाँ नरक की आग में जलने आकर तुम्हारी गोद पा गई।"

"तो तू कोई भले घर की बहू-बेटी मालूम पड़ती है। चिंता न कर बेटी सब्र से काम ले। पत्थर पर सिर टकराने से अपना ही सिर फटता है। चाहे जितना रो, यहाँ कोई सुनने वाला नहीं है।" उसने एक बासी रोटी और एक प्याज का गंठा मुझे देकर कहा, "खा ले, बेटी! खाती रह और भुगतती रह। आज तीस बरस से इस नरकधाम में मैं यही करती आ रही हूँ।"

भूख से मेरी सब आँतें निकली पड़ रही थीं। वह बासी रोटी मुझे मोहनभोग-सी लगी। उसे खाकर मैंने एक लोटा ठंडा पानी पिया। खाने-पीने से मेरा दिल ठहरा। अब मैं सोचने लगी, 'क्या करूँ?'

पर सोचने-विचारने जैसी तो वहाँ कोई बात थी ही नहीं। वह वृद्धा मेरे लिए जैसे एक दैवी वरदान थी। उसकी सहायता से मैंने पास की एक कोठरी को साफ़ किया और उसमें अपनी पथारी बिछाकर मैं उस पर पड़ गई। अब मैं बच्चे के ध्यान में डूबी। वह दुष्ट हत्यारा क्या मेरे लाल को ले जाकर मार डालेगा? हाय, कहाँ हैं मेरे बच्चे? कहाँ है मेरा पति? इन सबको मेरी आज की यह दुर्दशा ज्ञात है? क्या वे सब जीते-जागते दुनिया में हैं? क्या यह भी संभव है कि फिर कभी उनसे मुलाकात हो? क्या जीते-जी इस नरकधाम से मेरा छुटकारा हो सकेगा, अरे, यह पापात्मा राजा मेरे समूचे आत्मदान से मेरा छुटकारा हो सकेगा? अरे यह पापात्मा राजा मेरे समूचे आत्मदान को भूल गया? उसे मैंने शरीर दिया, कौमार्य दिया, धर्म दिया, कर्म दिया। एकनिष्ठ हो इक्कीस वर्ष उसकी सेवा की, आज उसने मुझे इस प्रकार भुला दिया? भुला दिया क्यों कहूँ? यह तो बहुत छोटा-सा अपराध है। उसने तो मेरी हत्या का षड्यंत्र किया। क्यों भला? मैं उसका क्या लेती थी? उसका क्या बिगाड़ती थी? मुझसे उसे भय क्या था। मैं एक निरीह नारी, गोली-गुलाम, तन-मन से उसी की अनुगत दासी। भला उसे कब कहाँ हानि पहुँचा सकती थी? उसने क्या मुझ

से पिंड छुड़ाने के लिए ही यह किया था? वह मुझे मेरे पति को सौंप सकता था। मैं तो अपने पति और संतान के साथ, राजधानी में या राज्य के बाहर, कहीं भी रह सकती थी। रहकर मुझे खुशी ही होती। अब यहाँ इस नरक में उसने मुझे किस अभिप्राय से डाला है? इससे तो विषपान से वहीं आबू की सुरम्य घाटियों में मेरी मृत्यु हो जाती, यही अच्छा था। हाय, आज ही का दिन देखने को मैंने अपने प्राण बचाए थे। हाय रे प्राणों के मोह! किसी कवि ने कहा है—जिसके अंग-अंग घावों से भरे हैं, उन घावों में कीड़े पड़ गए हैं, खाज से जिसकी खाल सड़-गल गई है, जिसकी पूँछ भी गलकर कट गई है, वह कुत्ता भी मरने से अपने प्राणों को बचाकर भागता है। ऐसा ही प्राणों का मोह होता है। नहीं तो क्या मैं अपने इस गुलाम शरीर को, जो वास्तव में पाप की गठरी मात्र है, बचाने की चेष्टा करती?

यही सब मैं सोचते-सोचते सो गई। वृद्धा ने एक-दो बार जगाया भी। पर मैं नींद में नहीं, कुछ बदहवासी में, नशे में थी। वह नशा शराब का नहीं, भांग का नहीं, विपत्ति का था। विपत्ति का, जो पहाड़ से भी अधिक भारी थी और जिसने मेरे संपूर्ण तन-मन को, धैर्य को चकनाचूर कर दिया था।

उस दिन मैं दिन-भर सोती रही। रात-भर भी सोती रही। सुबह मेरी आँख खुली तो सूरज उग आया था और वह मनहूस अशुभ प्रभात मेरा उपहास कर रहा था। मेरा शरीर बहुत गंदा हो गया था। धोती जो मैंने पहन रखी थी, वह बहुत मैली थी। वासुदेव महाराज के घर से मैं न अपना बिस्तर लाई थी, न कपड़े-लत्ते, न कोई दूसरा सामान। जैसी बैठी थी, वैसी ही चली आई थी। मेरी वह सब रकम भी वहीं रह गई थी, जो मेरे बक्स में थी।

अब मुझे इस बात का ध्यान आया कि मेरी इन सब चीज़ों का क्या होगा? क्या ये मुझे मिल जाएँगी? पर यहाँ उन सबका प्रयोजन भी क्या हो सकता है? मुझे अपनी संपत्ति का भी ध्यान आया। मेरा रुपया रियासत के तथा दिल्ली और बंबई के बैंकों में जमा था। कई कंपनियों के शेयर थे। गनीमत यह थी कि वह सब किसुन के हाथ में था। यदि वह जीवित है, स्वतंत्र है, तो अवश्य ही उसने इस मेरी संपत्ति की रक्षा की होगी। भलाई इसी में है कि मैं जिस हाल में हूँ, उसी में रहूँ। अपनी संपत्ति की चर्चा किसी से न करूँ और संतोष तथा धैर्य से देखूँ कि भाग्य अब मेरे साथ कौन-सा खेल खेलता है।

कैसे आश्चर्य की बात है कि मैं यहाँ भी खाने-पीने, सोने और सब काम दूसरी औरतों की भाँति करने लगी। उन पीतल के बर्तनों को मैं राख से साफ़ करती, नल पर जाकर धोती। वहीं नहाती, कपड़े धोती। यद्यपि बचकर चलती थी, तब भी बहुधा औरतों की गालियाँ खाती। कभी-कभी धक्कम-धक्का और मार-पीट भी करती। सबके साथ जाकर पेटिया लाती। यह सब काम मैं करती थी और रोती थी। जब मैं राख भरे हाथों से बर्तन मलकर घंटों नल पर अपनी बारी आने की प्रतीक्षा में खड़ी रहती, तब मेरी आँखों से चौधारा आँसू बहने लगते, पर उनसे न मेरे मैले हाथ धुलते, न कलेजे की आग बुझती। आँसू आप ही सूख जाते थे। प्राय: औरतें मेरे ऊपर ताने मारतीं, "जब देखो, तभी रोती रहती है।

ऐसा ही था तो यहाँ आई ही क्यों थी?''

धीरे-धीरे मैं सब सह गई। वासुदेव महाराज के घर का एक महीने का सुवास यहाँ मेरे बहुत काम आया और मैं संतोष की गठरी बाँध शांत चित्त से यहाँ का नया जीवन व्यतीत करने लगी। वह वृद्धा इस अवस्था में मेरी बड़ी सहायक सिद्ध हुई।

एक सप्ताह बीत गया कि वही नर-पशु फिर आया। एक घटिया किस्म की चटक रंग की साड़ी उसके हाथ में थी। उसे मेरे ऊपर फेंककर हँसते-हँसते उसने कहा, ''इसे पहन ले और मेरे साथ चल।''

पर मैं टस-से-मस न हुई। जड़ बनी वहीं बैठी रही। यह देखकर क्रुद्ध होकर उसने चाबुक उठाकर कहा, ''कहता हूँ, उठ, सो सुनती ही नहीं है तू!''

वृद्धा ने कहा, ''इस जानवर के मुँह लगने से क्या फ़ायदा बेटी! जो कहता है वही कर।'' मैंने जैसे-तैसे वह बेहूदा साड़ी अपने शरीर पर लपेट ली और उसके पीछे चल दी। उसी अँधेरी गलियारी-गली को पार कर वह उसके दूसरे छोर पर एक कोठरी में आया। यहाँ दो-तीन औरतें और थीं। यहाँ भी काफ़ी अँधेरा था। कमरे में बहुत-से बर्तन, कपड़े और फ़ालतू सामान इधर-उधर पड़ा था। कपड़ों की बहुत-सी गठरियाँ भी थीं। कोठरी में मुझे ले जाकर उसने उन औरतों को बाहर खदेड़ दिया। फिर मेरी ओर कुछ अजीब दृष्टि से देखते हुए अत्यंत स्निग्ध वाणी में कहा, ''देख चंपा, तेरी हालत पर मुझे तरस आता है। तू जानती है कि अन्नदाता अब तेरी ओर फूटी आँखों भी नहीं देखेंगे। वह तो अपनी नई रानी के साथ मौज़-मज़ा करते हैं। मेरा मन तुझ पर है, तू ब्याह कर ले।''

मैंने आँखें तरेरकर उसकी ओर देखा और सख्त आवाज़ में कहा, ''मेरा ब्याह हो चुका है।''

मेरी बात सुनकर वह 'हो-हो' करके हँसने लगा। उसने अपने फटे-बाँस के-से स्वर में कहा, ''अच्छा-अच्छा, उस किसना गुलाम की बात करती है। वह तो गया जहन्नुम में, उसकी आस छोड़ दे।''

''क्या मतलब है?''

''अरे अन्नदाता ने उसका ब्याह एक गोली छोकरी से करना चाहा था, लेकिन वह माना ही नहीं। और तुम लोगों ने चोरी-चकारी से जो सरकारी रकम उड़ाकर जमा-जत्था जोड़ा है, सो वह बताता ही नहीं। बड़े ही कलेजे का आदमी है। मारते-मारते मैंने खाल उधेड़ दी, पर उसने कुछ बताया थोड़े ही। अंत में अन्नदाता ने उसे जेल में भेज दिया।''

''तू बकता है।''

''तेरे सिर की कसम चंपा! मेरी बात मान ले। मुझसे ब्याह कर ले। बस, तेरा बेड़ा

पार। पर सब रकम जमा-पूँजी मेरे नाम तुझे करनी पड़ेगी। बता कितना रुपया बैंक में है? वह गुलमटा तो कुछ बताता ही नहीं।''

''तो तेरा उससे क्या सरोकार है? मैं भी नहीं बताने की।''

''और ब्याह?''

''वाह, क्या हौसला है!''

''मैंने अन्नदाता की मर्ज़ी ले ली है।''

''इससे क्या होता है। मेरी मर्ज़ी नहीं है।''

''तू क्या अन्नदाता की मर्ज़ी के खिलाफ़ चलेगी?''

''अन्नदाता से कह दे कि वह मुझे कोल्हू में पेल दें।''

''उनसे कहने की क्या ज़रूरत है, यह काम तो मैं भी कर लूँगा। पर मैं तो तुझे प्यार करता हूँ।''

''और मैं तेरे मुँह पर थूकती हूँ। चोट्टा कहीं का!''

''ऐसी बात?'' उसने हाथ की चाबुक फेंक दी और वह भेड़िए की तरह मुझ पर टूट पड़ा। एक बार तो मैंने उसे धकेल दिया। उसका सिर दीवार में जा टकराया और उसमें से खून बहने लगा। पर इसकी उसने परवाह न की। वह फिर मुझ पर झपटा। मुझे उसने भूमि पर गिरा दिया, फिर मुझे उठा-उठाकर दो-तीन बार पटका। वे दोनों स्त्रियाँ भी उसकी सहायता को आ गईं। उन्होंने मेरे हाथ-पैर पकड़ लिए। अब तीन-तीन राक्षस मेरे साथ जूझ रहे थे। उसका सारा मुँह खून से भर रहा था। खून उसके ऊपर से बह रहा था। मैंने अवसर पाकर उसे दाँतों से खूब ज़ोर से काट लिया। इसके बाद तिलमिलाकर उसने मेरा सिर पत्थर के फ़र्श पर पटक दिया। मेरा सिर फट गया और खून की धार बह निकली। धीरे-धीरे मैं बेहोश हो गई।

होश में आने पर मैंने अपने को अपनी कोठरी में अपनी पथारी पर पड़ा देखा। मेरे अंग से खून बह रहा था और मेरी पथारी खून से तर थी। मेरे सिर पर पट्टी बँधी थी और सिर दर्द से मैं मरी जा रही थी। मेरे प्रत्येक अंग की जैसे जान निकल गई थी और मैं बड़ी देर तक हाथ-पैर न हिला सकी। वह वृद्धा मेरे सिरहाने बैठी बूँद-बूँद पानी मेरे सिर पर डालकर मेरी पट्टी तर कर रही थी। मुझ अभागिनी के लिए वही वृद्धा देवदूत थी और ठंडे पानी की बूँदें औषध। उस नरकवास में दूसरा उपचार ही क्या था? मेरी लाज लुट चुकी थी।

लेकिन ठहरिये, मैं कैसी बात कह गयी। मुझ जैसी गुलाम गोलियों के पास लाज नाम की वस्तु होती ही कहाँ है?

बड़ी सख़्त जान हूँ। इस बार भी मैं मरी नहीं और धीरे-धीरे नारकीय जीवन की भी अभ्यस्त हो गई। वहाँ रहने वाली सभी स्त्रियों की भाँति मैं भी रहने लगी। पर मेरा स्वास्थ्य बिलकुल टूट चुका था। मेरा रूप-सौंदर्य विदा हो गया था। मेरे आगे के दोनों दाँत टू गए थे और मैं अब बुढ़िया हो चली थी। पुरानी आदतें फिर भी विद्रोह करती थीं और मैं वहाँ से मुक्त होने के लिए बहुत-बहुत छटपटाती थी, पर धीरज रखना मैंने सीख लिया था।

अब मैं अपने जीवन से निराश होकर एक मशीन की भाँति जी रही थी। मेरे जीवन में कोई रस न था, कोई आशा न थी, कोई सुख-स्वप्न न था, कोई मधुर भावना न थी। आस-पास की औरतों से लड़ाई-झगड़ा होने पर मैं भी गालियाँ बकने लगी थी। मार-पीट पर भी आमादा हो जाती थी। संक्षेप में मेरा रहा-सहा मनुष्यत्व भी समाप्त हो गया था और मैं अब न केवल पशु की भाँति, बल्कि कीड़े-मकोड़े की भाँति अपने जीवन की शेष घड़ियाँ पूरी कर रही थी। अब तो मैं अपने जीवन के दिनों को धक्के दे रही थी। चाहती थी कि किसी तरह कोई विष या हथियार मिल जाए तो जीवन का अंत कर दूँ। मुझे अब न अपने पति से, न बच्चों से मिलने की कुछ आशा थी। मैं यह भी नहीं जानती थी कि मेरी संपत्ति रही या लुट चुकी। अब तो मैं केवल मौत को ही गले से लगाने की इच्छुक थी। वह मौत, जिससे दुनिया के सभी प्राणी भय खाते हैं, आज मेरे लिए सुखद संदेश लाने का माध्यम बन गई थी। मैं कभी-कभी मौत को चिल्ला-चिल्लाकर पुकारती थी, पर अफ़सोस वह भी अब मेरे पास न फटकती थी।

नव प्रभात

इस तरह तीन साल बीत गए। एक दिन अचानक मैंने सुना—अन्नदाता मर गए। सुनकर मेरा शरीर सुन्न हो गया, जैसे एक बिजली का धक्का मुझे लगा हो। ड्यौढ़ियों में सर्वत्र ही हलचल मच गई। बाहर क्या हो रहा है, यह मैं नहीं जानती थी। पर मैं केवल यही सोच रही थी कि अब हमारे इस नरकवास का क्या होगा?

मैंने तीन साल यों ही नहीं बिताए थे। कुछ अच्छी समझदार स्त्रियों को लेकर अपना दल बनाया था। मैं उस दल की मुखिया थी। हम प्रत्येक अत्याचार का डटकर मुकाबला करती थीं। एक-दो बार हमने उस नर-पशु को पीटा भी। एक बार तो हमने भी उसे धरती पर पटककर उसके सारे कपड़े-लत्ते तार-तार करके भगा दिया था। अब वह भी हम लोगों से डरने लगा था। प्राय: चरित्रहीन लोग कायर होते हैं। वह भी पूरा कायर था। बहुत बार हमने दल बाँध यहाँ से बाहर निकलने के इरादे किए थे। मेरा ख़याल था कि हम यदि किसी तरह ए.जी.जी. के कानों तक अपनी पुकार पहुँचा सकें तो कुछ हो सकता है। मैं स्वयं सबकी मुखिया बनकर उन तक जाने को तैयार थी। परंतु अफ़सोस, हमें अवसर नहीं मिला। हमारा संगठन कमज़ोर था और ड्यौढ़ियों का प्रबंध खूब पक्का था। ज्यों-ज्यों हल दलबद्ध होती जाती थीं, वह पशु भी अपनी सुरक्षा और ज़िम्मेदारी के लिए चाक-चौबंद होता जाता था।

अब एकाएक हिज़ हाईनेस के मर जाने से हमने फिर निकल भागने के हौसले नये

किए और सुअवसर की ताक में बैठ गईं। अब हम यहाँ तक आमादा थीं कि आवश्यकता हो तो इस नर-पशु को जान से मार डाला जाए। अब हमारा संगठन भी बढ़ गया था।

महाराजाधिराज का कोई औरस पुत्र रानियों से न था, इसलिए कुर्सीनामे के अनुसार एक सम्बन्धी युवक ठाकुर गोद आया और वह उसी दिन राजा घोषित हो गया। राजस्थान का ऐसा ही रिवाज है, राजा कभी मरता नहीं है और गद्दी सूनी रहती नहीं है। राजा के मरते ही चाहे औरस पुत्र हो या गोद आया हुआ व्यक्ति, वह तुरंत राजा घोषित हो जाता है और उसके राजा होने पर मृत राजा नहीं रहता। उस समय नये राजा को सूचना दी जाती है, "पृथ्वीनाथ, एक सिपाही मर गया, उसके लिए क्या आज्ञा है?" तब नया राजा हुक्म देता है, "उसकी हस्ब हैसियत उत्तर-क्रिया की जाए।" तब उसकी लाश उठती है, दाह होता है तथा अन्य आवश्यक उपचार होते हैं।

नया राजा न सूतक मनाता है, न मृत राजा की उत्तर-क्रिया में भाग लेता है। उसे प्राय: ऐसा करने का अवकाश ही नहीं मिलता। राजा के मरते ही उसके मित्र, कृपापात्र उसकी कृपाओं से लाभ उठाने के लिए उसे आ घेरते हैं। मृतक का शोक और सूतक जैसे उसी में डूब जाते हैं।

राजा को मरे दस दिन बीत चुके थे। अभी हम यह सोच ही रही थीं कि हमें क्या करना चाहिए कि नया राजा ड्योढ़ियों में आया। वह इक्कीस बरस का तरुण, सुंदर स्वस्थ कुमार था। वह नये युग का सभ्य-शिष्ट युवक प्रतीत होता था। उसने हम सबको एकत्र किया और एक संक्षिप्त भाषण दिया। उसका सार यह था कि अब से हम सब स्वतंत्र हैं, जिसका जहाँ भी चाहे चली जाये। कोई रोक-टोक नहीं होगी। जिसका कोई और बंदोबस्त अभी न हो, या जिसका कोई ठिकाना न हो, वह चाहे तो यहाँ रह सकती है।

मैं आगे बढ़ी। शिष्टाचार के अनुसार मैंने राजा का अभिवादन किया और अंग्रेज़ी भाषा में मैंने उससे कहा, "आप जब इस प्रकार इस नरककुंड से हम अभागिनों का उद्धार कर रहे हैं, तब इतनी कृपा कीजिए कि इस नर-पशु की छाया यहाँ से हटा दीजिए और एक योग्य अफ़सर को नियुक्त कर दीजिए कि वह हम अभागिनों को अपने सगे-संबंधियों तक पहुँचा देने की व्यवस्था कर दे।"

मेरी बात सुनकर तरुण राजा मेरे निकट आया। उसने कोमल स्वर में पूछा, "आप चंपाजी हैं क्या?" मेरी स्वीकारोक्ति पर उसने मुझे प्रणाम किया और कहा, "आपके सम्बन्ध में मैंने बहुत कुछ सुना था। लेकिन आप यहाँ हैं, यह मैं न जानता था। सब लोग तो यही समझते हैं कि आबू में आपकी मृत्यु हो गई। एक बार स्वर्गवासी श्रीमान् ने भी यही कहा था। पर कल ही वासुदेव महाराज ने आपकी बाबत मुझे बताया।"

मैंने कहा, "भाग्य मुझे यहाँ ले आया। जो होना था, वह हुआ। अब आपके प्रताप से यह नरकधाम टूट जाये तो बड़ी बात हो।"

“वह सब तो होगा ही। और मैं, जैसे आपने कहा है, वैसी ही व्यवस्था कर दूँगा। परंतु अभी आप रंगमहल में पधारिए। जब तक जी चाहे वहाँ विराजिए आपको मैं राजमाता ही समझता हूँ। स्वर्गवासी महाराज आपको कितना मानते थे, मैं जानता हूँ।”

मेरी आँखों में आँसू आ गए। एक बार पुरानी बातें फिर मस्तिष्क में घूम गईं। मैंने कहा, “महाराज, मैं गोली-चाकर हूँ। मेरे साथ महाराजाधिराज का यह शिष्टाचार सोहता नहीं है। आपने मुझे रंगमहल में चलने की आज्ञा की; आपकी कृपा है, परंतु वहाँ अब मेरा कोई स्थान नहीं है। फिर अभी तो यहीं मेरी आवश्यकता है। आपकी आज्ञा से मैं यहाँ की प्रत्येक स्त्री की जो बन सके सहायता करना चाहती हूँ। आपने इन्हें स्वतंत्र करने का जो पुण्य किया है, उसमें मैं अपनी सेवाएँ पेश करती हूँ।”

“यह तो आपका बहुत ही उत्तम विचार है। इस व्यक्ति को मैं अभी यहाँ से हटाए देता हूँ और एक राजपुरुष को अभी नियुक्त करता हूँ। वह आपकी सलाह से ही इन सब स्त्रियों की समुचित व्यवस्था कर देगा। खर्च भी सबको राज्य से मिलेगा। इस सम्बन्ध में आप जब चाहें तब मुझसे मिल सकती हैं और यदि इस व्यक्ति के प्रति आपका या किसी का कुछ आरोप हो तो मैं उसका भी इसे दंड दूँगा।”

मैंने कहा, “इससे कुछ लाभ नहीं होगा। यहाँ का वातावरण बहुत भयंकर है। बस, यह नरकवास खत्म हो जाए, यही यथेष्ट है।”

सारी बातचीत अंग्रेज़ी भाषा में हुई। इस सुजन और तरुण राजा का अनुरोध मैं टाल न सकी। मैं रंगमहल में चली आई। मेरे भाग्याकाश में नया प्रभात हुआ।

एक योग्य राजपुरुष की नियुक्ति ड्योढ़ियों पर कर दी गई। मैंने उसने मिलकर सभी स्त्रियों को उनके सगे-संबंधियों के पास भेज दिया। उसके लिए खर्च की भी व्यवस्था कर दी। जो स्त्रियाँ रह गईं, उनमें से कुछ विधवा आश्रम में भिजवा दी गईं, कुछ की आजीवन मासिक वृत्ति नियुक्त हो गई और वे राजधानी में ही बस गईं। कुछ स्त्रियाँ अस्पताल में भेज दी गईं। एक सप्ताह में वह नरकधाम खाली हो गया।

जब तक मैं इस काम में फँसी रही, मुझे अपनी ओर देखने का अवकाश ही नहीं मिला। अब मैं यहाँ से निवृत्त हुई, मुझे अपने बच्चों की, पति और अपनी संपत्ति की चिंता ने आ घेरा और एक दिन सवेरे ही सवेरे मैं वासुदेव महाराज के घर पहुँची। एकाएक वह मुझे पहचान नहीं सके। फिर पहचानते ही वह बालक की भाँति ढाढ़ें मारकर रो उठे। हाथ की लाठी फेंक दोनों हाथ फैलाकर ‘बेटी-बेटी’ कहते मेरी ओर लपके। उन्होंने कहा, “यह हालत कर दी उन्होंने तुम्हारी बेटी? तुमने समझा होगा कि वासुदेव तुम्हें भुला बैठा? ओह! तुम्हारे लिए मैंने क्या-क्या न किया। पर बेकार, सब बेकार! अब मर गया वह गुनहगार राजा। बड़ी बात हुई, तुम आ गईं, अरे मैंने तो तुम्हें पहचाना ही नहीं।”

वासुदेव महाराज की माँ और पत्नी दोनों ही का स्वर्गवास हो चुका था। सुनकर मैं बड़ी देर तक रोती रही। इसी बीच उनकी पुत्रवधू ने आकर मेरे पैर छुए। अब मैं स्थिर न रह सकी। अपने पति और बच्चों के सब हाल जानने को मैं अधीर हो रही थी। पर मेरे मुँह से बोल नहीं फूट रहा था। उनकी पुत्रवधू को छाती से लगाकर डबडबाई आँखों में मैं उन्हें देखने लगी। मैं आशा और निराशा के झूले में झूल रही थी। मैं नहीं जानती थी कि मुझे कौन-सा अशुभ समाचार सुनना पड़ेगा।

एकाएक वासुदेव महाराज लाठी सँभालकर उठ खड़े हुए। उन्होंने कहा, ''अभी आता हूँ बेटी! तुम कुछ खा-पीकर थोड़ा आराम कर लेना।'' उन्होंने अपनी पुत्रवधू को मेरे भोजन-विश्राम के बारे में आदेश दिए और चले गए। बड़ी सुंदर और कोमल बधूटी थी उनकी पुत्रवधू। देखकर नेत्र शीतल हो गए। कुंदन-सा रंग, चंपे की कली-सी देहयष्टि और वीणा विनिंदित मृदु-मधुर वाणी। विनय और शील की प्रतिमूर्ति-सी। जी में आता था कि अपना कलेजा चीरकर उस स्निग्धमुग्धा-बाला को उसमें रख लूँ।

वह जल्दी-जल्दी रसोई बना रही थी। और मैं रसोई के द्वार पर पीढ़ा डालकर बैठी उससे बात कर रही थी। उसकी बातचीत से मेरा तन-मन पुलकित हो रहा था। भूल गई थी मैं उस नारकीय जीवन की दु:खद स्मृतियों को। आह, कहाँ, वहाँ का कोलाहल, गाली-गुफ़्ता, निर्लज्ज जीवन और कहाँ यह अमल-धवल कोमल कुसुम-कली।

भोजन तैयार होने पर उसने बहुत आग्रह किया कि मैं भोजन कर लूँ। पर मैंने कहा, ''नहीं, नहीं बेटी! अभी नहीं। पिताजी आ जाएँ तो उन्हें भोजन कराकर प्रसाद लूँगी। आओ, तुम तब तक अपनी मीठी-मीठी बातों से मेरे मन को शीतल करो।''

बड़ी देर तक हम बातें करती रहीं। तीन वर्ष से बाहर की दुनिया के बहुत-से समाचार मुझे ज्ञात हुए। परंतु अपने पति और बच्चों के सम्बन्ध में तो मैं कुछ पूछने का साहस न कर सकी, इस भय से कि न जाने क्या अशुभ समाचार सुनने को मिले।

वासुदेव महाराज आ गए। मेरी छोटी लड़की उनकी उँगली पकड़े हुए उनके साथ थी। स्वर्ग की परी के समान सुंदर थी वह बालिका। मैं ठगी-सी देखती रह गई। मेरा कलेजा धड़कने लगा, क्या यह मेरी ही बेटी है? इस आशंका ने मुझे अधीर कर दिया। मुझ अभागिन की मूढ़ता तो देखिए अपनी ही संतान को मैं न पहचान सकी। पर दूसरे ही क्षण मेरे सारे संदेह निवृत्त हो गए। मेरा पति मेरी दोनों लड़कियों को साथ लिए उनके पीछे-पीछे आ रहा था। देखते ही मेरी आँखें बरस पड़ीं। आँसुओं ने मेरी दृष्टि बंद कर दी। मैंने केवल अपने हाथ पसार दिए। अब तीनों बालक मेरी छाती से लगे थे। ओह, मैं स्वर्गीय सुख का अनुभव कर रही थी। मैं फिर से जी उठी थी। कोई कुछ भी न बोल रहा था। यह हमारा मूक-मौन मिलन बड़ा अद्भुत था। कोई भला कैसे हमारे उस सुख-मिलन का अनुमान कर सकता है! क्या इस पृथ्वी पर कोई मेरे समान भी ऐसा प्राणी होगा, जो सदेह नरक से लौटकर स्वर्ग में आ पहुँचा हो!

धीरे-धीरे मैं स्थिर हुई। हम सब दालान में बिछे फ़र्श पर जा बैठे। बच्चियाँ मुझे आँखें फाड़-फाड़कर देख रही थीं। हाय-हाय, वे जानती थीं कि यह अभागिन उनकी माँ है, यद्यपि मेरे पति ने और वासुदेव महाराज ने उनसे बारंबार कहा था कि तुम अपनी माँ के पास चल रही हो। इस अभागिन माँ की बहुत-बहुत मीठी, खट्टी, झूठी, सच्ची बातें मेरे पति ने बच्चों को बताई थीं। वे शायद अब सब उनके सरल-तरल बाल-मस्तिष्क में घूम रही थीं! पर वे एकाएक सर्वथा अपरिचित स्त्री को कैसे माँ कह सकती थीं! ऐसी स्त्री को, जिसके दो दाँत टूट चुके थे, चेहरे पर विषाद और वेदना की रेखाएँ खिंच गई थीं, बाल पककर खिचड़ी हो गए थे और शरीर सूखकर हड्डियों का ढेर रह गया था।

मैंने छोटी मुन्नी को खींचकर अपनी छाती से लगा लिया। उसने विरोध नहीं किया, चुपचाप मेरी गोद में मुँह छिपाकर बैठ गई। मैं धीरे-धीरे उसके शरीर पर हाथ फेरती रही और रोती रही। आपको मैं कैसे कहूँ कि मुझे—हाँ-हाँ, मुझ माँ को—अपने किसी बच्चे का नाम नहीं ज्ञात था। अब भला मैं माँ होकर किससे पूछूँ कि मेरी बेटियो, तुम्हारे क्या-क्या नाम हैं?

फिर मेरे बोल भी तो नहीं फूट रहे थे। मेरी मुन्नी आठ वर्ष की थी, जो मेरी गोद में मेरे घुटनों पर मुँह रखे बैठी थी। वह कभी-कभी अपनी कमल-सी आँखें उठाकर मेरा मुँह देख लेती थी और फिर लाज से अपना मुँह मेरे घुटनों में छिपा लेती थी। दूसरी लड़की बारह वर्ष की थी और तीसरी पंद्रह वर्ष की। तीनों ही रूप-उजागरी थीं। उन्हें देखकर मुझ कलमुँही को अपने बचपन के दिन याद आ रहे थे। मैं भी तब ऐसी ही थी। मैंने जैसे अपना ही रूप अपने बच्चों को दिया था। देखते नहीं थकती थी। जी चाहता था कि घोलकर उन्हें आँखों से पी जाऊँ। बड़ी बेटी शायद बहुत कुछ समझती-जानती थी। वह बड़ी-बड़ी आँखें उघाड़कर मेरी ओर देख लेती और फिर आँखें नीची कर लेती थी। मझली लड़की देख रही थी और मुस्करा रही थी वह बीच-बीच में अपने पिता से धीरे से पूछ बैठती थी, ''माँ बोलती क्यों नहीं है?''

अपने पति की ओर तो अभी मेरी आँखें ही नहीं उठ रही थीं। क्षमा कीजिए, अब तो मैं उनका नाम लूँगी नहीं। चाकर की भाँति उनका उल्लेख करूँगी नहीं। वह मेरे पतिदेव हैं, परमेश्वर हैं। इसलिए अब तो मैं उन्हें पति कहकर ही पुकारूँगी। बच्चों से छुटकारा पाकर मेरी आँखों ने उन्हें देखा—एक लुटा-पिटा-सा शरीर। वह गठीला बदन अब न था। न वह उज्ज्वल घनश्याम रंग। बहुत काला हो गया था उनका रंग। माथे पर झुर्रियाँ पड़ गई थीं, सादा मोटे वस्त्र शरीर पर थे। पर चेहरे पर प्रसन्न मुद्रा थी, जैसे कुछ हुआ ही नहीं है। अपने मन का आंतरिक आनंद वह छिपा नहीं पा रहे थे। बीच-बीच में बच्चों से धीरे-धीरे बातें कर रहे थे। दाँत एकाध उनका भी टूट गया था फिर भी वह बहुत मज़बूत थे। अत्याचार उन पर भी बहुत हुए थे, यह उनकी दृष्टि से प्रतीत हो रहा था।

हमारा यह मूक-मिलन न जाने कब तक होता रहता। इसी समय वासुदेव महाराज की पुत्रवधू ने भोजन का संकेत किया। वासुदेव महाराज ने चौंककर कहा, ''अरे, तुमने

अभी भोजन नहीं किया?'' और वह फुर्ती से उठे।

सबने हँसी-खुशी से एक साथ भोजन किया। वासुदेव महाराज का सुपुत्र भी आ गया था। दो साल से स्टेट-कोर्ट में ही वकालत करता था वह। वासुदेव महाराज ने कहा, ''बड़ी बहन है, पैर छुओ।'' और मेरे रोकते रहने पर भी ब्राह्मण-कुमार ने मेरे पैर छुए। मेरे ही क्यों? कहते लाज आती है, वासुदेव महाराज ने मेरे पति को दामाद कहकर अपने पुत्र से परिचित कराया और उस सुशील कुमार ने उनके भी पैर छुए।

हम गोले-गुलाम जन्म-जन्म के शूद्र-अछूत जिनकी उम्र सेवा करते बीत चुकी, जिन्हें जीवन में कलुष ही धर्म के रूप में विचरण करता रहा, उनके चरण आज एक विद्वान् ब्राह्मण-कुमार छू रहा था। और, हम सब—गोले-गुलाम और ब्राह्मण—एक साथ, एक आसन पर बैठकर समान भाव से एक परिवार के अभिन्न सदस्य की हैसियत से भोजन कर रहे थे।

मेरे गत बयालीस वर्ष के जीवन का यह प्रथम अनुभव था। अनहोनी घटना थी। आज हमारे जीवन का फिर नव प्रभात उदित हुआ था। हम पवित्र होकर जैसे जन्म-जन्म की गुलामी से शुद्ध, मुक्त होकर इसी जन्म में, सभ्य-शिष्ट नागरिक बन रहे थे।

किसुन की दुःख-गाथा

भोजन के बाद लड़कियाँ तो दुलहिन को घेरकर बैठ गईं। दुलहिन ने अपनी प्रिय-मधुर बातों से बच्चों का क्षण-भर में ही मन जीत लिया था। सब मिल-जुलकर बहुत खुश हो रहे थे। कमरे में रह गए थे—हम दोनों—पति-पत्नी।

कुछ देर तक हम मौन बैठे रहे। फिर मेरे पति ने आपबीती सुनानी आरंभ की। उन्होंने कहा, ''खवास हमारा आरंभ ही से बैरी था—हम दोनों का। हमसे उसे कभी कुछ लाभ नहीं होता था। उसने बहुत बार—पहले संकेत से और फिर खुल्लम-खुल्ला—मुझसे हमारे कारोबार, संपत्ति और आमदनी में से पाँचवाँ अंश माँगा। पर मैंने नहीं दिया। बहुत बार इस बात को लेकर मेरी-उसकी तकरार हुई। इसकी मैंने कभी तुमसे चर्चा नहीं की। मैं जानता था कि तुम झुक जाओगी और एक बार झुक जाने पर वह दुष्ट हमें और भी निचोड़ेगा। मैं उसे खूब जानता था। इसलिए मैं उससे अकेला ही लोहा लेता रहा। इस काम में वासुदेव महाराज से मैं कभी-कभी सलाह लेता रहता था। बहुत बार उसने मुझे मार डालने की भी धमकी दी। अंत में उसने अन्नदाता के कान भरने आरंभ किए कि हम लोग मिलकर उन्हें लूट रहे हैं। परस्पर गुप्त सम्बन्ध रखते और उनसे विश्वासघात करते रहे हैं। अंत में उसने यहाँ तक उन्हें विश्वास दिला दिया कि हम लोग उन्हें मार डालने की खटपट भी कर रहे हैं। मुझे इन सब बातों का बहुत दिनों तक पता न लगा। जब महाराजाधिराज विलायत चले, तब वह आबू ले जाकर तुम्हें खत्म कर डालने और हमारी सब संपत्ति, जमा-पूँजी पर कब्ज़ा कर लेने का उसे हुक्म देते गए। मैं इस काम में बाधा डाल सकता था, अतः मुझे

उन्होंने साथ ले लिया। मुझे ये सब बातें मालूम भी न होतीं, पर एक दिन बंबई में शराब की झोंक में उन्होंने बहुत-सी बातें कह दीं। उसके बाद ही उन्होंने मुझे एक खत रजिस्ट्री करने को दिया। वह खवास के नाम था। पर मैंने उसे खोलकर पढ़ लिया। अपने जीवन में स्वामी से मेरा यह पहला ही विश्वासघात था। खत में पचास हज़ार रुपए का एक चेक था तथा तुम्हारी हत्या के षड्यंत्र का विवरण भी। पत्र खवास के पत्र के उत्तर में लिखा गया था, अतः बहुत-सी बातों का उसमें उत्तर के रूप में उल्लेख था। पत्र मैंने वैसे का वैसा ही डाक में डाल दिया। और मैं सोचने लगा कि मुझे क्या करना चाहिए, कैसे मैं तुम्हें सावधान करूँ। एक विचार यह भी आया कि भाग चलूँ और तुम्हें सब बातों से आगाह कर दूँ, पर इसका अवसर नहीं मिला। साहस भी मैं इतना नहीं कर सका। मैंने यह भी देखा कि मेरे ऊपर भी बड़ा पहरा था। अन्नदाता एक क्षण को भी मुझे आँखों से ओझल न होने देते थे। पतलून की रक्षा का भार भी मुझ पर ही था। मैं वहाँ से हिल ही न सकता था। फिर भी मैं अवसर पाकर वहाँ अपने बैंकर तथा वकील से मिला और तुम्हारा जो एकाउंट इम्पीरियल बैंक में था तथा जो कुछ शेयर-स्टॉक था, उसकी मैंने खूब पक्की व्यवस्था कर दी। एक संक्षिप्त पत्र में मैंने सब बातों का संकेत तुम्हें भी लिख दिया। अफ़सोस कि वह पत्र तुम्हें न मिल सका। हम लोग भारत से रवाना हो गए। अब मैं तो कुछ तुम्हारी मदद कर ही न सकता था, मैंने यही इरादा पक्का कर लिया कि जैसे भी बने, अन्नदाता का कोई खत जाने ही न दूँगा। यही मैंने किया था। वह जो भी खत लिखते, मैं उसे अपने कब्ज़े में कर लेता, पढ़ लेता और नष्ट कर डालता। मैंने दो चूकें भी कीं। एक तो वे खत नष्ट कर लिए जो उनके षड्यंत्र के पक्के प्रमाण थे और जिनमें उस पाजी खवास की बहुत-सी बातों का उल्लेख था। दूसरी गलती मैंने यह की कि वकील को इस सम्बन्ध में सावधान नहीं किया। ये भूलें इसी भय से की कि कहीं भंडाफोड़ न हो जाए और मेरे पास ये खत कभी बरामद हो गए तो नतीजा और खराब निकलेगा। मैंने भगवान पर भरोसा किया। विलायत में तो अन्नदाता ने खुल्लम-खुल्ला कहना आरंभ कर दिया कि अब तू लौटकर उस गोली को न देख सकेगा। यह बहुधा शराब पीकर मुझे गालियाँ बकते और पिस्तौल से शूट कर देने का भय दिखाते थे। मुझे इस बात का तनिक भी संदेह न था कि वह मुझे रियासत में लौटकर अवश्य मरवा डालेंगे। तुम्हारे लिए मैं भगवान से प्रार्थना करता और रात-रात-भर रोता रहता। बस यही गनीमत थी कि उनके वे भयंकर आदेश उस खवास तक पहुँचने से पहले ही मैंने नष्ट कर दिए थे।

"विलायत से जब हम लौटे तब उन्होंने मेरे ऊपर दबाव डाला कि तुम्हारी सब संपत्ति, नकदी तथा जवाहरात मैं उन्हें दे दूँ। पहले तो मैंने टाल-टूल की। पीछे साफ़-साफ़ कह दिया कि अन्नदाता, जिसकी जमा-पूँजी है, उसकी आज्ञा बिना मैं कुछ नहीं कर सकता। मैं तो केवल उसका रक्षक हूँ, स्वामी नहीं। राह में तो उन्होंने केवल गाली-गुफ़्ता ही की, पर रियासत में आकर वह मारपीट करने लगे। बहुधा वह चाबुक से मेरी खाल उधेड़ते थे। रात को शराब पीने पर मुझे अपने पास बुलाते और कहते, 'क्यों रे गुलाम, देता

है वह सब जमा-पूँजी कि नहीं ?' और फिर चाबुक की मार पड़ती। मैं चुप्पी साध लेता या यह उत्तर देता, 'नहीं, अन्नदाता, मैं नहीं दे सकता।' प्राय: नित्य ही यह मारपीट होती।

"मैंने एक काम और होशियारी का किया था। अपने पास एक कौड़ी भी न रखी थी। यद्यपि बहुत-सा रुपया और प्राय: जवाहरात बंबई के इम्पीरियल बैंक में थे, फिर भी काफ़ी रकम स्टेट बैंक में भी थी। पर बैंक का मैनेजर मेरा दोस्त था। वह पारसी था। एक अवसर पर मैंने उसके पुत्र को झंझट से बचाया था! वह तब से मुझे बहुत मानता था। उसने मुझे आश्वासन दिया था कि यहाँ से एक पाई अन्नदाता नहीं ले सकते, न हिसाब ही देख सकते हैं। हाँ, अदालत का हुक्म ले आएँ तो बात जुदा है।

"वहाँ लौट आने पर मैं यद्यपि रोज़ पीटा जाता था तथापि एक तसल्ली मुझे थी। मैं यह जान गया था कि तुम जीती-जागती, सही-सलामत आबू में हो।

"विलायत से लौटने पर महाराज कुछ इक्की-से हो गए। उन्हें मुझ पर ही नहीं, और भी कई सेवकों पर यह शक हो गया था कि हम सब लोग उन्हें ज़हर देकर मार डालना चाहते हैं। वे हमारे लाए हुए खाने-पीने की तश्तरी और ट्रे बहुधा उलट देते। थाल फेंक देते। गरज-गरजकर गालियाँ देते या चाबुक से मारते थे। पर तुम सलामत हो, तुम्हारी संपत्ति सलामत है, तुम्हारे बच्चे सलामत हैं, इस बात की मुझे तसल्ली थी और मैं खुशी से वह मार और दूसरे कष्टों को सहता चला गया।

"विलायत से लौटकर महाराज जल्सों में उलझ गए। उनकी पतलून की सनक ने उन्हें बहुत हास्यास्पद बनाया। अभी यहाँ जश्न ही चल रहे थे कि तुम्हारा मुकदमा उठ खड़ा हुआ। उससे वह बहुत डर गए। एक प्रकार से वह पागल हो गए थे। पर रुपए के ज़ोर से तथा तुम्हारे बयान से वह बच गए। इसके बाद उन्होंने एक और नया ब्याह कर डाला। शायद ब्याह की यह बात विलायत जाने से पहले ही चल चुकी थी। सब बातें उस पाजी खवास ने कीं। सुना गया था कि उस ठकुरड़े को तीन लाख रुपया दिया गया। ब्याह में कुछ अधिक धूमधाम नहीं हुई। उस रानी को तुम्हारे ही महल में रखा गया। मेरा विरोध-अनुरोध नहीं माना गया। महल में तुम्हारा सारा साजो-सामान जो भी था। सब उस रानी को दे दिया गया। पर गनीमत इतनी ही थी कि रुपया-पैसा और कोई कीमती चीज़ वहाँ न थी।

"पर सबसे कठिन बात यह थी कि मुझे ही नई रानी की चाकरी में रखा गया। गंगाराम उसके बाप के यहाँ का गोला था। वह दहेज़ में उसके साथ आया था। पर न जाने क्यों, महाराजाधिराज ने उसे उसके महल से हटाकर ड्योढ़ियों पर लगा दिया था। बड़ा हरामज़ादा था वह। ज्यों ही उसने सुना कि मैं महल में नई रानी की खिदमत पर बहाल किया गया हूँ, वह मुझ पर बहुत बिगड़ा, पर मैं लाचार था, स्वयं मैं उस रानी की चाकरी में रहना नहीं चाहता था। समझती तो है, वह बड़ी सुंदरी अपने को। चंद्रमहल उसका

नाम है। गोरी-चिट्टी चमड़ी भी है, पर चेहरा अच्छा नहीं है। दिल भी वैसा ही खराब है। बोली कर्कश है। बड़े घर की बेटी नहीं मालूम देती। हर वक्त माथा चढ़ा रहता है। दारू बहुत पीती है। उसकी चाकरी मुझसे सधी नहीं। एक और बात हुई, जिसे बताते शर्म आती है। एक दिन नई रानी ने मुझसे कुछ ऐसा प्रस्ताव किया, जिसे मानने से मैंने इनकार कर दिया। इस पर उसने शोर मचाकर उल्टा मुझे ही बदनाम कर दिया। मुझे बुरी तरह पीटा गया। मैंने जो कहना चाहा वह कुछ सुना न गया। उसी दिन मुझे जेल में डाल दिया गया। जेल में मैंने खवास को भी देखा। वह तो वहाँ भी नवाब की भाँति रहता था। मुझे देखकर हँसा, कहने लगा, 'तू भी आ गया भाया। अच्छा हुआ। अब वह गोली भी आ जाए तो मज़ा रहे।'

"वह जब मिलता, इसी भाँति बक-बक करता। मैं उसके सामने से टल जाता। जेल में अन्नदाता के संकेतों से मेरे साथ बहुत सख्ती होती थी। भगवान के भरोसे सब सहता था। एक बार मुझे फिर कहा गया कि सब माल-मता दे दूँ तो छोड़ दिया जाऊँगा। अन्नदाता ने स्वयं जेल में आकर कहा, पर मैंने यही उत्तर दिया, 'अन्नदाता, नहीं। यह नहीं हो सकता, जान भले ही चली जाए।'

"फिर बहुत दिनों तक कुछ ठीक-ठाक खबर ही नहीं मिली। एक दिन अकस्मात् ही मुझे जेल से छुट्टी दे दी गई। बाहर आने पर एक खवास मुझे अन्नदाता के पास ले गया। वह नई रानी के महल में बहुत बुरी हालत में पड़े थे। बहुत कम होश उनको था। टूटी-फूटी भाषा में उन्होंने कुछ शब्द कहे, जिनका मैंने पूरा अर्थ नहीं समझा। पर उन्होंने तुम्हारे लिए कुछ कहा था। शायद तुमसे मिलना चाहा था। पर तब तुम ड्योढ़ियों में थीं, मैं यह बात नहीं जानता था। अन्नदाता और कुछ कहना चाहते थे, पर नई रानी सिर पर सवार थी। ऐसा प्रतीत होता था कि वह उससे डरते थे। वह विशेष कुछ न कह सके। केवल टूटती भाषा में इतना कहा, 'बच्चों को तुम रख...।' और उनके हृदय की गति रुक गई।

"सारे रंगमहल में कोहराम मच गया। पर मैंने एक क्षण भी समय नष्ट नहीं किया। दौड़ा हुआ मैं वासुदेव महाराज के पास पहुँचा और सब हकीकत मैंने उनसे कह सुनाई। यह भी कहा कि बच्चों को मुझे देने का आदेश अन्नदाता दे गए हैं। उन्हीं से मुझे मालूम हुआ कि तुम ड्योढ़ियों में हो। हम दोनों—मैं और वासुदेव महाराज—नये महाराज की सेवा में पहुँचे। नये महाराज वासुदेव महाराज को गुरु मानते थे। इनसे कुश्ती और छुरी-तलवार के हाथ सीखे थे। उन्होंने आदरपूर्वक उनकी बातें सुनीं और उनकी कृपा से तीनों बच्चे मुझे मिल गए। वासुदेव महाराज ने जब तुम्हारी बात कही, तब वह बोले, 'मैं स्वयं ड्योढ़ियों में जा रहा हूँ।' उन्होंने उनसे इस सम्बन्ध में फिर मिलने को भी कहा। तभी से लड़कियाँ मेरे पास हैं।"

सब सुनकर मैं बड़ी देर तक चुपचाप आँसू बहाती रही। फिर मैंने पूछा, "मेरे दोनों बेटे कहाँ हैं?"

उन्होंने बताया, "लाल जी बंबई में ही कानून पढ़ रहा है, पर छोटे बच्चे के विषय में हम कुछ नहीं जानते। हम तो यही समझते थे कि वह तुम्हारे ही पास है।"

तब मैंने भी अपने नरकवास की सब बातें रोते-रोते कह सुनाईं, अपनी लाज लुट जाने की बात कह दी। सुनकर मेरे पति पत्थर की मूर्ति की भाँति कुछ देर जड़ बने बैठे रहे, फिर एक दीर्घ साँस छोड़कर उन्होंने कहा, "जाता हूँ, बच्चे का पता लगाना आवश्यक है।" बच्चे के लिए मैं भी अधीर हो रही थी। वासुदेव महाराज और वह दोनों ही घर से चले गए और मैं अपनी पुत्रियों को छाती से लगाकर आँसुओं से उनके मुँह धोने लगी।

संतान के बीच

आश्चर्य की बात है या लज्जा की, यह आप ही बताइये कि माँ को अपने बच्चों के नाम ही नहीं मालूम थे और वह उनसे नाम पूछने में लजा रही थी। पर लाज-शर्म अब मैं कहाँ-कहाँ, किस-किस से करूँ? फिर अपनी ही संतान से? मेरी बड़ी लड़की जैसे समूचे हीरे के टुकड़े से काटकर बनाई गई थी। वह 15 बरस की थी। यौवन उसके अंग से फूटा पड़ता था। स्वास्थ्य और सौंदर्य का वह मिश्रण कैसा मनोरम था, भला यह बात मैं माँ होकर आपको क्या बताऊँ। मेरी आँखों में राई-नोन। उसकी बड़ी-बड़ी झुकी हुई पलकों के भीतर फुल्लारविन्द-सी आँखों की ओर प्यासी चितवन से देर तक मैं देखती रही, ठगी-सी। फिर मैंने धीरे से कहा, "तुम्हारा नाम क्या है, बेटी?"

उसने लजाते हुए कहा, "सुषमा।"

अरे, गोली की लड़की का नाम सुषमा? कुछ ठहरकर मैंने पूछा, "क्या पढ़ती हो?"

"इंटर के फ़ाइनल में बैठी हूँ।"

मैं सोचने लगी, 'यह भला मुझ पतिता की पुत्री हो सकती है? यह तो किसी बड़े घर की बेटी है।' मैंने फीकी मुस्कान होंठों में भरकर कहा, "जानती हो बेटी, मैं कौन हूँ?"

"आप हमारी माँ हैं।"

"नहीं बेटी, मैं तुम्हारी माँ की दासी हूँ। तुम्हारी भी दासी! तुम्हारी माँ मेरी जैसी गंदी बुढ़िया थोड़े ही थी। वह तो रानी थी बेटी!"

मेरी छोटी बच्ची ने बड़ी बहन की आँखों से आँख मिलाकर फिर मेरी ओर देखा और कहा, "तुम्हीं हमारी माँ हो।"

"तुमसे किसने कहा बेटी?"

"पापा ने।"

"पापा ने? कौन पापा? हे ईश्वर, ये तो सभी लड़कियाँ बड़े लोगों के समान बोल रही हैं!"

मैंने पूछा, "तुम्हारा नाम क्या है, बच्ची?"

"माया, मेरा नाम है।"

"और इसका?" मैंने मझली लड़की की ओर इशारा किया।

उसने कहा, "यह कुसुम है।"

"अच्छा तो सुषमा, कुसुम और माया हो!"

छोटी बच्ची शर्माकर हँसने लगी। मझली ने शर्म से मुँह फेर लिया। बड़ी नीची नज़र किए बैठी रही।

मेरी दूसरी लड़की सातवीं में और तीसरी चौथी में पढ़ रही थी। उन्हें मैं देख रही थी और निहाल हो रही थी। मैं यह नहीं जानती थी कि केसर इस प्रकार मेरे बच्चों को नये जीवन के संस्कार देगी, जबकि वह एक गोली, जन्मजात गोली थी और जिसने मेरे गोली जीवन का अपने हाथों श्रीगणेश किया था। आज मेरी आँखों की कृतज्ञता देखने को वह जीवित नहीं रही थी। अफ़सोस, मैं एक बार उसके दर्शन तक न कर सकी। मेरे बच्चों की कल्याण-कामना में उसने अपने को होम कर डाला। भाग्यवती थी वह, स्वर्ग की देवी थी वह, ईश्वर उसकी आत्मा को सद्‌गति दे।

तीनों लड़कियाँ उन कुछ घंटों में ही मुझसे परच गईं। छोटी बच्चियाँ तो खेल-कूद में लग गईं, पर बड़ी और मेरे पास सरककर बैठ गई। उसने धीरे-धीरे मुझे बताया कि उसके कारण केसर पर कितना गज़ब ढाया गया। पर केसर ने किसी भी हालत में मेरी बच्ची को रंगमहल में भेजना स्वीकार नहीं किया। उसने स्वयं भी रंगमहल छोड़ दिया। राजा ने बड़ी-बड़ी कसमें खाईं कि वह मेरी लड़की को राजकुमारी की भाँति रंगमहल में रखेगा, बेटी ही समझेगा, बड़े घर ब्याह करेगा। पर केसर तनिक भी नहीं पतियाई। उसे उस दुरात्मा खवास की दुरभिसंधि का पता लग गया था। मेरी बेटी ने बताया कि उसकी प्रधान अध्यापिका मिसेज़ टंडन ने भी कितने हौसले और मुस्तैदी से उसकी रक्षा की। केसर ने मिसेज़ टंडन को सारी हकीकत बता दी थी और उन्होंने उसे होस्टल में दाखिल कर लिया था। सुरक्षा के विचार से केसर को यही ठीक प्रतीत हुआ। पति उन दिनों जेल में ठूँसे हुए थे। फिर वह बेचारी सहारा किसका लेती? वासुदेव महाराज अवश्य उसकी पीठ पर थे, पर वह अब बूढ़े और अशक्त हो चले थे। उन्हें केसर ज़्यादा तंग करना नहीं चाहती थी। अत: उस पापपुरी से होस्टल में रहकर मेरी बेटी प्रतिष्ठा के साथ ज्ञानार्जन करने लगी। अब तो वह अपने हृदय में ज्ञानदीप जला चुकी थी। वह तेजस्विनी, मेधाविनी, प्रतिभा-सम्पन्न और

महा-मानवती थी। उसे देखकर तो जैसे मैं गंगा में स्नान कर पत्रित हो गई थी। बारंबार मैं उसे छाती से लगाकर चूमती और फिर भी तृप्त नहीं होती थी।

छोटी लड़की बड़ी चंचल थी। वह बीच-बीच में आकर अपनी अटपटी भाषा में मुझसे बातें करती थी। मझली अलबत्ता शर्मीली थी। पर तीनों सचमुच राजकुमारी प्रतीत हो रही थीं।

दिन बच्चों में बीत गया। शाम हो गई, पर अभी मेरे पति नहीं लौटे। मैं उनके लिए अधीर होने लगी। बार-बार पुत्री से कहने लगी, ''बेटी, वह तो अभी तक नहीं आए। दिन डूब रहा है।'' मेरी बेटी कहतीं, ''माँ, चिंता की बात क्या है दादा महाराज पापा के साथ हैं। वह किसी काम से ही वहाँ रुक गए होंगे।'' मेरी इस भाग्यवती बेटी को अभी यह नहीं मालूम था कि वे मेरे लाल की खोज में गए हैं। वह जानती तो थी कि उसके दो भाई हैं। बड़े भैया से तो वह मिल चुकी थी, पर छोटे की सिर्फ़ चर्चा सुनी थी। पर उसे नहीं मालूम था कि वह कहाँ है। संकोचवश उसने मुझसे अब तक पूछा भी नहीं था। अब मैंने ही कहा, ''बेटी, वे तेरे छोटे भाई की खोज में गए हैं। न जाने उसे हत्यारों ने कहाँ छिपा रखा है। वह मिलेगा भी या नहीं।'' यह सुनकर मेरी बेटी भी उदास होकर मेरा मुँह ताकने लगी।

शाम हो गई। रात हो गई और एक पहर रात गल गई, पर मेरे पति नहीं आए। हम लोगों ने भोजन नहीं किया। बच्चों को खिला-पिलाकर हम तीनों स्त्रियाँ-मैं, मेरी बिटिया और बहू—धड़कते कलेजे से द्वार की ओर ताकती बैठी रहीं।

ग्यारह बजने के बाद वे आए। आगे-आगे मेरे पति थे। पीछे हाथ में लाठी लिए वासुदेव महाराज। मेरे पति की गोद में बच्चा था। उसे मेरी गोद में देकर उन्होंने धीरे से कहा, ''बहुत बीमार है। शायद बेहोश भी है। पर चिंता की बात नहीं, डॉक्टर अभी आ रहे हैं।'' वासुदेव महाराज हकला-हकलाकर बहू पर नाराज़ होने लगे कि मुझे उसने खाना-पीना क्यों नहीं कराया। पर बहू ने कोई जवाब नहीं दिया। थोड़ी देर में ही डॉक्टर आ गए। वासुदेव महाराज के मित्र और डॉक्टर रॉबर्ट के सहयोगी थे। मुझे नाम से जानते थे। उन्होंने बालक की परीक्षा करके कहा, ''डबल निमोनिया है। पर चिंता मत करो। समुचित चिकित्सा से ठीक हो जाएगा।'' उन्होंने सूइयाँ लगाईं तथा रात-भर तीन-तीन घंटे पर सूइयाँ लगाने के लिए अपने असिस्टेंट को वहीं नियुक्त कर गए। खा-पीकर सब निपटे। दो-दो कौर हमने भी पेट में डाले। सब सो गए। केवल हम तीन नहीं सोए। सारी रात जागते बैठे रहे—बहू, मेरी बेटी और मैं। हाँ, डॉक्टर भी हमारे साथ सजग रहे। वह ठीक समय पर सूई देते रहे। हम बच्चे को घेरकर चुपचाप बैठे उसके मुर्झाए, पीले और मूर्च्छित मुँह की ओर ताकते तथा भगवान के दरबार में मन-ही-मन उसके प्राणों की भिक्षा माँगते रहे।

पति-परमेश्वर

भगवान ने मुझ अभागिन की अरदास सुन ली। वह प्रभात मेरे लिए मंगल प्रभात हो गया। मेरे बच्चे को होश आ गया था। उसने आँखें खोल दी थीं। उसका टेंपरेचर भी नीचे आ गया था। वह मेरी ओर देख-देख कर मुस्करा रहा था। शायद वह मुझ अभागिनी माँ को पहचान रहा था। मैं रो रही थी और उसकी बलइयाँ ले रही थी। मेरे पति, महाराज वासुदेव, उनके पुत्र, डॉक्टर सभी मुझे समझा-बुझा रहे थे। बड़े डॉक्टर आए, उनके साथ कर्नल रॉबर्ट भी थे। बड़े ध्यान से उन्होंने बच्चे को देखा, नुस्खा तजवीजा और छोटे डॉक्टर तथा एक नर्स की वहीं रहने की व्यवस्था कर दी, फिर वह मेरी ओर घूमे। अफ़सोस करते हुए कहा, "आपका स्वास्थ्य तो बहुत गिर गया, मिसेज़ कृष्ण! यह क्या बात है?" शायद मेरी यम-यातना से वह अपरिचित थे। इस समय सब बातों को कहने-सुनने का अवसर भी न था। इस समय हम लोगों ने अंग्रेज़ी ही में बातचीत की। मेरे मुँह से अंग्रेज़ों-जैसी स्वाभाविक अंग्रेज़ी सुनकर मेरी लड़की आँखें फाड़-फाड़कर मेरी ओर देखने लगी। उसे पता न था कि उसकी यह अभागिनी माँ भी अंग्रेज़ी पढ़-लिख सकती है और कई बार विलायत हो आई है। शायद केसर और मेरे पति ने जान-बूझकर महाराजाधिराज से मेरे सम्बन्ध छिपाने को ये सब बातें उन्हें नहीं बताई थीं। ईश्वर को धन्यवाद है कि मेरे बच्चे मेरे जीवन का कलुष नहीं जानते थे। ये मेरे पति को ही अपना वास्तविक पिता समझते और कहते थे। स्कूल-कॉलेजों में भी वही नाम उन्होंने लिखाया था। यद्यपि अपने ही बच्चों से उन्हीं के जन्म के रहस्य को छिपाने से मेरी छाती फटी जा रही थी, पर वह भेद तो मुझे छिपाना ही था। सो लज्जा से अधमरी होने पर भी मैं प्रसन्न हुई।

डॉक्टरों से निवृत्त होकर मैंने स्नान किया, घर के ठाकुर की पूजा आरती की और मैं आरती का थाल सजा सबके सामने, सब साज-लगाम तज, अपने पति के पास आई। उनके चरणों को मैंने धोया, अपने आँचल से उन्हें पोंछा। धूप-दीप से पति-परमेश्वर का पूजन किया। चरणोदक लिया और अपना मस्तक उनके चरणों में टेक दिया। यह सब निर्विघ्न नहीं हुआ। उन्होंने बहुत बाधा दी। भला, बाधा क्यों न देते? इक्कीस बरस तक जिस स्त्री की धर्म की पत्नी होने पर भी, सरकार कहकर उसकी चाकरी की, उसकी पूजा कोई आसानी से कैसे ग्रहण कर सकता था! पर मैं अपने में मगन थी। पृथ्वी पर अब ऐसा कौन था, जो मुझे मेरी इच्छा की पूर्ति करने से रोक सकता! तिस पर वासुदेव महाराज ये सब देख 'हो-हो' करके पागल की तरह नाच उठे। वह आँखों से आँसू बहाते हुए ठाकुरद्वारे से शंख उठा लाए। उन्होंने ज़ोर से शंख में फूँक मारी और वह शंख-ध्वनि कैलाश में जा पहुँची। साक्षात् शंकर और जगज्जननी उमा ने मृत्युलोक में झाँककर मुझ अभागिन, नरक-कीट कलुषित गोली की पति पद पूजा देखी।

नई अफ़वाह

मेरा बच्चा धीरे-धीरे ठीक हो रहा था। अब अपने बड़े लड़के को देखने के लिए मेरी आँखें तरस रही थीं, पर उसका एल-एल.बी. का फ़ाइनल चल रहा था। इससे मैंने उसे बुलाना ठीक नहीं समझा। दो दिन मैं अपने बच्चों में रहकर फिर रंगमहल में लौट आई। बच्चे को अभी मैंने वासुदेव महाराज के घर ही छोड़ा। मेरे बच्चे और पति भी अभी वहीं रहे। अनेक कारणों पर विचार करके यह व्यवस्था की गई थी। महल में इस समय एक नई अफ़वाह उठ खड़ी हुई थी। यद्यपि वह बाहर अभी नहीं गई थी, फिर भी रंगमहल में उथल-पुथल हो रही थी। छोटे-बड़े प्रत्येक की ज़बान पर यह बात थी कि चंद्रमहल रानी सगर्भा है। यह साधारण बात न थी। इसका सबसे भारी प्रभाव वर्तमान नये राजा पर पड़ने वाला था। नया राजा, मृत राजा के औरस पुत्र के न रहने पर, गोद आया था। पर अब यदि औरस पुत्र विवाहिता रानी से होता है तो गद्दी का वही अधिकारी होगा। नये राजा को गद्दी छोड़नी होगी। तख्तनशीनी का अभी दरबार भी नहीं हुआ था। पर दरबार की तारीख ए.जी.जी. ने नियत कर दी थी, जबकि स्वयं या उनका प्रतिनिधि दरबार में आकर अंग्रेज़ सरकार की ओर से उन्हें महाराजा स्वीकार करने की घोषणा करने वाले थे। अब यदि अफ़वाह सच्ची प्रमाणित होती है और सचमुच ही नई रानी के पुत्र होता है, और यह खबर ए.जी.जी. तक पहुँचती है तो निश्चय ही दरबार रुक जाएगा। सब मामला उलट-पुलट हो जाएगा। नया राजा सुशिक्षित और भद्र तरुण था। नये विचार और भावनाएँ उसमें थीं। वह मेयो कॉलेज का ग्रेजुएट था, विचारों और भावों में उदार और सुधारक। उसने गद्दी पर बैठते ही अनेक नये कदम उठाए थे, जिनमें एक ड्योढ़ियों के नरक का उन्मूलन था। उससे सभी को अच्छी आशाएँ बँध गई थीं। मेरे तो जीवन ही की उसने रक्षा की थी। मृत राजा के ही जीवनकाल में यह प्रायः निश्चित हो गया था कि उसके बाद राजा वही होगा। कुर्सीनामे के अनुसार उसी का हक प्रमाणित था, क्योंकि राजा के कोई औरस संतान रानियों से न थी, न आशा ही थी, परंतु इस नई रानी के सगर्भा होने से अब पुत्र की आशा हो गई थी।

बड़ा ही विचित्र है यह उत्तराधिकार और औरस पुत्र का युग-युग से चला आता हुआ सिलसिला। स्त्री विवाहित पत्नी ही हो, स्वजातीय हो तभी उसका गर्भजात औरस पुत्र पिता का उत्तराधिकार पा सकता है। अविवाहित स्त्री से भले ही उस पुरुष के वीर्य पुत्र हो, पर वह उत्तराधिकारी ही नहीं है। विवाहिता पत्नी से उत्पन्न पुत्र बालक हो, मूर्ख हो, कोढ़ी हो, नालायक हो, तो भी वही उत्तराधिकारी है। यह उत्तराधिकार में राज्याधिकार मिलता है तो वही राजा है, उस राज्य का सबसे बड़ा, सबसे प्रमुख, सबका पूज्य पुरुष। बड़े-से-बड़े योग्य विद्वान भी उससे छोटे हैं।

धीरे-धीरे यह बात रंगमहल के बाहर फैली और अब नगर में यही बात चर्चा का मुख्य विषय बन गई। नया राजा तो इस घटना से बहुत विचलित हो गया था। उसका भाग्य ही अस्त होने का समय आ गया था। पर वह इस समय भी धीर और शांत था। अब तो रानी

के पुत्र-प्रसव की प्रतीक्षा थी। यदि पुत्री होती है तो राज्य का अधिकार नये राजा को मिलता है। पर यदि पुत्र-प्रसव हुआ तो नये राजा का राज्यच्युत होना अनिवार्य था।

दरबार की तारीख अनिश्चितकाल के लिए टाल दी गई थी और सब राजदरबारी एक निश्चित स्थिति में आने वाले क्षणों की प्रतीक्षा कर रहे थे।

रंगमहल में रहना अब मुझे भाता न था। परंतु अभी मेरी बहुत-सी संपत्ति रियासत में फँसी थी। मुझे धैर्य और युक्ति से काम लेना था, सांप मरे ना लाठी टूटे। यद्यपि मेरा सारा ध्यान बच्चे की बीमारी पर था, फिर भी मैं अपनी संपत्ति से बेखबर न थी। मैं बीच-बीच में राजा से मिलती रहती थी। उसने मुझ पर अपरिसीम अनुग्रह किया। उसकी कृपा से धीरे-धीरे मेरी लगभग सारी ही धन-संपत्ति मेरे कब्ज़े में आ गई। उसे चुपचाप मैंने रियासत से बाहर भिजवा दिया। कुछ रकम मैंने बंबई के बैंकों में जमा कर दी और कुछ दिल्ली के बैंकों में। रकम के मैंने कई विभाग किए और उसका अधिकांश भाग पुत्र-पुत्रियों के नाम पृथक्-पृथक् जमा कर दिया। अब मैं राजधानी से निकल भागने का सुअवसर ताकने लगी।

रानी का बुलावा

छः महीने बीत गए। नई रानी ने पुत्र प्रसव किया। प्रसव राजधानी में नहीं हुआ था, रानी के मायके के ठिकाने में हुआ था। राजस्थान का यह पुराना रिवाज है कि पुत्री का प्रथम प्रसव मातृ-गृह में होता है। रानी कई महीनों से पीहर गई हुई थी। सगर्भावस्था में और प्रसव-काल में जो समारोह होते हैं, वे सब धूमधाम से रानी ने अपने पितृ-गृह में किए थे। प्रसव कार्य के लिए राज्य की अंग्रेज़ लेडी डॉक्टर साहब बुलाई गई थी। बालक का प्रसव होते ही उसकी सूचना ए.जी.जी. साहब बहादुर को दे दी गई थी तथा राजधानी में भी यह खबर आग की भाँति फैल गई थी। प्रजा के हर्ष का ठिकाना न था। बड़ी विचित्र बात है, कैसे एक मास के लोथड़े को स्वामी कहकर स्वागत किया जाता है। नित नये शोषण, नित नये अत्याचार इन स्वेच्छाचारी राजाओं की प्रजा निरीह भाव से सहती है, फिर भी नये राजा की नये अत्याचारी की अवाई का धूमधाम से स्वागत किया जाता है। मेरी तो कुछ बात ही नहीं। जन्मजात गुलाम हूँ, परंतु रियासत का बच्चा-बच्चा, सभी में तो यह दासता का भाव भरा है। सभी तो दासता की शृंखला में बँधे हैं। समाज-रचना ही स्वामी-सेवक के सम्बन्धों पर हुई है।

कई पीढ़ियों से राजा के औरस संतान नहीं हुई थी। उत्तराधिकारी गोद आते थे। अब यह औरस उत्तराधिकारी जो मृत राजा का आया; तो इससे प्रजा हर्ष से खिल गई। पर राजधानी में विशेष धूमधाम नहीं हुई। राजा ने इच्छा प्रकट की थी कि जब वह बालक-महाराज को लेकर राजधानी में आए तभी धूमधाम, उत्सव, मुजरे, जल्से हों। सो रियासत में छोटे-बड़े सभी भाँति-भाँति के मंसूबे बाँध रहे थे। भाँति-भाँति के अनुमान लगाये जा रहे थे। दूर-दूर के कलावंत, रंडी, भड़ुए, भांड अभी से राजधानी में धंसे पड़ रहे थे। एक

व्यक्ति था, जिसे यह सब धूमधाम फोड़े की भाँति दु:ख रही थी। वह था नया तरुण राजा।

मैं अधीर हो रही थी। हर बार मेरा मन यह कह रहा था कि मुझे अब रंगमहल से नहीं राजधानी से भी चल देना चाहिए। पर क्या मुझे यहाँ से चले जाने की अनुमति मिल जाएगी? मुझे? गोली को? जन्मजात गुलाम को? मुझे इतनी स्वतंत्रता मिल सकती है? मैं गुलाम चाकर हूँ, मेरी संतान राजा की संपत्ति है। सौभाग्य की बात थी कि नया राजा भलामानुस था और उसने मेरे साथ आशातीत भद्र व्यवहार किया था। परंतु रियासत में न तो मैं और न मेरी संतान ही गुलामी से बच सकती थी। जन्म-जन्म से जिस दासता को हमारे पूर्वजों ने अपने पल्ले बाँध लिया था, उससे तो वह राजा भी हमें नहीं बचा सकता था।

मुझे अपने से भी अधिक लड़कियों की चिंता थी। मेरी बड़ी लड़की समझदार थी। वह नये वातावरण में पली थी। उसे कदाचित् इस बात पर विचार करने का भी अवसर न मिला था कि वह भी जन्मजात गोली-गुलाम है।

मेरा बच्चा अब पूरा नीरोगी हो गया था तथा मेरे बड़े पुत्र ने एल.एल.बी. प्रतिष्ठा सहित पास किया था। उसे देखने को मैं छटपटा रही थी। पर मैंने उसे रियासत में बुलाना निरापद न समझा। बंबई ही में रोक दिया। अब तो मैं किसी तरह यहाँ से निकल भागने की जुगत सोचने लगी। मैं बहुधा अपने पति और वासुदेव महाराज से सलाह करती; पर कोई योजना स्थिर नहीं हो पाती थी। मैं स्वीकार करती हूँ कि मुझमें साहस की कमी थी, नहीं तो मेरे भाग निकलने का यह अच्छा अवसर था। राजा मेरे अनुकूल था, रानी पीहर में थी। विरोधी शक्तियाँ भी उसी के साथ थीं। यदि कुछ बाधा हो सकती थी तो वह कुछ खर्च करने से पूरी की जा सकती थी। वासुदेव महाराज ने मुझे बच्चों को लेकर तुरंत दिल्ली भाग जाने की सलाह दी थी। पर मैं सोच-विचार ही करती रही। क्या करूँ, मेरे भाग्य में जो भोग भोगना बदा था, उसी ने मेरी बुद्धि नष्ट कर दी।

किसी से मैंने सुना, नई रानी राजधानी में लौट आई है। नवजात शिशु उसके साथ है। नये राजा के जन्म की खुशी में धूमधाम, जलसे और जश्न मनाए जा रहे हैं। नये राजा ने स्वयं महल में जाकर रानी का मुजरा किया। शिशु राजा का अभिवादन किया। वह चाहता था कि राजा नहीं तो जब तक बालक राजा बालिग न हो जाए, वह उसका प्रतिनिधि होकर ही राज्य-शासन करे। पर रानी की तो योजना ही दूसरी थी। रंगमहल पर रंग-बिरंगी रोशनी हो रही थी, नगर के बाज़ार सजाए गए थे, ठौर-ठौर पर नाच-गाने और जल्से हो रहे थे। सारी राजधानी मौज-शौक और आनंद में डूब-उतरा रही थी। मैं भौंचक-सी यह सब विधाता का खेल देख रही थी। इतने ही में मेरे ऊपर विपत्ति का पहाड़ टूट पड़ा। वासुदेव महाराज को अकस्मात् हैजा हुआ और वह दो दिन की बीमारी में चल बसे। दो दिन-रात मैंने इस ब्राह्मण मित्र की अथक सेवा की। पर उसे जाना था, वह चला गया। ईश्वर उसे स्वर्ग दे। मैं बहुत रोई, बेचारे उसके पुत्र और पुत्रवधू निरीह रह गए। मैं उन्हीं के घर रहकर उन्हें ढाढ़ँस देती रही। अभी वासुदेव महाराज का दसवाँ दिन भी नहीं हुआ था कि एक दिन रंगमहल के सिपाहियों

ने आकर मुझे रानी का हुक्म सुनाया। रानी ने तुरंत मुझे अपनी खिदमत में हाज़िर होने का हुक्म भेजा था। प्यादों के साथ मेरे लिए कोई सवारी नहीं भेजी गई थी। इन सिपाहियों का जमादार मेरा परिचित एक बूढ़ा राजपूत था। वह मेरी ड्योढ़ी पर पहरे पर रह चुका था। मेरे राजसी ठाठ उसने देखे थे और मेरी कृपाओं का भी वह आभारी था। उसकी आँखें वेदनापूर्ण थीं। वह मुझसे कुछ कहना चाह रहा था, पर कह नहीं सकता था। उसका नाम रामसिंह था।

मैंने उससे पूछा, ''क्या बात है रामसिंह?'' उसने पुराने ही अभ्यास के अनुसार कहा, ''सरकार को महारानी जी ने याद फ़रमाया है।'' फिर जैसे वह असमंजस में पड़ गया। मेरे लिए सरकार शब्द का इस्तेमाल करने में जैसे उसने भूल कर डाली हो, मुझे ऐसा आभास हुआ। मैंने उसकी भाव-चेष्टा से यह भी भांप लिया कि मेरे लिए कोई सवारी रंगमहल से नहीं आई थी। बेचारा बूढ़ा राजपूत गोली के भाग्य पृष्ठों पर रहस्य कहाँ समझता था। उसने झिझकते हुए कहा, ''सवारी के लिए एक किराए का बहल मँगा लूँ क्या?'' मैंने हँसकर कहा, ''नहीं रामसिंह, मैं पैदल ही तुम्हारे साथ चलती हूँ।'' परंतु मेरी यह हँसी केवल हँसी ही थी। वास्तव में यह सब देखकर मेरा रोम-रोम काँप उठा था। भय और आशंका में मेरा कलेजा धड़क रहा था। भाँति-भाँति के विचार मेरे मस्तिष्क में आते-जाते थे। एक अज्ञात अशुभ भावना ने मुझे घेर लिया था। पर अब तो जो कुछ मुझ पर बीतनी थी, उसे झेलने को तैयार होने में ही कुशल थी। मैंने बच्चों को तसल्ली दी और सबकी नज़र बचाकर पति को संकेत ही में कह दिया कि वह कोई भी अशुभ संदेश सुनने को तैयार रहें तथा बच्चों को सुरक्षित स्थान में पहुँचा दें। मैं पैदल ही उसके साथ चल खड़ी हुई।

लहू का घूंट

मैं चंद्रमहल से मिलने अपने महल में गई—उसी महल में जहाँ मैं इक्कीस बरस तक रानियों की भाँति रह चुकी थी, जहाँ मेरे जीवन के मध्य भाग की बहुत-सी मीठी-कड़वी स्मृतियाँ दफ़न थीं। महल की ड्योढ़ियों में पैर रखते ही मेरा मन न जाने कैसा हो गया। सबसे प्रथम जिस व्यक्ति पर मेरी नज़र पड़ी, उसे देखते ही मैं सिर से पैर तक काँप गई। यह वही नर-पशु गंगाराम गोला था। उसने मुझे कड़ी नज़र से देखा, मुस्कराहट में कितनी अवज्ञा थी। मैं क्या कहूँ! उसने कहा, ''अभी बाहर ठहर! रानी पूजा में हैं, अभी मुलाकात नहीं होगी।'' इस आदमी के मुँह लगना मैं नहीं चाहती थी। मैं चुपचाप एक ओर दालान में जा खड़ी हुई। उसने मेरे पास आकर कर्कश स्वर में कहा, ''बैठ क्यों नहीं जाती?'' उसने मुझे उस जगह की ओर इशारा किया जहाँ मेरी दासियाँ बैठती थीं, पर मैं भी कड़ी बन गई। मैंने रुखाई से कहा, ''तू अपना काम कर, मेरा मन होगा तो बैठूँगी।''

सुनकर वह बेशर्म हँसने लगा। उसने व्यंग्यमयी भाषा में कहा, ''अभी भी अपने को रानी समझ रही हो। गोली-गुलाम का कलेजा तो छोटा नहीं है। वे दिन लद गए।'' पर मैंने जवाब नहीं दिया। मैं बड़ी देर तक खड़ी इधर-उधर ताकती रही। बैठने का मेरा मन ही न हुआ। कभी-कभी इच्छा होती थी कि चली जाऊँ, पर मैंने ठहरना ही ठीक समझा। इतनी

देर में एक दासी ने आकर कहा, "चलो, रानी जी बुलाती हैं।"

इस प्रकार की अवज्ञा का संबोधन अपने ही महल में सुनकर मैं क्रोध से तिलमिला उठी। पर लहू का घूँट पीकर मैं भीतर पहुँची। मेरे ही छपरखट पर वह रानी एक शॉल अंग पर डाले लेटी थी। मेरे साथ उसने एक दासी की भाँति बात की। स्वर उसका बहुत ही रूखा था, नज़र भी बड़ी खराब थी।

उसने कहा, "चंपा गोली तू ही है?"

मैंने असीम धैर्य का परिचय दिया, फिर चंपा गोली तो मैं थी ही, कहा, "जी!"

एक विचित्र दृष्टि से उसने मुझे देखा और एक कुटिल हास्य-रेखा उसके होंठों पर फैल गई। उसने कुछ रुककर कहा, "तू ही इस महल में रहती थी?"

"जी!"

"मेरा यहाँ रहना तो तुझे भाया न होगा?"

"प्रसन्न हूँ कि आप यहाँ हैं। क्या मैं आपकी कुछ सेवा कर सकती हूँ?"

वह कुछ देर तक घूर-घूरकर मेरी ओर देखती रही। फिर बोली, "तू क्या मेरी चाकरी में रहेगी?"

"जी नहीं।"

"यदि मैं चाहूँ?"

"नहीं।"

"नहीं क्यों, क्या तू इस घर की चाकर नहीं है?"

"लड़ाई करने से क्या लाभ है, रानीजी! मेरे योग्य कोई सेवा हो तो कहिए, मुझे प्रसन्नता होगी।"

"तू तो इस तरह बोलती है, जैसे कोई एहसान मेरे ऊपर करना चाहती हो।"

"मैं एहसान किसी पर नहीं करती।"

"तो तू मेरी चाकरी में रह, मैं तुझे निहाल कर दूँगी। तेरे बाल-बच्चों का भी ध्यान रखूँगी।"

"बड़ी कृपा है आपकी। तो क्या अब मैं जाऊँ?"

"तू इनकार करती है मालजादी! उस भाड़े के टट्टू राजा के भरोसे न रहना। राजा यहाँ

मेरी गोद में बैठा है। अब रंगमहल पर मेरा ही अदल है!''

''जब कभी भी आप मुझे याद करेंगी, मैं आपकी सेवा करके प्रसन्न होऊँगी।'' इतना कहकर मैं वहाँ से चल दी।

वह विष-भरी नागिन की भाँति फुँफकार उठी। उसने चीखकर कहा, ''तू मेरी चाकरी में नहीं रहती तो अपनी लड़की को हाज़िर कर।''

सुनकर मैं चोटी से एड़ी तक काँप गई। धरती-आसमान मुझे घूमते दिखाई देने लगे। मैं चली गई। यह उसकी बड़ी कृपा थी कि उसने मुझे रोका नहीं। पिटवाई नहीं। मैं चाहे जो भी हूँ, अंततः जन्मजात गुलाम हूँ, और वह रानी है, ठाकुर की बेटी। रंगमहल में वह मुझे पिटवा भी सकती थी, मरवा भी सकती थी, कायदे के अनुसार इस बात की कोई सुनवाई नहीं हो सकती थी।

दिल्ली की ओर

मैं रंगमहल के अपने कमरे में लौट आई। मैं नहीं जानती थी कि क्या होने वाला है। पर यह मैं समझ गई थी कि कोई नया कुचक्र मेरे ऊपर चल रहा है और मेरी तथा मेरी लड़की की आबरू खतरे में है। रानी ने मेरी लड़की को जो अपनी खिदमत में माँगा है सो बेशक रानी उसकी आबरू की गाहक है। संभवतः वह मेरी संपत्ति भी हड़पना चाहती है। पर मैंने ठान ली कि चाहे मेरी जान चली जाए, पर मैं नहीं झुकूँगी और न ही अपनी लड़की को गुलाम बनने दूँगी। पर हाय री तकदीर, मैं जन्मजात गोली कैसी उल्टी बात सोच रही थी। पर, अब सोचने-विचारने का तो समय ही न था। अब तो वह समय आ गया था कि या तो अब या फिर कभी नहीं। मेरा कलेजा मुँह को आ रहा था। मैं निरीह अबला अब निपट अकेली असहाय थी, मेरा एकमात्र मित्र भी अब नहीं रहा था। मैंने बहुत बातों पर विचार किया और धड़कते हुए कलेजे से राजा से मुलाकात की। राजा मुझे एकांत कक्ष में ले गया। वह बड़ा परेशान था, पर उसने अत्यंत धैर्य और शांति से मुझसे बातचीत की। उसने मुझे बताया कि ए.जी.जी. का हुक्म मेरे लिए आ गया है कि मैं तुरंत रंगमहल खाली कर दूँ। सम्राट ने बालक को मृत महाराज का उत्तराधिकारी मंजूर कर लिया है। शायद मुझे कुछ गुज़ारा मिलेगा, पर अभी उसका कुछ ठिकाना नहीं है। मुझे आपकी चिंता है। अभी किसुन मेरे पास आया था। उसने मुझे बताया कि आपको रानी ने बुलाया है। क्या महारानी से आपकी मुलाकात हुई?

मैंने संक्षेप में सब बात बताई और रोते-रोते कहा, ''मेरी जान भले ही चली जाए, पर मेरी लड़की की इज़्ज़त पर आँच न आने पाए।'' राजा ने कहा, ''यह समय दिल को मज़बूत रखने का है। अब आपका रंगमहल में या रियासत में एक मिनट भी ठहरना निरापद नहीं है। रंगमहल में आपके बैरी नर-पशु गंगाराम गोले का अदल चल रहा है। उस पाजी

को मैं जानता हूँ। वह धूर्त भी है और क्रूर भी। कल न जाने क्या हो। आप अभी इसी समय तुरंत यहाँ से दिल्ली चली जायें। सामान कुछ नहीं ले जा सकेंगी। मेरी मोटर आपको चौराहे पर खड़ी मिलेगी। उसे आप मेरी तुच्छ स्नेह-भेंट समझिए। आप यहाँ से अभी इसी शाम के झुटपुटे में पैदल ही निकल जाएँ और चौराहे पर जाकर गाड़ी में बैठ जाएँ। बच्चों को लेकर किसुन आपको गाड़ी में मिलेगा। मेरा ड्राइवर मेरा विश्वासभाजन बूढ़ा राजपूत है उस पर भरोसा कर सकती हैं। आप सीधी दिल्ली की राह पकड़िए। यह थोड़ा-सा राह खर्च है, सो साथ रखिए।''

उसने एक पर्स मेरे काँपते हाथों में थमा दिया और ठंडी साँस लेकर कहा, ''जाइए,'' उसने मुझे हाथ जोड़कर नमस्कार किया। मैं पीपल के पत्ते की भाँति काँप रही थी। बहुत चेष्टा करने पर भी मेरे मुँह से एक शब्द भी नहीं फूटा और मैं धड़कते हृदय और काँपते पैरों से चल खड़ी हुई।

मोटर यथास्थान खड़ी थी। उसमें सब बच्चे भी थे, पर मेरा पति न था। मेरी बड़ी लड़की मेरे बच्चे को छाती से लगाए बैठी थी। उसके नेत्रों में भय व्याप रहा था। यह पहला ही अवसर था, जब मैंने अपनी लड़की को इस तरह चिंतित और उदास देखा। शायद उसके पिता ने उसे कुछ बातें बता दी थीं। छोटी लड़कियाँ भी घबराई हुई थीं, यद्यपि सारी बातें वे नहीं समझती थीं। मुझे देखकर उन्हें ढाँढ़स मिला। उन्होंने बताया कि मेरा पति मेरी ही तलाश में उधर गया है। मैं बौखलाई-सी इधर-उधर देखने लगी। कुछ करते-करते नहीं बन पड़ रहा था। ड्राइवर का कहना था कि यहाँ खड़ा रहना निरापद नहीं है, कहीं ऐसा न हो कि रंगमहल में मेरी ढूँढ़ मच रही हो। पर मैं वहाँ अपने पति को छोड़कर कैसे जा सकती थी। मैंने पति की तलाश में जाने का इरादा किया तो ड्राइवर ने बाधा देकर कहा, ''आप मौत के मुँह में जा रही हैं। वह तुरंत चल देने के पक्ष में था और मेरे पति के लिए रुकना नहीं चाहता था। अभी मैं इस असमंजस में ही थी कि मैंने देखा, पाँच-सात सिपाही मेरे पति को उसी की पगड़ी से बाँध उसे पीटते हुए ही आ रहे हैं। देखकर मेरे मुँह से चीख निकलते-निकलते रह गई। ड्राइवर ने मुझे खींचकर गाड़ी में ढकेल दिया और चिक डाल दी। वे लोग उसे मारते-पीटते और धक्के देते ले गए मैंने सुना वे कह रहे थे, ''बता कहाँ है तेरी लड़की और वह गोली? बता और जल्दी बता।''

वे उसे मार रहे थे और मेरा धीर-वीर पति अपना मुँह जैसे सिए हुए था। वह न हाय करता था, न आह। न मारने का विरोध करता था, न घसीटने का। वह चुपचाप सब कुछ सह रहा था।

मैंने एक बार गाड़ी से उतरकर उसके पीछे जाने की चेष्टा की। पर ड्राइवर ने डाँटकर कहा, ''बेवकूफ़ी मत करो, एक के पीछे सबकी मौत मत बुलाओ।'' उसने एक झटके के साथ गाड़ी स्टार्ट कर दी। मैं औंधे मुँह गाड़ी में गिर पड़ी और गाड़ी तीर की भाँति सड़क,

राह चौराहे पार करती हुई दिल्ली की राह पर उड़ चली।

मैं नहीं जानती कि मैं विक्षिप्तावस्था में थी या कि बेहोश। पर जब मैं होश में आई तब बहुत देर तक नहीं समझ सकी कि कहाँ और किस अवस्था में हूँ। बहुत देर बाद समझ में आया कि मैं मोटर में हूँ और दिल्ली की राह पर भागी जा रही हूँ। मैंने खिड़की से बाहर देखा—चौथ या पंचमी की क्षीण ज्योत्सना रूखे-सूखे पहाड़ों, टीलों पर पड़ रही थी और उनके बीच टेढ़ी-मेढ़ी सड़क पर हमारी गाड़ी दौड़ी जा रही थी। मेरी लड़की ने पानी का गिलास मेरे मुँह से लगा दिया और मेरा सिर वह अपने घुटनों में दबाकर बैठ गई। अब मेरी ज्ञान-भावना जाग गई थी और मेरे मानस-नेत्रों के सम्मुख मेरे पति की उसी की पाग से बँधी हुई काया थी, जो निर्दयी सिपाहियों से पीटी जा रही थी—निर्वाक् मौन धुनी जा रही थी। हाय, मैं इस त्याग और तप के देवता को उन अधम पशुओं के बीच छोड़कर भागी चली जा रही थी, अपनी अधम देह लेकर। न जाने उस पर कैसी बीत रही होगी। जिस पुरुष के प्रेम और सेवा से इस अधम शरीर का रोम-रोम बँधा पड़ा है, जिसके अपरिमित धैर्य और सहिष्णुता ने उसे जीवित रखा है, और जिसने तिल-तिल अपनी आहुति देकर मुझे अपने मूक-मौन प्यार से सम्पन्न किया, उसे मैं कैसे आज अपनी आँखों विपन्नावस्था में देखकर भी वहाँ से भाग आई अपने प्राणों को लेकर! इन प्राणों का अब क्या होगा भला? किसकी भलाई में इनका सदुपयोग होगा? मेरा मन मचल पड़ा। मैं आहत पशु की भाँति चीख उठी, ''रोको, रोको! पीछे लौटो, मैं उनके बिना नहीं जाऊँगी। मैं मर मिटूँगी, जान दे दूँगी, वापस चलो, लौट चलो।''

पर बूढ़ा राजपूत दृढ़तापूर्वक स्टीयरिंग का चक्का पकड़े बैठा था। हवा में उसकी सफ़ेद दाढ़ी फहरा रही थी। उसकी बड़ी सफ़ेद पाग शरदाभ्र की भाँति उस क्षीण चाँदनी की मंद ज्योत्स्ना में अपूर्व शोभा धारण कर रही थी। उसने पीछे मुँह फेरकर संकेत से ही मेरी पुत्री से कहा, ''सावधान रहना, पकड़े रहना इन्हें, चोट न मार लें।''

और एक बार मैं फिर मूर्च्छित हो गई, या कहिए सो गई। बहुत देर तक मैं सोती रही और जब मैं जागी तब पौ फट रही थी। पूर्व में आकाश पर सफ़ेदी फैल रही थी। चारों तरफ़ समतल मैदानों में हरे-भरे खेत लहलहा रहे थे। बूढ़ा कर्मठ राजपूत उसी भाँति अपनी जगह पर डटा बैठा था। गाड़ी उड़ी चली जा रही थी। उसकी सफ़ेद दाढ़ी उसी भाँति हवा में फहरा रही थी। मैं फटी-फटी आँखों से अपने जीवन में उस अद्‌भुत नवीन दिवस के आगमन को देख रही थी। विरोध-भावना मेरी जैसे सो गई थी, चैतन्य का देवता जैसे मर गया था। मैं निश्चल, निष्प्राण-सी बैठी अपने भाग्य के ये खेल देख रही थी।

अंततः हम दिल्ली आ पहुँचे। अभी पहर-भर दिन चढ़ा था। नगर के एक भाग में पहुँचकर ड्राइवर ने एक छायादार स्थान पर गाड़ी रोक दी। उसने कुएँ से पानी खींचा। बच्चों को जगाकर उनका हाथ-मुँह धुलाया। नित्य-धर्म से बच्चे निवृत्त हुए। फिर उसने अपनी झोली से कुछ सूखी मेवा निकालकर बच्चों को दी। इसके बाद उसने मेरे निकट

आकर कहा, ''माँ जी, आप घबराइए नहीं। इन बच्चों की रक्षा का ध्यान आपको सबसे पहले करना चाहिए। बड़ी बात समझिए कि आप इन्हें लेकर निकल आईं। अब सब ठीक हो जाएगा।''

मैंने कहा, ''ठकरां, मैं कैसे धीरज धरूँ? उन्हें मैंने किस हालत में देखा था! मैं कितनी निर्दयी हूँ कि उन्हें उस हालत में छोड़ आई। तुम्हीं कहो यह कहाँ तक ठीक हुआ?'' उसने कहा, ''ठीक हुआ। आपकी लड़की की आबरू बच गई।'' उसने भेदभरी दृष्टि से मेरी ओर देखा। फिर धीरे से कहा, ''किसुनसिंह को मैं ले आऊँगा। आप अभी यहाँ इन बालकों को ठीया ठिकाने लगाइए। अन्नदाता ने मुझे हुक्म दिया है कि आपकी सेवा में मैं यहीं रहूँ। सो मेरे रहते कोई चिंता न करें।'' उसकी बातों से मुझे ढाँढ़स हुआ। अब यह सलाह होने लगी कि कहाँ चलना चाहिए। भलाई इसी में थी कि हमें यथासंभव गुप्त वास ही करना चाहिए। और अपने दिल्ली में आने तथा रहने का किसी को पता भी न लगने देना चाहिए। दिल्ली में मेरे वकील का घर था। वही मेरी संपत्ति की देख-भाल करता था तथा मेरा कानूनी सलाहकार था। हमने सब आगा-पीछा सोचकर उसी के पास चलने की ठानी।

ईश्वर का किस मुँह से धन्यवाद करूँ कि उसने इस विपत्ति में केसरीसिंह जैसा सच्चा हितैषी सहायक मुझे दे दिया। वह केवल ड्राइवर ही न था, नये राजा का दूर का सम्बन्धी, अच्छे खानदान का राजपूत था। राजा को बचपन में उसी ने खिलाया था। राजा ने मेरे ऊपर और भी जितने छोटे-बड़े एहसान किए थे, उन सबसे बड़ा एहसान यह था कि उसने इस सच्चे बुज़ुर्ग राजपूत को मुझे दे दिया था। उसी ने इस विपत्ति काल में भंवर से मेरी नैया निकाली, मेरी इज़्ज़त और मेरे जीवन की रक्षा की।

मेरा वकील भी एक सज्जन पुरुष था। उसी की सहायता से एक मुहल्ले में एक छोटा-सा घर मिल गया और हम उसमें जाकर ठहर गए।

पति की रक्षा को निकल पड़ी

दिल्ली उन दिनों महत्त्वपूर्ण राजनीतिक वार्ताओं का केंद्र हो रही थी। एक विचित्र गर्मी उन दिनों दिल्ली शहर के विचार-वातावरण में फैली हुई थी। उन दिनों अखबारों में बड़े-बड़े उत्तेजक शीर्षक निकलते थे। आम चर्चा थी कि अंग्रेज़ सचमुच भारत को छोड़कर जा रहे हैं। मुसलमान पाकिस्तान की धुन अलाप रहे थे। दिल्ली के मुसलमानों में भी बड़ी सरगर्मी थी। बड़ी-बड़ी सभाएँ रोज़ होती थीं। एक हद तक भय का भी वातावरण था। इस समय सारे देश के हिन्दू-मुसलमान एक-दूसरे से विपरीत रुख धारण किए हुए थे। गाँधीजी के प्रवचन नित्य होते थे और उनकी चर्चा जगह-जगह होती थी। बहुत लोग गाँधीजी से नाराज़ थे, खासकर हिन्दू-मुहल्लों के कुछ तरुण गाँधीजी के विरोध में बड़े उत्तेजक भाषण देते थे। पर जवाहरलाल और पटेल पर सबकी दृष्टि थी। लोगों का आकर्षण सबसे अधिक

पटेल की ओर था। पटेल बहुत कम भाषण करते थे, उनका रुख ठाठदार था।

दिल्ली का वातावरण काफ़ी उत्तेजक था। परंतु मेरी तो संपूर्ण चेतना में मेरे पति का अभाव व्याप्त था। रह-रहकर मैं अपने पति के उद्धार के लिए रियासत में जाना चाह रही थी। अपना वश चलते मैं अपने पति को वहाँ अत्याचार का शिकार नहीं होने देना चाहती थी। केसरीसिंह ने मुझे बहुत समझाया, ढाँढ़स दिया, पर बेकार। मैं जाने का हठ ठान बैठी। अंततः यह तय हुआ कि केसरीसिंह वहाँ जाकर सब हाल-चाल मालूम करे और संभव हो तो वह मेरे पति को वहाँ से ले आए। मैंने सब बातें समझा-बुझाकर उसे रवाना किया। साथ में काफ़ी रुपया भी दिया। यह भी कह दिया कि यदि रुपया खर्च करने से काम हो सके तो खर्च में कमी न की जाए।

केसरीसिंह चला गया और मैं उँगली पर गिन-गिनकर दिन काटने लगी। जितना ही मैं मन को समझाती थी, उतना ही मन अधीर होता जाता। मैं दिन-दिन-भर रोती रहती थी। रह-रहकर मुझे वे बीते दिन याद आ रहे थे, जब मैं राजा के साथ विलास करती थी और वह निरीह पुरुष वहीं हाज़िर रहता था। उन सब बातों को याद करके आज मेरे मन में हूक उठती थी। मैं सोचती थी कि कैसे मैं वह सब कर सकी। और कुछ नहीं तो मैं अपनी जान तो दे सकती थी। पर अब तो यह वियोग हिमालय से भी भारी प्रतीत हो रहा था। रात-दिन मेरी आँखें बरस रही थीं।

दस दिन बाद केसरीसिंह आ गया। उसने यह हृदय-विदारक समाचार सुनाया कि वह रानी की चाकरी में है। उस पर बड़े-से-बड़े अत्याचार हो रहे हैं। उसे नित्य पीटा जाता है। उससे धन-संपत्ति के बारे में सारा ब्यौरा पूछा जाता है। उसे मारा भी जाता है, लोभ-लालच भी दिए जाते हैं, पर वह मुँह सिए बैठा है। एक शब्द भी मुँह से नहीं निकालता। केसरीसिंह ने उसे निकाल लाने की बहुत चेष्टा की। किंतु व्यर्थ। उसी से यह भी मालूम हुआ कि नया राजा अब रियासत में नहीं है। वह आबू में है।

अब मैं क्या करूँ? किसकी सहायता लूँ? मैंने अपने वकील से पूछा कि क्या किया जा सकता है। पर उसने कोरा जवाब दिया कि कानून आपकी मदद नहीं कर सकता। फिर भी मैंने जनाब वाइसराय को, ए.जी.जी. को और दूसरे अफ़सरों को अर्ज़ियाँ लिखीं। अनेक नेताओं से मिली। दर-दर की धूल फाँकी। सबकी हा-हा खाई। पर बेकार। कोई भी उपाय मेरे पति को वहाँ से उबारने में कारगर नहीं प्रमाणित हुआ।

अब तो एक ही उपाय था कि मैं अपनी जान पर खेल जाऊँ और वही मैंने तय किया। मैंने स्वयं रियासत में जाने और अपने पति का उद्धार करने का निश्चय किया। घर-बार मैंने केसरीसिंह के सुपुर्द किया। मेरा लड़का बंबई से आ गया था, उसे मैंने समझा-बुझाकर अपने वकील के सुपुर्द किया। बड़ी लड़की को मेडिकल कॉलेज में भरती कर दिया। छोटे बच्चों के लिए बंगाली महिला गार्जियन नियत कर दी। सारी व्यवस्था करके केवल थोड़े-से रुपये साथ लेकर मैं एक दिन फिर रियासत की ओर चल दी। मेरा कलेजा

फटा जा रहा था। मैं नहीं जानती थी कि मैं लौटकर आऊँगी या नहीं। मैं अपने बच्चों को अनाथ किए जा रही थी। परंतु मेरे ऊपर मेरी गैरत का तकाज़ा था। मैंने ठान ली कि खून करना पड़ेगा तो खून करूँगी, बिगाड़ होगी तो जान दूँगी, परंतु मैं अपने पति को दासता के बंधन से मुक्त करूँगी या मर मिटूँगी। मैंने रोते-कलपते बच्चों की ओर से मुँह मोड़कर वहाँ से प्रस्थान कर दिया।

कई दिन से मैंने कपड़े नहीं बदले थे। बालों में कंघी नहीं की थी। पेट में अन्न का दाना नहीं डाला था। वास्तव में जब वासुदेव महाराज मरे थे, मैं अपना आपा खो बैठी थी। एक के बाद दूसरी विपत्ति मेरे ऊपर टूटी थी और अब मैंने रात-भर तीसरे दर्जे में सफ़र किया था। मेरा रूप तो समय ने पहले ही कम कर दिया था और अब मैं बड़ी ही घिनौनी बन गईं थी। मैं सीधी रंगमहल जा पहुँची। किसी परिचित से मेरी भेंट नहीं हुई। मैं अपने रंगमहल की पौर पर जा खड़ी हुई।

सबसे पहले मुझ पर उसी काने गंगाराम की नज़र पड़ी। मुझे देखकर वह ऐसा चौंका जैसे अकस्मात् साँप को देखकर लोग चौंक पड़ते हैं। पर तुरंत ही उसके चेहरे पर कुटिलतापूर्ण मुस्कराहट फूट पड़ी। उसने एक-दो बार सिर हिलाया और होंठों में बड़बड़ाया। मैंने उससे बात न की। चुपचाप पौर में घुसकर मैं एक ओर बैठ गईं। हाँ, वहीं जहाँ मेरी दासियाँ बैठती थीं और जहाँ बैठने से मैंने एक बार इनकार कर दिया था। परंतु आज तेज और दर्प कुछ भी मेरे पास न था। मैं भूखी थी, थकी थी, शोक और चिंताओं से अधमरी हो रही थी। आज तो मैं सड़क पर भी बैठ सकती थी। अब मान, सम्मान, मर्यादा की क्या बात रह गईं थी भला!

पर मुझे देर तक बैठना न पड़ा। दासी मुझे तुरंत ही रानी के कक्ष में ले गईं। रानी शायद अभी सोकर ही उठी थी। संभव है, रात को अधिक दारू पी हो। आँखें उसकी अब भी नशे में झूम रही थीं। वह बड़ी देर तक मेरी ओर बाघिन की भाँति घूर-घूरकर देखती रही। फिर उसने कहा, "तेरी छोकरी कहाँ है, बोल?"

मैंने कहा, "मैं अन्नदाता की खिदमत में आई हूँ।"

"आई है सो ठीक है, पर तेरी छोकरी कहाँ है? उसे हाज़िर कर, वर्ना जीती खाल खींच लूँगी। मालजादी, तू समझती थी कि छिपकर बैठी रहेगी पर मैं तेरे खसम से ही सारा हिसाब बेबाक कर रही हूँ।" उसने पुकारकर कहा, "कहाँ है रे किसना गुलाम!"

लड़खड़ाते पैरों से मेरा पति आया। उसका सारा मुँह सूजा हुआ था। पैरों में पट्टियाँ बँधी थीं। जगह-जगह उसके चेहरे और गर्दन पर घाव थे। उसके बाल बिखरे थे, उसमें खून लगकर सूख गया था। मुझे देखते ही वह आहत पशु की भाँति कराह उठा। उसने आह भरकर कहा, "तुम यहाँ क्यों आईं?"

"अच्छा तो तू गूँगा नहीं है, बदज़ात बोलना जानता है। पर बात उस मालजादी से ही करेगा। इधर आ।"

मेरा पति नई रानी के पास जा खड़ा हुआ। रानी ने निर्लज्जतापूर्वक घुटनों से ऊपर तक अपनी टाँगें उघाड़ दीं और कहा, "पैर दबा।"

रानी की बेहयाई पर मेरी आँखें जल उठीं। मैंने उधर से आँखें फेर लीं। पर मेरे पति ने रानी का हुक्म नहीं माना। रानी ने गरजकर कहा, "हमारा हुक्म सुना नहीं रे बदज़ात!"

पर मेरे पति ने इस पर भी कोई जवाब नहीं दिया। उसने रानी की आज्ञा का पालन नहीं किया। रानी ने दाँत किटकिटाकर कहा, "लगा रे गंगाराम दस-पाँच।"

और गंगाराम की बेंत मेरे पति की कनपटी पर सपाक् से पड़ी। पर दूसरा हाथ उठने से पहले ही मैं लपककर उसके आगे हाथ पसारकर आ खड़ी हुई। रानी ने कहा, "लगा, लगा, इस मालजादी को भी चखा।" दूसरी बेंत ने मेरे सीने और गले का मांस उधेड़ दिया। पर इसी समय मेरा पति मुझे पीछे धकेल आगे आ गया और अब हम पर बेभाव की मार पड़ने लगी। हम दोनों ही एक-दूसरे को बचाने में लहूलुहान हो गए।

मैं शीघ्र ही बेहोश हो गईं। जब होश आया तब मैंने अपने पति को अपने पास बैठे और बूँद-बूँद पानी मेरे मुँह में डालते देखा। मैंने दोनों हाथ उठाकर उसके गले में डाल दिए और फूट-फूटकर रोने लगी। यह हमारा प्रथम प्रेमालिंगन था।

मेरे पति के सब दाँत टूट गए थे। होंठ सूज रहे थे। उसमें घाव भी थे। मालूम होता था कि मुझे बुलवाने के लिए उसे बहुत मार मारी गई थी। उसे गर्म लोहे से दागा गया था। उसने बड़ी ही कठिनता से कहा, "इस नरक में तुम नाहक आईं।"

मैंने उसके गले में शिथिल बाँहे डालते हुए कहा, "तुम्हारे बिना मैं कैसे रह सकती थी?"

उसकी आँखों में भी एक आँसू आया। पर उसने उसे पोंछ लिया। वह बहुत कुछ कहना चाहता था, पर कह न सकता था। उसे बोलने में बहुत कष्ट हो रहा था। उसकी यह दशा देखकर मैं भय से पीली पड़ गईं।

मैंने कहा, "कहो, भाग निकलने की कोई राह है?"

"नहीं है, हम जन्मजात गुलाम हैं, भागेंगे नहीं? हमारे बाप-दादा भी इसी भाँति मरे और हमें भी यहाँ मरना होगा।" आँसू फिर उसकी आँखों से झरने लगे। पर मैंने कहा, "नहीं, मैं नहीं मरूँगी। मैं तुम्हें भी नहीं मरने दूँगी।"

उसने हताश वाणी में कहा, "क्या करोगी तुम? न आतीं, सो ही अच्छा था।"

उसकी वाणी में वेदना भरी हुई थी। मैंने ध्यान से उसकी ओर देखा। ऐसी कौन-सी यातना थी जो उसे नहीं दी गई हो। उसके नाखूनों में सूइयाँ घुसेड़ी गई थीं। लाठी के हूरों से दाँत तोड़े गए थे। धरती पर डालकर लातों से उसे खूंदा गया था, गर्म सलाखों से उसे दागा गया था। यह कम आश्चर्य की बात थी कि वह जीवित था। उसने कुछ कहा, मैंने अंदाज़ से ही समझ लिया, वह कह रहा था, ''तुम कैसे यह यातना बर्दाश्त करोगी?'' मैंने कहा, ''कोई चिंता नहीं, अब तो तुम्हारे दुःख में हाथ बँटाने मैं आ गई हूँ, अब तो जो कुछ होना है, एक साथ ही होगा।''

आँख के आँसू पोंछ वह उठ खड़ा हुआ। उठने-बैठने और चलने में भी उसे कष्ट हो रहा था। उसने उठकर ताक से एक प्याला अपनी सूजी हुई उँगलियों में उठाया। उसमें छाछ-बाजरे की बासी राबड़ी थी। वही हम गरीब गुलामों का प्रसिद्ध भोजन है। उसे मेरे हाथों में देकर कहा, ''थोड़ी खा लो, भूखी हो।'' भूखी तो मैं थी ही। मैंने दो-चार कौर गले में उतारे, फिर बहुत-सा पानी पी गई। पर वह बासी पथ्य मुझ अभागिन के पेट में पचा नहीं। ज़ोर की उलटी हुई और मुझे जूड़ी चढ़ आई। मैं ऐसी हिलने लगी कि जैसी आँधी में वृक्ष हिलते हैं। दाँत मेरे किटकिटा रहे थ। गूदड़ी जैसी एक पथरी, जो वहाँ थी, उसने मेरे ऊपर डाल दी। थोड़ी देर बाद मैं फिर बेहोश हो गई।

भेद की बातें

दूसरे दिन जब मैं जगी तब मुझे बड़ा तेज़ बुखार था। मेरा सारा शरीर तप रहा था। मेरा पति चिंतित भाव से मेरे पास बैठा था। और मैं उस गंदी कोठरी में भूमि पर पड़ी छटपटा रही थी। हमारा कोई हमदर्द न था। हमारी हालत उस कुत्ते के समान थी, जिसे मर जाने पर भंगी घसीटकर ले जाता है।

परंतु गंगाराम के व्यवहार में बहुत अंतर था। यद्यपि मेरे पूरे होश-हवास कायम न थे, फिर भी मैं यह बात समझ रही थी कि वह एकाएक मेरे ऊपर सदय हो गया है। वह कहीं से मेरे लिए दूध ले आया था और मेरे पति से कह रहा था कि एक कंबल भी वह मेरे लिए ला देगा। उस दिन वह कई बार मेरा हालचाल लेने आया। मेरी तबियत कैसी है, यह भी पूछा। उसकी वाणी में अब कर्कशता भी न थी। मैं उसके इस बदले हुए रुख पर ध्यान देने लगी। मैंने अपने पति से कहा कि अगर यह कुछ लोभ-लालच से हमें दिल्ली भाग जाने में सहायता कर सके तो चेष्टा करनी चाहिए। पर मेरा पति मुझसे अधिक सावधान था। उसने कहा, ''यह बड़ा पतित है। इसकी इस नर्मी का भी कुछ रहस्य है।'' उसकी बात सत्य थी। कई दिन वह आता रहा, मेरे लिए दवा भी लाता। इस बीच हमारे साथ मारपीट नहीं हुई। रानी ने हमें तलब भी नहीं किया। बड़ी बात समझिए। पर ज्यों ही मेरी तबियत ज़रा सुधरी उसने अपना मतलब हमारे सामने रख दिया। उसने कहा कि यदि हम अपनी लड़की उसके सुपुर्द कर दें और एक खासी रकम दें तो वह हमें दिल्ली भगा सकता है। खासी रकम उसे दी जा सकती थी, पर मैं अपनी लड़की उस जानवर को कैसे दे सकती थी। घृणा से मैं

इतनी भर गई थी कि मैंने उसे कोई जवाब ही नहीं दिया।

हमारे ऊपर फिर सख्तियाँ होने लगीं। हमारे ऊपर जब-तब मार पड़ती। हमारे रोग-शोक की किसी को चिंता न थी, न हमारे खाने-पीने की किसी को सुध थी। रानी बार-बार मेरी लड़की को तलब कर रही थी और हमारी जमा-पूँजी कहाँ है, यह पूछ रही थी। मैंने स्पष्ट कर दिया था कि मैं इस सम्बन्ध में उन्हें कुछ भी नहीं बतलाऊँगी।

अब कुछ विचित्र बातें भी मैं देख रही थी। मैंने देखा कि रानी और गंगाराम में भी झगड़ा होता है। यह बड़े आश्चर्य की बात थी कि रानी गंगाराम से दबती थी। वह उसे कभी-कभी बड़ी-बड़ी बात कह देता था। कभी-कभी तो दोनों में गाली-गलौज भी हो जाती थी। गंगाराम रानी का अदब-कायदा भी कुछ नहीं करता था। वह एक प्रकार से वहाँ का स्वामी था और वह जो चाहता था, रानी से करा लेता था।

दूसरी विचित्र बात यह थी कि रानी को अपने बच्चे से कुछ भी लगाव न था, मैंने न तो कभी रानी को उसे अपना दूध पिलाते देखा, न प्यार करते। लड़का या तो धाय के पास रहता या गंगाराम ही बालक का सबसे अधिक ध्यान रखता था।

रानी उस नीच-गुलाम-कुत्सित गोले से इतना क्यों दबती है, यह भेद मेरी समझ में नहीं आ रहा था, पर गंगाराम यद्यपि हमें अब भी धमकियाँ देता था, पर मारपीट और ज़्यादती नहीं करता था। वह जैसे हमसे मेल-मिलाप करना चाहता था।

ज्यों ही मैं स्वस्थ हुई, गंगाराम ने बालक राजा को मेरे सुपुर्द कर दिया। उसने मुझसे कहा, ''बालक राजा का ध्यान रख, नहीं तो जीती नहीं छोड़ूँगा। मुझे खुश रखेगी तो किसना तेरे साथ रहेगा। तुझे कोई कुछ कहेगा भी नहीं।''

मैंने बालक को अपने अधिकार में ले लिया। मैं ही उसे नहलाती-धुलाती, खिलाती-सुलाती। अब मैंने और निकट से यह देखने का अवसर पाया कि रानी का बालक से बिलकुल लगाव नहीं है, अपितु वह उसे घृणा की नज़र से देखती है।

गंगाराम मेरी लड़की से ब्याह करना चाहता था, यह उसने मुझसे स्पष्ट कह दिया। पर मैंने भी उसे बता दिया कि यह कभी होने का नहीं। गंगाराम के दबाव से रानी मुझसे मेरी लड़की की तलबी तो अवश्य करती थी, पर वह मेरी संपत्ति की चिंता में अधिक थी। अब तो यहाँ तक नौबत आई कि जब कभी रानी मुझ पर और मेरे पति पर कोई सख्ती करती, तब गंगाराम हमारा ही पक्ष लेता।

दिन बीतते चले गए। मैं बहुधा अपने बच्चों की सुध करती, जिनके समाचार तक जानने का मेरे पास कोई साधन नहीं था। साथ ही मैं अपने पति की दुरावस्था देखती, जिसका शरीर भीतरी मार से जर्जर हो गया था और जो उठने-बैठने के योग्य भी न रह गया था। मेरी धन-संपत्ति उसी के हाथ में थी, इससे रानी उसी को अधिक सांसत में रखती थी,

पर वह मेरी भाँति रानी को स्पष्ट जवाब नहीं देता था, चुप्पी साध जाता था।

रानी अब उसे स्वयं मारती-पीटती थी, क्योंकि गंगाराम ने मार-पीट से इनकार कर दिया था। अनेक बार तो उसने मेरे पति को रानी की मार से बचाया भी था। मेरा पति पथारी पर पड़ा रहता और मैं उसे देख-देखकर आँसू बहाती रहती। उसे कहीं ऐसी चोट लगी थी कि उसके पेशाब के साथ खून आने लगा। पर यहाँ न उसके पथ्य-पानी का कुछ प्रबंध था, न दवा-दारू का। मैं तो इसी को बड़ी बात समझती थी कि आने वाला दिन सही-सलामत बीत जाए और हमारे साथ मारपीट या कोई कड़ाई न हो। अब मैं यह भी देख रही थी कि रंगमहल में केवल रानी ही हमारी बैरिन है, दूसरा कोई नहीं। दास-दासियाँ भी प्राय: उससे बेजार थीं और उसकी अवज्ञा कर बैठती थीं। वह बड़ी पियक्कड़ थी। दारू पीकर वह बहुत रात तक गाली-गुफ़्ता करती थी। गालियाँ उसकी बहुत फूहड़ और अश्लील होती थीं।

एक दिन रात को गंगाराम मेरे पास आया। उस दिन मेरे पति की तबियत कुछ ठीक थी। अपनी गोद के सहारे बैठाकर मैं उसके पैरों में छाने की राख मल रही थी, क्योंकि उसके दोनों पैर सूज गए थे। गंगाराम ने एक पुड़िया मेरे हाथ में थमाकर कहा, ''इसे रानी को दे दो, उस चुड़ैल का बेड़ा पार हो जाए। फिर राजा को तू ही पालना। मैं दीवान जी से कहकर तेरा मुशाहरा बँधवा दूँगा। तू मौज से रहना।''

सुनकर मैं काँप गई। ज़हर की पुड़िया मैंने फेंक दी। मैंने कहा, ''यह काम मैं नहीं कर सकती। मेरा जो होना है, वह हो जाए।'' उसने बहुत समझाया, डराया-धमकाया भी। पर मैंने एक न सुनी। अंत में वह यह कहकर चला गया कि इस बात की ज़रा-भी चर्चा रानी से की तो मार ही डालूँगा। मैंने संक्षेप में कह दिया कि मैं किसी से न कहूँगी।

उस दिन से गंगाराम मुझसे भी दबने लगा, क्योंकि उसका एक भेद मैं जान गई थी। वह मेरे मुकदमे का हाल भी जानता था। सख्ती अब हम पर नहीं होती थी। मेरा पति तो अब उठ-बैठ भी न सकता था। बालक राजा की सार-सँभाल के बाद जो समय बचता, उसे मैं अपने पति की सेवा में लगाती। पर बहुत यत्न करने पर भी मैं उसके लिए दवा-दारू न जुटा सकी। डॉ. रॉबर्ट अब रियासत से विलायत चले गए थे। दूसरे डॉक्टर थे, पर मेरी वहाँ पहुँच न हो पाती थी। गंगाराम से कहा भी, तो उसने यों ही इधर-उधर से गोलियाँ-पुड़ियाँ ला दीं। मेरा पति घुलता जा रहा था और मुझे उसके प्राणों का अंदेशा होने लगा था।

और भी कुछ दिन बीत गए। एक दिन आधी रात के समय रानी ने मुझे बुलाया। इस समय वह पूरे होश-हवास में थी। मुझे भीतर करके उसने द्वार बंद कर लिया। फिर एक वैसी ही पुड़िया, जैसी गंगाराम ने मुझे दी थी, मेरी हथेली पर रखकर उसने कहा, ''खिला दे, उस छोटे शैतान को। फिर तेरी और तेरे आदमी की छुट्टी।''

जैसे अंगार छूते ही आदमी चिहुँक पड़ता है, मैंने अनायास ही वह पुड़िया दूर फेंक दी। भय-विस्फारित नेत्रों से मैंने रानी को देखा और कहा, ''यह क्या महारानी, आप अपने

ही पुत्र की जान लेना चाहती हैं?"

उसने कहा, "तुझे इससे क्या? तू छुट्टी चाहती है तो मेरा यह काम कर दे।"

मैंने स्पष्ट कह दिया कि यह काम मैं नहीं कर सकूँगी और मैं द्वार खोलकर तीर की भाँति वहाँ से निकल आई। सो अच्छा ही हुआ। रानी मुझ पर उस समय कोई घातक आक्रमण करने वाली थी। मैंने उसकी गालियाँ सुनीं, पर रुकी नहीं। भय से मैं पीली पड़ रही थी। आकर मैंने अपने पति से सब बातें कह दीं।

गंगाराम से मैंने यह बात तो न बताई, पर इतना संकेत कर दिया कि बालक राजा खतरे में है और मैं उसकी रक्षा की ज़िम्मेदारी नहीं उठा सकती, वह कोई दूसरा प्रबंध कर ले।

मैंने उसका भेद नहीं खोला था, इससे वह मुझ पर प्रसन्न था। अब वह सब बातें समझ गया था। उसने मुझसे बहुत अनुनय-विनय की कि मैं बालक का ध्यान रखूँ। इसके बाद रानी से उसकी खूब लड़ाई हुई। यद्यपि मैंने देखा नहीं, पर मैं समझती हूँ कि उसने उस दिन रानी को मारा-पीटा भी।

मेरी बुद्धि चकरा रही थी। यह नीच गोला इतने अधिकार से यहाँ कैसे रह रहा था? यहाँ तक उसका साहस था कि रानी से मारपीट तक करे? पर कैसे आश्चर्य की बात थी कि रंगमहल में यह हुड़दंग हो रहा था और उसे कोई देखने, समझने, रोकने वाला न था।

दूसरे ही दिन मैंने सुना, रानी मायके चली गईं है। गंगाराम अब प्रसन्न था। उसने मुझसे कहा, "अब तू चलकर महल में अपने कमरे में रहकर बालक को पाल-पोस। चली गईं वह डायन रानी, तेरी दुश्मन।" पर मुझे इस पशु पर तनिक भी भरोसा न था। फिर मेरे पति की दशा ठीक न थी। मैं अपने बच्चों के लिए भी चिंतित थी। मैंने उसी गंदी कोठरी में रहने का संकल्प किया। गंगाराम का अनुरोध नहीं माना।

किसुन का देहांत

रानी के चले जाने से मुझे बहुत राहत मिली। गंगाराम अब हमारा बहुत ख़याल रखता था। भोजन भी हमारे लिए रनवास के रसोड़े से आता था। बच्चा अब डेढ़ वर्ष का हो गया था। पर अभी से इस बालक में बहुत-से दोष उत्पन्न हो गए थे। देखने में वह सुंदर और सुरूप न था। ज़िद्दी भी था। कदाचित् पिछली धाय ने ये दोष उत्पन्न किये थे, या माता के दोष थे। मैं तो स्वभाव से ही बच्चों से प्रेम रखती थी। प्रेम मेरा इस बच्चे पर भी था, पर न जाने क्यों ममता नहीं उत्पन्न होती थी। फिर वह मेरे ऊपर ज़बरदस्ती का एक भार लादा गया था। फिर भी मैं उसका लालन-पालन यत्न से करती थी। आखिर वह हमारा राजा था, अन्नदाता था, स्वामी था।

एक दिन मेरे पति ने रात के समय मुझे जगाया। उसकी दशा एकाएक बिगड़ चली थी। उसे निरंतर दस्त लग रहे थे। उसने मेरे दोनों हाथ अपने सीने पर रखकर मंद स्वर में कहा, "अब मैं जा रहा हूँ, चंपा, मेरे गुलाम जीवन का यह अंत है। तुम हिम्मत मत हारना। भगवान पर भरोसा रखना। यहाँ से कभी तुम्हारी मुक्ति हो जाए तो बच्चों को अच्छी राह पर लगाना। मैं भगवान के दरबार में अरदास करूँगा कि वह तुम पर और तुम्हारे बच्चों पर रहम करे।"

आँसू उसके गालों पर ढुलक आए। मेरे मुँह से बड़ी देर तक बोली न निकली। बड़ी कठिनाई से मैंने कहा, "ऐसी बातें क्यों करते हो, तुम बहुत जल्दी अच्छे हो जाओगे।" इसका उसने केवल एक फ़ीकी मुस्कान में जवाब दिया। मैंने उसका बिछौना साफ़ किया, उसका शरीर साफ़ किया और दौड़कर मैं गंगाराम को बुला लाई। गंगाराम ने कहा, "ठहरो, मैं वैद्यराज को लाता हूँ।"

परंतु वैद्यराज नहीं आ पाए और थोड़ी देर बार मेरे प्रियतम चल बसे—सेवा, धैर्य और तप का आजीवन उद्यापन करके। मेरा हाथ उनकी छाती पर ही रहा। उन्होंने दो हिचकियाँ लीं और आँखें उलट दीं। मेरा एकमात्र सहारा टूट गया। मेरी ज़िंदगी अँधेरी हो गईं। मैं हाय करके उनकी छाती पर गिर गईं। मेरे दुःख का आज कोई साथी न था। मैं अकेली ही अपने दुःख में डूब-उतरा रही थी। मेरा दुःख इस रंगमहल में केवल मुझे ही छू रहा था। मैं याद कर रही थी उस दिन को, जिस दिन मेरा ब्याह हुआ था। झूठ-मूठ का। केवल दिखावे के लिए। पर वह मेरे लिए कैसा सच्चा पति प्रमाणित हुआ। उसने मुझे संसार के सभी पतियों से अधिक प्यार किया। सब कुछ मुझे दिया, मुझसे लिया कभी कुछ नहीं। धन्य था वह पुरुष-रत्न और धन्य थी मैं अभागिन गोली, जिसे इस नर-रत्न को पति कहलाने का गर्व प्राप्त हुआ।

बड़ी देर तक मैं उसके वक्ष में सिर धरे रोती रही। फिर मैंने अपने मन को ढाँढ़स दिया। मैंने सोचा, 'अच्छा ही हुआ, इस दासता से उनकी मुक्ति हो गई।' अब कोई उन्हें वहाँ परलोक में गोला-गुलाम नहीं कह सकता था। वह अब भगवान के दरबार में पहुँच चुके, जो दीन-वत्सल है, दीन-दयालु है, दीनानाथ है।

मैंने आँसू पोंछ लिए। दिन निकल आया था। गंगाराम वैद्यराज को ले आया था। पर अब क्या काम था?

मैंने अकेले ही उनके शरीर को भली-भाँति साफ़ किया। मेरे पास एक ही धुली साड़ी थी। उसी से मैंने उनके शरीर को लपेट लिया। रंगमहल के सभी गोले-गोलियाँ वहाँ आ जुटे। पर सभी तमाशाई थे, वे अब भी अपनी-अपनी आलोचना कर रहे थे। गंगाराम ने अवश्य इस समय मेरी मदद की। मेरे पति की शव-यात्रा हुई और चिता भी जली। मेरा मन हुआ मैं चिता में कूदकर सती-धर्म का पालन करूँ, परंतु फिर सोचा, 'यह तो महा-पाखंड

होगा।' मैंने अपने अतीत-कुत्सित जीवन पर नज़र डाली। बच्चों का ध्यान किया। कदाचित् मुझे बच्चों के बीच रहने का अवसर मिल जाए। मैंने अभी तक हिम्मत नहीं छोड़ी थी। जब तक चिता जलती रही, मैं एकटक उसे देखती रही। फिर धरती पर माथा टेककर मैंने उस जाने वाले देवता को विदा किया और लौट आई उस सूनी कुटिया में, जहाँ अब भी उनकी वेदनाएँ मूर्त हो रही थीं।

मुक्ति

और भी कुछ दिन बीते। एक दिन ऐसा भी आया कि आँसू सूख गए और मेरे प्रियतम की एक स्मृति ही मेरे साथ रह गई। मैं कभी अपनी माँ को, कभी कुंवरी को, कभी केसर को, कभी वासुदेव महाराज को, कभी अपने प्रियतम और कभी राजा को याद कर लेती थी और बहुधा विचार में मग्न हो जाती थी। परंतु सब सूना, सब कुछ असार ही दिखाई देता था। कैसा विचित्र था यह संसार का खेल! जीवन समाप्त हो रहा था, पर गुलामी के बंधन थे कि टूट नहीं पाते थे। मुझे अपने बच्चों की कोई खोज-खबर नहीं मिलती थी। उन्हें छोड़कर जिस प्रियतम की खोज में आई थी, वह भी बिछुड़ गया था। रह गईं थी यह दासता, जो मेरे वक्त के साथ थी। अब तो मेरा सारा ही प्यार, सारा ही रस इस एक बालक राजा पर केंद्रित हो गया था, जिसके पालन-पोषण का भार मेरे ऊपर था। धीरे-धीरे उस पर मेरी ममता भी उत्पन्न होती चली जा रही थी। संक्षेप में अब वही मेरे जीवन का एक सहारा था।

उधर दुनिया में नई-नई घटनाएँ घट रही थीं। महाराज्यों की सीमा-रेखाएँ खंडित हो रही थीं। यूरोप का राष्ट्रवाद कराह रहा था। आसमान तक चढ़ी हुई अंग्रेज़ों की मूँछें नीचे झुक गई थीं। वे भारत को छोड़कर जा रहे थे। भारत में अब अपना ही—भारतीयों का राज्य होने वाला था और सब मुसलमान पाकिस्तान जा रहे थे। भाँति-भाँति की बातें सुनने में आ रही थीं, जिन्हें मैं गोली ठीक-ठीक नहीं समझ पाती थी। मैं तो यही चाहती थी कि अंग्रेज़ों का राज्य चला जाए, इन सब राजाओं को भी वे अपने साथ-साथ समुंदर पार ले जाएँ, तो हम गोली-गुलामों को मुक्ति मिले।

कुछ दिनों बाद सचमुच ही अंग्रेज़ भारत छोड़ गए। गाँधीजी का भगीरथ-प्रयत्न सफल हुआ। मुसलमानों ने भी पाकिस्तान बना लिया। यह अफ़वाह ज़ोरों पर थी कि पाकिस्तान से सब हिन्दू निकाले जा रहे हैं। लाहौर जल रहा है, मगर दिल्ली के घंटाघर पर सतरंगी रोशनी हो रही है। फिर सुना, दिल्ली में भी मारकाट मची है। भगदड़ मची हुई है, किसी की जान-माल की खैरियत नहीं है। अपने बच्चों के लिए मैं छटपटाने लगी। न जाने उनका क्या होगा। मैं केवल भगवान से, प्रार्थना करती थी। मारकाट और खून-खराबे की घटनाओं की खबरें पंजाब, सिंध और राजस्थान के भिन्न-भिन्न अंगों से विकृत होकर रंगमहल में आ रही थीं जिन्हें सुन-सुनकर मेरा कलेजा काँप जाता था। लेकिन मैं कहाँ तक रोती! कहाँ तक कलपती! किन-किन बातों पर विचार करती। मैंने तो अब अपने

को भगवान को ही अर्पण कर दिया था। 'निर्धन के धन राम धनी रे' मैं गाती और आँसू बहाती। बालक राजा की सेवा मेरा व्रत था। गंगाराम मेरे ऊपर सदय था। फिर भी मैं उस पर विश्वास नहीं करती थी। कौन जाने कब यह पशु क्या करे। यद्यपि रंगमहल में वह बहुत धींगामुश्ती करता था, पर रानी की गैरहाज़िरी में उसकी जोत भी फ़ीकी पड़ गई थी। रियासत के सब काम नया अंग्रेज़ दीवान कर रहा था, जिसने शायद उसके काले कारनामे सुने थे और उसकी तस्बीह भी की थी। इसी से वह अधिक नम्र बन गया था—खासकर मेरे साथ, चूँकि बालक-राजा मेरे ही हाथों पल रहा था।

एक दिन एक सर्वथा अनहोनी बात हुई। वासुदेव महाराज का पुत्र और मेरा बड़ा लड़का दोनों ही एक दिन सुबह दिन निकलते ही रंगमहल में अनपेक्षित रूप में आ धमके। मेरे बेटे ने मेरे चरणों की रज ली। वासुदेव महाराज के लड़के ने भी प्रणाम किया। उनके साथ और भी अनेक कांग्रेसी जन थे। तभी मुझे ज्ञात हुआ कि पुण्य-प्रताप सरदार पटेल ने सब देशी राज्यों का विलय कर लिया है। अब भारत में कोई राजा नहीं है। अखंड भारत में अब जन-राज्य की स्थापना हुई। इस विलय ने अब हम जन्म-जन्म के गुलाम-गोलियों को भी मानवीय अधिकारों से सम्पन्न कर दिया है। अब हम भी अपने को मनुष्यों में गिन सकते हैं।

मैंने भूमि पर सिर टेककर देवता-स्वरूप उस सरदार पटेल के पुण्य-नाम को नमस्कार किया। दुनिया ने तो यही जाना कि देशी राज्यों के विलय के साथ वहाँ की सरकार भी प्रजातंत्री हो गईं। लोग जानते होंगे कि मैं और मेरे और हज़ारों गुलाम गोली-गोले भी उसके पुण्यहस्त से सदा के लिए स्वतंत्र होकर मानवीय अधिकारों से सम्पन्न हो गए।

मेरे पुत्र ने हँसकर कहा, "चलो माँ, हम सब तुम्हें लेने आए हैं।" मेरी आँखें तो आँसुओं से अंधी हो रही थीं। चुपचाप मैंने बालक-राजा को एक बार चूमकर उसे गंगाराम के हवाले किया। उस निर्मम पशु के भी नेत्रों में जल भर गया। उसने हाथ जोड़कर मुझे प्रणाम किया।

मैं वहाँ से चल रही। अपने जन्म-जन्म की दासता को वहीं झाड़-पोंछ कर।

वासुदेव महाराज के घर आकर हमारा नहाना-धोना, खाना-पीना हुआ। तभी मुझे ज्ञात हुआ कि वासुदेव महाराज का एक सुशील पुत्र अब मिनिस्टर बन गया है। राजस्थान में भी अब जन-राज्य का श्रीगणेश हो गया है।

मैं अपने बच्चों को देखने के लिए अधीर हो रही थी। उसी दिन मैं अपने पुत्र के साथ दिल्ली चली आई। उन्हें अपनी छाती से लगाकर मैंने बहुत आँसू बहाए। पर ये सुख के आँसू थे। बच्चों ने भी अपने पिता, मेरे पति के लिए रुदन किया। अंत में दुःख के बीते हुए दिनों को एक ओर धकेलकर हम अपने नये जीवन में प्रविष्ट हुए।

शेष जीवन

मेरा वकील बहुत सज्जन पुरुष था। उसने मेरी संपत्ति की बहुत उत्तम-व्यवस्था कर दी थी तथा मेरे बच्चों की भी अच्छी देखभाल की थी। मेरा पुत्र उन्हीं के साथ दिल्ली कोर्ट में प्रैक्टिस करने लगा था। अपनी प्रखर बुद्धि रिता कठोर श्रम और मिलनसारिता से वह इसी अल्पकाल में अत्यंत लोकप्रिय हो गया था। उसकी प्रैक्टिस चमक उठी थी और कोर्ट में उसका नाम आदर से लिया जाने लगा था।

केसरीसिंह एक प्रकार से मेरे लिए वरदान सिद्ध हुआ था। उसने पिता की भाँति मेरे बच्चों की रक्षा की थी। हम लोग भी उसे नौकर नहीं, अपने परिवार का एक सदस्य ही समझते थे।

अब तो हमारे सामने कोई विघ्न-बाधा नहीं थी। मैंने अपने सब हीरे-जवाहरात बेच दिए और पृथ्वीराज रोड पर एक कोठी खरीद ली। कोठी बहुत शानदार है। उसे मैंने अपनी रुचि के अनुसार सजाया है। अब आस-पास के सभी मुझे एक भद्र महिला के रूप में जानते हैं। यह कौन जानता है कि मैं जन्म-जन्म की गोली, अधम स्त्री-जाति की कलंक गोली चंपा हूँ।

मेरा बंगला बहुत प्रसिद्ध हो गया है। वास्तव में मुझे फूलों से बहुत प्रेम है। दूर-दूर देशों से विदेशी दुर्लभ फूलों के पौधे मैंने अपने यहाँ लगाए हैं। मेरे गुलाब लोगों को बहुत पसन्द हैं। इन फूलों के कारण राजधानी के अनेक गणमान्य महापुरुषों से मेरा सौहार्द है। ये लोग मुझे चंपा कहते हैं। पुण्यश्लोक सरदार पटेल की पूरे कद की संगमरमर की मूर्ति मैंने अपने बंगले के प्रांगण में स्थापित की है। प्रतिदिन ताज़े फूलों से मैं उनका शृंगार करती हूँ।

जैसे वे दिन बीत गए, उसी भाँति ये दिन भी बीतते चले जा रहे हैं। मेरी लड़की ने एम.बी.बी.एस. पास कर लिया है और मैंने उसका विवाह उसी की पसंद के एक दक्षिणात्य कुल के ब्राह्मण से कर दिया है। यह तरुण सुशील और मेधावी है। चरित्रवान है, पर दरिद्र परिवार का है। वह मेरी लड़की के ही साथ चिकित्सा शास्त्र पढ़ता था। विवाह करके मैंने दोनों को अमरीका भेज दिया था, वहाँ से वे दोनों उच्च शिक्षा प्राप्त कर लौट आए हैं और अब एक बड़े अस्पताल के संचालक हैं। दूसरी लड़की ने भी साहित्यरत्न और एम.ए. कर लिया है। उसका विवाह हाल ही में मैंने पदच्युत राजा से कर दिया है, जिसके एहसान के भार से मैं दबी हुई हूँ। ये दोनों मेरे साथ ही रहते हैं। मेरे पुत्र का विवाह भी एक बड़े अफ़सर की विदुषी पुत्री से हुआ है। वे कुछ दिन पूर्व तक मेरे पड़ोस ही में रहते थे। अब अपनी यह कोठी पुत्री और दामाद को देकर मसूरी की अपनी कोठी में चले गए हैं। मेरी छोटी लड़की दिल्ली विश्वविद्यालय में तथा छोटा पुत्र घर पर चढ़ रहा है।

अब मेरी यह अकथ कहानी समाप्त हो गई थी। हमारे सुख के दिन बीत रहे थे।

पुरानी स्मृतियाँ कभी-कभी अवश्य चोट कर जाती थीं, पर मैं एक निर्लिप्त बीतराग पुरुष की भाँति संतोष से अपने जीवन का शेष भाग व्यतीत कर रही थी। मेरी पुत्री के पुत्र हुआ था और पुत्र के पुत्री। इससे मेरे सुख में और भी वृद्धि हो गई थी। मैं चाहती थी कि अब मैं अपनी कलम रख दूँ कि अकस्मात् घटना घट गई। अब मैं आपको बिना उसे सुनाए तो लेखनी रखूँगी नहीं।

नई रानी की करुण कहानी

इस नई कोठी में आए मुझे सात बरस बीत चुके थे। मैं अपने नये जीवन की इतनी अभ्यस्त हो चुकी थी कि पुरानी बातों को लगभग भूल ही गई थी। पदच्युत राजा अब मेरे साथ ही मेरी कोठी में रहते और मेरी स्टेट की देखभाल करते थे। अब तो वह मेरे दामाद थे। मेरा काम तो अब अपनी बेटी के बेटे को गोद में खिलाना-उछालना ही था। मेरा बेटा पड़ोस की कोठी में रहता था। दिन में कचहरी चला जाता तो बहू बच्ची को लेकर मेरे पास चली आती थी, मुझे अपने बच्चों को खिलाने का सौभाग्य तो प्राप्त नहीं हुआ था। अब मैं अपने बच्चों के बच्चों को खिलाकर स्वर्गीय सुख की अनुभूति पाती रहती थी।

दिन अपनी राह जा रहे थे कि एक दिन दीन-हीन मुसलमान वृद्धा स्त्री मेरे सम्मुख आ खड़ी हुई। केसरीसिंह उसे ले आया था। वह बहुत डरी हुई थी और घबरा रही थी। केसरीसिंह ने मुझे बताया कि सुबह से ही धरना दिए बैठी है, आपसे मिलने का हठ किए है। मैंने उसकी ओर देखा और पूछा, "तुम्हारा किससे काम है बूढ़ी माँ?" उसने कहा, "चंपाकली से।" इतने दिन बाद अपना पुराना नाम सुनकर मैं चिहुँक उठी। सब लोगों को वहाँ से हटा दिया। एकांत होने पर मैंने उससे पूछा, "कहो, मेरा ही नाम चंपा है, तुम्हारा मुझसे क्या काम है?"

उसने कहा, "आप मेरे साथ चलिए। वह मर रही है और आपको याद कर रही है। मैं बड़ी कठिनाई से यहाँ आ पाई हूँ। उसकी हालत बहुत खराब है।"

"वह कौन है? तुम किसकी बात कर रही हो?"

"उसका नाम चंद्रमहल है, रानीजी! वह कहती है कि आप उसे जानती हैं। वह आप ही के देश की रहने वाली है।"

चंद्रमहल का नाम सुनकर मैं जड़ हो गई। तो क्या चंद्रमहल रानी यहाँ आई है?

मैंने उससे पूछा, "वह कहाँ है? और किस हालत में है?"

उसने कहा, "पहाड़गंज में है, मेरे ही घर में रहती है, डेढ़ बरस हो गया। आदमी उसका मर गया है और उसके पास फूटी कौड़ी भी नहीं है। और अब तो वह कुछ घड़ी

की ही मेहमान है। आपसे मिलने को उसकी आत्मा तरस रही है। आप चलकर उससे मिल लीजिए।''

मैंने धड़कते कलेजे से कहा, ''उसका आदमी क्या करता था?''

''जी, हमारे यहाँ नगीने घिसे जाते हैं। उसका आदमी हमारे यहाँ सान खींचने की नौकरी करता था। तनखा पाता था तीस रुपए, पर दमे का बीमार था। पहले तो वह दूसरे मुहल्ले में रहती थी। अपने आदमी के लिए रोटी लेकर आती थी तो दोपहर में मेरे पास बैठती थी। इससे उसके साथ मेरा मोह हो गया। मैंने एक कोठरी अपने घर में खाली कर दी थी, तब से वह उसी में रहने लगी थी। पर छः महीने हुए उसका आदमी मर गया। वह बहुत रोई, कलपी। मुझे तरस आ गया। आखिर रानी जी, आदमी ही आदमी के काम आता है। सो मैंने उसे वहीं रहने दिया। किराया कुछ नहीं लेती। अब वही अपने आदमी की जगह सान खींचती है। पर तुम जानो रानी जी, यह तो कसाले का काम है। वह बीमार पड़ गई। हकीम कहते हैं, हड्डियों में बुखार बैठ गया है।''

मैं कुछ समझ नहीं पा रही थी। मैंने उससे और दो-चार प्रश्न पूछे और अब मुझे भरोसा हो गया कि वह अवश्य ही रानी चंद्रमहल हैं। मैंने उस औरत को दासी के साथ कुछ खाने-पीने के लिए भेज दिया और केसरीसिंह से गाड़ी निकालने को कहा। फिर मैंने अपने दामाद को बुलाकर संक्षेप में सारी बातें कहीं और उसे संग लेकर मैं बुढ़िया के साथ चल दी।

चंद्रमहल रानी ही थी वह अथवा यों कहिए कि वह चंद्रमहल का कंकाल था। एक रत्ती-भर भी मांस उसके अंग पर न था। एकदम सूखकर काँटा हो गई थी। वह धरती पर एक टाट के टुकड़े पर पड़ी थी। बदन पर कहने को एक चिथड़ा था। मुझे देखकर उसने बड़े कष्ट से दोनों हाथ जोड़कर नमस्कार किया। फिर उसकी दोनों आँखों से आँसुओं की धारा बह चली। उसके मुँह से शब्द नहीं निकले। देखकर मेरा कलेजा मुँह को आने लगा। मैं वहीं गंदी धरती पर बैठ गयी और उसका सिर उठाकर मैंने अपनी गोद में रख लिया। अपने आँचल से उसके आँसू पोंछे। न जाने कब मेरी आँखों से भी गंगा-जमुना की धारा बह चली। बुढ़िया को मैंने टरका दिया। मेरा दामाद भी मेरे पास बैठ गया। मैंने कहा, ''रानी जी, यह आपकी कैसी हालत हो गई है? और यहाँ आप इस हालत में कैसे आ पड़ीं?''

वह बड़ी देर तक रोती ही रही। मैंने उसे बहुत ढाँढ़स बँधाया। पानी उसके मुँह में डाला, तब उसने अपनी अकथ कहानी आरंभ की, जिसे सुनकर मेरी हड्डियाँ भी ठंडी पड़ गईं।

उसने बताया, ''दो बरस हुए तब मैंने तुम्हें एक दिन चाँदनी चौक में देखा था। राजा तुम्हारे साथ था और शायद तुम्हारी लड़की भी थी। मैंने तुम्हें पहचान लिया और फिर

तुम्हारी कोठी का भी पता लगाया। बहुत बार चाहा कि तुमसे मिलूँ। अपनी पाप कथा तुमसे कहूँ, शायद माफ़ कर दो, पर हिम्मत नहीं हुई। कैसे मैं तुम्हें अपना काला मुँह दिखाती, कैसे अपनी पाप कथा तुम्हें सुनाती? क्या दुनिया में मुझ जैसी पापिन कोई दूसरी भी पैदा हुई है।

मैं चुपचाप सुनती रही। विघ्न डालना मैंने ठीक नहीं समझा। कुछ दम लेकर उसने फिर कहा, ''तुम बड़ी तेजस्वी, उदार हो, तुमने दुःख सहे हैं, दर्द झेले हैं, दुःख-दर्द का मर्म समझती हो। फिर स्त्री हो। शायद तुम माफ़ कर देतीं। पर राजा को मैं कैसे मुँह दिखा सकती थी। मेरा ज़ुल्म, मेरा पाप क्या साधारण था? मैंने ही राजा को राज-सिंहासन से उतारा। उसके भाग्य का सितारा अस्त कर दिया। उसी पाप का यह दंड भोग रही हूँ।''

वह मेरे दामाद की ओर देखकर झर-झर आँसू बहाने लगी। मेरे दामाद ने आदरपूर्वक उसका हाथ अपने हाथ में लेकर कहा, ''माताजी, आपने तो मेरा कुछ अपराध किया नहीं। आपके पुत्र का गद्दी पर हक था। उसके लिए गद्दी छोड़ने में मुझे क्या उज्र हो सकता था?''

रानी ने कहा, ''झूठ, झूठ, झूठ! मेरा कोई पुत्र नहीं था। मेरे पुत्र उत्पन्न हुआ ही नहीं, सब जाल था, जाल। कोरी धोखेबाज़ी। वह मेरा पुत्र नहीं, हर्गिज नहीं, कभी नहीं।'' आवेश में आकर उसका सर्वांग काँपने लगा। मैंने दामाद की ओर देखा, उसने अभी आँखों ही के संकेत से कहा, ''कदाचित् रानी का दिमाग खराब हो गया है।''

पर रानी ने दृढ़ किंतु धीमे स्वर में कहा, ''तुम समझते हो कि मैं पागल हूँ और मेरा दिमाग खराब हो गया है? पर मैं बिलकुल होश में हूँ मैं सच कह रही हूँ। बड़ा भारी कुचक्र चला था चंपा! एकदम जाल, वह लड़का मेरा नहीं, उस पतित, पापी, कुमार्गी गुलाम गंगाराम का था।''

इतना कहकर रानी हाँफने लगी। हम दोनों की हालत ऐसी हो गई थी, जैसे रगों में खून सर्द होकर जम गया हो। मुझे वह सब बातें अब याद आ रही थीं। रानी का उस बालक के प्रति विराग, उसे मार डालने की चेष्टा और गंगाराम का उस बालक के प्रति आकर्षण। उसके कारण मेरे प्रति सदस भाव। बहुत-सी बातें जो तब समझ में नहीं आ रही थीं, आज साफ़ हो रही थीं। पर अभी मैं सत्य बात समझ नहीं रही थी, मैं कुछ हतबुद्धि-सी रानी की ओर देखने लगी।

मैंने कहा, ''रानीजी, आपका जी इस समय ठीक नहीं है। आप अपना मन शांत कीजिए।''

''मेरा मन तभी शांत होगा, जब सब बातें सच-सच तुम्हें बता दूँगी। देखो, यहाँ कलेजे में मेरे आग धधक रही है। मैं उसमें जली जा रही हूँ। वह तभी ठंडी होगी जब सब बातें तुम्हें बता लूँगी। तुम जो दंड दोगी, वह मैं सहर्ष स्वीकार करूँगी। तुम्हारा दंड स्वीकार करके मेरा पाप हल्का हो जाएगा।''

मैंने कहा, ''खैर, आप जो कुछ कह रही थीं, वही कहिए।''

उन्होंने कहा, ''उस पतित गंगाराम से मेरा बचपन से ही सम्बन्ध था। यह हमारे घर का गोला था। एक गोली से उसका ब्याह मेरे पिता ने कर दिया था। पर उसकी मुझ पर शुरू से बुरी नज़र थी। मैं कच्ची उम्र की अज्ञानी लड़की उसके फँदे में फँस गई और उसने मुझे उसी उम्र में भ्रष्ट कर दिया जिस उम्र में लड़कियाँ इन बातों को समझती भी नहीं हैं। फिर उसने लालची खवास से मिलकर एक बड़ी रकम ऐंठी और राजा से मेरा ब्याह हो गया। खवास ने और इस गंगाराम ने राजा को तुम्हारे विरुद्ध खूब भड़काया और मेरे रूप की बढ़-बढ़कर तारीफ़ की। मेरे बाप का ठिकाना कर्ज़दार था। तीन लाख रुपया लेकर मेरे बाप ने बूढ़े राजा के साथ मुझे ब्याह दिया। उस समय तुम आबू में थीं। वहाँ से तुम लौटकर आओगी, इसका किसी को विश्वास न था, क्योंकि तुम्हें जान से मार डालने का सारा प्रबंध लालजी खवास और गंगाराम ने कर डाला था। राजा को भी यह भरोसा दे दिया था कि मरने पर तुम्हारा सारा धन राजा को वापस मिल जाएगा तथा मेरे साथ मौज-मज़ा करने में कोई बाधा न रहेगी।

''पर तुम न केवल बच गईं, बल्कि तुमने उनका भंडाफोड़ भी कर दिया। लालजी जेल गया, पर राजा को तुमने बचा लिया। अब हमने राजा की हत्या करने की ठान ली। इस समय गंगाराम की औरत को गर्भ था। हमने यह योजना बनाई कि राजा की हत्या कर डाली जाए, फिर गंगाराम के लड़के को अपना लड़का कहकर उसे राजा बना; उसकी आड़ में रियासत में मौज-मज़ा किया जाए।''

''राजा को ज़हर देने में हमें कुछ भी कठिनाई का सामना नहीं करना पड़ा। उसे हमने शराब में मिलाकर ज़हर दे दिया। राजा मर गया। हमारे ऊपर किसी ने संदेह नहीं किया। राजा के मरने पर नये राजा गोद आए। गद्दीनशीन हुए। उस समय हम चुप रहे। हमें डर था कि कहीं हमारा खेल न बिगड़ जाए पर बाद में मैंने अपने को गर्भवती प्रसिद्ध कर दिया और भेद खुल जाने के भय से रंगमहल से हटकर मायके चली आई। वहाँ बालक होने का पूरा नाटक खेला गया। लेडी डॉक्टर को उसकी फ़ीस देने के लिए अवश्य मुझे अपने सारे जेवर बेचने पड़े, पर अब मुझे इसकी परवाह न थी। मैं तो अब राज्य की मालकिन ही होने वाली थी। हमें यह एक अंदेशा अवश्य था कि कहीं गंगाराम की औरत के लड़की न पैदा हो जाए। इसके लिए हमने दो-तीन ऐसी औरतें जुटा ली थीं, जिनको उन्हीं दिनों बच्चा होने वाला था। परंतु गंगाराम की औरत के लड़का ही हुआ। उस औरत को हमने डॉक्टर की मदद से जचकी में ही खत्म कर दिया, और तब यह प्रसिद्ध कर दिया कि मेरे बच्चा हुआ है, जो राज्य का उत्तराधिकारी है।''

''सब काम ठीक-ठाक हो गया था और गंगाराम का लड़का राजा स्वीकार कर लिया गया था। उस पापी का मतलब पूरा हो चुका था। अब मैं उसकी आँखों का काँटा बन गई थी। क्योंकि मैं ही अकेली इस मामले की राज़दां थी। अब वह मुझे दबाने लगा। मैं भी

उससे दबती थी। उससे मिलकर मैं बड़े-बड़े अपराध कर चुकी थी। मुझे अपने भी फँसने का भय था। उसी ने मुझे मजबूर किया कि मैं तुम्हें और तुम्हारी लड़की को उसके हवाले कर दूँ। उसने मुझे इस बात के लिए मजबूर किया कि मैं तुम्हारे पति तो मर-मिटा, लेकिन उसने मेरी ओर आँख उठाकर भी नहीं देखा। मैं जवान थी, रानी थी, सुंदर भी थी। तुम्हारा जैसा जीवन गया था, वह मैं जानती थी, मुझे आशा थी कि वह मेरे हत्थे चढ़ जाएगा। पर इसमें मुझे सफलता नहीं मिली। बहुत बार हमने उसे ज़हर देने की सोची, पर हमें अभी उससे कोई बड़ी रकम मिलने की आशा थी। उसे जितनी यातना दे सकते थे, हमने दी। उसने जान दे दी, पर आन न छोड़ी। ऐसे कांटे का था तुम्हारा पति!''

रानी फिर कुछ देर चुप हो गईं। हमारी हालत विचित्र हो रही थी। मैं नहीं जानती थी कि अब आगे और क्या सुनने को मिलेगा। रानी ने फिर कहना शुरू किया, ''जब तुम्हारे पति से हमें कोई आशा न रही तब हमने तुम्हारी खोज-ढूँढ़ की। पर तुम न जाने कहाँ जा छिपी थीं। अगर दुर्भाग्य से तुम और तुम्हारी लड़की उस समय हमें मिल जाती तो न जाने क्या होता।''

''उस दिन अकस्मात् तुम मेरे सामने आ खड़ी हुईं, तब मेरा मन जल उठा। मैं तुम्हारे सामने ही तुम्हारे पति को गिराना चाहती थी, पर मुझे सफलता नहीं मिली। इसी समय गंगाराम के मन का भाव बदल गया। उसने अब तुम्हें अपना साधन बनाकर मुझे दूध की मक्खी की भाँति निकाल फेंकना चाहा। अपना लड़का उसने तुम्हारे सुपुर्द कर दिया। जब तक सरकारी कागज़-पत्र दुरुस्त नहीं हुए और बड़े लाट ने जब तक उसे राजा स्वीकार नहीं किया, तब तक तो वह इधर-उधर करता रहा। पर ए.जी.जी. का हुक्म आते ही वह मेरी जान का गाहक बन बैठा। कब वह मुझे ज़हर देकर मार डालेगा, इसका कोई भरोसा न था। अतः मैं रंगमहल से भाग निकली। पीहर आई तो यहाँ का भी रंग ठीक न था। कुछ लोग तो ऐसे थे ही, जो सच्ची बात जानते थे। अतः मेरे वहाँ जाते ही काँव-काँव मच गई।

''इसी समय भाग्य ने मुझे एक ठोकर दी। एक ठाकुर बाबू रियासत में कहीं बाहर से सर्वे करने को आया हुआ था। एक-दो बार गंगाराम ने ही मुझसे उसका परिचय कराया था। ठाकुर पढ़ा-लिखा सुंदर जवान था। इन दिनों वह यही मेरे पीहर में ठहरकर सर्वे कर रहा था। यहाँ मेरी-उसकी और भी घनिष्ठता हो गई। अब मैं अधिक अपनी लाज उघाड़ना नहीं चाहती। संकेत से ही समझ लो। मेरी जैसी मूढ़-पतिता स्त्री को गिरने में देर क्या लगती थी! उसने मुझे बड़े-बड़े सब्ज़बाग दिखाए। अब इधर मुझे अपनी जान का खतरा था, सो सब माया-मोह छोड़ मैं चुपचाप उस बाबू के साथ भाग खड़ी हुई। वह मुझे यहाँ अपने गाँव ले आया। मेरठ के निकट उसका गाँव था। गाँव में उसका छोटा-सा कच्चे छप्पर वाला घर था, जिसमें एक अंधी बुढ़िया उसकी माँ या दादी थी। उसने मुझे अपनी ब्याहता जोरू कहकर सबको मेरा परिचय दिया। पर यहाँ का वातावरण तो मुझे भाया ही नहीं। यहाँ

मुझे दूर कुएँ से पानी भरकर लाना पड़ता। रोटी पकानी पड़ती, बर्तन साफ़ करने पड़ते। ये काम तो मैंने कभी जीवन में किए न थे। पर क्या हो सकता था! मैं घर छोड़ चुकी थी और मेरा खुल्लमखुल्ला मुँह काला हो चुका था। इससे तो उस पतित गंगाराम की गुलामी करना या उसके हाथ से जान खो देना लाख अच्छा था। पर अब तो तकदीर मुझे यहाँ खींच लाई थी। जैसे-जैसे दिन काटने आरंभ किए, पर यहाँ खाने का भी ठिकाना न था। उसने मुझे झूठे सब्ज़बाग दिखाए थे।''

''मैंने उससे काम-धंधा रोज़गार करने को कहा और वह मुझे लेकर रोजगार की तलाश में दिल्ली आया। दरीबे में हमने बारह रुपये माहवार पर एक छोटा-सा घर किराये पर लिया। पर वह आदमी, जो मेरा पति बनता था, किराया भी न दे सकता था। एक दिन वह दो दिन के लिए गाँव गया और फिर लौटकर नहीं आया।

''अब मैं सोलह आना उस घर के मालिक की कृपा पर निर्भर थी। उसकी दरीबे में पीतल के जेवरों की एक दुकान थी। उसने अब मुझे उस मकान से हटाकर पहाड़गंज के एक मकान में रख दिया। वह मुझे तीस रुपये माहवार देता था और दूसरे-तीसरे दिन मेरे पास आता था। तीस रुपये में बड़े कष्ट से मेरा निर्वाह होता था, परंतु मेरी तकदीर देखिए कि कुछ दिन बाद वह भी मर गया और मैं निपट निरीह हो गईं।

''इसी मकान में मेरा परिचय एक और आदमी से हुआ। वह जात का मुसलमान था, नीचे की एक कोठरी में रहता था। वह इन लोगों के यहाँ सान खींचने का काम करता था। कभी-कभी वह मेरा कुछ सौदा-सुलफ़ ला देता था और मैं उसे बचा-खुचा खाना दे देती थी। बनिये के मरने पर मेरी हालत देख उसने मुझे अपने घर में डाल दिया और खाने के खर्च पर मैं बेफ़िक्र हुई। पर उसे तनख्वाह में सिर्फ़ तीस रुपये मिलते थे। हमें उसी तनख्वाह में गुज़र करनी थी। मैं उसी की गंदी कोठरी में आ रही। वह सुबह ही सान खींचने चला जाता और मैं रोटियाँ लेकर दोपहर को वहाँ जाती। शाम तक सान वाले की बीवी से बातें करती। बुढ़िया भलीमानस है। कुछ-न-कुछ देती रहती थी। पर अभी तो मेरी किस्मत को चार चाँद लगने थे, एक दिन वह भी चार दिन की बीमारी में मर गया।

''अब तो मुझे इन्हीं लोगों का आसरा था। उसकी ज़िंदगी में ही हम यहाँ आ रहे थे। बुढ़िया ने दया करके मुझे निकाला नहीं और अब मैं भी सान खींचने का काम करने लगी। बड़े कसाले का काम था। मैं तो पहले से ही बीमार और कमज़ोर थी। शीघ्र ही मैं खाट से लग गईं। बुखार मेरा टूटता ही न था। जब तक हड्डियाँ चलीं, मैंने काम किया। अब तो चला-चली की वेला है बहन, माफ़ कर सको तो माफ़ कर दो, वरना खैर! इसलिए मैंने तुम्हें बुलाया है। तुम आ गईं, बड़ी बात हुई। मरते हुए को आराम देने का बड़ा सवाब है बहन! मुझे जो कहना था, कह चुकी। अब तुम्हें जो जँचे सो करो, जो सज़ा मुनासिब समझो, दो।''

"वह चुप हो गई। बड़ी देर तक वह चुप नीरव निस्पंद बैठे रहे। फिर एकाएक जैसे मैं नींद से जाग पड़ी। मैंने आँख से आँसू पोंछकर कहा, "चलो बहन, अब मैं तुम्हें यहाँ नहीं छोड़ सकती, तुम्हें मेरे साथ चलना होगा।"

रानी को विश्वास न हुआ। उसने भर्राए गले से कहा, "क्या कहा?" मैंने उसकी गर्दन में अपनी बाँहें डालकर उठा लिया। मेरे दामाद ने भी सहारा दिया। हम उसे मोटर में डाल अपने घर ले आए। केवल दो दिन वह और जीवित रही। उसे बचाने के सभी उपाय व्यर्थ प्रमाणित हुए।

❑❑❑

- Additional information on *Padma* products: www.padmaproducts.com

"The Knowledge of Healing" is a full-length documentary film about Tibetan Medicine by Franz Reichle. The fundamental concept of "Tibetan medicine" is explained and illustrated through case studies of patients shown progressing under treatment for ailments deemed incurable in the West. With interviews with two Tibetan physicians and H.H. the Dalai Lama. A T&C Film, Inc. Production, Switzerland, 1996.

- For patients from around the world, there is the possibility of sending their medical diagnosis per post or fax to the Institute of H.H. Dalai Lama in **Dharamsala**, India, in order to obtain the appropriate **Tibetan medicines at** www.mentseekhang.org.
  A similar possibility exists in **Amsterdam.**
  See www.tibetanmedicine.nl.

APPEAL TO THE READERS

If you, dear reader, would like to share a report of your experience with the Tibetan herbal medicines or teas, you are warmly welcome to send it to me (even anonymously). You will be helping support the official research in this way. New editions of this book can also be supplemented by these interesting user reports. Data protection is naturally guaranteed.

Please send the respective information (in German or English) directly to the author:

Dr. Gabriele Feyerer
Ringstraße 22
8402 Werndorf
Austria

BOOKS OF RELATED INTEREST

THE CHINESE WAY TO HEALTH
A Self-help Guide to Traditional Chinese Medicine
Dr. Stephen Gascoigne
ISBN: 81-7822-160-8

AYURVEDA FOR WOMEN
A Guide to Vitality and Health
Dr. Robert E. Svoboda
ISBN: 81-7822-105-5

CHINESE HERBAL MEDICINE MADE EASY
Natural and Effective Remedies for Common Illnesses
Thomas Richard Joiner
ISBN: 81-7822-102-0

HEALING WITH FORM, ENERGY AND LIGHT
Tenzin Wangyal Rinpoche
ISBN: 81-7822-101-2

ANCIENT ROOTS, MANY BRANCHES
Darlena L'Orange
Gary Dolowich
ISBN: 81-7822-126-8

NATURAL HEALTH-CARE AT HOME
Doctor Mum's Quick Reference Guide
Kathy Duerr
ISBN: 81-7822-017-2

VEDIC HEALTH CARE SYSTEM
Ram Lal Sah
Binod Kumar Joshi
Geeta Joshi
ISBN: 81-7822-041-5

TIBETAN POWER YOGA
The Essence of All Yogas: A Tibetan Exercise for Physical Vitality and Mental Power
Jutta Mattausch
ISBN: 81-7822-006-7

THE CHINESE HERBALIST'S HANDBOOK
A Practitioner's Reference Guide to Traditional Chinese Herbs and Formulas
Dagmar Ehling, Dom
ISBN: 81-7822-196-9

BALANCED DIET
Ayurvedic Guide to Food and Cooking
Joyce Bueker
ISBN: 81-7822-110-1

CONQUERING CHRONIC DISEASE THROUGH VEDIC MEDICINE
The Complete Ayurvedic Approach to Treating Chronic Complaints without Side Effects
Kumuda Reddy,
Linda Egenes
ISBN: 81-7822-169-1

PRACTICAL CHINESE MEDICINE
Understanding the Principles and Practice of Traditional Chinese Medicine and Making them Work for You
Penelope Ody
ISBN: 81-7822-123-3